Felix Huby

SPIEGELJAHRE

Felix Huby, 1938 in Dettenhausen bei Tübingen geboren, hat sich nach einer erfolgreichen Karriere als Journalist auch als Schriftsteller einen Namen gemacht, vor allem im Krimibereich. Sein Kommissar Bienzle ist in der deutschen Krimilandschaft eine Marke, aber er hat mit vielen anderen Figuren und Themen auch als Kinderbuch-, Theater- und Hörspielautor gewirkt. »Spiegeljahre« ist nach »Heimatjahre« und »Lehrjahre« der dritte Band seiner erfolgreichen autobiografischen Trilogie.

FELIX HUBY

SPIEGELJAHRE

ROMAN

SILBERBURG

1. Auflage der Taschenbuchausgabe 2021

Originalausgabe Hardcover:
© Klöpfer & Meyer Verlag, Tübingen, 2018.
Umschlaggestaltung: Björn Locke, Nürtingen.
Coverfoto: © Sina Ettmer Photography –
Shutterstock.
Satz und Layout: Sabine Düde,
César Satz & Grafik GmbH, Köln.
Lektorat: Petra Wägenbaur, Tübingen.
Druck: CPI books, Leck.
Printed in Germany.

ISBN 978-3-8425-2214-5

Erinnerungen sind nicht unzuverlässiger
als alles andere,
was wir uns ausmalen.

Robert Menasse, »Die Hauptstadt«

Atomalarm

Es war ein Sommertag, wie man ihn sich nur wünschen konnte. Sie hatten in Heilbronn ein Cabrio geliehen und sofort das Dach geöffnet. Das Thermometer hatte schon am frühen Morgen 25 Grad angezeigt. Es ging ein leichter Wind, die Luft war klar. Mike Lachmann, der am Steuer saß, fuhr gemächlich am Neckar entlang und wich immer wieder nach rechts aus, um die nachfolgenden Autos überholen zu lassen. »Das sind die schönsten Recherchen«, sagte er und zündete sich eine Zigarette an. »Wir werden nichts finden, aber reisen wie die Fürsten. Ich hab ein Hotel ausgesucht, das direkt am Fluss liegt und einen Pool hat.«

Christian Ebinger antwortete nicht. Er hatte die Rückenlehne weit nach hinten gestellt und die Augen halb geschlossen. Nicht ganz ein Jahr war er nun bei dem Nachrichtenmagazin verantwortlich für die Berichterstattung aus Baden-Württemberg. Noch immer erschien es ihm wie ein Traum, dass er für das bedeutendste Wochenblatt der Republik arbeiten konnte. Hätte ihm vor zehn Jahren jemand gesagt, dass er einmal diese Position haben würde, er hätte ihn für verrückt erklärt. Damals war er ein kleiner Lokalredakteur in Blaubeuren gewesen. Selbst in seinen kühnsten Karriereträumen hatte er sich höchstens als Politikchef der Kreiszeitung gesehen.

Lachmann stieß den Rauch durch die Nase aus. »Das muss es sein.« Er war am Ende des Dorfes in ein schmales Sträßchen abgebogen, das sich in engen Kurven den Berg hinaufschlängelte und als Sackgasse gekennzeichnet war. Es endete vor einem hohen Zaun. Sie stiegen aus. »Mein Gott, stinkt das hier!« Lachmann ging zu einem Gittertor, das mit mehreren Schlössern gesichert war. »Und du bist sicher, dass die ihren Müll hierherkarren?« Dabei deutete er auf das Atomkraftwerk hinab, das tief unter ihnen dicht am Ufer des Flusses lag.

Ebinger nickte. »Der Lokalredakteur, mit dem ich gesprochen habe, hat es mir mehrfach versichert!« Er öffnete den Kofferraum und nahm den Geigerzähler heraus.

Lachmann schüttelte den Kopf. »Nur, weil man irgendwo in Karlsruhe schwach strahlenden Atommüll gefunden hat … Bei einem Versuchsreaktor der Universität …«

»In Karlsruhe-Leopoldshafen«, präzisierte Ebinger. »Der Reaktor gehört zur Technischen Hochschule.« Er konnte sich nicht erklären, warum er so schlechter Laune war. Es war ein schöner Tag. Er hatte nichts gegen den Kollegen, auch wenn der zu viel redete, was Ebinger bei kleinen Männern schon öfter beobachtet hatte. Lachmann war nicht größer als 1,65 Meter. Es lag auch nicht am Auftrag, obwohl er den für ausgesprochen hirnrissig hielt. »Machen Sie sich mal auf den Weg«, hatte der Chef in Hamburg gesagt. »Will's der Teufel. Womöglich findet sich auf anderen Müllkippen auch noch strahlendes Material.«

»Ich soll über alle Müllkippen in der Nähe von Atomkraftwerken laufen und mit einem Geigerzähler messen, ob da Atomstrahlung ist?«

»Ich sehe, Sie haben mich verstanden, Schwabe!« Der Ressortleiter nannte seinen Stuttgarter Mitarbeiter selten beim Namen.

»Das bringt doch nichts«, hatte Ebinger eingewendet.

Sein Vorgesetzter war nicht darauf eingegangen. »Ich gebe Ihnen den Kollegen Lachmann aus unserem Münchener Büro mit, der ist das genaue Gegenteil von Ihnen. Müsste also passen.«

Christian Ebinger konnte sich vorstellen, wie William Hentschke in seinem Büro im siebten Stock des Hamburger Hochhauses saß, weit in seinem Schreibtischsessel zurückgelehnt, die Füße auf der Tischplatte, und mit den losen Münzen in seiner rechten Jackentasche spielte. Widerspruch war zwecklos.

»Wir warten, bis es dunkel ist«, sagte Lachmann und zündete sich schon wieder eine Zigarette an. »Kann nicht mehr lange dauern.«

»Du rauchst zu viel«, sagte Ebinger.

»Ist gegen den Gestank hier!« Lachmann ging ein paar Schritte in Richtung des Waldrands, der sich hinter der Mülldeponie entlangzog, und warf sich am Rande des Weges ins Gras. »Erzähl doch mal«, rief er Christian Ebinger zu, der noch immer beim Cabrio stand, den Geigerzähler in der Hand, unschlüssig, wie es nun weitergehen sollte.

»Was denn?« Christian ging zu seinem Kollegen hinüber.

»Wo hast du studiert?«

»Gar nicht.«

»Was denn? Das gibt's doch nicht.«

»Und damit du's gleich weißt, ich hab auch kein Abitur.«

»Naturbegabung, was?«

»Vielleicht.«

Der Kollege richtete sich auf. »Bei uns in München hatten wir auch einmal so einen Exoten. War der beste Schreiber. Der konnte noch auf einer Glatze Locken drehen. Dabei war er sonst ein totaler Langweiler, sag ich dir.«

»Sieht bei mir hoffentlich anders aus.« Christian Ebinger setzte sich neben Mike Lachmann ins Gras. Den Geigerzähler stellte er neben sich. Im Westen versank die Sonne hinter den Weinbergen.

Lachmann nickte zu dem Gerät hin. »Wo hast du das Teil eigentlich her?«

»Geliehen. Von einem Atomwissenschaftler an der Uni Heidelberg. Er hat mich beraten, als ich den Karlsruher Fall recherchiert habe.«

»Ist das Gerät eingeschaltet?«

»Nein.«

»Mach doch mal!«

Christian hob den Kasten hoch und schob einen kleinen schwarzen Hebel nach links. Ein leises Knattern ertönte.

»Was ist denn das?« Lachmanns Frage klang beiläufig.

Aber Christian Ebinger sprang entsetzt auf. »Das gibt's doch nicht!«

»Was denn?«

»Der Kasten misst radioaktive Strahlung!«

»Was?« Nun kam auch Lachmann hoch.

Christian Ebinger war bereits ein paar Schritte auf die Müllkippe zugegangen. Das Knattern wurde lauter. »Das glaub ich jetzt nicht«, stieß er hervor. »Das ist doch nicht möglich.«

»Sag mal, heißt das ...?«

»Keine Ahnung, was das heißt. Aber ich finde das total surreal.«

»Du findest das ...? Du meinst, der Kasten funktioniert nicht richtig?«

Christian blieb stehen und schüttelte den Kopf: »Das Gerät zeigt eindeutig an, dass da irgendwelches Zeug sein muss, das radioaktiv ist.« Er trat mit dem Fuß gegen das Tor. »Wir müssen da rein.«

»Ich hab dort hinten ein Loch im Zaun gesehen«, Lachmann rannte los.

Als sie durch die Öffnung gestiegen waren und zögernd die ersten Schritte machten, sanken sie tief in den schlammigen Untergrund ein. »Mensch, wir haben doch extra Gummistiefel mitgenommen«, sagte Lachmann.

Christian Ebinger antwortete nicht. Er starrte auf den Zeiger des Geräts in seiner Hand, der inzwischen bis zum Ende der Skala ausschlug. »Raus hier!«, schrie er. »Das wird zu gefährlich.«

Sie stiegen wieder durch das Loch im Zaun und kehrten zum Auto zurück. Christian zog ein Notizbuch aus seinem Rucksack. »Wir brauchen ein Telefon!«

Diesmal fuhr Lachmann schnell. Dabei erzählte er, er habe beim Rallyefahrer Walter Röhrl einen Spezialkurs gemacht.

Sei für Journalisten kostenlos gewesen. Er sei auch schon kleinere Rennen gefahren. Fast wäre er am ersten Telefonhäuschen vorbeigerast.

Christian Ebinger rief als Erstes Professor Hartlieb an, den Heidelberger Physiker, der ihn schon bei der Berichterstattung über den Karlsruher Atommüllfund beraten hatte. »Ich bin in vierzig Minuten bei Ihnen«, sagte Hartlieb.

Anschließend meldete sich Ebinger beim Landeskriminalamt, berichtete kurz und sagte: »Ich denke, Sie müssten schnell den Strahlenschutzzug schicken.«

Ebinger und Lachmann kehrten zur Müllkippe zurück. Eine gute halbe Stunde später traf Professor Hartlieb ein. Er holte aus seinem Wagen einen Schutzanzug, einen kleinen ausklappbaren Spaten und ein rundes Gefäß, das er nun Ebinger reichte. Fast hätte es der Journalist fallen lassen. »Das ist ja unheimlich schwer.«

»Na ja, aus Blei eben.«

Lachmann zeigte dem Professor das Loch im Zaun.

Hartlieb hatte einen eigenen Geigerzähler mitgebracht. Zielsicher stapfte er auf eine Stelle zu, die nicht weit vom Zaun entfernt war. Plötzlich blieb er stehen und rief: »Hier muss es sein. Die Strahlung ist stark. Bringen Sie mir bitte das Bleigefäß.« Inzwischen war die Nacht hereingebrochen. Eine schmale Mondsichel stand am Himmel. Gegen ihr Licht betrachtet, wirkte der Professor wie eine Figur in einem Schattenspiel. Im Schein einer Taschenlampe, die er zwischen den Zähnen hielt, begann er zu graben. Es dauerte keine fünf Minuten, da rief er: »Das ist es!« Die beiden Journalisten starrten ungläubig zu ihm hinüber. Hartlieb hielt ein Plastiktütchen hoch, vielleicht zehn auf zehn Zentimeter, und als er es mit seiner Taschenlampe anstrahlte, waren darin kleine braune Kügelchen zu erkennen. »Sieht aus wie Bonbons«, sagte Lachmann.

»Das Bleigefäß!«, schrie der Professor.

Ebinger eilte zu ihm hinüber. Das Päckchen verschwand in dem runden, grausilbernen Gefäß. Hartliebs Geigerzähler gab aber auch jetzt noch ein schwaches Knattern von sich. »Das sind Ionenaustauscher«, erklärte Hartlieb. »Die ziehen radioaktives Material an und geben dafür ungefährliche Stoffe ab. So erklär ich das mal für euch Laien ...« Weiter kam er nicht. Mehrere Autos kamen das schmale Sträßchen heraufgeschossen. Wenige Augenblicke später breitete sich unnatürlich gleißendes Licht über der Müllkippe aus. Die Polizeibeamten hatten blitzschnell starke Scheinwerfer in Stellung gebracht.

Ein Mann öffnete die Schlösser am Tor. Hartlieb und die beiden Reporter gingen zu ihm hinüber. »Breitenbach«, stellte er sich vor. »Ich bin der Direktor des Atomkraftwerks. Die Polizei hat mich verständigt.«

Der Mann im Schutzanzug hob das Bleigefäß hoch. »Da sind Ionenaustauscher drin. Es ist auch ein Laufzettel aus Ihrem Kraftwerk dabei.« Dann erst stellte er sich vor: »Professor Dr. Kurt Hartlieb, Uni Heidelberg.«

»Und wie kommen Sie hierher?«, fragte ein kleiner dicker Mann, der hinter dem Kraftwerksdirektor stand.

»Die beiden Herren haben mich gerufen.«

»Aha, Sie also, Herr Ebinger?«, sagte der kleine Dicke.

Ebinger erklärte seinem Kollegen: »Das ist der leitende Hauptkommissar Merkle vom Landeskriminalamt. Wir kennen uns.«

»Sie halten sich zu unserer Verfügung«, sagte der Beamte nun in scharfem Ton, »und Ihr Kollege auch. Sie sind doch ein Kollege von ihm?«

Lachmann nickte. »Ja. Und Sie können sicher sein, dass wir uns nicht wegbewegen.«

»Sie sind hier unerlaubt eingedrungen. Dass das Hausfriedensbruch ist, werden Sie wohl wissen.«

Lachmann grinste. »Ich bin Jurist!«

»Umso schlimmer!« Der Polizeibeamte wandte sich ab und ging auf ein Auto zu, das jetzt in schneller Fahrt das

Sträßchen heraufkam und erst dicht vor dem Eingang zur Müllkippe stoppte. Ein langer, dünner Mann schlängelte sich auf der Fahrerseite aus dem Wagen. »Was ist hier eigentlich los?«, bellte er.

Direktor Breitenbach stellte ihn vor: »Unser Bürgermeister, Herr Weller.«

Professor Hartlieb deutete auf das Bleigefäß und erklärte dem Stadtoberhaupt den Fund.

»Was soll das schon sein? Geben Sie her!« Er riss das Gefäß an sich, nahm den Deckel ab und zog das Päckchen heraus. »Das steck ich doch in meine Hosentasche!«, schnappte der Bürgermeister.

»Dann sollten Sie aber tunlichst keine Kinder mehr zeugen«, sagte der Professor mit einem dünnen Lächeln, nahm dem Bürgermeister das Bleigefäß ab und verstaute das Tütchen wieder darin.

Breitenbach, der dies genau beobachtet hatte, sagte jetzt: »Die Ionenaustauscher sind unzweifelhaft aus unserem Werk. Aber ich kann mir beim besten Willen nicht erklären, wie die hierherkommen. Die müssten längst im Salzstollen in der Asse eingelagert sein – eingeschweißt in eine Glasmasse und in einer dickwandigen Tonne gesichert.«

»Ist doch klar«, rief der Bürgermeister. Er zeigte auf die Journalisten. »Die da haben das Zeug hier reinpraktiziert, damit sie es finden konnten.«

»Ja«, Lachmann grinste, »wir sind genau die Leute, die ein Haus anzünden, um über einen Brand berichten zu können.«

Der Bürgermeister trat dicht vor den Journalisten hin. »Jetzt hören Sie mal zu …!«

Der Kommissar ging dazwischen und machte eine heftige Handbewegung, als wollte er zu dem Bürgermeister sagen: Nun halten Sie mal den Mund!

»Ich hab mich noch nicht vorgestellt. Merkle mein Name, Landeskriminalamt Stuttgart.« Dann wandte er sich wieder den beiden Journalisten zu. »Ich muss wissen, mit wem Sie gesprochen haben, bevor Sie hierherkamen.«

»Wir schützen unsere Informanten«, sagte Lachmann, noch bevor Ebinger antworten konnte.

»Herr Ebinger?«

»Ich schließe mich den Worten meines Kollegen an.«

»Gut. Dann sind Sie beide vorläufig festgenommen.«

»Und alles, was wir ab jetzt sagen, kann gegen uns verwendet werden«, ergänzte Lachmann höhnisch.

»Genau so ist es«, erwiderte Merkle ernst.

Zwei uniformierte Polizisten brachten die beiden Journalisten zu einem grünen VW-Bus. Professor Hartlieb trat ihnen in den Weg. »Augenblick noch. Das sollten Sie vielleicht wissen: Der Laufzettel hat das Datum 27. April. Ist also schon eine ganze Weile her, dass die Ionenaustauscher aus dem Betrieb gezogen wurden.«

Ebinger kam nicht dazu, sich bei dem Wissenschaftler zu bedanken, weil einer der Polizeibeamten die beiden Presseleute anfuhr. »Los, steigen Sie ein! Und keine Gespräche mehr!«

Als der Polizeiwagen das Zufahrtssträßchen zur Müllkippe hinunterrollte, kam ihm ein Kastenwagen entgegen, auf dem deutlich erkennbar das Zeichen SDR zu lesen war. »Die Kollegen vom Süddeutschen Rundfunk«, sagte Christian zu Lachmann.

»Schade«, antwortete der Kollege, »wieder mal eine Chance verpasst, ins Fernsehen zu kommen!«

Merkle hatte zuvor angekündigt, er werde Lachmann und Ebinger »einvernehmen«, sobald die ersten Ermittlungen vor Ort abgeschlossen seien. In einem kühlen Raum mit kahlen Betonwänden und einem niedrigen Tresen mussten sie ihre Taschen leeren und ihre Gürtel abgeben. »Damit wir uns nicht umbringen«, erklärte der Jurist Lachmann seinem Kollegen. »Und ich hab uns so ein schönes Hotel ausgesucht.«

Als Christian Ebinger ihn angerufen hatte, war Lachmann längst von ihrem gemeinsamen Auftrag unterrichtet gewesen, und für ihn war es selbstverständlich, dass er die Planung und die Organisation der Recherche-Reise übernehmen würde. »So etwas mache ich mit links!«, hatte er Christan Ebinger erklärt. Und der war froh darüber gewesen.

Die schwere Tür der Einzelzelle fiel ins Schloss. Der Raum war so schmal, dass Christian, in der Mitte stehend, fast mit ausgestreckten Armen beide Wände berühren konnte. Das vergitterte Fenster an der Wand gegenüber der Tür war knapp unter der Decke. Mehr als ein kleines Stück Himmel konnte ein Bewohner dieser Zelle niemals sehen. An der linken Wand stand eine Pritsche mit einer flachen Matratze und einer zusammengelegten grauen Wolldecke darauf. Rechts von der Tür eine Kloschüssel. Darüber ein schmales Waschbecken mit einem tropfenden Wasserhahn.

Christian stand unbeweglich dicht hinter der Tür. Er fror, obwohl es mindestens 25 Grad haben musste. Die Angst kroch in ihn hinein. Er spürte sie zuerst in den Kniekehlen und hatte dann das Gefühl, als schleiche sie sich über das Rückenmark hinauf bis unter seine Schädeldecke. Plötzlich war es ihm, als könne er sich nicht mehr auf den Beinen halten. Er machte einen schnellen Schritt zur Liege hin und ließ sich auf die Matratze fallen. Dort saß er eine Weile regungslos, ehe er wütend den Kopf schüttelte und mit beiden Beinen gleichzeitig von dem harten Bett aufsprang. Er begann, in der Zelle hin- und herzulaufen wie ein Tier in einem Käfig, gleichzeitig versuchte er sich zur Ordnung zu rufen. Das hier konnte doch höchstens ein paar Stunden dauern. Aber: Wie war es wohl einem Menschen zumute, der in so einem Augenblick begriff, dass er hier womöglich jahrelang eingesperrt sein würde?

Ungefähr zwei Stunden später, inzwischen war es kurz vor Mitternacht, ging plötzlich die Tür auf. Ein älterer Mann in einer grauen Uniform erschien. »Wenn Sie dann bitte mal mitkommen, Herr Ebinger«, sagte er in freundlichem Ton.

Als sie in die Vollzugsanstalt gebracht worden waren, hatte Ebinger die Umgebung nicht richtig wahrgenommen. Jetzt sah er sich bewusst um. Er befand sich in einer Art lang gezogener Halle. Links und rechts liefen schmale Galerien entlang. In der Mitte ging der Blick drei Stockwerke tief hinunter bis zum Erdgeschoss. Der freie Raum war mit Netzen gesichert. Die Zellentüren reihten sich in Abständen von etwa drei Metern aneinander. Christian Ebinger ging langsam, um sich möglichst wenig entgehen zu lassen. »Beeilung!«, sagte der Beamte.

Der Verhörraum war so kahl wie Christians Zelle. Unwillkürlich musste er lächeln, als er den rechteckigen Spiegel in der grauen Betonwand sah. Dahinter konnte man also das Gespräch mitverfolgen, ohne gesehen zu werden. Es gab bestimmt inzwischen niemanden mehr, der das nicht wusste, weil diese Einrichtung in nahezu jedem Fernsehkrimi vorkam. Eigentlich, dachte der Reporter, musste es doch längst andere technische Möglichkeiten geben: versteckte Kameras und Mikrofone zum Beispiel.

Merkle saß, die Ellbogen breit ausgestellt und mit weit vorgebeugtem Körper, an einem langen Tisch und wies auf einen leeren Stuhl ihm gegenüber. »Setzen Sie sich bitte.«

Christian ließ sich auf der vorderen Kante des Stuhles nieder.

»Tja, so sieht man sich wieder«, sagte der Hauptkommissar. »Ihr Kollege hat übrigens gesagt, er rede kein Wort ohne den Anwalt Ihres Verlags. Dabei ist er doch selber Jurist.«

Christian sagte nichts. Er sah in die grauen, leicht wässrigen Augen des Beamten und versuchte dessen Blick festzuhalten. Doch der schaute jetzt auf seine kurzen fleischigen Hände hinab, die er gefaltet hatte wie zu einem Gebet. »Ich glaube natürlich nicht, dass Sie diese Ionenaustauscher selbst in der Müllkippe versteckt haben. Das ist Unsinn.«

»Absoluter Unsinn«, bestätigte Ebinger. »Sie werden ja inzwischen auch registriert haben, dass der Laufzettel vom 27. April stammt.«

An der Art, wie der Kommissar den Kopf hob und Ebinger plötzlich mit gerunzelter Stirn und zusammengekniffenen Augen ansah, erkannte der Journalist, dass sich die Polizei offenbar noch nicht die Mühe gemacht hatte, den Fund genauer zu untersuchen.

»Na gut«, sagte Merkle und massierte mit Daumen und Zeigefinger seine Nase. »Aber wir können nicht ausschließen, dass manche Leute Bescheid wussten und nur auf eine Gelegenheit gewartet haben. Wie sind Sie überhaupt auf die Idee gekommen, hier zu recherchieren?«

Christian Ebinger antwortete wahrheitsgemäß: Der Kommissar wisse ja von den Vorfällen in Karlsruhe-Leopoldshafen, und sein Chef sei da eben auf diesen zugegebenermaßen seltsamen Einfall gekommen, so etwas könne auch noch anderswo passiert sein.

Merkle nickte. »Das KKW will einen weiteren Kraftwerksblock bauen. Die Umweltschützer sind dagegen. Der Bürgermeister hofft natürlich, dass es klappt. Vermutlich hat er die Steuermehreinnahmen schon verplant.« Jetzt hob Merkle den Kopf und erwiderte Ebingers Blick. »Ich muss wissen, bei wem Sie sich darüber informiert haben, wo das Kernkraftwerk seinen Müll hinbringt.«

»Warum?«

»Weil ich wissen will, wer von Ihren Recherchen wusste. Dort müssen wir den suchen, der das Zeug in den Müll hineinpraktiziert hat.«

»Wie sollte der oder die denn das radioaktive Material durch die Kontrolle gebracht haben? Waren Sie schon mal in so einem Atomkraftwerk?«, fragte Christian Ebinger.

Merkle breitete die Arme aus. Langsam lehnte er sich zurück. »Ja, und nicht nur einmal. Ich weiß also, wie genau die Kontrollen sind, und deshalb kann ich mir ja auch nicht vorstellen, wie einer diese Dinger herausgeschafft haben kann. Aber noch weniger kann ich mir vorstellen, dass dieses Teufelszeug aus purer Schlamperei auf die Müllkippe geraten ist. Stellen sie sich vor, das Päckchen platzt und das Zeug gerät ins Grundwasser. Da ist die Trinkwasserversorgung einer ganzen Region verseucht. Lebensgefährlich!« Nach und nach waren die grauen Augen des Kommissars hart und seine Stimme mit jedem Wort lauter geworden.

»Ich habe keine Antworten auf Ihre Fragen, Herr Merkle«, sagte Christian leise. »Allerdings …«, er unterbrach sich.

»Ja?«, schnappte der Hauptkommissar.

»Das Loch im Zaun. Man müsste wissen, wie lange es das schon gibt und wer es genutzt hat.«

Merkle nickte ein paarmal heftig mit seinem runden schweren Kopf. »Ganz recht!« Er machte sich eine Notiz. »Und jetzt raus mit der Sprache: Wo haben Sie sich über die Lage der Müllkippe informiert?«

Christian Ebinger biss sich auf die Unterlippe. Das Telefonat war ganz sachlich und unaufgeregt gewesen. Er hatte seinem Gesprächspartner auch nicht gesagt, dass sie vorhatten, die Müllkippe zu untersuchen. »Bei einem Kollegen, der hier als Lokalredakteur arbeitet.«

»Name?«

»Kornmüller.«

Der Kommissar schrieb den Namen in sein Notizbuch. Dann sah er auf seine Uhr, deren Lederband tief in sein dickes Handgelenk einschnitt. »Schon nach Mitternacht!« Er gähnte. »Ich würde Sie ja rauslassen, aber um diese Zeit werden hier keine Entlassungen mehr durchgeführt.« Plötzlich verfiel er ins Schwäbische. »Morga früh lasset mir Sie dann schpringa!« Merkle erhob sich schwerfällig.

Auch Christian stand auf. »Wenn ich mal einen Kriminalroman schreibe, wird mein Kommissar so aussehen wie Sie, Herr Merkle.«

Der andere hob beschwörend die Hände. »Da sei Gott vor!« An der Tür ließ er Ebinger den Vortritt. »Ich denke, wir sehen uns in nächster Zeit öfter. Wir müssen doch dahinterkommen, was hier passiert ist. Sie genauso wie ich.«

Christian Ebinger sagte nichts dazu. Der gleiche Beamte, der ihn herbegleitet hatte, brachte ihn auch in die Zelle zurück.

An Schlaf war nicht zu denken. Christian Ebinger lag, beide Unterarme unter dem Kopf verschränkt, auf der harten Pritsche und starrte auf das Gittermuster des Fensters, durch das fahles Mondlicht fiel. Die Eisenstäbe waren quadratisch angeordnet, ihre Schatten lagen als lang gezogene Rechtecke auf dem Betonfußboden.

Seinen Kollegen hatte er nicht mehr zu sehen bekommen. Wahrscheinlich schlief der ein paar Zellen weiter tief und fest. Er sei ein cooler Typ, hatte Lachmann über sich selbst gesagt. Den Begriff hatte er aus Amerika mitgebracht, wo er ein paar Semester studiert hatte. Dort, in New York, habe er auch seine journalistische Karriere begonnen, indem er verschiedenen deutschen Zeitungen, die sich keine eigenen USA-Korrespondenten leisten konnten, unaufgefordert seine Artikel zugeschickt habe. Und die seien ihm sozusagen aus der Hand gerissen worden. Das erste Staatsexamen habe er dann in München mit einer glatten Eins bestanden. Das zweite habe er gar nicht in Angriff genommen. Er habe weder in den Staatsdienst gewollt noch in eine Anwaltskanzlei. Seine Berichte aus Amerika seien hervorragende Bewerbungsunterlagen gewesen. Auf Anhieb sei er von der Süddeutschen Zeitung eingestellt worden, und vier Jahre später, genau am 1. September 1968, sei es ihm gelungen, in das Münchener Büro des Hamburger Nachrichtenmagazins zu wechseln. »Mit neunundzwanzig Jahren, wohlgemerkt!«

Christian hatte es sich geschenkt, damit aufzutrumpfen, dass er schon mit 28 Jahren Chefredakteur einer Zeitschrift gewesen war. Warum auch? Nicht nur er selbst war damals der Meinung gewesen, er sei eine Fehlbesetzung. Nicht weil er ein schlechter Journalist oder ein unbegabter Blattmacher gewesen wäre, sondern weil er zu gutmütig gewesen war. Überzeugt davon, dass er seinen Kollegen nur den Rücken frei halten und sie ansonsten in Ruhe arbeiten lassen müsste, gab er nur selten Anweisungen, er kritisierte seine Mitarbeiter nicht und stellte sie nicht zur Rede, wenn sie geschlampt oder sich vor der Arbeit gedrückt hatten. Lieber erledigte er deren Arbeit noch mit. Erst jetzt, da er alleine für die Berichterstattung über das ganze Land Baden-Württemberg zuständig war, konnte er seine Talente richtig zur Geltung bringen. Komisch, die Verleger, für die er zuvor gearbeitet hatte, mussten ihn falsch eingeschätzt haben. Dabei war doch sein beruflicher Werdegang voller Brüche und hätte sie skeptisch machen müssen.

Die Entscheidung

Zehn Jahre lag es nun zurück, dass er seine erste Redakteursstelle im idyllischen Städtchen Blaubeuren angetreten hatte. Nach zwei Jahren, in denen er dort erfolgreich gearbeitet hatte, wollte er in die Zentralredaktion zurückkehren. Man hatte ihm angeboten, dass er in die politische Redaktion der Kreiszeitung aufgenommen werden könne, wenn er es eine Zeit auf dem Außenposten gut mache. Aber es war dann ganz anders gekommen.

*

Christian Ebinger starrte den Verleger ungläubig an. »Das ist jetzt nicht Ihr Ernst«, stieß der junge Redakteur hervor.

»Natürlich ist das mein Ernst.« Die Augen des Zeitungsherausgebers, die sonst so freundlich dreinschauen konnten, verengten sich. »Sie können natürlich auf Ihrem Posten in Blaubeuren bleiben. Ich habe Ihnen oft genug gesagt, wie sehr wir Ihre Arbeit dort schätzen.«

»Sie haben mir aber auch gesagt, wenn ich sie gut mache, kann ich nach spätestens drei Jahren in die Zentralredaktion zurückkehren, und zwar in die politische Redaktion.«

»Da wusste ich noch nicht, dass wir für diese Position einen ausgewiesenen Politologen bekommen können. Wir haben ihn bei einer der großen Zeitungen abgeworben und versprechen uns eine Menge von ihm.«

»Von mir natürlich nicht.«

»Sie können sofort in die Landkreisredaktion wechseln. Für Blaubeuren finden wir eine Lösung.«

Christian Ebinger hatte das mehrmalige Angebot, Platz zu nehmen, nicht angenommen. Breitbeinig stand er vor dem gläsernen Schreibtisch des Verlegers. Seine Arme hatte er leicht angehoben, die Hände fest zu Fäusten geballt.

»Ich mache das nicht.«

»Gut. Verlängern wir Ihren Vertrag für Blaubeuren. Ein paar Verbesserungen sind drin. Immerhin haben Sie die Auflage unserer Zeitung in Ihrem Zuständigkeitsgebiet fast verdoppelt, und die Tatsache, dass Sie sieben Bürgermeister der umliegenden Orte dazu gebracht haben, unsere Wochenendbeilage als ihr Amtsblatt mit zu nutzen, ist einen Bonus wert.«

»Nein!«, sagte Christian Ebinger.

»Mann, seien Sie doch nicht so stur! Wir haben doch die ganze Zeit so gut zusammengearbeitet. Hab ich Sie denn nicht immer unterstützt?«

»Doch. Aber Sie haben mir auch versprochen …«

Wachter unterbrach den Redakteur und wurde plötzlich laut.

»Was glauben Sie eigentlich, wer Sie sind? Sie sind grade mal dreiundzwanzig Jahre alt. Sie haben hier angefangen ohne Studium, ohne Abitur. Man hat Ihnen eine einmalige Chance gegeben. Sie hatten doch überhaupt keine Perspektive. Ein bisschen demütiger könnten Sie schon sein.«

»Ich kündige!«

»Was?«

»Ich kündige!«

»Sie sind ja verrückt. Das überlegen Sie sich noch mal. Schlafen Sie drüber. Wir reden morgen weiter. Aber ich sage Ihnen gleich: So, wie Sie sich hier aufgeführt haben, können Sie weder bei mir noch beim Chefredakteur auf Nachsicht hoffen. Wiedersehn!«

Christian Ebinger nickte nur und ging hinaus. Als er die Tür des Chefbüros hinter sich geschlossen hatte und den Vorraum durchqueren wollte, hielt ihn die Sekretärin auf. »Ebinger! Sagen Sie mal: Sind Sie noch bei Trost?«

Christian blieb stehen und sah Frau Brombacher an. Wie immer war sie in einen knöchellangen schwarzen Rock und eine hochgeschlossene weiße Bluse gekleidet. Die schwarzen

Haare hatte sie straff nach hinten gekämmt und in einem Knoten zusammengefasst. »Waren wir so laut?«

Die Sekretärin deutete auf ihre Telefonanlage. Offenbar konnte sie mithören, was im Büro ihres Chefs gesprochen wurde. »Sie sind ein undankbarer Mensch!«, sagte sie. »Die ganze Zeit haben wir Ihnen goldene Brücken gebaut.«

Christian Ebinger hatte längst begriffen, dass sich Frau Brombacher als die eigentliche Verlagsleiterin verstand. Jetzt sagte sie: »An Ihrer Stelle würde ich jetzt gleich noch mal reingehen, Herrn Wachter um Entschuldigung bitten und am 1. Januar in der Landkreisredaktion anfangen. Sie wären dort ja stellvertretender Ressortleiter.«

Christian lachte auf. »Kunststück, bei nur zwei Redakteuren.«

»Bitte, Herr Ebinger, kommen Sie zur Vernunft. Sie sind noch so jung. Und unser Haus bietet so viele Möglichkeiten. Wenn Sie sich weiter bewähren …«

»Danke für Ihren Rat«, unterbrach er sie und verließ die Chefetage.

Auf der Fahrt zurück nach Blaubeuren war er so unruhig, dass er sich mehrfach in schwierige Verkehrssituationen manövrierte. Als er ankam, fuhr er das Auto nicht auf den Parkplatz hinter dem Haus, sondern ließ es direkt vor der Redaktion auf der Straße stehen und stieß die Tür zur Geschäftsstelle auf. Anneliese saß hinter dem niedrigen Tresen. Im Hintergrund schlief Peter in seinem Kinderwagen. Seit einiger Zeit schon vertrat Christians Frau den Redakteur, wenn der dienstlich außer Haus sein musste. Der Verlag zahlte ihr dafür ein kleines Gehalt.

Sie sah auf. »Und? Wie ist es gelaufen?«

»Ich habe gekündigt!«

»Du hast was?«

»Ich habe gekündigt! Spreche ich so undeutlich?«

»Das ist nicht dein Ernst!«

»Genau das hat der Wachter auch gesagt.« Christian ging zum Kinderwagen hinüber und sah in das hochzufriedene Gesicht des schlafenden Babys.

*

Plötzlich überkam Christian Ebinger auf seiner Gefängnispritsche ein Gefühl tiefer Traurigkeit, die sich nach und nach in ohnmächtige Wut verwandelte. Er sprang auf und schrie laut: »Scheiße! Du Idiot! Was für eine Scheiße!« Er schlug mit den Fäusten gegen die raue Betonwand, bis erste Blutstropfen an seinen Händen hervortraten.

Damals hatte alles angefangen. Anneliese hatte den Kopf geschüttelt und gesagt: »Dümmer geht's nimmer!« Danach hatte sie drei Tage und drei Nächte lang kein Wort mit ihm gesprochen. Er selbst war aber auch nicht in der Lage gewesen, etwas zu sagen. Ihm war immer klarer geworden, wie blöde er sich verhalten hatte. Aber die Wut darüber richtete er nicht gegen sich selbst, sondern gegen alle anderen, vor allem gegen seine Frau, deren Verhalten er als hochmütig empfand. Dass er in seinem Innersten begriff, wie ungerecht er Anneliese beurteilte, machte ihn noch wütender. Christian Ebinger setzte sich wieder auf das Bett und vergrub das Gesicht in seinen Händen. Wie selbstsicher und erwachsen Anneliese doch war – im Gegensatz zu ihm selbst! Am vierten Tag fragte sie frühmorgens: »Bleibst du bei deiner Entscheidung?«

»Du meinst die Kündigung? Ja, natürlich. Denkst du, ich werde zu Kreuze kriechen?«

»Und was willst du tun?«

»Ich suche mir einen anderen Job. Es gibt da ein ganz interessantes Angebot in Stuttgart.«

»Aha. Und was wäre das?«

»Ich kann die Kundenzeitschrift für den Sparkassenverband machen.«

»Eine Kundenzeitschrift?« Wieder schüttelte sie nur den Kopf. »Ich denke, du bist so ein leidenschaftlicher Journalist?«

»Ist ja nur vorübergehend, und ich würde sehr viel mehr verdienen.«

»Du verkaufst dich?«

»Rede nicht so mit mir!«, fuhr Christian auf. »Ich entscheide über mein Leben!« Schon als er diesen Satz hervorstieß, wusste er, was für einen Fehler er gemacht hatte. Aber er war nicht in der Lage, den Satz zurückzunehmen. Anneliese ging zur Tür. »Passt du bitte heute Vormittag auf Peter auf?«, sagte sie und verließ die Wohnung.

Als sie gegen 14 Uhr zurückkehrte, sagte sie nur: »Ich habe den Job.«

Christian hatte völlig verwirrt zurückgefragt: »Was denn für einen Job?«

»Deinen! Den hier. Herr Wachter hat sofort zugestimmt. Als Schreiber werden wir den einen oder anderen freien Mitarbeiter einsetzen können, vieles kann ich inzwischen ja auch selber, und fotografieren sowieso.«

*

Christian ließ sich auf die Pritsche zurückfallen. Ein paar Augenblicke blieb er so liegen, dann drehte er sich auf die rechte Seite, seine Einschlafseite, und zog die Knie hoch. Wenig später war er eingeschlafen.

Um sechs Uhr morgens weckte ihn ein Geräusch: Eine Klappe in seiner Tür öffnete sich mit einem lauten Knall. Eine Hand schob ein Tablett mit einem Teller und einer Tasse herein. »Frühstück!«, ertönte eine dumpfe Stimme von draußen. Türenschlagen, Schritte und kurze Rufe drangen gedämpft zu Christian herein. Er brauchte ein paar Momente, um sich klar zu werden, wo er sich befand, richtete sich langsam auf und sah zu dem Tablett hinüber. Zwei Scheiben dunkles Brot, ein Päckchen mit Margarine, zwei Scheiben Käse. Aus der Tasse stieg ein wenig Dampf auf. Er nahm einen Schluck und spuckte ihn wieder aus. Das Gesöff erinnerte ihn an den Kaffee bei der Bundeswehr. »Dünn, wässrig und mit Soda versetzt«, so hatten sie damals gesagt. Soda sollte angeblich den Sexualtrieb dämpfen. Er kippte den Kaffee ins Klo. Brot, Käse und Margarine ließ er unberührt. Die Kleider klebten an seinem Körper. Er musste im Schlaf geschwitzt haben. Mühsam stand er auf, riss sich Hemd und Unterhemd vom Körper und versuchte, sich an dem kleinen Waschbecken zu waschen. In dem Metallspiegel, der dicht über dem Wasserhahn in die Wand eingelassen war, sah er sein verquollenes Gesicht. Die Haare standen nach allen Seiten vom Kopf ab. Christian zog sich vollends aus, um auch den Rest seines Körpers notdürftig zu waschen.

Kurz nach sieben Uhr trat ein junger Vollzugsbeamter in die Zelle. »Kommen Sie. Sie haben's hinter sich!« Wieder ging es an den Zellentüren entlang. Einige standen offen. Christian Ebinger konnte hineinsehen und sah, wie sich die Häftlinge ihre wenigen Quadratmeter halbwegs wohnlich gemacht hatten. Manche der engen Kammern hatten einen kleinen Schreibtisch unter dem Gitterfenster. Andere schmale Bücherregale. Die grauen Wände verschwanden fast überall unter Zeitungsausschnitten, Fotos halb nackter und nackter Frauen, zum Teil aber auch unter gewebten Wandteppichen.

Auf dem Weg zum Ausgang suchte der Beamte das Gespräch. »Sie sind doch Journalist?«

»So, hat sich das schon rumgesprochen?«, fragte Christian.

Sein Begleiter nickte. »Sie sollten mal über unsere Arbeitsbedingungen hier schreiben.«

»Aha. Und wie sind die?«

»Beschissen wäre geschmeichelt! Wir sind total unterbesetzt, schieben andauernd Überstunden, werden miserabel bezahlt, und dabei wird hier alles immer schwieriger.«

»Was alles?«

»Die Häftlinge lassen sich nichts mehr gefallen. Sie weigern sich immer öfter, unseren Anweisungen zu folgen, rotten sich zusammen, drohen uns sogar, und bei jeder Kleinigkeit nehmen sie sich einen Anwalt. Aber das liegt natürlich auch an der Anstaltsleitung, die viel zu lasch ist!« Der Beamte wirkte, als habe er sich alle seine Sätze zuvor überlegt und auswendig gelernt, um sie auf dem kurzen Weg unterzubringen.

»Schreiben Sie mir Ihren Namen und Ihre Telefonnummer auf«, bat Christian Ebinger.

»Hab ich schon!« Der Vollzugsbeamte zog einen Zettel aus der Brusttasche seiner Uniformjacke und reichte ihn dem Redakteur. Christian steckte ihn ein.

In dem kahlen Raum, in dem ihnen am Abend zuvor ihre Sachen abgenommen worden waren, traf Christian auf Mike Lachmann. »Na, gut geschlafen?«, fragte der Kollege aus München.

»Geht so«, gab Ebinger missmutig zurück. »Und selbst?«

»Ich hab nicht geschlafen, sondern angefangen, unseren Artikel zu schreiben.«

»Womit denn?«

»Mit 'nem Bleistiftstummel, den ich unter der Pritsche gefunden habe, auf Klopapier.« Lachmann hielt eine kleine Rolle Toilettenpapier hoch. »Wenn du auf der Rückfahrt das Steuer übernimmst, lese ich vor, was ich bis jetzt habe.«

Ihr Mietwagen stand auf dem Parkplatz der Justizvollzugsanstalt. Ein Polizist überreichte Ebinger den Schlüssel zu dem Cabrio und wünschte freundlich lächelnd eine gute Fahrt.

Am frühen Morgen hatte es zu nieseln begonnen. Der Himmel lag in einem gleichmäßigen Grau tief über dem Land. Keine Chance, das Verdeck des Cabrios zu öffnen.

Panik

Lachmann ließ sich auf den Beifahrersitz fallen und zündete sich eine Zigarette an. »Vor zehn Uhr erreichen wir sowieso niemanden in der Zentrale. Bis dahin müssten wir doch in deiner Redaktion in Stuttgart sein?«

»Ja, locker.« Christian startete den Motor. »Vorher sollten wir aber noch bei mir zu Hause vorbei. Duschen und die Kleider wechseln.«

»Nee, du. Das hat Zeit. Heute Abend ist Redaktionsschluss für die nächste Ausgabe, und da muss der Artikel rein. Ist doch klar!«

Christian widersprach nicht. Er legte den ersten Gang ein und fuhr langsam los. Lachmann rollte die Klopapierrolle auf und begann vorzulesen:

»Ein sternenklarer Himmel wölbt sich über die liebliche Weinberglandschaft links und rechts des Neckars. Der Wasserdampf, der aus den Türmen des Kernkraftwerks am Flussufer quillt, leuchtet weiß im Licht der Scheinwerfer, die das Gelände in taghellem Licht erstrahlen lassen. Keine zwei Kilometer nördlich dringen zwei Männer, bewaffnet mit einem Geigerzähler, durch ein Loch im Zaun auf eine Müllkippe vor. Tief versinken ihre Füße in Unrat und Schlamm …«

»Mann, Mann«, rief Christian Ebinger, »was soll denn der Schwulst?«

Lachmann, weit davon entfernt, beleidigt zu sein, grinste: »›Es gibt verschiedene Möglichkeiten, in einen Artikel einzusteigen‹, sagt William Hentschke, am liebsten ist es ihm, wenn man den Beitrag kräftig anpathetisiert.«

»Anpathetisiert! Also ohne mich, du!«

»Na gut, die andere Möglichkeit ist, gleich mit einem Dialog oder einer Szene zu beginnen. Beispiel: Das Telefon klingelt, der Innenminister greift über seine Frau hinweg, um abzuheben, denn der Apparat steht auf ihrer Seite des Ehebettes. Am Telefon der Chef des Landeskriminalamts …«

»Schwachsinn«, entfuhr es Ebinger. »Der Minister wird dich verklagen, wenn du so was schreibst.«

»Meinst du? Ich war selber dabei, als ein Kollege aus der Bonner Redaktion einen Artikel mit dem Satz begann: ›Mit mir nicht‹, schrie der Wirtschaftsminister, ›ich lasse mir die Politik nicht von nachgeordneten Beamten aus dem Kanzleramt diktieren …‹«

»Mensch, ja. Ich erinnere mich. Das hab ich gelesen. Woher hat der Kollege das Zitat denn gehabt?«

»Der hat das frei erfunden, dann hat er den Minister angerufen, hat ihm den Satz vorgelesen und gefragt: ›Wollen Sie das so gesagt haben, Herr Minister?‹ Beide haben herzlich gelacht, und – zack – hatte der Typ im Bonner Büro einen wunderbaren Artikelanfang.«

Christian Ebinger verließ die B 10 und bog auf die Autobahn ein. Sie hatten eine Weile nicht gesprochen. Jetzt ergriff Ebinger das Wort.

Wie zu sich selbst sagte er: »›Es hätte böse enden können. Haarscharf schrammte die Region um Weihersbronn an einer Katastrophe bisher nicht bekannten Ausmaßes vorbei. Ein eher zufälliger Fund zweier Journalisten des Nachrichtenmagazins DER SPIEGEL verhinderte, dass stark strahlendes Material aus dem Atomkraftwerk ins Trinkwasser gelangte und Zehntausende Menschen schwer in ihrer Gesundheit gefährdete …‹ So würde ich anfangen.«

»Auch nicht schlecht«, sagte Lachmann, »gleich zu Beginn die wichtigste Nachricht. Spannung aufbauen. Passt. Ich kann dann mit meinem Text«, er wedelte mit dem Klopapier, »direkt andocken.«

Bei der Ausfahrt Zuffenhausen verließen sie die Autobahn. Sie waren noch keinen Kilometer gefahren, da stockte plötzlich der Verkehr. Stau, so weit man nach vorne sehen konnte. Auf der Gegenfahrbahn tauchte nur gelegentlich ein Fahrzeug auf.

»Los, fahr vorbei!«, kommandierte Lachmann.

»Nee, du, ich brauche meinen Führerschein noch.«

»Okay, steig aus!«

»Was?«

»Du sollst aussteigen. Ich übernehme das Steuer.«

Kopfschüttelnd wechselte Christian auf den Beifahrersitz. Lachmann schaltete die Warnblinker ein und brauste los. »Du bist wahnsinnig!«, schrie Ebinger, als ihnen ein Lastwagen entgegenkam. Lachmann verringerte die Geschwindigkeit nur ein wenig und steuerte das Cabrio auf einen schmalen Grasstreifen links neben der Fahrbahn. Der rechte Außenspiegel wurde abgerissen. Lachmann lenkte das schlingernde Auto auf die Fahrbahn zurück. Noch zwei riskante Manöver, dann tauchte das Blaulicht auf. Lachmann schaltete herunter. »Dacht ich's doch: eine Straßensperre. Los, hol deinen Presseausweis heraus!« Er selbst kramte in der Innentasche seiner Lederjacke, während er das Fahrzeug mit einer Hand weiterlenkte. Zehn Meter vor dem rot-weißen Gitter, das die Fahrbahn absperrte, stoppte Lachmann das Auto. »Und nun raus, und zwar mit erhobenen Händen, und wedle mit deinem Ausweis!« Christian Ebinger gehorchte. Zwei Beamte in schwarzer Montur rannten auf sie zu. Sie hielten beide eine Maschinenpistole im Anschlag. Lachmann schrie: »Nicht schießen! Presse!«

Die Polizisten änderten ihr Verhalten nicht. Als sie die beiden Journalisten erreicht hatten, stießen sie den beiden die Mündungen ihrer Waffen gegen die Brust. Dann erst griff einer von ihnen nach Ebingers Ausweis, warf einen Blick darauf und schrie laut: »Mitkommen!«

Zwei Minuten später fanden sie sich in einem Polizeibus wieder. Ein ernster Beamter war über Funk mit der Zentrale verbunden. Er gab die Daten der beiden Journalisten weiter, hörte kurz zu, nickte und reichte die Ausweise zurück. »Die

Maßnahmen wegen Ihres verkehrswidrigen Verhaltens werden Ihnen schriftlich mitgeteilt.«

»Und sagen Sie uns jetzt noch, was die Straßensperre hier soll?«, fragte Lachmann.

Der Beamte hob den Kopf. »Sie werden sich das ja wohl denken können.«

Lachmann nickte. »Klar, Mensch. Baader-Meinhof, was?«

Der Polizist dachte nicht daran, auf den kumpelhaften Ton einzugehen. »Los! Raus hier!«

Inzwischen hatte es richtig zu regnen begonnen. Gleichzeitig war es sehr schwül geworden. Christian schätzte, dass die 30-Grad-Grenze inzwischen überschritten sein musste. Als sie zu ihrem Mietwagen zurückgingen, blieb Lachmann plötzlich stehen. Ernst sagte er: »Ich bin Ulrike Meinhof einmal begegnet. Das war 69 nach einer Schauspielaufführung in Hamburg in der Kantine des Thalia Theaters ...« Als er Ebingers zweifelnde Miene sah, sagte er: »Ja, wirklich. Eine sehr gescheite Frau. Ziemlich beeindruckend. Ich hab nie verstanden, wie die in den Untergrund abtauchen konnte. Und damit fing das an, was wir heute hier wieder erlebt haben. Straßenkontrollen überall. Der Staat ist hysterisch. Panik überall.«

»Wem sagst du das«, sagte Ebinger, »McLeod war einer der ersten Skandale, über die ich berichten musste.«

»Der Schotte, den die Polizei durch seine Wohnungstür erschossen hat?«

Christian nickte. »Ein völlig unbescholtener Mann. Irgendwelche Nachbarn hatten plötzlich die Idee, er könnte ein Terrorist sein.«

»Der hat in so 'nem Riesenblock gewohnt, oder?«

»Ja, im Asemwald. Das sind drei mächtige Hochhäuser mit über 20 Stockwerken und was weiß ich wie vielen Wohnungen. Hoch gelegen. Blick über die Filderlandschaft und hinüber zum Flughafen. Der einzige Fehler McLeods war, dass er seine Tür nicht schnell genug geöffnet hat. Aber wer weiß, vielleicht wäre er auch dann erschossen worden. Man muss sich mal vorstellen, unter welchem Druck so ein junger Polizist steht. Da musst du dich nicht wundern, wenn so einer ohne Not gleich das Feuer eröffnet.«

»Keine billigen Entschuldigungen, Kollege«, rief Lachmann und warf Ebinger die Autoschlüssel zu. »Du fährst wieder.«

Christian hatte grade Luft geholt, um zu sagen, dass auch er Ulrike Meinhof kennengelernt habe, und nicht nur sie, sondern auch ihre Genossen Gudrun Ensslin, Andreas Baader und Jan-Carl Raspe. Aber im letzten Augenblick besann er sich anders und sagte: »Das war nicht geplant, dass die Meinhof in den Untergrund ging. Sie hatte angegeben, gemeinsam mit Baader, der damals im Gefängnis saß, ein Buch über Heimzöglinge zu schreiben ...«

»Über das Thema hat sie ja auch 'ne Menge gemacht«, unterbrach ihn Lachmann.

»Ja, aber dass sie mit Baader ins Deutsche Zentralinstitut für Soziale Fragen in Berlin gehen wollte, um dort nach Quellen für ihr Buch zu suchen, war gelogen. Es ging nur darum, Baader zu befreien, dem die Behörden für die vermeintlichen Studien Freigang gewährt hatten.«

»Ist ja auch gelungen«, warf Lachmann ein.

»Wie man's nimmt. Plötzlich wurde geschossen, und ein Angestellter des Instituts wurde schwer verletzt. Das hat alles verändert. Ulrike Meinhof sollte eigentlich so tun, als hätte sie nichts damit zu schaffen. Sie sollte in der Bibliothek bleiben und die Verzweifelte spielen, darüber, dass so etwas in ihrer Anwesenheit passieren konnte – die Entführung, meine ich. Aber als dann alles eskalierte, hat sie sich spontan den Tätern angeschlossen und ist in die Illegalität gegangen. Eine Kurzschlussreaktion, nehme ich an. Der reine Schwachsinn, wenn du mich fragst.«

»Ich frag dich was ganz anderes«, sagte Lachmann, »woher weißt du das so genau?«

»Hentschke hat mich dem Team zugeordnet, das über die Baader-Meinhof-Gruppe berichtet.«

Die Stuttgarter Redaktion des SPIEGEL lag im sechsten Stock eines Bürogebäudes gegenüber dem Hauptbahnhof. Ebinger stellte den Mietwagen in der Tiefgarage ab. Im Aufzug fragte sein Kollege plötzlich: »Wie sieht's bei dir eigentlich so aus?«

»Was meinst du?«

»Verheiratet? Kinder?«

Christian Ebinger wurde bewusst, wie wenig man in dieser Redaktion über seine Kollegen wusste. Es war, als lege jeder größten Wert auf Abstand zum anderen. Freundschaften entwickelten sich nicht. Das war in den Redaktionen, in denen er früher gearbeitet hatte, ganz anders gewesen.

»Ja!«, sagte er.

»Was ja?«

»Ich bin verheiratet und habe einen Sohn, aber wir leben getrennt.«

Eigentlich erwartete er, dass sein Kollege weiterfragen würde. Aber der sagte nur: »Ich bin solo, und das bleibe ich auch. Aus Überzeugung.«

Christian hätte am liebsten gesagt, dass ihm das Leben alleine sehr zu schaffen mache. Er vermisste Anneliese und noch mehr seinen Sohn Peter, der nun schon neun Jahre alt war und den er viel zu selten sah. Zwar fuhr er, sooft er konnte, nach Blaubeuren, um die beiden zu besuchen. Aber nicht selten kam ihm ein Arbeitstermin dazwischen, und wenn er seine Frau dann anrief, um zu erklären, dass es wieder einmal nicht klappte, spürte er, dass sie ihm nicht glaubte.

Im sechsten Stock traten sie aus dem Aufzug. Während Christian die Glastür aufschloss, zündete sich Lachmann schon wieder eine Zigarette an. Die Büros lagen an einem langen Flur. Alle gingen nach Norden auf die Kriegsbergstraße hinaus. Jedes hatte zwei große Fenster. In den ersten beiden Räumen saßen die Anzeigenvertreter. Dann folgten das gemeinsame Sekretariat von Anzeigenabteilung und Redaktion, das die doppelte Bürogröße hatte, und schließlich zwei Räume für die Redakteure, von denen im Augenblick nur der genutzt wurde, in dem Christian Ebinger arbeitete. Am Ende des Korridors befand sich eine kleine Küche. Gleich vorne, neben der gläsernen Eingangstür, stand der Fernschreiber.

Gaby Heil, die Redaktionssekretärin, war bereits da und sah überrascht auf, als Ebinger und Lachmann hereinkamen. »Das glaubst du nicht, was wir erlebt haben«, rief Christian zur Begrüßung.

»Ich hab's im Radio gehört«, gab die Sekretärin zurück. »Deshalb bin ich auch schon seit zwei Stunden da, für den Fall, dass ihr mich braucht.«

»Toll!«, sagte Lachmann. »So jemanden müssten wir in München haben.« Erst dann stellte er sich vor.

»Was wurde denn im Radio gesagt?«, fragte Christian.

»Ich hab's mitstenografiert.« Gaby Heil zog einen Stenoblock zu sich her und las vor: »Zwei Journalisten des Nachrichtenmagazins DER SPIEGEL haben auf einer Müllkippe nahe dem Kernkraftwerk Weihersbronn stark strahlenden Atommüll gefunden, der unzweifelhaft aus dem dortigen Kraftwerk stammt, wie der Direktor des Stromerzeugers bestätigte. Die beiden Reporter wurden kurzzeitig festgenommen. Offenbar bestand der Verdacht, dass sie den eigenen Fund geplant und inszeniert hatten. Die Polizei wollte dazu keine Stellung nehmen. Eine Stellungnahme der Journalisten steht noch aus.«

»Wenn jemand anruft und mich oder meinen Kollegen sprechen will, sagst du, wir seien nicht da und du wüsstest auch nicht, wie du uns erreichen könntest«, sagte Christian Ebinger.

»Ja, klar«, antwortete Gaby mit einem wissenden Lächeln. Sie war die perfekte Sekretärin. »Gescheit, geschickt und absolut loyal«, pflegte Christian Ebinger zu sagen.

»Kaffee ist fertig«, rief sie jetzt, »und wenn ihr etwas frühstücken wollt: Ich hab auf dem Weg ins Büro schnell eingekauft.«

Die belegten Brötchen standen in der kleinen Küche. Als sich Lachmann einen Becher Kaffee eingoss, sagte er: »Die Frau werde ich abwerben!«

»Das wird dir nicht gelingen. Sie ist gut verheiratet, und ihr Mann hat hier einen tollen Job.« Christian nahm einen Schluck Kaffee.

»Was macht eigentlich deine Frau?«, fragte Lachmann plötzlich.

»Sie ist Redakteurin und Leiterin der Geschäftsstelle der Ulmer Kreiszeitung in Blaubeuren. Den Job hat sie von mir übernommen.«

»Echt jetzt?«, rief Lachmann, »Erzähl mal!«

»Später vielleicht. Jetzt lass uns erst mal arbeiten.« Er ging voraus in sein Büro, wählte die Nummer des Ressortleiters in Hamburg und drückte auf die Mithörtaste.

»Ist ja 'ne dolle Nummer«, tönte William Hentschke. »Ich hab grade die dpa-Meldung gelesen. Die Kollegen vom Fernsehen haben schon angerufen und ich weiß nicht wie viele Radiosender. Also, ihr liefert bis heute Abend sechs Uhr eine möglichst farbige Reportage, wie das alles zugegangen ist, ein Interview mit dem Chef des KKWs, eine Stellungnahme des Ministerpräsidenten und, wenn's geht, auch noch ein paar Stimmen der Kernkraftgegner. Alles klar?«

Christian sagte nichts dazu. Lachmann rief von der anderen Seite des Tisches laut: »Machen wir!«

»Ihr erreicht mich den ganzen Tag.« Damit legte der Chef in Hamburg auf.

»Dein Anfang ist gestorben«, meinte Lachmann. »Die Fakten sind ja größtenteils schon raus. Also rein ins Pathos bis zu den Ellenbogen!«

»Mach mal«, sagte Ebinger. »Ich versuche, den Ministerpräsidenten und den Chef vom KKW zu erreichen, und ein paar Atomkraftgegner kenne ich ganz gut. Die rufe ich an. Du kannst das andere Büro haben.« Er war froh, als Lachmann nach nebenan gegangen war. Erschöpft lehnte er sich zurück, legte die Füße auf den Tisch und atmete tief durch. Als ihm auffiel, dass er unwillkürlich die Pose seines Chefs William Hentschke eingenommen hatte, stellte er seine Füße sofort auf den Boden zurück und griff nach dem Telefon.

Die beiden Redakteure trafen sich erst kurz nach 17 Uhr wieder. Lachmann hatte den Artikel fertig. Christian war beeindruckt. Der Kollege hatte seine ganze Routine ausgespielt. Jetzt las er Ebinger und dessen Sekretärin sein Werk vor. Er begann tatsächlich sehr pathetisch, ging dann aber schnell in einen knappen, präzisen Reporterstil über. In kurzen Absätzen schilderte er den Ablauf des Tages betont neutral, ohne sich selbst oder Ebinger groß ins Spiel zu bringen. Selbst über die Tatsache, dass sie eine Nacht im Knast verbracht hatten, berichtete er eher beiläufig: »›Die beiden Reporter hatten sich dem Verdacht ausgesetzt, gewusst zu haben, was sie auf der Müllkippe finden würden‹«, las er vor, »›ja, es wurde nicht einmal ausgeschlossen, sie könnten selbst dafür gesorgt haben, dass die Ionenaustauscher dort rechtzeitig zu ihren Recherchen platziert sein würden. Aber der Direktor des Kernkraftwerks …‹ Da muss jetzt ein Satz von dir rein. Du hast doch noch mal mit ihm gesprochen, oder?«, sagte Lachmann zu Christian Ebinger.

»Ja. Warte! Können wir einfach ein Zitat aus dem Interview nehmen?«

»Logisch – und ich mache dann einen Querverweis. Also?«

»Direktor Breitenbach sagte: ›Ich bin bestürzt und ratlos. Egal wie die Ionenaustauscher unser Werk verlassen haben – es ist eigentlich unmöglich. Und trotzdem muss ich zugeben, dass es tatsächlich passiert ist.‹«

»Klasse! Passt!« Lachmann trug den Satz in sein maschinengeschriebenes Manuskript ein, las den Rest vollends vor und reichte die Blätter Gaby Heil. »Sie können damit an den Fernschreiber.« Auch Christian gab ihr die Kurzinterviews mit dem Ministerpräsidenten, der sich angemessen entsetzt gab, dem KKW-Direktor, aus dessen Antworten hervorging, wie verstört er war, und die Stellungnahmen von einer Reihe namhafter Umweltschützer, deren Empörung einhellig war.

Die Stunden vergingen, bis die Ressortleitung aus Hamburg sich meldete.

»Schade, dass wir nicht in irgendeine Kneipe gehen können«, sagte Lachmann.

»Bier und Wein sind in der Küche, aber wenn du Hunger hast …«

Das hatte Gaby gehört, die am Fernschreiber im Korridor neben der Eingangstür saß und die Texte nach Hamburg übermittelte. »Ich hole euch was, sobald ich hier fertig bin.«

»Am Bahnsteig 9, drüben auf dem Hauptbahnhof, gibt es die besten LKWs der Stadt«, wusste Ebinger. »Darauf hätte ich Appetit.«

»Und was ist ein LKW?«, fragte der Kollege aus München.

»Ein Leberkäswecken.«

»Okay, als Vorspeise gerne.«

Christian Ebinger sah auf die Uhr. »Vor 20 Uhr wird sich Hentschke nicht melden.«

Aber da hatte er sich getäuscht. Es war kurz nach 18 Uhr, Gaby Heil hatte grade die Leberkäswecken serviert, und die beiden Journalisten waren beim zweiten Bier, als der Ressortleiter anrief. »Sehr gut«, sagte er. »Wir nehmen das genau so mit.«

Lachmann und Ebinger sahen sich an, hoben die flachen Hände und klatschten sich ab. »Selten genug, dass es so läuft«, sagte der Münchener Redakteur. »Wenn sich jetzt die Kollegen in der Dokumentation ranhalten, reicht es vielleicht doch noch für ein anständiges Abendessen.« Dann fragte er die Sekretärin: »Wo lege ich denn mein Haupt heute Abend hin?«

»Gleich in der Nachbarschaft, im Schlossgartenhotel. Es ist zwar ein Luxusappartement, aber ich habe in Hamburg nachgefragt. Ist genehmigt.«

»Ich bin voller Bewunderung!«, sagte Lachmann. »Haben Sie wirklich keine Lust, nach München zu ziehen?«

Gaby Heil lachte: »Um nichts in der Welt! Übrigens: Ihr Zug geht morgen um 9 Uhr 18. Die Fahrkarte hab ich schnell geholt.« Sie reichte sie ihm und zog sich ins Sekretariat zurück.

Das mit dem Abendessen wurde nichts mehr. Beide Redakteure merkten schon bald, wie erschöpft sie waren. Gegen 21 Uhr meldete sich ein Kollege aus der Dokumentation. Er hatte noch eine Liste von Fragen, die er im Gespräch mit Ebinger sorgsam abarbeitete. Lachmann und Ebinger schickten Gaby Heil nach Hause und gingen zum Wein über.

»Es geht mich ja nichts an«, sagte Lachmann, »aber wie lebt es sich denn so? Du hier, deine Frau irgendwo in der Provinz, und dein Kind siehst du viel zu selten.«

»Ich will eigentlich nicht darüber reden«, sagte Ebinger und nahm einen Schluck aus seinem Henkelglas. Er hatte gleich nach seinem Eintritt in die Redaktion die typischen schwäbischen Weingläser beschafft, und er hatte auch dafür gesorgt, dass ausschließlich Württemberger Weine ins Haus kamen. Manch ein Hamburger Kollege machte schon deshalb gerne Station in der Stuttgarter Redaktion. Jetzt hatte er einen Uhlbacher Trollinger mit Lemberger aufgemacht. Lachmann hatte zwar gemosert, er trinke ausschließlich französische Weine. Er und ein Freund hätten auch ein Häuschen im Languedoc. Aber er musste dann doch zugeben, dass das Gewächs aus Uhlbach »durchaus trinkbar« war.

»Meine Frau … – ich weiß nicht, eigentlich ist sie nicht mehr meine Frau. Sie ist neun Jahre älter als ich, stammt von einem Bauernhof, ist eine begnadete Fotografin und so selbstbewusst, dass ich …« Christian Ebinger wollte eigentlich fortfahren, ›dass ich mir oft ganz klein vorkomme neben ihr‹, aber er brach den Satz ab.

»'ne Art Muttterersatz?«, fragte Lachmann.

»Hab ich nie so gesehen, aber viele haben mir das schon vorgeworfen.«

»Ich werfe dir das nicht vor. Ich kann mir das gut vorstellen. Wer sagt denn, dass 'ne Frau, die man liebt, jünger oder gleichaltrig sein muss.«

Ebinger sah den Kollegen überrascht an. »Du hast recht. Ich hatte mal eine Liebesbeziehung … nee, das ist die falsche Bezeichnung, eine Freundschaftsbeziehung plus Sex mit einer Frau, die war über sechzig, aber so was von toll!«

»Prost! Darauf trinken wir.« Lachmann nahm einen langen Schluck. »Dass man alles hinter sich lässt, wenn man die Chance kriegt, Korrespondent des SPIEGEL zu werden, kann ich verstehen.«

»So war's nicht. Ich hab damals im Zorn gekündigt und das nächste Angebot angenommen, das mir gemacht wurde.«

»Und das war?«

»Eine Kundenzeitschrift für die Sparkassen mit dem schönen Titel ›Die hohe Kante‹.«

»Echt jetzt? Das glaub ich nicht.«

»Doch, hab ich fast drei Jahre lang gemacht. Gut verdient und nebenher 'ne Menge frei gearbeitet. Für die Zeitschrift habe ich höchstens eine Woche gebraucht. Erschienen ist sie monatlich.«

»Und was hast du frei geschrieben?«

»Beiträge für den Rundfunk, für die satirische Zeitschrift ›Pardon‹ und 'ne Menge Werbetexte, denn der Sparkassenverlag war zugleich die zentrale Werbeagentur für die meisten deutschen Sparkassen und alle Sparkassenverbände.« Ebinger lachte glucksend. »War eigentlich eine schöne Zeit, denn mein Chef war ein ganz wunderbarer Mann. Wenn ich finanzielle

Probleme hatte, bin ich zu ihm gegangen und hab gefragt, kann ich eine Broschüre schreiben oder Texte für eine Ausstellung machen? Solche Arbeiten wurden zusätzlich honoriert. Er hat immer zugestimmt.« Christian merkte, wie sehr ihm der Wein zu Kopf stieg, deshalb sagte er: »Schluss jetzt. Ich rede zu viel.«

»Nee, erzähl weiter!« Lachmann hatte sich inzwischen auf den Teppichboden des Büros gelegt, neben sich das Weinglas und einen Aschenbecher. Er rauchte Kette.

Ebinger kicherte. »Höhepunkt des Jahres war der Weltspartag. Damals haben wir die Kampagnen komplett bei uns entwickelt. Man brauchte einen griffigen Slogan, und dann wurden 30 Grafiker beauftragt, Plakate für den Text zu entwerfen. Ein interner Wettbewerb, verstehst du?«

»Ist ja nicht so schwer.« Bachmann hob sein Glas hoch, und Ebinger beugte sich weit vor, um dem Kollegen nachzuschenken. »Aber so einen Slogan zu erfinden, das war jedes Mal eine gewaltige Veranstaltung. Der Abteilungsleiter versammelte gut 15 Mitarbeiter um sich und lobte zwölf Flaschen Côtes du Rhône aus …«

»Ein Mann mit Geschmack«, rief Lachmann vom Teppichboden herauf.

»Die Kiste Wein sollte der bekommen, der den richtigen Slogan fand. Das hat sich hingezogen, kann ich dir sagen. Die Vorschläge häuften sich und wurden immer dünner. Schließlich rief der Chef: ›Ich hab's! Ich hab's!‹ Alle schauten ihn erwartungsvoll an. Er gönnte sich eine Kunstpause und trompetete dann: ›Arschloch, spar doch!‹«

Lachmann richtete sich auf, um den Wein nicht zu verschütten, dann erst lachte er.

»Und weißt du was?«, fuhr Ebinger fort. »Wir haben alle 30 Grafiker gebeten, dazu ein Plakat zu entwickeln, und die haben auch alle mitgemacht. Umsonst! Just for fun, würdest du wahrscheinlich sagen. Wir haben die Plakate dann in einer internen Ausstellung präsentiert.«

»Aber das wurde nicht der Slogan?«

»Natürlich nicht. Trotzdem haben wir einen gefunden, der bis heute gilt und nicht nur für das Jahr damals. Ich weiß, dass ich ihn nicht erfunden habe. Aber die meisten anderen, die bei diesem Brainstorming dabei waren, sind bis heute fest davon überzeugt, er sei ihnen eingefallen.«

»Und wie lautet der?«

»Wenn's um Geld geht: Sparkasse.«

»Mann, Mann, sind das Geschichten! Vielleicht war's gar nicht so schlecht, dass du diesen Abstecher in die Werbung gemacht hast.«

»Bestimmt nicht. Werbetexte schreiben, das schult dich, kann ich dir sagen. Du musst einen Inhalt auf die kürzestmögliche, prägnanteste und einprägsamste Form bringen, und dann noch so, dass du die Leser für das Produkt gewinnst. Hat mir in meinen späteren Jobs bestimmt nicht geschadet.«

Lachmann rappelte sich vom Boden auf. »Ich muss ins Bett!«

»Ich auch. Eigentlich müsste ich längst drinliegen«, antwortete Ebinger.

»Und wie geht's jetzt weiter mit deiner Frau und deinem Kind?«

»Mal sehen. Morgen fahr ich übers Wochenende hin.«

Christian Ebinger hatte ein Taxi genommen. Seine Wohnung lag in Stuttgart-Kaltental im Süden der Stadt. Er stieg die Treppen zum dritten Stock hinauf und spürte, dass er nicht mehr sicher auf den Beinen war. Er betrat die Wohnung, schaltete aber das Licht nicht an. Der Regen hatte im Lauf des Nachmittags aufgehört. Die Wolken hatten aufgerissen. Die bleiche Mondsichel hing am Himmel, deren Licht durch das breite Dachfenster fiel und den ganzen Wohnraum erleuchtete. Ebinger trat auf den schmalen Balkon hinaus und atmete die Luft tief ein. Hinter dem Haus erhob sich ein dicht bewaldeter Hügel. Christian glaubte, den Tannenduft zu riechen.

Er schloss die Balkontür und ging ins Bad. Lange stand er unter der Dusche. Die Einsamkeit überfiel ihn. Er schaltete die Dusche ab und ging nackt und nass ins Wohnzimmer zurück. Dort ließ er sich in einen Ledersessel fallen und begann zu seiner eigenen Überraschung zu weinen wie ein Kind.

Wie er danach ins Bett gekommen war, wusste er am anderen Morgen nicht mehr.

Zwei Tage in Blaubeuren

Bevor Christian Ebinger losfuhr, ging er noch ins Spielwarengeschäft. Er war ratlos, was er Peter mitbringen sollte. Der Verkäufer überredete ihn zu einem Modellflugzeug mit einer Funkfernsteuerung, von der aus der Flieger elektronisch gelenkt werden konnte.

»Mein Sohn ist erst neun«, hatte Ebinger noch eingewendet. Und der Verkäufer hatte geantwortet: »Genau richtig. Ich kenne Sechsjährige, die perfekte Modellflieger sind. Sie werden sehen …« Christian hörte schon nicht mehr zu, froh, dass er irgendetwas gefunden hatte, was Peter vermutlich begeistern würde.

Für Anneliese hatte er schon vor einiger Zeit in einer Boutique auf dem Kleinen Schlossplatz ein buntes Tuch gekauft, von dem die Verkäuferin behauptet hatte, es stamme original aus Peru.

»Ein ungewöhnlich schönes, gehäkeltes Lochmuster in Farben, die eigentlich gar nicht zusammenpassen«, sagte die junge Frau. »Grün, Altrosa, Dunkelrot, Blau – und da, sehen Sie: diese langen Fransen in Safrangelb …«

Erst als er das Geschenk zu Hause in buntes Papier einpackte, fiel ihm das Schildchen mit der Aufschrift ›Made in China‹ auf. Er trennte es sorgfältig heraus. Christian Ebinger gehörte nicht zu den Leuten, die sich wegen so etwas beschwerten.

Am Freitagvormittag schaute er noch einmal kurz in der Redaktion vorbei und machte sich dann auf den Weg nach Blaubeuren. Gaby Heil war geübt darin, bei eventuellen Nachfragen einen triftigen Grund zu finden, warum Herr Ebinger nicht erreichbar war. Und sie hatte damit an diesem Tag noch viel zu tun. Fast im Minutentakt riefen Journalisten aller möglichen Medien an, um den Redakteur zu dem Atommüllfund in Weihersbronn zu befragen. Der Chef aus Hamburg würde sich eh vor Montag nicht melden. Er hatte bis zur Druckfreigabe des aktuellen Heftes mehr als genug zu tun.

Ein wunderschöner Frühlingstag. Christian hatte beschlossen, nicht über die Autobahn zu fahren. Stattdessen wählte er den Weg über Reutlingen, Pfullingen, Honau und über die Schwäbische Alb. Er wusste, dass Peter am Freitag erst um 16 Uhr aus der Schule kam und Anneliese nicht vor 18 Uhr Feierabend machen würde. Langsam fuhr er die engen Kurven der Honauer Steige hinauf und bog, als er die Albhochfläche erreichte, nach rechts ab in Richtung Schloss Lichtenstein.

Auf der Zufahrtsstraße parkte er den Wagen in einer Bucht und stieg aus. Sein Blick ging hinüber zu dem schroffen Felsen, dessen senkrecht aufragende Wand direkt in die Außenmauer der Burg überging. Schaudernd erinnerte er sich.

Damals war er ungefähr so alt gewesen wie sein Sohn Peter heute. Es war beim ersten Schulausflug. Der Lehrer, Otto Klein, der ein Jahr zuvor bei Christians Familie in ein Zimmer eingezogen war, das vor der Glastür zur eigentlichen Wohnung lag, hatte diese Fahrt gegen einige Widerstände in der Elternschaft durchgesetzt. Christians Vater, bis 1945 Schulleiter, war noch in einem Internierungslager der französischen Besatzungsmacht für ehemalige Funktionäre der NSDAP. Albert Ebinger war in den letzten Kriegsjahren Ortsgruppenleiter der Hitlerpartei gewesen. Dass seine Familie dennoch weiter im Schulhaus wohnen durfte, war dem Einsatz des jungen Bürgermeisters zu verdanken, der gleich nach Kriegsende gewählt worden war.

Nun stand also der erste Schulausflug an. Das Ziel: Schloss Lichtenstein. Für die meisten Schüler war es die erste Fahrt mit einem Omnibus. Entsprechend aufgeregt waren sie. Unterwegs erzählte der Lehrer, sie würden eine richtige Ritterburg zu sehen bekommen. Zwar habe da nie ein Ritter gewohnt, aber der Herzog von Urach, der das Gebäude 1840 direkt am Albtrauf errichten ließ, habe sich damit einen Traum erfüllt. »Romantischen Historismus« nenne man so etwas, ein Begriff, mit dem keines der neunjährigen Kinder etwas anfangen konnte und den sich Christian dennoch gemerkt hatte, indem er ihn leise murmelnd hundertfach wiederholte. Prompt tauchte er auch jetzt wieder in seinem Gedächtnis auf.

Der Lehrer hatte dann, als sie ausgestiegen waren und staunend vor dem grauen Bau mit seinen Schießscharten, bleiverglasten Fenstern und einem imponierenden runden Turm standen, weiter erläutert: »Als hier noch ein anderes Schloss stand, das später abgebrannt ist, hatte sich im Jahr 1519 Herzog Ulrich von Schwaben hinter dessen Mauern und in der nahen Bärenhöhle vor seinen Feinden versteckt.«

Schon in den Wochen zuvor hatte Klein in mehreren Unterrichtstunden aus dem Roman »Lichtenstein« von Wilhelm Hauff vorgelesen, der die abenteuerliche Lebensgeschichte Herzog Ulrichs erzählte. Es sei freilich in Wirklichkeit anders gewesen, hatte Klein erklärt. Der Roman sei mehr eine Sage als ein Bericht über jene Zeit, aber eben spannend und schön erzählt.

Der junge Lehrer hatte den kleinen Christian ins Herz geschlossen. Er kümmerte sich wie ein Vater um ihn. In den Sommerferien nahm er ihn sogar mit zu seinen Eltern, die in der Gegend von Herrenberg einen Bauernhof betrieben. Christian verehrte Otto Klein sehr.

Und dann dies: Sie waren im großen Rittersaal und bewunderten die Rüstungen, die dicht an dicht an beiden Längswänden aufgestellt waren. Die Fenster standen weit offen. Christian war an eines herangetreten und sah an der Wand der Burg hinunter, die nahtlos in den gut 200 Meter senkrecht abstürzenden schroffen Fels überging. Plötzlich spürte er, wie ihn zwei Hände unter den Achseln fassten und über die Kante des Fensters hinaushoben. Unter ihm der gähnende Abgrund. Sein Körper versteifte sich und fühlte sich eisig an. Christian wollte schreien, aber er brachte keinen Ton heraus. Lachend zog der Lehrer Klein den Jungen wieder in den Raum hinein und setzte ihn behutsam ab. »War doch nur ein Scherz!« Christian aber brach in die Knie, ging zu Boden und begann jetzt erst zu zappeln, um sich zu schlagen und zu schreien. Es dauerte lange, bis er sich wieder beruhigte.

Auf der Heimfahrt sprach er kein Wort, und in der nächsten Zeit ging er dem Lehrer aus dem Weg. Nie wieder stellte sich das vertraute Verhältnis ein, das die beiden einmal verbunden hatte. Geblieben war Christian bis heute die Höhenangst, sobald er auf einem Turm oder einer hohen Treppe stand und einen Blick in die Tiefe warf, spürte er jedes Mal einen nahezu unwiderstehlichen Sog in den Kniekehlen. Unweigerlich überkam ihn eine seltsame Lust zu springen oder sich einfach in die Tiefe fallen zu lassen.

Er entschied sich, Schloss Lichtenstein doch nicht noch einmal zu besichtigen. Er ging einen Wanderweg entlang, der ihn zunächst durch ein lichtes Buchenwäldchen führte. Das sonnige Wetter hielt an, aber hier auf der Schwäbischen Alb war es nicht schwül. Ein leichter Luftzug bewegte die Blätter an den Bäumen. Wenn Christian stehen blieb, konnte er sie leise rascheln hören. Als er den Waldrand erreichte, ging sein Blick über die wellenförmige Hochebene, auf der sich Wiesen, Äcker und kleine Waldstücke abwechselten und schmale braune Wege schwungvolle Linien in die Landschaft zeichneten. Christian blieb stehen und atmete tief ein, überlegte, ob er umkehren solle, und entschloss sich dann doch, den Weg fortzusetzen. Mit langen, schnellen Schritten ging er einen Feldweg entlang. Nach etwa einem Kilometer erreichte er einen tiefen Tobel und stieg über einen gewundenen Pfad hinab bis zu einem kleinen Bach, über den eine schmale Holzbrücke führte. Auf der anderen Seite ging es steil wieder hinauf. Er erreichte ein kleines Dorf, eigentlich nur einen Weiler, der aus einem halben Dutzend ansehnlicher

Bauernhöfe bestand. Beim ersten Haus redete er beruhigend auf einen Hund ein, der hinter einem Maschendrahtzaun bellte. Er scheuchte ein paar Hühner zur Seite, grüßte eine alte Frau, die in dem bunten Bauerngarten vor ihrem Haus ein Blumenbeet harkte. »Ja, wo kommet jetzt Sie au her?«, fragte sie erstaunt.

»Aus Stuttgart«, antwortete er freundlich. »Ich bin auf dem Weg nach Blaubeuren, aber bei dem Wetter will man ja nicht bloß im Auto sitzen.«

»Do hent Se recht!« Die Frau nahm, ohne noch mal aufzusehen, ihre Arbeit wieder auf.

Christian schlug hinter dem Dörfchen einen weiten Bogen. Er kam an einer Wacholderheide vorbei, die sich über einen flachen Hang rechts des Weges hinaufzog. Zwischen den Büschen, die wie dunkle Gestalten im Gras hockten, weideten Schafe. Der Schäfer stand auf seinen langen Stock mit der kleinen Schaufel am Ende gestützt im Schatten eines Birnbaums. Als Christian ihn grüßte, legte er nur den Zeigefinger an seine Hutkrempe und pfiff den Hund zurück, der in dem Fremden offenbar eine Gefahr für seine Herde sah und auf ihn losstürzen wollte.

Nach einer weiteren halben Stunde stieg Christian wieder zu dem Bach hinunter, diesmal ohne Weg und Steg. Beim Versuch, über das Rinnsal zu springen, holte er sich nasse Füße. Als er wieder auf der Hochebene war, zog er Schuhe und Strümpfe aus und ging barfuß weiter. Es war kurz nach drei Uhr am Nachmittag, als er wieder in sein Auto stieg. Die Zeit würde reichen, um Peter gegen vier Uhr an der Schule abzuholen.

Christian war pünktlich. Er lehnte an seinem Auto und sah zur großen Eingangstür der Schule hinüber. Wie immer, wenn er seinen Sohn wiedersehen würde, war er aufgeregt. Und es dauerte jeweils Stunden, ehe er sich dem Jungen gegenüber einigermaßen natürlich geben konnte.

Die Pausenglocke schrillte. Wenige Augenblicke später stürmten die ersten Schüler aus der großen Eingangstür. Viele waren es nicht. Christian wusste, dass am Freitagnachmittag nur noch zwei Arbeitsgemeinschaften Unterricht hatten. Eine davon war die Theatergruppe, und zu der gehörte auch Peter. Nach wenigen Minuten hatten alle Schüler das Gebäude verlassen. Plötzlich war es still auf dem großen Pausenhof. Peter war nicht erschienen. Christian stieß sich mit dem Rücken von seinem Fahrzeug ab und ging auf das Schulgebäude zu. Da kam ihm auch schon der Deutschlehrer entgegen, der die Theatergruppe leitete. »Haben Sie auf Ihren Peter gewartet?«, fragte der Lehrer.

Christian nickte nur.

»Der ist leider krank geworden. Er fehlt schon seit drei Tagen. Ich hoffe, es ist nichts Schlimmes.«

Christian bedankte sich und stieg in sein Auto. Von der Schule bis zur Redaktion und Geschäftsstelle an der Hauptstraße waren es nur wenige Hundert Meter. Er parkte hinter dem Haus neben Annelieses Kleinwagen und ging dann um das Gebäude herum zum Büro. Anneliese saß in dem kleinen Redaktionsraum und tippte auf ihrer Schreibmaschine. Sie hob den Kopf, als die Klingel über der Eingangstür ertönte. »Da bist du ja!« Sehr erfreut klang es nicht.

»Peter ist krank?«, fragte er. Ging zu ihr, beugte sich über sie und küsste sie in den Nacken.

»Nicht weiter schlimm. Eine kleine Grippe.« Sie zog die obere Schreibtischschublade auf und nahm einen Schlüsselbund heraus. »Du kannst ja schon mal raufgehen. Er freut sich bestimmt, falls er wach ist. Wenn nicht, lass ihn bitte schlafen.«

Peter sah seinem Vater ernst entgegen und begrüßte ihn mit den gleichen Worten wie zuvor schon seine Mutter: »Da bist du ja!« Christian trat ans Bett des Jungen und fuhr ihm mit der Hand übers Haar. »Na, du!« Er zog sein Taschentuch heraus und wischte sich die Hand ab. »Du schwitzt ja.«

»Ich hab ja auch Fieber.«

Christian zog einen Stuhl heran und setzte sich. Die mit Buntpapier eingeschlagene Schachtel stellte er neben sich auf den Boden. »Und? Ist es schlimm?«

Peter schüttelte den Kopf. »Am Montag gehe ich wieder in die Schule.« Dann sprach ein paar Augenblicke keiner der beiden.

»Soll ich dich schlafen lassen?«, fragte Christian nach einer Weile.

Wieder schüttelte sein Sohn den Kopf.

»Was übt ihr denn für ein Theaterstück ein?« Christian fühlte sich unwohl. Er machte mit seinem Sohn Konversation wie mit einem Fremden.

»Das Stück heißt ›Akkordeonikonepomuk‹. Herr Dürr hat es selber geschrieben.«

»Akkordeo… was?«

»…nikonepomuk, das ist eine Figur in einem kleinen Zirkus, ungefähr dreißig Zentimeter groß, in einem weißen Clownskostüm und mit einem Akkordeon vor dem Bauch. Auf dem Kopf eine Kerze. Er kann kleine Wunder bewirken. Es ist ein kleiner Zirkus. Er gehört einer Familie, und alle sind Artisten. Ich spiele den Zirkusdirektor und rufe am Anfang laut: ›Die Manege ist rund / mit den Füßen im Sand / wird die Welt kunterbunt / kommt der Zirkus ins Land.‹ Dann sage ich die erste Nummer an, aber genau in dem Moment geht das Licht aus.«

»Warum das denn?«

»Weil es Leute gibt, die den Zirkus weghaben wollen. Vor allem der Bürgermeister, der Angst davor hat, dass sein Sohn mitgehen will, wenn der Zirkus weiterzieht. Deshalb lässt er sich lauter gemeine Sachen einfallen …« Peter konnte nicht weiterreden, weil ihn ein Hustenanfall schüttelte. Christian sah sich um, entdeckte auf dem Nachttischchen eine Flasche mit Hustensaft und einen Löffel. Vorsichtig flößte er dem Kind den braunen Saft ein. Peter griff nach dem Arm des Vaters. »Warum kommst du so selten, Papa?«

Christian legte seine freie Hand in den Nacken des Jungen. »Das hab ich dir doch schon so oft erklärt.«

»Aber wenn wir den Akkordenikonepomuk spielen, kommst du, ja?«

»Versprochen! Und schau mal, ich hab dir auch etwas mitgebracht.«

»Du musst mir nicht immer etwas mitbringen. Es langt, wenn du kommst«, sagte der Junge. Und obwohl es ziemlich altklug klang, rührte es Christian fast zu Tränen. Er hob das Geschenk vom Boden auf. »Wollen wir das Paket trotzdem auspacken?«

»Später«, sagte Peter. »Erzähl mir erst mal, was bei dir die ganze Zeit passiert ist.«

Während Christian nun das Abenteuer schilderte, das er an den beiden Tagen zuvor erlebt hatte, schlief Peter ein.

Am späteren Abend saßen Anneliese und Christian wie in alten Zeiten in der Küche. Das Geschirr hatten sie nur rasch in der Spüle zusammengeräumt. Anneliese stellte zwei Weingläser auf den Tisch. Sie trug ihr schwarzes Haar, in dem sich ein paar wenige silberne Fäden zeigten, streng nach hinten gekämmt und in einem Pferdeschwanz zusammengefasst, wie damals, als er sie zum ersten Mal im Tierheim getroffen hatte. Das war nun ziemlich genau zehn Jahre her. Ihre schlanke Figur hatte sich seitdem nicht verändert. Ihr Gesicht allerdings durchzogen nun ein paar Falten, die ihm bisher noch nicht aufgefallen waren. Sie wirkte an diesem Abend ungewöhnlich ernst auf ihn. Aber das mochte daran liegen, dass Peter krank war. »Wie geht's dir denn?«, fragte Christian.

»Wie soll's mir schon gehen. In vier Wochen werde ich vierzig, und ich kenne keine Frau, an der dieser Geburtstag spurlos vorübergeht.«

»Du siehst keinen Tag älter aus als dreißig«, Christian schickte sich an, eine Flasche zu öffnen, die er mitgebracht hatte.

»Sollte man den nach der Fahrt nicht erst mal ein bisschen ruhen lassen?«, fragte Anneliese. »Ich hab einen ausgezeichneten Rioja.« Sie stand auf und ging aus der Küche. Christian sah ihr nach. Sie hatte noch immer diesen eleganten Gang, die rechte Hüfte ein klein wenig nach vorne geschoben und die Füße leicht ausgestellt. Er spürte ein Verlangen nach ihr, das sich zuverlässig einstellte, sobald sie beieinander waren. Er legte das Päckchen mit dem vermeintlich peruanischen Tuch auf den Tisch.

Anneliese kam zurück. Sie hielt die Flasche hoch. »Ein Geschenk von Wolfgang Schäfer. Er hat das letzte Mal einen ganzen Karton mit sechs Flaschen mitgebracht. Drei sind noch da.«

»Heißt das, du hast mit ihm die anderen drei getrunken?«

Anneliese sah ihn überrascht an und lachte dann laut auf. »Nicht auf einmal.«

»Er war also öfter da?«

Sie setzte sich und reichte Christian die Flasche, damit er sie öffnen konnte. »Das interessiert dich?«

»Natürlich interessiert mich das. Ich kenne Wolfgang. Dem ist alles zuzutrauen.« Er brauchte seine ganze Kraft, um den festsitzenden Korken herauszuziehen.

»Was ist dem zuzutrauen?« Anneliese sah ihn mit schräg gelegtem Kopf an.

»Hast du was mit ihm?«

»Also jetzt erlaube mal! Glaubst du, ausgerechnet du hast ein Recht, solche Fragen zu stellen?« Sie nahm ihm die Flasche aus der Hand und goss Wein in die zwei Gläser.

Christian stand auf und trat ans Fenster. Der Blick aus der Küche über die Gärten hinweg, die jetzt im Mondlicht nur schemenhaft zu erkennen waren, zu der Häuserzeile gegenüber war ihm sehr vertraut und hatte sich in den Jahren, seitdem er hier ausgezogen war, nicht verändert. Plötzlich musste er lachen.

»Du findest das also auch komisch?«, fragte Anneliese in seinem Rücken.

»Ich musste grade dran denken, wie wir damals das neue Fenster im Badezimmer eingesetzt haben, aber aus Versehen so, dass man von uns nicht raus-, aber von dort drüben ungeniert hineinsehen konnte.«

Anneliese imitierte die aufgeregte Nachbarin, die eines Tages vor ihrer Wohnungstür gestanden hatte: »Die Sauerei muss aufhören! Man sieht ja alles, was Sie in Ihrem Bad treiben.«

Er wandte sich um. »Du und Wolfgang Schäfer also?«

»Denk, was du willst!«, antwortete Anneliese leichthin. »Nicht ich habe dich verlassen, du bist gegangen, Christian. Das solltest du nicht vergessen. Im Übrigen: Wolfgang ist ein guter Freund, mehr nicht. Er kann sehr gut mit Peter, und es ist gar nicht schlecht, wenn's der Bub auch mal mit einem Mann zu tun hat.« Der Vorwurf in ihrer Stimme war unüberhörbar.

Christian setzte sich wieder. Annelieses Gesicht, das die ganze Zeit ziemlich bleich gewesen war, hatte Farbe gewonnen. Und jetzt schienen sich auch die Falten zu glätten. Sie sah ihn aus ihren grünbraunen Augen direkt an. »Du wirst ja wohl auch dein eigenes Leben haben, was Frauen anbelangt.«

Sollte er von seinen kläglichen Versuchen erzählen, die eine oder andere Frau für sich zu gewinnen – was immer damit geendet hatte, dass er sich keine neue Beziehung vorstellen konnte? Sollte er ihr sagen, dass er, wenn er nachts onanierte, in seiner Fantasie immer nur mit ihr schlief? Er trank sein Glas viel zu schnell aus und murmelte: »Wenn du wüsstest.«

»Ja, ich wüsste es gerne, auch wenn es wehtut.«

Christian goss sich nach. »Ich vergrabe mich in meiner Arbeit. Die ist mir verdammt wichtig. Im Übrigen bin ich ziemlich alleine, auch wenn du mir das nicht glauben magst.«

Anneliese sagte nichts darauf. Sie stand auf. »Ich schau noch mal nach Peter.«

Solange sie draußen war, trank Christian sein Glas erneut in einem Zug aus und goss sich sofort noch einmal nach. Er wusste, dass das falsch war, und tat es trotzdem.

Anneliese kehrte zurück. »Er schläft tief und fest.«

»Mein Vater hat immer gesagt: ›Schlaf! Schlaf! Schlaf dich gesund‹, wenn ich mal krank war«, erinnerte sich Christian.

»Wie geht's ihm denn?«, fragte Anneliese.

»Nicht gut. Er hört fast nichts mehr, sieht kaum mehr etwas – alles Folgen seines schweren Diabetes. Aber geistig ist er voll da.«

»Und deine Mutter, wie geht's der?«

»Die ist munter und stark. Und jetzt, da mein Vater immer hinfälliger wird, fängt sie an, ihn zu dominieren. Eine ganze Ehe lang war das umgekehrt bei den beiden.«

»Eine späte Genugtuung«, sagte Anneliese.

»Vielleicht auch eine späte Rache!« Christian hob das Weinglas an die Lippen, setzte es aber wieder ab. »Ich trinke zu viel.«

Anneliese sagte nichts darauf.

»Und am Ende bringe ich dann nichts zustande.«

Sie antwortete auch darauf nicht, hin- und hergerissen zwischen dem Wunsch, mit ihm zu schlafen, und der Absicht, es ihm diesmal zu verweigern.

Bewusst wechselte sie das Thema: »Das warst doch du, der zusammen mit einem anderen Journalisten den Atommüll gefunden hat. Namen wurden ja nicht genannt, weder in den Radionachrichten noch in der Tagesschau. Ich hatte eigentlich erwartet, dass ich dich da zu sehen bekomme.«

»Ich bin lieber zu dir gefahren, als mich vor irgendwelchen Kameras ins Zeug zu legen.«

»Hat man dich denn gefragt?«

»Man hat es versucht.«

»Wie seid ihr denn darauf gekommen, dass auf der Müllkippe dieses Teufelszeug zu finden ist?«

»Es war der reine Zufall, glaub mir. Oder vielleicht auch nicht. Ich hatte in der Lokalredaktion vor Ort angerufen und gefragt, wo das Kernkraftwerk seinen Müll hinbringt. Vielleicht hat es sich in interessierten Kreisen herumgesprochen, dass

Reporter des SPIEGEL nach Atommüll suchen. Immerhin hatte ich ja schon ausführlich über die Vorfälle in Karlsruhe-Leopoldshafen berichtet.«

»Hast du denn mit dem Mann noch mal gesprochen?«

»Das wird am Montag meine erste Tat sein.« Er sah auf. Ihre Blicke begegneten sich wieder. Christian lächelte. »Alle deine Fragen zeigen mir, dass du inzwischen eine richtige Journalistin geworden bist.«

Anneliese lächelte. »Ich gebe mir Mühe.« Und in diesem Augenblick beschloss sie, dass sie doch bereit war, mit ihm zu schlafen. Sie nahm das Päckchen vom Tisch und öffnete es. »Das sind ja wunderschöne Farben«, sagte sie, stand auf und breitete das Tuch weit aus. »Herrlich«, rief sie, »das ist groß genug, um sich ganz darin einzuwickeln.« Damit verließ sie die Küche und verschwand im Badezimmer. Als sie wiederkam, hatte sie das Tuch um ihren Körper geschlungen. Darunter war sie nackt. »Kommst du?«, fragte sie.

Am Samstagmorgen war Peter fieberfrei. Zum Frühstück konnte er aufstehen. Danach sollte er aber wieder ins Bett. Sein Geschenk hatte er inzwischen ausgepackt, aber seine Begeisterung hielt sich in Grenzen. »Wahrscheinlich wäre ihm ein Buch lieber gewesen«, sagte Anneliese später. »Er ist inzwischen eine richtige Leseratte geworden.«

Seit ein paar Wochen blieb die Geschäftsstelle der Zeitung samstags geschlossen. Anneliese schlug vor, einen Spaziergang zu machen. Peter hatte sich in ein Buch vertieft, das sie ihm vor zwei Tagen gekauft hatte. Ihr Weg führte sie übers »Klötzle Blei«, wie ein steil aufragender Felsen genannt wurde, der sich praktisch aus der Stadt heraus erhob, zum Rucken hinüber und hinunter ins Blautal. Dort fanden sie im Schatten einer Birke eine Bank am Wasser, auf der sie sich ein wenig ausruhen konnten. Anneliese hatte auf dem Weg kaum gesprochen, während Christian mit zunehmender Begeisterung von seinem Atommüllfund erzählte. Das schöne Wetter hatte sich gehalten. Christian schätzte die Temperatur auf gut 28 Grad. Er verschränkte die Arme im Nacken, streckte seine Beine weit von sich und rief: »So kann man es aushalten.« Er löste seine Hände und schob seinen linken Arm hinter die Schultern Annelieses. Sie rückte ein wenig von ihm ab und sagte: »Ich muss dir was erzählen.«

Er war sofort alarmiert. Er richtete sich auf, wandte sich Anneliese zu und sah ihr in die Augen. Sie versuchte ein Lächeln, das ihr freilich ein wenig verrutschte. »Ich werde befördert.«

Er verstand nicht. »Wie kann man in Blaubeuren befördert werden, du bist doch schon die Chefin.«

»Der Verleger hat mir angeboten, als Reporterin in die Zentralredaktion zu kommen.«

»Und das willst du?«

»Ja sicher. Es ist meine Chance, ganz in diesem Beruf Fuß zu fassen. Zudem interessiert mich die Aufgabe. Till Wachter hat zu mir gesagt: ›Sie können toll fotografieren, und Ihre Schreibe wird immer besser. Leute, die beides können, sind selten.‹ Ich habe mir Bedenkzeit ausgebeten. Natürlich wollte ich zuerst einmal mit dir darüber sprechen.«

»Ja, ich weiß nicht …« Christian war ratlos. Was sollte er dazu sagen?

»Schließlich betrifft es ja auch dich«, sagte Anneliese jetzt.

»Wieso mich? Es ist deine Entscheidung.«

»Du müsstest dich mindestens in der ersten Zeit um Peter kümmern.«

»Ich? Wie stellst du dir das vor? Ich bin voll berufstätig.«

»Ich auch«, sagte Anneliese. »Und künftig würde das noch ganz anders aussehen als jetzt. Ich würde auch für überregionale Reportagen eingesetzt. Zum Beispiel für die Berichterstattung über die Proteste gegen das geplante Atomkraftwerk in Wyhl. Das bedeutet, dass ich manchmal auch tagelang unterwegs wäre.«

Christian sprang auf und ging ein paar Schritte vor der Bank auf und ab. Dann blieb er vor seiner Frau stehen. »Das geht nicht!«

Anneliese blieb ganz ruhig. »Wachter sagt übrigens, wenn du zur Kreiszeitung zurückkehren wolltest, könnte er dir einen Posten als Ressortleiter anbieten. Der Lokalchef geht in Pension.«

Christian starrte Anneliese an. Dann lachte er gallig auf. »Du hast gleich auch noch für mich mitverhandelt? Sehe ich das richtig?«

Sie schüttelte den Kopf. »Da ist der Verleger ganz alleine draufgekommen. Aber ich gebe zu: Mir gefällt die Idee.«

Christian bückte sich, hob einen Stein auf und warf ihn über den Fluss hinweg auf die andere Seite. »Du weißt, wie wichtig mir der Job beim SPIEGEL ist.«

»Gut! Aber ich bitte dich, Peter wenigstens während der Sommerferien zu übernehmen. Die fallen genau in meine Einarbeitungszeit. Danach werde ich mit deiner Hilfe eine Lösung finden.«

»Mit meiner Hilfe?«

»Ja sicher. Ich muss ja eine Art Haushälterin suchen, und das wird teuer.«

»Gut!«, sagte Christian. »Das sehe ich ein. – Gehen wir weiter?«

Am Sonntag fuhr Christian alleine mit seinem Sohn auf die Münsinger Alb, wo sich, wie er wusste, Modellflieger aus dem ganzen Land auf einem kahlen, kegelförmigen Hügel trafen, um ihre Flugzeuge zu starten. Es war kühler geworden. Ein frischer Wind trieb lang gezogene dünne Wolkenfetzen über den Himmel. Das Flugzeug war leicht zusammenzusetzen. »Ist ja ein Luxusmodell«, rief ein etwa 16-jähriger Junge, als er bei den beiden vorbeikam. »Nicht so'n komplizierter Bausatz.« Gemeinsam studierten sie die Gebrauchsanleitung, wobei Peter sehr viel mehr Geduld aufbrachte als sein Vater, der in solchen Fällen nach dem Prinzip Versuch und Irrtum vorging. Es stellte sich heraus, dass der Junge viel schneller und besser begriff, wie das neue Spielzeug funktionierte, als sein Papa. Und als er Christian dann doch einmal die Konsole übergab, steuerte der prompt den Flieger in eine Bruchlandung. Zum Glück war das Modell nicht so sehr beschädigt, dass es nicht mehr fliegen konnte.

Gegen ein Uhr kehrten Christian und Peter in einer Dorfwirtschaft ein, aßen Linsen mit Spätzle, Saitenwürstchen und Speck und kehrten dann nach Blaubeuren zurück.

Unterwegs fragte Christian seinen Sohn, ob er denn schon wisse, was in den großen Ferien auf ihn zukomme. Es stellte sich heraus, dass seine Mutter bereits alles mit ihm besprochen hatte. Dass Peter nicht besonders glücklich darüber war, konnte man ihm ansehen. Erst als Christian ihm sagte, er werde wenigstens für einen Teil der Zeit Urlaub nehmen, hellte sich die Miene seines Sohnes auf.

Als sie am Nachmittag zurückkehrten, saß Anneliese in der Redaktion und arbeitete an einem Artikel für die Montagsausgabe der Zeitung. »Hat er sich auch nicht übernommen?«, fragte sie Christian besorgt.

Er habe nicht den Eindruck, meinte er und überraschte sie damit, dass er noch vor Dunkelheit nach Stuttgart zurückfahren werde. Meistens blieb er bis Montag, wenn er ein Wochenende in Blaubeuren zu Besuch war.

»Hast du's so eilig, hier wegzukommen?«

»Es ist wegen des Artikels über den Atommüllfund. Der erscheint ja morgen, und da wird eine Menge auf mich zukommen«, antwortete er lahm. Es hatte schon Wochenenden gegeben, da war er am Montagmorgen um fünf Uhr losgefahren, was ihm, wie er stolz verkündete, überhaupt nichts ausmachte. Kurz vor sieben Uhr am Abend stieg er in sein Auto und machte sich auf den Weg zurück nach Stuttgart.

Trittbrettfahrer

Als Christian Ebinger am nächsten Vormittag in die Redaktion kam, lag schon ein Fernschreiben auf seinem Tisch. William Hentschke hatte darin genau notiert, was er von dem Stuttgarter Korrespondenten erwartete: »Kriegen Sie raus, wie das Teufelszeug auf die Müllkippe kam«, stand da als Punkt 1. Christian lachte auf. »Unmögliches wird sofort erledigt, Wunder dauern etwas länger«, rief er so laut, dass Gaby Heil aus dem Sekretariat kam und fragte: »Hast du nach mir gerufen?«

Christian wedelte mit dem Fernschreiben. »Hast du das gelesen?«

»Ja, sicher«, sagte die Sekretärin. »Übrigens: Am Freitag hat der Lokalredakteur aus Weihersbronn angerufen.«

»Gerd Kornmüller?«

Gaby nickte. »Er müsse unbedingt mit dir reden.«

»Verbindest du mich mal mit ihm?«

Gaby kehrte ins Sekretariat zurück. Wenige Minuten später hatte sie Kornmüller am Apparat und stellte zu Christian Ebinger durch.

»Gut, dass Sie mich erreichen«, rief der Kollege gleich aufgeregt. »Das ist die Hölle hier. Mussten Sie meinen Namen angeben? Die Polizei verhört mich wie einen Schwerverbrecher.«

»Versteh ich nicht. Sie haben mir doch nur die Lage der Müllkippe genannt.«

»Ja, schon, aber …« Er unterbrach sich.

»Aber was?«

»Besser, Sie kommen noch mal hier vorbei.« Offenbar war Kornmüller nicht bereit, am Telefon weitere Auskünfte zu geben. Das passte zur Stimmung im Land. Viele Menschen fürchteten sich davor, abgehört zu werden. Und vermutlich nicht zu Unrecht. »Ich bin um die Mittagszeit bei Ihnen«, sagte

Christian. Anschließend rief er in der Zentrale an. Hentschke war aber in der täglichen Redaktionskonferenz der Ressortleiter und Chefredakteure. Also hinterließ er nur der Sekretärin, dass er den ganzen Tag auf Recherche sei, sich aber im Laufe des Tages nochmals melden werde.

Kornmüllers Lokalredaktion war in einem hässlichen grauen Betonblock untergebracht. In einem Schaufenster waren die aktuellen Seiten ausgehängt. Sowohl auf der Titelseite als auch auf der ersten Seite des Lokalteils wurde über den Atommüllfund berichtet. Christian Ebinger betrat das Haus durch eine breite automatische Glastür und fand sich in einem Foyer wieder. Eine Tafel an einer Säule zeigte an, wo die einzelnen Mieter zu finden waren: Im 4. Stock die Redaktion der Heimatzeitung, darunter eine Anwaltskanzlei und noch einen Stock tiefer die Gemeinschaftspraxis mehrerer Ärzte. Im 1. OG residierte der Verlag, zu dem die Zeitung gehörte und der in einem gesonderten Schaukasten Bücher aus der eigenen Produktion anbot – zumeist regionale Titel wie ›Der kleine Wanderführer durchs Neckartal‹ oder ›Gut speisen rund um Weihersbronn‹.

Ein langsamer Aufzug brachte Ebinger in den 4. Stock. Die heimische Zeitung bezog ihren Mantelteil aus Stuttgart. Hier wurde nur der Lokalteil erstellt. Die Redaktion bestand aus zwei Redakteuren, einer Volontärin und einer Sekretärin.

Gerd Kornmüller sprang auf, als Christian Ebinger den Raum betrat, und kam ihm mit schnellen Schritten entgegen – ein etwa 35-jähriger, drahtiger Mann, ungefähr so groß wie Ebinger, seine blonden Haare fielen ihm bis auf die Schultern. Sein Gesicht war gebräunt. Die Figur ließ ahnen, dass Kornmüller intensiv Sport betrieb. Er reichte dem Besuch aus Stuttgart die Hand. »Gehen wir einen Kaffee trinken?«

»Ja, gerne.« Christian sah sich in dem schmucklosen Raum um. Die Wände waren in grauem Beton belassen worden.

Rechts von der Eingangstür gab eine breite Fensterfront den Blick frei auf die Dächer der Altstadt. Zwei Schreibtische bildeten einen Block. Dort saßen sich eine junge Frau und ein älterer Mann gegenüber. Sie schienen keine Notiz von dem Neuankömmling zu nehmen. Anders die Volontärin, die an einem kleineren Schreibtisch weiter hinten im Raum saß. Sie stand auf und kam zu Kornmüller und Ebinger herüber. »Stefanie Bornschein«, stellte sie sich vor. »Kann ich mitkommen?«

»Geht leider nicht«, beschied Kornmüller, »aber wenn du in einer halben Stunde nachkommen willst, gerne.«

»Gut! Mach ich!« Sie drehte um und ging zu ihrem Schreibtisch zurück. Kornmüller sagte leise: »Die traut sich alles.«

Schon im Aufzug begann Kornmüller, als müsste er, was er sagen wollte, so schnell wie möglich loswerden: »Ich habe einen Riesenfehler gemacht.«

»Nämlich?«

»Nachdem wir telefoniert hatten, war ich, wie immer nach Feierabend, im Café Namenlos. Da treffen sich jeden Tag die gleichen Leute: ein paar Lehrer, wir von der Zeitung und … – na ja, die wenigen Kulturschaffenden, sag ich mal, die wir hier haben.«

»Ja, und?« Der Aufzug hielt mit einem heftigen Zittern.

»Warten wir, bis wir draußen sind«, sagte der Kollege und sah sich sichernd um. Aber es war weit und breit niemand zu sehen. Auf der Straße fuhr er fort: »Ein paar der Leute, die da immer sind, arbeiten ganz aktiv im Naturschutz. Sie sind samt und sonders leidenschaftliche Atomkraftgegner. Natürlich war der Artikel in Ihrem Blatt über den Atommüllfund in Karlsruhe-Leopoldshafen vorletzte Woche wieder mal ein großes Thema. Und da ist mir nichts Blöderes eingefallen, als damit anzugeben, dass ich Kontakt zu Ihnen habe und dass Sie sich nach der Müllkippe in Weihersbronn erkundigt hatten.«

»Und weiter?«

»Einer von denen, Lutz Eichhorn, hat sich kurz danach verabschiedet. Und bevor er ging, hat er noch gesagt: ›Die werden schon was finden. Verlass dich drauf.‹«

»Haben Sie das der Polizei erzählt?«

Kornmüller schüttelte den Kopf. »Lutz ist ein guter Freund von mir.«

»Was macht er denn beruflich?«

»Er ist Lehrer am Gymnasium – Kunst und Musik. Er ist als Maler genauso begabt wie als Pianist und Saxofonist.«

»Wo finde ich den Mann?«

»Ich stelle gerne den Kontakt her. Aber ich will nicht, dass er Probleme kriegt. Er hätte schon mal beinahe seinen Job verloren. Aufgrund des Radikalenerlasses.«

Sie erreichten das Café. Ebinger stellte fest, dass man sich da wirklich wohlfühlen konnte. Sofas und Sessel standen ohne erkennbare Ordnung herum, dazwischen niedrige Naturholztische. An zwei Wänden hingen die Bilder eines Künstlers, offenbar eine kleine Verkaufsausstellung. Ebinger schaute sich eines der Kunstwerke genauer an und versuchte, die Signatur zu entziffern. Kornmüller trat hinter ihn. »Die Bilder sind von Lutz Eichhorn, von dem ich Ihnen erzählt habe.«

»Nicht schlecht. Die gefallen mir.« Ebinger sah sich weiter im Raum um.

An einem altmodischen Kleiderständer hingen verschiedene Tageszeitungen. Eine Wand wurde komplett von einem Bücherregal eingenommen. Eine breite Fensterfront gegenüber gab den Blick frei auf einen kleinen Platz, der ziemlich trist wirkte, trotz zweier Parkbänke und einem Klettergerüst für Kinder.

Kornmüller grüßte den Mann hinter dem Tresen, stellte aber seinen Gast nicht vor, sondern zeigte nur auf eine Sitzecke im hinteren Teil des Lokals.

»Wie immer, Gerd?«, rief der Wirt.

Kornmüller nickte zustimmend und fragte Christian Ebinger: »Und für Sie?«

»Einen Milchkaffee.« Sie ließen sich in zwei tiefen Sesseln nieder. Eine große Zimmerpalme verdeckte zum Teil den Blick ins Lokal.

»Der Wirt hier war früher auch mal Lehrer – Mathe und Physik. Ein erstklassiger Pädagoge! Trotzdem hat ihn das Berufsverbot voll erwischt.«

»Sie glauben gar nicht, wie oft ich damit zu tun habe«, sagte Christian Ebinger. »Seitdem der Erlass im Februar herauskam, steht bei mir jede Woche mindestens ein Betroffener auf der Matte und will, dass ich über seinen Fall berichte.«

»Das versteht man ja«, gab Kornmüller zurück, »da werden Existenzen vernichtet ohne Sinn und Verstand!«

»Zugegeben. Aber ich krieg keine Geschichte zu dem Thema mehr unter. Wir haben einfach schon zu oft darüber berichtet. Und zudem gibt es auch bei uns Leute, die lauthals verkünden: ›Keine Verfassungsfeinde in den öffentlichen Dienst!‹ Sie haben ja sicher auch mitgekriegt, was Heinz Kühn, der Ministerpräsident von Nordrhein-Westfalen, gesagt hat.«

»Nee, ist mir entgangen«, sagte Kornmüller.

»›Ulrike Meinhof als Lehrerin und Andreas Baader bei der Polizei beschäftigt – unmöglich!‹ Ein Sozialdemokrat! Das muss man sich vorstellen. Setzt die Baaders und Meinhofs mit einfachen Lokführern, Postbeamten oder Lehrern gleich, die in ihrem früheren Leben mal mit irgendeiner kommunistischen Gruppierung zu tun hatten.«

»Dass Willy Brandt da mitgespielt hat, werde ich nie verstehen«, sagte der Lokalredakteur.

»Mitgemacht? Initiiert hat er diesen Schanderlass, mein Lieber!« Mit diesen Worten stellte der Wirt eine Tasse Milchkaffee und ein Glas Campari Soda auf den Tisch. »Übrigens, den, der da grade reingekommen ist, habe ich hier noch nie gesehen.« Er nickte zu einem etwa 50-jährigen Mann hin, der gerade eine Zeitung vom Ständer nahm und sich nun umsah, als sei er unentschlossen, wo er sich hinsetzen sollte. Er trug einen leichten Sommermantel und eine karierte Mütze, die er erst abnahm, als er sich ein Tischchen in der Mitte des Raums ausgesucht hatte. Dann zog er den hellen Mantel aus. Er legte Mantel und Mütze auf einen Stuhl, setzte sich und widmete sich sofort der Lektüre der Zeitung.

Christian Ebinger ergriff wieder das Wort. »Ich glaube, Willy Brandt hat größten Wert daraufgelegt, die SPD von den Kommunisten abzugrenzen, vor allem, nachdem der Moskauer Vertrag im November 1970 abgeschlossen war. Auf keinen Fall wollte er, dass man seiner Regierung eine besondere Nähe zur Sowjetunion unterstellen konnte. Und dazu kommt das ewige Geschrei der CDU nach einer wehrhaften Demokratie. Ich denke, mit dem Radikalenerlass wollte der Kanzler den Schwarzen den Wind aus den Segeln nehmen.«

»Ich glaube, alle unsere etablierten Politiker haben einfach Angst, seit Rudi Dutschke für die Außerparlamentarische Opposition den Marsch durch die Institutionen verkündet hat«, sagte der Wirt. Auf dem Weg zurück reckte er plötzlich die Faust in die Luft und rief, dass es durchs ganze Lokal schallte: »Macht kaputt, was euch kaputt macht!«, beugte sich dann im Vorbeigehen mit einer eleganten Bewegung zu dem unbekannten Gast hinab und fragte mit sanfter Stimme: »Was darf ich Ihnen bringen?« Kurz danach servierte er dem Mann ein Bier.

»Gehen wir!«, sagte Kornmüller.

»Aber ich hab noch gar nicht ausgetrunken, und bezahlen müssen wir auch noch«, entgegnete Christian Ebinger.

»Das geht schon in Ordnung!« Der Lokalredakteur stand rasch auf, gab dem Wirt ein Zeichen, das wohl bedeuten sollte ›Ich zahle später‹, und griff nach Ebingers Arm. Leise zischte er: »Ich wette tausend zu eins, dass der dort drüben ein Typ vom Verfassungsschutz ist.«

Sie verließen gemächlich das Lokal und begannen erst draußen auf der Straße, schneller zu gehen. Aber schon nach wenigen Schritten hielt die Volontärin Stefanie Bornschein sie auf. »Das darf doch nicht wahr sein«, rief sie, »jetzt wollte ich grade gemütlich einen Kaffee mit euch trinken.«

»Die Gelegenheit kommt wieder«, sagte Christian und lächelte sie an.

»Okay, rufst du mich an?« Sie zog eine Visitenkarte aus einem schmalen Brusttäschchen ihrer Bluse und reichte es ihm.

»Ja, warum nicht?«, sagte Christian und steckte das Kärtchen ein.

Stefanie Bornschein betrat das Café, während die beiden Redakteure schnell in eine schmale Gasse einbogen.

»Die lässt nichts anbrennen«, sagte Kornmüller.

»Ich finde sie toll«, antwortete Christian. »Wie heißt sie noch mal mit Vornamen?«

»Steht auf der Visitenkarte, nehme ich an«, sagte der Kollege.

Kornmüller wusste, dass Eichhorn montags bis zehn Minuten nach zwölf unterrichtete. Fünf Minuten später kam der Lehrer, umgeben von einem Schwarm Schülerinnen und Schülern, die alle gleichzeitig auf ihn einzureden schienen, aus dem Gebäude. Lutz Eichhorn war Anfang 30, ein gemütlich wirkender, kleiner, rundlicher Mann mit nur wenigen Haaren auf dem Kopf. Seine kleinen Augen strahlten lustig aus einem runden Gesicht. Als er die beiden Journalisten sah, verabschiedete er sich von den jungen Leuten und kam in kurzen, schnellen Schritten auf sie zu. Kornmüller stellte Christian Ebinger vor.

»Hab ich mir schon gedacht. Wollen wir was essen gehen? Ich hab einen Bärenhunger.«

»Aber nicht ins Café Namenlos, da sitzt ein BND-Typ«, sagte Kornmüller.

»Wir sind nicht sicher, könnte aber sein«, schränkte Christian ein.

»Haben Sie ein Auto?«, fragte der Musiklehrer.

Christian nickte. »Dann lasst uns nach Willsbach fahren. Ich kenne da eine Bauernkneipe, in der's die besten Maultaschen gibt.«

Auf der Fahrt erzählte der Lehrer, wie im Frühjahr der Bundesverfassungsschutz auf die Regelanfrage des Oberschulamtes reagiert hatte. »Ich stand bei denen auf der Liste als KPD-ML-Mitglied.«

»Was ist denn das für ein Verein?«, fragte Kornmüller.

»Wurde im Dezember 68 gegründet, war gegen den alten Kommunismus der DKP und für die Lehren vom Mao Tsetung. ML steht für Maoismus-Leninismus. Sie wurde auch ›Gruppe Roter Morgen‹ genannt, weil ihre Zeitschrift so hieß. Aber ich bin da nie Mitglied gewesen. Ich bin zwar zu deren Veranstaltungen gegangen und habe mir auch lange überlegt, ob ich da mitmachen soll. Aber dazu ist es dann nie gekommen. Manchmal habe ich mich in die Anwesenheitslisten eingetragen, weil ich die Rundschreiben von denen haben wollte und damit die mich zu ihren Veranstaltungen einladen.«

»Trotzdem stand es für Lutz Spitz auf Knopf!«, warf Kornmüller ein.

Der nickte. »Für die Behörde bestand ein hinreichender Tatverdacht. Mir drohte tatsächlich das Berufsverbot. Zum Glück hat sich ein katholischer Pfarrer für mich eingesetzt. Ich habe damals in St. Marien die Orgel gespielt, obwohl ich schon lange aus der Kirche ausgetreten war. Der Pater hat zu dem Verfassungstypen gesagt: ›Der Eichhorn war mindestens so oft bei mir in der Kirche wie bei diesen Chaoten, und bei uns ist er auch nicht Mitglied. Ich kann aber beschwören, dass er meinen Predigten immer sehr aufmerksam zugehört und sogar sehr verantwortungsvoll mit mir darüber diskutiert hat.‹ Das hat damals den Ausschlag gegeben.«

»Leider hat nicht jeder so einen Pfarrer«, sagte Kornmüller finster.

Willsbach war ein unscheinbares Dorf, eingebettet in sanft ansteigende Weinberghänge. »Drei Bäche fließen durch die Ortschaft«, erklärte Eichhorn, »der Hambach, das Seebächle und der Mäusebach, und alle drei münden hier in die Sulm. Die Stadt Neckarsulm hat übrigens ihren Namen daher, dass sich dort die Sulm und der Neckar vereinigen.«

Weil die Gastwirtschaft, in die Eichhorn sie führen wollte, geschlossen hatte, fuhren sie weiter nach Weinsberg. Auch hier wusste der ortskundige Musiklehrer Bescheid. Vor allem sei das Städtle durch Justinus Kerner bekannt, den Dichter von solchen Liedern wie ›Preisend mit viel schönen Reden‹ oder ›Wohlauf noch getrunken den funkelnden Wein‹.

»Bekannt ist Weinsberg aber auch durch die Geschichte der Burg Weibertreu da oben«, wusste Christian Ebinger beizusteuern. Die Ruine thronte, von überallher gut sichtbar, über der kleinen Stadt. Einst sollten die Frauen während einer Belagerung freien Abzug bekommen haben, und sie konnten – so die Legende – alles mitnehmen, was sie tragen konnten. Getragen haben sie dann ihre Männer, und sie haben ihnen damit das Leben gerettet.

Die Geschichte von den treuen Weibern war in der Wirtschaft, in der die drei Männer schließlich landeten, auf bunten, bleiverglasten Fenstern in ziemlich grobschlächtigen Szenen dargestellt.

Sie bestellten drei Portionen geschmälzte Maultaschen mit lauwarmem Kartoffelsalat, und sie entschieden sich gemeinsam für eine Flasche Willsbacher Trollinger.

Nach dem ersten Schluck sagte Ebinger: »Also los jetzt, was wissen Sie über den Atommüll, den wir da so ganz zufällig gefunden haben?«

Der Musiklehrer schwenkte den Wein in seinem Glas leicht hin und her und musterte angelegentlich dessen Farbe. »Sie wissen wahrscheinlich, dass ein weiterer Kraftwerksblock gebaut werden soll.«

»Ja, das habe ich gehört, aber …«

Weiter ließ Eichhorn den Journalisten nicht kommen. »Die Gemeinde ist natürlich sehr dafür und fördert das Projekt mit allen Mitteln. Das Steueraufkommen würde sich fast verdoppeln.«

»Danach habe ich eigentlich nicht gefragt«, sagte Christian Ebinger vorsichtig.

Aber Eichhorn ließ sich nicht beirren.

»Es gibt in der ganzen Region eine starke Gegnerschaft. Schließlich kennt man die Risiken. Wir Atomkraftgegner haben uns schon vor drei Jahren organisiert, treffen uns regelmäßig, sammeln Material, stellen die richtigen Fragen, was uns natürlich die Feindschaft des Bürgermeisters und die einiger Wirtschaftsgrößen eingebracht hat.«

»Arbeiten denn auch Leute in Ihrer Gruppe mit, die im KKW beschäftigt sind?«

Christian Ebinger merkte sofort, dass er mit dieser Frage ins Schwarze getroffen hatte. Eichhorn und Kornmüller sahen sich an. Schließlich war es der Lokalredakteur, der antwortete: »Das Kernkraftwerk ist einer der größten Arbeitgeber vor Ort.«

»Also: ja«, konstatierte Christian Ebinger.

Eichhorn räusperte sich. »Es ist für einen Mitarbeiter des Kernkraftwerks unmöglich …«

Weiter kam er nicht, weil die Kellnerin das Essen servierte. Als sie gegangen war, hob Eichhorn den Kopf. »Dass das klar ist: Keiner von denen hätte auch nur die geringste Chance, irgendwelches strahlendes Material aus dem Kraftwerk rauszuschmuggeln.«

»Die Maultaschen sind klasse«, sagte Christian, dann lehnte er sich weit über den Tisch in Eichhorns Richtung. »Aber so ein Päckchen Ionenaustauscher in den normalen Müll zu mogeln – wäre das nicht möglich?«

»Wir haben vorsorglich alle gefragt: Keiner unserer Freunde arbeitet im entsprechenden Bereich.«

»Und der wäre?«

»Entnahme und Entsorgung strahlenden Materials.«

Christian lehnte sich wieder zurück und aß weiter. Dann sagte er betont beiläufig: »Und trotzdem waren Sie der Ansicht, dass wir etwas finden würden – so hat es mir Herr Kornmüller erzählt.«

»Da muss er sich getäuscht haben.«

Christian ging nicht weiter darauf ein, sondern sagte: »Wenn wir mal ausschließen, dass einer, der von unseren Recherchen gehört hat, die Ionenaustauscher direkt auf der Müllkippe verbuddelt hat, bieten sich eigentlich nur zwei Szenarien an. Ein Mitarbeiter hat heimlich das Päckchen in den normalen Abfall geschoben, oder er hat beobachtet, wie es ein anderer aus Versehen in die falsche Tonne geworfen hat. Der hat es dann euch Atomkraftgegnern erzählt, und ihr wusstet, dass diese tickende Bombe auf der Müllkippe gelandet ist.«

»Wenn es so gewesen wäre, hätten wir doch gleich Alarm geschlagen. Glauben Sie im Ernst, einer von uns hätte noch ruhig schlafen können? Jeder, der sich ein wenig damit beschäftigt, weiß doch, was es bedeutet, wenn das Zeug ins Grundwasser gerät.«

»Hunderte, wenn nicht Tausende Krebserkrankungen«, ergänzte Kornmüller.

»Demnach bliebe nur noch dieser eine Mann, der noch innerhalb des Kraftwerks die Ionenaustauscher bewusst oder unbewusst in den Normalmüll eingebracht hat.«

Wieder sahen sich Kornmüller und Eichhorn an, als müssten sie sich über etwas verständigen. Schließlich zog der Musiklehrer einen Zettel aus der Tasche, legte ihn auf den Tisch, strich ihn mit der flachen Hand glatt und schob ihn ganz langsam zu Christian Ebinger hinüber. Es war ein kariertes Blatt, das vermutlich aus einem Taschenkalender herausgerissen worden war. ›Auf der Müllkippe am oberen Buchenrain können die was finden‹, stand da.

Christian sah auf und Eichhorn direkt in die Augen. »Von wem stammt das?«

»Keine Ahnung. Es steckte in der Tasche von meinem Parka.«

»Wann?«

»Vor drei Tagen, abends.«

»Wo waren Sie da?«

»Im Café Namenlos.«

»Und wer war da noch?«

»Ich hab sie nicht gezählt. Aber wir müssen mindestens zehn Leute gewesen sein.«

»Mehr als ein Dutzend«, verbesserte Kornmüller. »Das war der Abend, von dem ich Ihnen schon erzählt habe.«

»Alles Kernkraftgegner?«

»Die meisten«, antwortete Kornmüller. »Der Artikel, den Sie über den Atommüllfund in Karlsruhe geschrieben haben, machte die Runde, und da habe ich blöderweise gesagt: Dieser Typ vom SPIEGEL, der das geschrieben hat, kommt demnächst, um zu gucken, ob er bei uns auch so'n Zeug findet.«

Eichhorn nickte. »Genau so war's. Ich bin dann als Erster vom Tisch aufgestanden, hab meinen Parka angezogen, den Zettel gefunden und habe dann laut gesagt: ›Der wird da schon was finden.‹ Zugegeben: Ich wollte mich auch interessant machen.«

»Wer könnte denn den Zettel geschrieben haben?«

Schon in dem Moment, als er die Frage stellte, wusste Christian Ebinger, dass er keine befriedigende Antwort darauf bekommen würde.

»Keine Ahnung«, sagte Eichhorn.

»Ich weiß es auch nicht«, ergänzte Kornmüller.

Dennoch war Christian Ebinger nicht unzufrieden. Selbst wenn er nicht mehr in Erfahrung bringen konnte, hatte er genug Material, um für den nächsten Montag einen Artikel zu schreiben. Er faltete das karierte Blatt zusammen und steckte es in die Innentasche seiner Jacke. Keiner der beiden anderen protestierte.

Gegen 15 Uhr setzte Christian Ebinger den Lokalredakteur und den Musiklehrer im Stadtzentrum von Weihersbronn ab und machte sich auf den Weg nach Stuttgart. Als er die Stadtgrenze hinter sich hatte, schaltete er das Radio ein. Es war auf SDR 2 eingestellt, den Kultursender des Süddeutschen Rundfunks. Ein paar Augenblicke brauchte Christian, um zu erkennen, dass Tschaikowskys Klavierkonzert gespielt wurde. Leise summte er mit. Das Stück kannte er gut. Es war auf der ersten Schallplatte gewesen, die ihm sein Vater zu einem Geburtstag geschenkt hatte. Wenn er sich recht erinnerte, war es der 17. gewesen. In roter Tinte hatte er auf das Cover geschrieben: ›Möge dir je und je die Musik ein Begleiter in deinem Leben sein.‹ Typisch für seinen Vater, der so gerne pathetisch wurde und dann nicht selten selbst am meisten gerührt war von dem, was er sagte. Christian musste unwillkürlich lächeln. Jetzt war der alte Mann körperlich nur noch ein Schatten seiner selbst, aber er hing so sehr am Leben, dass er den Kampf gegen immer neue Krankheiten mit einer unglaublichen Verbissenheit auf sich nahm. »Ich sterbe«, sagte er einmal, »wenn ich mich selber dazu entschließe.«

Schon am späten Vormittag war die Sonne durch die Wolken gebrochen, und nach und nach hatte sich das letzte Grau am Himmel verzogen. Jetzt war der Himmel klar. Ebinger war froh, dass sein Auto eine moderne Klimaanlage hatte, denn draußen mussten weit mehr als 30 Grad herrschen. Und das Ende Mai!

Die Musik ging zu Ende. Die Verkehrshinweise waren beruhigend. Dann folgten die Nachrichten. Christian hörte nur mit halbem Ohr zu, bis ihn ein Satz aus seiner Lethargie riss: »In einem Bekennerschreiben, das der dpa zuging, bekannte sich die Baader-Meinhof-Gruppe dazu, den Atommüllfund in Weihersbronn herbeigeführt zu haben und über weiteres hoch strahlendes Material zu verfügen, das man jederzeit in einen Trinkwasserspeicher einbringen könne.«

Christian, der grade die Autobahn erreicht hatte, lenkte sein Fahrzeug auf den Parkplatz der Raststätte Wunnenstein und suchte ein Telefon. Als er es fand, stellte er fest, dass er nicht genügend Münzen hatte. Er musste erst in die Raststätte gehen, um einen Schein wechseln zu lassen. Zum Glück erreichte er Hentschke direkt. »Haben Sie gehört, was die Baader-Meinhof-Bande da in die Welt gesetzt hat?«, fragte sein Chef sofort.

»Deshalb rufe ich an.«

»Und? Was halten Sie davon?«

»Ich glaube das nicht. 'ne typische Trittbrettfahreraktion, um den Menschen Angst zu machen.« Dann berichtete er, was er inzwischen in Erfahrung gebracht hatte.

»Gut!«, lobte sein Chef. »Bleiben Sie dran! Sie haben doch gewisse Kontakte zu der Baader-Meinhof-Gruppe.«

Hätte er doch nie darüber geredet. »Ja, aber das ist lange her.«

»Aber zu Croissant, diesem Rechtsanwalt ...?«

»Ja, mit dem spreche ich gelegentlich. Aber der vertritt die nicht als Anwalt.«

»Der macht doch dauernd Propaganda für diese Terrorbande. Die sind längst seine Kunden, glauben Sie mir. Reden Sie mit ihm. Aber: Vorsicht! Der lügt genau wie seine Mandanten, nur raffinierter.«

Das Rechtsanwaltsbüro lag in der Königstraße im zweiten Stock eines Bürogebäudes. Christian Ebinger drückte die Glastür auf, die nicht ganz geschlossen war, und betrat den breiten Korridor. An der rechten Seite standen zwei große Kopiermaschinen und zwei schmale Schreibtische. Vier junge Menschen waren damit beschäftigt, Schriftstücke zu kopieren, die Blätter zusammenzufügen und mit Klammern zu heften. Der Gang lief auf eine Tür zu, die offen stand. Dort befand sich Croissants Büro.

Ebinger zwängte sich an den jungen Leuten vorbei. »Was wird denn das, wenn's fertig ist?«, fragte er ein Mädchen, das er auf sechzehn Jahre schätzte.

»Eine neue Flugblattaktion.«

»Kann ich eins haben?« Christian nahm, ohne auf eine Antwort zu warten, ein Exemplar vom Stapel, ging weiter bis ans Ende des Korridors und betrat das Büro des Rechtsanwalts, nachdem er kurz am Türrahmen geklopft hatte.

Croissant schaute auf. »Ach, Sie schon wieder.« Er hatte ein blasses Gesicht mit feinen Zügen. Die randlose Brille saß auf der Nasenspitze. Die dünnen rötlichen Haare lagen ohne Scheitel dicht um den schmalen Kopf.

»Ich will Sie nicht lange aufhalten«, sagte Christian Ebinger.

Croissant stand auf, kam um seinen Schreibtisch herum und reichte dem Journalisten die Hand. »Gratulation zum Atommüllfund.«

»Sieht so aus, als hätten Ihre Mandanten die Finger mit drin gehabt.«

»Es sind nicht meine Mandanten, wenn Sie Baader und seine Freunde meinen …«

»Was nicht ist, kann ja noch werden. Immerhin setzen Sie sich auch jetzt schon für sie ein, oder?«

»Ich finde total richtig und geradezu überfällig, dass endlich einmal Menschen aufstehen gegen diesen korrupten Staat. Aber«, der Rechtsanwalt winkte ab, »wer immer diese Meldung in die Welt gesetzt hat … – sie ist natürlich falsch. Niemals würde einer von denen die Gesundheit von Tausenden Menschen gefährden.«

»Auch nicht damit drohen?«, fragte Christian.

»Eine Drohung macht nur Sinn, wenn man auch in der Lage ist, sie in die Tat umzusetzen. Glauben Sie mir: Man will diese Aktion der Baader-Meinhof-Gruppe in die Schuhe schieben, um das Volk gegen sie aufzubringen.«

»Das Volk ist längst aufgebracht, Herr Croissant!«

»Schreibt Ihr Blatt, und die anderen schreiben's nach. So ist das mit den Leitmedien. Aber im Volk wird ganz anders gedacht. Da gelten die Sympathien dem Widerstand gegen das herrschende System.«

»Dem Widerstand vielleicht, aber bestimmt nicht dem bewaffneten Widerstand.«

Der Rechtsanwalt setzte sich wieder, nahm seine Brille ab, zog ein flauschiges weißes Tuch aus einer der Schreibtischschubladen und fing an, die Gläser zu polieren. »Nehmen Sie doch Platz!«

Christian setzte sich auf den Besucherstuhl vor dem Schreibtisch und warf beiläufig einen Blick auf das Papier, das er im Korridor mitgenommen hatte. »Die Politik der Baader-Meinhof-Gruppe ergibt sich aus der Pflicht zum Widerstand in der Bundesrepublik«, las er da, und weiter: »Verantwortlichkeit gegenüber der imperialistischen Politik kann für uns nur bedeuten: Widerstand und Kampf.«

»Bitte glauben Sie nicht und vor allem schreiben Sie nicht, dass ich die Angriffe auf das Hauptquartier des 5. US-Korps in Frankfurt und das amerikanische Hauptquartier in Heidelberg gutheiße«, sagte der Rechtsanwalt. »Aber was man doch gut verstehen kann, ist die Tatsache, dass junge, denkende Menschen Widerstand für ihre politische Pflicht halten, wenn sich die Dinge so entwickeln wie in unserem Land.«

Ebinger lächelte. »Klingt, als übten Sie für ein Plädoyer.«

Croissant ging nicht darauf ein, sondern fuhr ungebremst fort: »Sie sehen doch auch, was in der Welt passiert. Seit 1960 wütet nun schon der Vietnamkrieg, und ein Ende ist nicht abzusehen. Amerika spielt den Weltpolizisten, auch bei uns, wenn wir's auch nicht so direkt merken wie die Vietnamesen. Wir liebedienern vor einem Despoten wie dem persischen Schah und nehmen es hin, dass ein völlig unschuldiger Student wie Benno Ohnesorg ohne jeden Grund von einem Polizisten erschossen wird. Und nichts geschieht. Wir wehren uns nicht dagegen, dass die Amis ihre Atomraketen in unseren Wäldern – hier gleich vor Stuttgart zum Beispiel im Schwäbischen Wald – aufstellen und gegen die Länder im Osten richten. Wollen Sie bestreiten, dass Deutschland noch immer ein von den USA besetztes Land ist?«

Ebinger winkte ab. »Ich weiß das alles. Aber die Baader-Meinhof-Gruppe hat allein in diesem Monat sechs Bombenanschläge verübt. Dabei wurden vier Menschen getötet und über siebzig verletzt. Glauben Sie nicht auch, dass die Bevölkerung diese Terrorakte mindestens genau so verdammt wie den Vietnamkrieg?«

»Sie vergleichen Äpfel mit Birnen, Herr Ebinger.«

»Das klingt mir angesichts der Ereignisse viel zu niedlich, Herr Croissant.«

»Na gut, damit haben Sie recht.« Der Anwalt stand auf. »Leider habe ich keine Zeit, um mit Ihnen weiter zu diskutieren. Vielleicht setzen wir uns gelegentlich mal wieder bei einem Wein zusammen.«

»Gerne!« Christian erinnerte sich an die wenigen Abende, die er mit dem Juristen verbracht hatte. Croissant war ein leidenschaftlicher Kämpfer gegen die Berufsverbote, und über einige seiner Fälle hatte Christian berichten können.

Es war schon nach fünf Uhr am Nachmittag, als Christian Ebinger in die Redaktion kam. Gaby Heil hatte wie immer alle Vorgänge des Tages genau protokolliert und legte ihrem Chef eine Liste der Anrufe vor, außerdem zwei Anfragen der Zentralredaktion. Die Korrespondenten waren gehalten, zu allen Themen zuzuarbeiten, an denen Kollegen in der Zentrale oder auch in anderen Büros saßen. Meist schickten sie Fragebögen mit der Bitte, sie möglichst prompt zu beantworten. Der erste bezog sich auf die Kurven bei An- und Zufahrten von Autobahnen und Fernstraßen. In den letzten Wochen war es immer wieder zu Unfällen gekommen, weil Autofahrer diese Kurven unterschätzt hatten. Der Kollege hatte zuerst genau beschrieben, wo das Problem lag. Die Kurven zogen sich immer enger zu und hatten am Ende oft eine Krümmung, die der Autofahrer nicht mehr beherrschte. Christian Ebinger schlug sich mit der flachen Hand gegen die Stirn. »Als ob ich nichts Besseres zu tun hätte.«

Gaby Heil legte wortlos ein zweites Blatt dazu. Sie hatte bei den Verkehrsämtern der Landespräsidien in Karlsruhe, Freiburg, Stuttgart und Tübingen angerufen und den Fragebogen per Fax weitergereicht. Alle vier Ämter hatten innerhalb weniger Stunden geantwortet, und sie selbst hatte die interessantesten Beispiele ausgesucht und sinnvoll zusammengestellt. So war sie. Und trotzdem wäre sie nie auf den Gedanken gekommen, solche redaktionellen Leistungen für sich zu reklamieren.

Die zweite Anfrage war kniffliger. »Wo in Ihrem Redaktionsbereich gibt es den sogenannten harten, ich würde lieber sagen: gnadenlosen Drogenentzug?«, fragte der Kollege und beschrieb, was er meinte: »Kasernierte Unterbringung, schwere körperliche Arbeit, militärischer Drill. Wer nicht spurt, fliegt sofort raus. Frage an die Kollegen: Wäre einer bereit, sich für eine Woche anonym einweisen zu lassen? Reportage von innen. Gut wären kurze Interviews mit betroffenen Süchtigen, vor allem aber mit erfolgreichen Absolventen dieser Tortur.«

»Der Vogel, scheint mir, hat Humor«, sagte Christian Ebinger süffisant. »Anonym einweisen lassen! Warum macht er das nicht selber?« Christian diktierte Gaby ein kurzes Fernschreiben in den Block, dass er im Augenblick selbst mit einer Recherche beschäftigt sei, die ihm keine Zeit lasse, den Fragebogen abzuarbeiten.

Gegen sieben Uhr abends verließen sie gemeinsam das Büro. »Kriegst du nicht Ärger zu Hause, wenn es jetzt immer später wird bei uns?«, fragte Christian im Aufzug zur Tiefgarage.

Gaby lächelte. »Rudi kommt damit zurecht. Du weißt ja, wie gerne er kocht. Und ich bin gespannt, womit er mich nachher wieder überrascht. Übrigens könntest du auch mal wieder zum Essen kommen.«

»Mach ich. Im Schmarotzen bin ich geübt. Schon als Volontär in Ulm habe ich fast jeden Abend bei einem befreundeten Ehepaar gegessen. Erst sehr viel später ist mir bewusst geworden, dass das ziemlich aufdringlich gewesen sein muss.«

»Wenn's ihnen nicht gefallen hätte, hätten sie's dir ja sagen können.«

»Da hast du auch wieder recht. Und übel genommen haben sie es mir nicht, sonst wären sie wohl nicht bereit gewesen, bei meiner Hochzeit die Trauzeugen zu spielen.«

Der Mann vom Staatsschutz

Es war noch hell, als er zu Hause ankam. Christian Ebinger freute sich auf einen ruhigen Abend. Er stellte sein Auto auf der Straße ab und ging um das Haus herum zum Eingang, der sich auf der Gartenseite befand. Um einen einfachen Biertisch saßen ein paar seiner Mitbewohner auf schmalen Bänken. In einem Grill glühte ein Häuflein Holzkohlen. »Sie kommen genau richtig«, rief sein Vermieter, der im ersten Stock wohnte, »das Fleisch ist gleich so weit.«

»Ich komme vielleicht später dazu«, antwortete Ebinger. »Ich muss noch ein bisschen was erledigen.«

»Aber Sie kommen auf jeden Fall, ja? Sie müssen uns doch erzählen, was da passiert ist in Weihersbronn.«

Am liebsten hätte Christian geantwortet: Das muss ich ganz bestimmt nicht. Aber er wollte die Leute nicht vor den Kopf stoßen. Schließlich fand man nicht so leicht eine Hausgemeinschaft, die so gut harmonierte wie die hier in der Schiltacher Straße. »Mach ich!«, rief er und stieß die Tür zum Treppenhaus auf.

Den Mann, der vor seiner Wohnung auf dem obersten Treppenabsatz saß, kannte er nicht. Er musste unbemerkt ins Haus gekommen sein, sonst hätten seine Nachbarn ihn bestimmt darauf hingewiesen, dass jemand auf ihn warte. Christian blieb auf der halben Treppe stehen. Der Mann erhob sich. Er trug Jeans und einen dunkelblauen, eleganten Blazer. Darunter ein weißes Hemd und um den Hals einen blauen Seidenschal. Das Tuch in der Brusttasche seiner Jacke war aus dem gleichen Material. Sein Gesicht war gebräunt, die vollen blonden Haare offenbar frisch geföhnt. »Herr Ebinger?«

Christian blieb stehen, wo er war. »Was wollen Sie?«

»Mein Name ist Stenzel«, sagte der Fremde.

Christian wiederholte: »Was wollen Sie?«

»Mit Ihnen reden.« Er zog einen Ausweis aus der Innentasche seines Blazers und hielt ihn hoch. »Landeskriminalamt!«

Aus dem Garten klang fröhliches Gelächter.

»Wie sind Sie hereingekommen?«, fragte Christian.

»War nicht schwierig. Kollegen haben das Haus schon vor Tagen unter die Lupe genommen. Und dass die anderen Bewohner mit ihrem Grillfest vollauf beschäftigt sind, hat mir das Ganze noch erleichtert.«

Ebinger lachte auf. »Eingeschlichen wie ein Dieb in der Nacht.« Er stieg die letzten Stufen vollends hinauf. »Und warum das Ganze?«

»Es geht nicht um Ihren Atommüllfund, falls Sie das glauben sollten.« Stenzel erhob sich.

»Sondern?«

»Um Ihre guten Kontakte zu der Baader-Meinhof-Bande.«

»Gruppe. Wir sagen immer noch Baader-Meinhof-Gruppe.«

»Nun, die selber bezeichnen sich doch als Kämpfer im Krieg gegen den US-Imperialismus.«

»Und gegen alle, die ihn unterstützen, auch hierzulande«, ergänzte Christian Ebinger.

»Sie sympathisieren mit denen?«

»Ich berichte über sie. Das ist etwas anderes. Stenzel … – ich hab Ihren Namen schon gehört. Sind Sie nicht der, der die Rasterfahndung erfunden hat?«

Stenzel hob abwehrend die Hand. »Zu viel der Ehre. Was ist nun? Wollen wir die Unterhaltung im Treppenhaus weiterführen?«

»Warum nicht? Ich sehe keinen Grund, Sie in meine Wohnung zu bitten.«

»Weil Sie etwas zu verbergen haben?«

Jetzt lachte Christian wieder, diesmal viel ungezwungener. »Sie sind wie ein Erotomane: Sie können immer nur an das Eine denken, was? Los, kommen Sie rein.« Er stieg die letzten Stufen hinauf und schloss seine Wohnungstür auf.

»Schöne Wohnung«, sagte Stenzel. »Und der Blick!« Er trat an das große Dachfenster. »Das da drüben ist der Birkenkopf nicht wahr?«

»Ja, der Monte Scherbelino, so genannt …«

»Ich weiß, weil der ganze Schutt der Stadt beim Wiederaufbau nach dem Krieg dort gelagert wurde. Hat wirklich einen ordentlichen Berg ergeben.« Er drehte sich um. »Ihnen ist doch klar, dass wir genau das verhindern wollen …«

»Was?«

»Dass wieder ein Krieg alles vernichtet.«

»Deshalb stellen wir hier amerikanische Pershingraketen auf?«

»Ja, genau das.«

»Gleichgewicht des Schreckens!«, Christian rief das aus der Küche, wo er eine Flasche Weißwein aus dem Kühlschrank und zwei Gläser aus dem Regal darüber nahm. Er kehrte ins Wohnzimmer zurück. Stenzel hatte inzwischen auf dem kleinen Sofa unter der schrägen Wand gegenüber dem Fenster Platz genommen.

»Anders wird es nicht funktionieren.«

»Trinken Sie ein Glas mit?«, fragte Christian.

»Gerne.«

Christian goss ein. »Und nun zur Tagesordnung. Spätestens in einer Stunde muss ich bei denen da unten im Garten sein. Vorher muss ich noch meine Frau anrufen. Also?«

»Prost, Herr Ebinger.« Stenzel trank einen kleinen Schluck. »Der ist gut!«, er stellte sein Glas behutsam auf dem niedrigen Glastisch vor dem Sofa ab, zog die Flasche zu sich heran und studierte das Etikett. »Ah, vom Grafen Neipperg! Nicht ganz billig, nehme ich an.«

Christian ging nicht darauf ein. Er hatte sich den Ledersessel herangezogen und ebenfalls Platz genommen.

»Glauben Sie, dass die Baader-Meinhof-Leute im Besitz weiteren Atommülls sind?«, fragte Stenzel.

»Nein!«

»Und warum glauben Sie das nicht?«

»Weil alles, was ich bisher recherchiert habe, darauf hindeutet, dass wir's hier mit einem Einzeltäter zu tun haben, dem es nur um den Umweltschutz geht. Oder es handelt sich um eine grandiose Schlamperei, was ich aber nicht glaube. Übrigens: Um das zu erfahren, hätten Sie sich nicht extra herbemühen und heimlich hier eindringen müssen. Sie können das alles am Montag im SPIEGEL lesen.«

»Aber eben erst am Montag«, gab Stenzel mit einem dünnen Lächeln zurück. »Ich war mir übrigens schon ziemlich sicher, dass das Bekennerschreiben der Terroristen eine getürkte Geschichte ist.«

»Sie sagten, Sie kämen nicht wegen des Atommüllfundes.«

»Nein. Ich komme wegen der RAF«, er sprach es mit zwei scharfen F am Ende aus. »Sie wissen natürlich, dass sich die Baader-Meinhof-Leute inzwischen ›Rote Armee Fraktion‹ nennen.«

Christian sah Stenzel nur an, sagte aber nichts. Durch das leicht geöffnete Dachflächenfenster drang der Geruch von gebratenem Fleisch in die Wohnung.

Stenzel setzte sein Weinglas hart ab. »Über Sie existiert eine Akte beim Landesamt für Verfassungsschutz, wussten Sie das?«

Christian hob überrascht den Kopf. »Nein, und ich kann mir auch nicht vorstellen, dass das stimmt.«

»Am 3. April 1963 haben Sie über einen Spezialversand die Zeitung ›Das neue Deutschland‹ bestellt. Darüber hinaus auch noch verschiedene andere Schriften aus der DDR.«

»Stimmt! Ich habe damals begonnen, für die satirische Zeitschrift ›Pardon‹ zu arbeiten. Das werden Sie ja dann wohl auch wissen – und auch, wie ich immer mal wieder satirische Beiträge für die Genossen dort drüben geschrieben habe.«

»Genossen? Sie nennen sie Genossen? Wen nennen Sie denn noch so?«

»Jetzt langt's aber«, Christian wurde plötzlich laut. »Das ist doch unter Ihrem Niveau, Menschenskind.«

»Nun«, wieder dieses schmallippige Lächeln, »könnte es nicht sein, dass Sie Jan-Carl Raspe Ihren Genossen genannt haben?«

»Ich kenne Herrn Raspe nicht.«

»Aber Sie haben 1970 im Dezember ein Auto gemietet, mit dem Herr Raspe drei Tage lang unterwegs gewesen ist.«

Plötzlich lief es Ebinger eiskalt den Rücken hinunter, und gegen die Schweißtropfen, die sich in seinem ganzen Gesicht ausbreiteten, fand er kein Mittel. Der Mann vom Landeskriminalamt ließ ihn nicht aus den Augen. »Ich nehme an, das tut Ihnen inzwischen leid.«

Christian Ebinger beugte sich weit vor, presste die flachen Hände zwischen seine Knie, damit sein Gegenüber nicht bemerken konnte, wie sie zitterten. »Es war ein Freundschaftsdienst.«

»Für Herrn Raspe?«

»Nein, für jemanden, den ich gut kannte.«

»Und wer war das?«

»Das werden Sie von mir nicht erfahren.«

»Kann ich wohl noch ein Schlückchen haben?« Stenzel hielt dem Redakteur sein Glas hin. Notgedrungen musste sich Christian aus seiner Haltung lösen. Als er den Wein eingoss, war nicht zu übersehen, dass seine Hand zitterte.

»Wir haben natürlich beobachtet, dass Sie sehr gut und oft früher als Ihre Kollegen über manche Entwicklung der letzten Monate unterrichtet waren. Der SPIEGEL war das einzige Blatt, das auch schon mal persönliche Zitate dieser Gangster hatte.«

»Im SPIEGEL sind die Artikel nicht mit Namen gezeichnet. Woher wollen Sie also wissen, mit wem diese Leute gesprochen haben? Ulrike Meinhof war vor nicht allzu langer Zeit sogar mit unserem Verleger gut bekannt.«

»Und sie war eine gute Journalistin«, der Polizeibeamte nickte ein paarmal nachdrücklich. »Kennen Sie die Frau persönlich?«

»Ich bin ihr ein Mal begegnet.«

Und wo war das?«

»Sag ich nicht.«

»Und Gudrun Ensslin?«

»Ist das jetzt ein Verhör oder was? Wenn ja, dann laden Sie mich doch bitte vor.«

»Ja, das kann durchaus noch passieren. Lieber würde ich allerdings vertrauensvoll mit Ihnen zusammenarbeiten. Es wäre möglicherweise zum gegenseitigen Nutzen.« Damit erhob sich Stenzel. »Ich will Sie nicht bedrängen, Herr Ebinger. Ich denke, wir halten den Kontakt.« Er reichte dem Hausherrn nicht die Hand, sondern ging ohne Umstände zur Tür. Von dort sagte er: »Einen schönen Abend noch. Und Grüße an Ihre Frau, unbekannterweise.« Damit verließ er die Wohnung.

Christian Ebinger blieb verwirrt zurück. Sein erster Impuls war, Hentschke in Hamburg anzurufen. Der Chef hatte oft genug gesagt, wenn es wichtig sei, könne man ihn zu jeder Tages- und Nachtzeit stören. Aber als Christian zu dem Schreibtisch unterm Dachfenster ging und den Hörer abnahm, wählte er nicht Hentschkes Nummer in Hamburg, sondern die seiner Frau in Blaubeuren. Es dauerte eine Weile, bis sie an den Apparat kam. Christian trat ans Fenster. Hinter dem Birkenkopf stieg ein fast voller fahler Mond in den Abendhimmel. Aus dem Garten drang fröhliches Gelächter. »Hast du schon geschlafen?«, fragte Christian.

»Nein. Ich war unter der Dusche.«

Schlagartig stellte sich ein Bild bei ihm ein, das ihn fast bewogen hätte zu sagen: »Bleib, wie du bist. Ich bin schon unterwegs.« Was für ein Schwachsinn. »Wie geht's dir?«, fragte er.

»Ganz gut! Ich bin ein bisschen aufgeregt wegen des neuen Jobs.«

»Das musst du nicht sein. Du kannst das. Und du weißt, dass du's kannst.«

»Danke. Das tut gut. Und wie sieht's bei dir aus?«

»Chaotisch. Jetzt hab ich auch noch die ganze Baader-Meinhof-Scheiße am Hals. Grade war ein Bulle vom Landeskriminalamt da und hat mir unheimlich eingeheizt.«

»Warum das denn?«

»Das erzähle ich dir, wenn wir uns wiedersehen.«

»Und wann wird das sein? Kommst du nächstes Wochenende?«

»Ich will es jedenfalls versuchen.«

Anneliese seufzte. »Das kenn ich. Am Ende wird wieder nichts aus dem Versuch.«

»Es ist wirklich nur die Frage, wie sich meine Recherchen weiterentwickeln. Ich möchte wirklich gerne kommen, Anne. Das musst du mir glauben.«

»Ich glaub's dir ja.«

Ein wenig hatte ihn das Telefongespräch beruhigt, obwohl er sich nicht erklären konnte, warum. Er holte aus seinem Weinschrank zwei Flaschen Lemberger, die er kürzlich bei der Weingärtnergenossenschaft Fellbach gekauft hatte, und eilte die Treppe hinunter.

Die Hausbewohner begrüßten ihn mit großem Hallo. »Mir hent scho nemme dra glaubt!«, empfing ihn sein Vermieter, der ein freundlicher Mensch war. Er bereiste mit einem ausgewählten Pfeifensortiment die führenden Tabak- und Zigarettenhändler im weiteren Umkreis Stuttgarts und verdiente so gut dabei, dass er nach und nach die Wohnungen in dem Sechsfamilienhaus hatte kaufen können. Die Woche über trank er keinen Alkohol. Aber am Samstag und Sonntag sprach er Wein und Bier so zu, als müsste er alles nachholen, was er die Woche über versäumt hatte. Im Sommer trank er abends im Garten, bei schlechtem Wetter und im Winter in einer Kellerbar, die er selbst eingerichtet hatte und auf gut Schwäbisch »Mei Saufschtub« nannte.

Doch dieser Frühsommer war so, dass man die Abende gut draußen verbringen konnte. Anders als in der Innenstadt, die im Kessel lag und von keiner Seite Luft bekam, weil die Stadtplaner alle Luftschneisen geradezu planmäßig durch quer stehende Bauriegel abgeschnitten hatten. Im Zentrum der Stadt hielt sich die schweißtreibende Schwüle bis tief in die Nacht. Hier aber, an den Südhängen der Stadt, wurde es am Abend angenehm kühl.

Christian setzte sich auf die schmale Bank an den Biertisch und bedankte sich für den Teller mit Grillgut, den die Frau des Hausherrn vor ihn hinstellte. Zum Glück kam niemand auf das Ansinnen zurück, ihn seine Erlebnisse mit dem Atommüll erzählen zu lassen. Stattdessen fragte die Frau, die im Erdgeschoss links unten wohnte und erst kürzlich von ihrem Mann verlassen worden war: »Wann zieht denn jetzt deine Frau bei uns ein?«

Christian lachte. »Sie sind heute schon die zweite Frau, die mich ungefragt duzt.«

»Und, ist das schlimm?«

»Ach was«, antwortete Christian, »ganz im Gegenteil. Wie heißt du mit Vornamen?«

»Elisabeth!«

»Und ich bin der Horst«, sagte sein Hauswirt.

»Christian«, sagte Ebinger.

»Bruderschaft!«, schrie der Mann aus dem ersten Stock rechts.

»Aber ich nur mit Mineralwasser«, meldete sich der Hauswirt.

»Aber ich nicht ohne Kuss!«, rief Elisabeth aus dem Erdgeschoss.

Wie er ins Bett gekommen war, daran konnte sich Christian am Dienstagmorgen nicht mehr erinnern.

Gudrun

Von früheren Recherchen wusste Christian Ebinger, dass Hauptkommissar Julius Merkle zu den Frühaufstehern gehörte. Deshalb quälte sich der Journalist schon kurz vor sieben aus dem Bett, nahm zwei Kopfschmerztabletten, duschte kalt und stieg in seine Kleider. Er war nur selten um diese Zeit mit dem Auto unterwegs. Jetzt wunderte er sich über den dichten Verkehr. Der Weg zum Landeskriminalamt in der Taubenheimstraße führte durch die ganze Innenstadt. Zwar hatten die Verkehrsplaner wenige Jahre nach dem Krieg die Bundesstraße in vier breiten Bahnen durchs Zentrum geführt und dadurch die Stadt in zwei Teile zerschnitten. Trotzdem kamen die Fahrzeuge nur im Schritttempo voran. Erst als Ebinger den Neckar überquert hatte und die leicht ansteigende Straße im Vorort Bad Cannstatt hinauffuhr, ging es etwas flotter voran. Im Radio liefen die Nachrichten, aber Christian hörte nicht zu. Erst als kurz und knapp über den Atommüllfund in Weihersbronn berichtet wurde, horchte er auf. Ein Radioreporter vor Ort spielte einen O-Ton von Bürgermeister Weller ein. »Für mich besteht kein Zweifel«, sagte das Gemeindeoberhaupt, »dass radikale Umweltschützer und diese beiden Magazinjournalisten unter einer Decke stecken. Es handelt sich um einen ungeheuren Anschlag auf unsere freiheitlich demokratische Grundordnung.« Christian Ebinger grinste. Wie wohlfeil dieser Begriff geworden war: »freiheitlich demokratische Grundordnung«. Vielseitig verwendbar, und die meisten dachten gar nicht mehr darüber nach, was die drei Wörter eigentlich zu bedeuten hatten.

Als Ebinger vor dem Gebäude des Landeskriminalamtes ausstieg, fuhr ein gewaltiger Windstoß in die Kronen der Kastanien, die den Parkplatz umstanden. Die Sonne war verschwunden. Ein fernes Donnergrollen war zu hören, der Himmel überzog sich mit dunklen Wolken in einer Farbe wie dunkelgrauer Schiefer. Der Wind nahm zu. Wetterleuchten erhellte immer wieder den Horizont. Christian Ebinger ging rasch in das Gebäude hinein.

Merkle saß, wie es der Journalist erwartet hatte, schon an seinem Schreibtisch. Er war über einen Stapel Ermittlungsakten gebeugt. Im rechten Mundwinkel hing eine gebogene Pfeife. Eine dünne Rauchsäule stieg auf, unter der niedrigen Decke des Büros hing eine blaugraue Wolke. Merkle sah auf, schob seinen Schreibtischstuhl mit dem Hintern zurück, streckte seine kurzen Beine aus, hakte beide Daumen in den Hosenbund und lehnte sich weit zurück. »Nun?«

Christian nahm das kleine karierte Blatt aus der Tasche und legte es vor dem Kommissar auf den Tisch. In dürren Worten erzählte er die Geschichte dazu.

»Sehr gut«, sagte Merkle schließlich. »Ich gebe das zur Spurensicherung, obwohl ich mir von den Fingerabdrücken nicht viel verspreche. Mehr könnte ein Handschriftenvergleich ergeben.«

»Kann ich mich darauf verlassen, dass Sie mich über den weiteren Fortgang auf dem Laufenden halten?«

»Exklusiv, meinen Sie?« Ein listiges Grinsen breitete sich in Merkles Gesicht aus. »So nach dem Prinzip: Eine Hand wäscht die andere?«

»Hat ja schon manchmal funktioniert, wenn auch nicht immer.«

»Sie denken an den Rauschgiftfall?«

»Unter anderem!«

Das war im Sommer letzten Jahres gewesen. Christian Ebinger, damals noch ganz neu als Stuttgarter Korrespondent des SPIEGEL, hatte von einem Kollegen aus Frankfurt mit exzellenten Verbindungen zur Unterwelt in der Mainmetropole einen Tipp erhalten. In Stuttgart solle eine große Partie Rauschgift aus

Italien ankommen, versteckt in einer Ladung Carrara-Marmor auf einem Schwerlastwagen.

Nach Rücksprache mit der Ressortleitung in Hamburg bat Christian Ebinger um einen Termin beim Landeskriminalamt und traf dort auf Hauptkommissar Merkle, der für die Kontakte zur Presse zuständig war – ein Nebenjob, denn hauptberuflich arbeitete Merkle damals noch fürs Rauschgiftdezernat, sodass er sich gleich in zwei Positionen für die Nachricht des Journalisten zuständig fühlte. Ebinger handelte sich mit seinem Tipp die Möglichkeit aus, bei der Übergabe des Rauschgiftes und der Festnahme der Täter dabei sein zu dürfen. Termin war an einem Dienstagmorgen um neun Uhr im Hotel Graf Zeppelin gegenüber dem Hauptbahnhof. Die Polizei hatte die Spur der Rauschgiftschmuggler auf dem Bauhof aufgenommen, wo die schweren Marmorplatten abgeladen worden waren. Dass die Beamten nicht sofort zugriffen, lag daran, dass man die Empfänger der heißen Ware noch nicht kannte.

Christian Ebinger war eine Viertelstunde vor dem vereinbarten Zeitpunkt da gewesen. Er saß in der Lobby des Hotels und trank einen Kaffee. Plötzlich stand ein Kollege vor ihm, der im Büro der dpa in der Königstraße arbeitete. »Was machst du denn hier?«, fragte er Ebinger.

»Ich warte auf jemanden. Und du?«

»Ich wohne da oben am Kriegsberg und gehe jeden Morgen zu Fuß ins Büro. Da komme ich zwangsläufig hier vorbei.«

»Ja, und?«

»Das Hotel hat im ersten Stock den besten Schuhputzautomaten der Stadt.« Nach dieser Erklärung stieg der Kollege die Treppe hinauf. Und im gleichen Augenblick betrat Merkle die Lobby. Er ging zur Rezeption und unterhielt sich kurz mit einem Angestellten. Dann ging er an Ebinger vorbei und nickte ihm fast unmerklich zu. Der Journalist folgte dem Kommissar in den Aufzug.

Merkle nahm seine Pfeife aus der Jackentasche, hob sie an die Lippen, steckte sie dann aber wieder ein. Das wiederholte er in schneller Folge mehrmals. »Nervös?«, fragte Ebinger.

»Sie nicht?«

»Oh doch, aber für Sie ist das doch Routine.«

»Sie haben ja keine Ahnung, Mann!« Noch einmal holte Merkle die Pfeife aus der Jackentasche, steckte sie in den Mund, nahm sie wieder heraus und ließ sie erneut verschwinden.

»Typische Übersprunghandlung«, sagte Ebinger.

Im vierten Stock verließ Merkle als Erster den Lift. »Sie bleiben hier! Ich gebe Ihnen ein Zeichen, wenn keine Gefahr für Sie besteht.«

Im Korridor warteten bereits acht maskierte Beamte in schwarzen Overalls, unter denen sie offensichtlich Schutzwesten trugen. Ihre MPs hielten sie locker in der Armbeuge. Merkle klopfte und rief »Roomservice«. Die Tür öffnete sich. Merkle trat einen Schritt zurück. Die bewaffneten Männer stürmten in das Zimmer. Christian hörte sie wild schreien: »Polizei! Hände hoch! Auf den Boden! Hände in den Nacken.«

Merkle linste durch den Türspalt, nickte nach einer Weile zufrieden und winkte Ebinger zu sich. »Aber was Sie schreiben, will ich lesen, bevor es gedruckt wird, ja?!«

»Geht in Ordnung«, sagte Christian Ebinger. Er wurde Zeuge, wie die Männer in der Hotelsuite festgenommen und in Handschellen abgeführt wurden. Zwei Beamte sicherten die Rauschgiftpakete. Später sollte er erfahren, dass es sich insgesamt um 80 Kilo Kokain und 120 Kilo Heroin handelte. Der Marktwert betrug mehr als eine Million D-Mark. Ebinger sah jeden der Verhafteten intensiv an, um sie nachher beschreiben zu können. Geräuschlos wurden die Rauschgifthändler aus dem Hotel gebracht.

»Mich wunderte, dass keine Gäste aus den anderen Zimmern kamen«, sagte Ebinger, als der Kommissar wieder aus der Hotelsuite trat.

»Wir haben natürlich dafür gesorgt, dass die anderen Zimmer auf diesem Stockwerk nicht vergeben wurden.« Merkle blieb noch mal kurz bei Ebinger stehen. »Was ist das, eine Übersprunghandlung?«

»Erklärt man am besten an einem Beispiel. Haben Sie eine Katze?«

»Was hat jetzt meine Katze damit zu tun?«

»Im Spiel will so ein Tier manchmal etwas fangen, einen Ball zum Beispiel oder eine künstliche Maus, die man ihm zuwirft.«

»Ja, und?«, der Kommissar wurde ungeduldig.

»Es kann passieren, dass die Katze das Spielzeug nicht erwischt, also danebengreift. Dann bleibt sie plötzlich sitzen, fährt sich mit der Pfote übers Gesicht, als habe sie sich nur putzen wollen, das ist eine Übersprunghandlung.«

»Danke«, brummte Merkle. »Hab ich nicht gewusst.« Er nahm seine Pfeife aus der Tasche, aber bevor er sie zwischen die Lippen nehmen konnte, steckte er sie wieder ein. »Man sieht sich!« Zuvor schon hatte er zu Ebinger gesagt, er solle keinesfalls mit ihm gemeinsam das Hotel verlassen.

Drei Monate später wurden die Rauschgiftdealer zu Haftstrafen zwischen drei und sieben Jahren verurteilt. Auch über den Prozess berichtete Christian Ebinger im SPIEGEL.

»Was ist los?«, fragte Merkle.

»Wie bitte?«

»Sie stehen da, als ob Sie mir noch etwas sagen wollten.« Merkle saß in unveränderter Haltung hinter seinem Schreibtisch.

Christian schüttelte den Kopf. »Ich hab mir nur die Szene im Hotel Graf Zeppelin noch mal ins Gedächtnis zurückgerufen.«

»Es war einer unserer größten Erfolge. Für mich und für Sie auch, nehme ich an.«

Ihre Blicke trafen sich. »Als ich Volontär in Ulm war, hat mir mein damaliger Chef eingehämmert: ›Ein Journalist macht sich mit keiner Sache gemein, auch nicht mit einer guten.‹«

»Ein vernünftiger Rat«, sagte Merkle, stemmte sich aus seinem Schreibtischstuhl und reichte Ebinger die Hand. »Haben Sie sich denn sonst immer dran gehalten?«

»Darüber denke ich grade nach.«

»Tun Sie das, aber halten Sie mich bitte jetzt nicht mehr auf.« Merkle ließ Christians Hand los und öffnete die Tür.

»Eine Frage noch, Herr Merkle, sagt Ihnen der Name Stenzel etwas?«

»Gernot Stenzel, Kriminaloberrat? Meinen Sie den?«

»Ich denke, ja. Er hat mich gestern Abend überraschend besucht.«

»Wichtiger Mann beim Staatsschutz. Wenn Sie einen Rat haben wollen: Nehmen Sie sich in Acht vor dem. Wiedersehen, Herr Ebinger.« Damit drückte Merkle die Tür hinter dem Journalisten ins Schloss.

Langsam ging Christian Ebinger durch den langen Korridor auf die Fensterfront des breiten Treppenhauses zu. Ein Blitz fuhr über den Himmel. Für einen Augenblick schoss eine unangenehm grelle Helligkeit in den dunklen Gang, fast im gleichen Moment folgte ein Donnerschlag. Der Himmel schien sich zu öffnen, gewaltige Windstöße warfen Regensalven gegen die Fensterscheiben. Ein junger Mann, der die Treppe heraufeilte, rief: »Das ist ein Wetter, was? Da jagt man keinen Hund auf die Straße.«

»Ich muss trotzdem raus«, gab Ebinger zurück und sprang die Stufen hinunter.

Es gelang ihm kaum, gegen den Sturm die Tür aufzudrücken, und als er endlich ins Freie treten konnte, warf ihn eine Böe fast um. Der Regen peitschte ihm ins Gesicht. Es waren höchstens 50 Meter bis zu seinem Auto, aber als er es erreichte und sich auf den Fahrersitz warf, war er nass bis auf die Knochen. Er ließ den Motor an und steuerte das Auto vom Hof. Aber schon nach ein paar Hundert Metern hielt er an. Die Scheibenwischer kapitulierten vor den herabrauschenden Wassermassen auf der Frontscheibe.

Verschwommen sah er hinter einer halbhohen Mauer den gelbbraunen Backsteinbau der Martin-Luther-Kirche. Er wusste, dass sie um 1900 in Rekordzeit erbaut worden war, und er erinnerte sich an den Stilmix aus Anklängen an die Romantik und an die Gotik, wie er damals in der Kirchenarchitektur wohl üblich gewesen war. Dort predigte Pfarrer Helmut Ensslin. Ein strenger Protestant. Christian Ebinger war dem Geistlichen nie persönlich begegnet, aber er war ein paarmal im Sonntagsgottesdienst gewesen – angetan von den klaren, ernsten, sehr protestantischen Predigten Ensslins. Er wusste auch, dass Gudrun Ensslin lange Zeit eine überzeugte evangelische Christin gewesen war, ehe sie sich, mit knapp 30 Jahren, in Berlin den Studentenprotesten angeschlossen und sich völlig verwandelt hatte. Kurz davor war Christian Ebinger der jungen Frau zum ersten Mal begegnet. Er hatte einen Kollegen beim Schwäbischen Tagblatt in Tübingen besucht, und der hatte ihn in eine Studentenkneipe direkt am Neckarufer mitgenommen, die allgemein nach ihrer früheren Wirtin »Bei Tante Emilie« genannt wurde. Dort entspann sich im Lauf des Abends über alle Tische hinweg eine politische Diskussion, an der sich auch Gudrun Ensslin lebhaft beteiligte. Sie war ihm als besonders hübsch und klug erschienen. Wenn sie sprach, wirkte sie charmant und überzeugend. Alle schienen ihr gerne zuzuhören, jedenfalls gehörte sie zu den wenigen, die ihre Argumente ohne Zwischenrufe in aller Ruhe vortragen konnten.

Christian Ebinger hatte sich dort nicht wohlgefühlt. Er kam sich fremd vor unter den Besuchern, die zumeist Studenten waren. Er hatte nie einen Hörsaal von innen gesehen, an keinen Seminaren teilgenommen, keine Scheine gemacht. Er hatte auch nie die Freiheiten der Studenten erlebt. Und es wäre ihm nicht in den Sinn gekommen, mit ihnen auf die Straße zu gehen. Seit dem Debakel am Ende seiner Schulzeit, als er während des Abiturs vom Gymnasium geflogen war, hatte er eine tiefe Abneigung gegen alle Akademiker entwickelt.

Der Regen trommelte auf das Dach des Autos. Die leicht abschüssige Straße hatte sich in einen kleinen Fluss verwandelt. Die Gullys konnten die Wassermengen nicht mehr fassen.

Inzwischen hatte Christian begriffen, dass er die Schuld an seinem damaligen Desaster fälschlicherweise lange Zeit allen andern gegeben hatte, nur nicht sich selbst. Dies einzusehen, war ihm freilich schwergefallen, und er hatte sich lange dagegen gewehrt. Man hatte ihm – so hatte er das immer gesehen, genauer: sich zurechtgelegt – eine akademische Laufbahn verweigert. Er hätte das Abitur ein Jahr später nachholen können, aber in seinem Trotz hatte er sich geschworen, nie wieder eine Schule zu betreten. Dabei war es einmal sein größter Wunsch gewesen, Lehrer zu werden. Musik und Deutsch hatte er unterrichten wollen, möglichst an einem Internat, wo man mit den Schülern ein Orchester, einen Chor und eine Theatergruppe hätte aufbauen können. Im Unterschied zu manchen seiner Klassenkameraden hatte er ganz klare Lebensziele. Aber ohne Abitur konnte nichts daraus werden. Als dann noch sein Versuch scheiterte, den Wehrdienst, sie nannten ihn damals Kriegsdienst, zu verweigern, war er sich sicher gewesen, dass sich die ganze Welt gegen ihn verschworen hatte. Oft hatte er mit Anneliese darüber geredet, aber die langen abendlichen Gespräche endeten meistens im Streit. »Du machst es dir zu leicht mit deinen Ausreden«, hatte sie gesagt. Er wusste, dass sie recht hatte, und genau das brachte ihn gegen sie auf.

Sein Blick ging wieder zu der Kirche hinüber, und in seinen Gedanken kehrte er zu jenem Abend in Tübingen zurück. Gudrun Ensslin hatte sich plötzlich direkt neben ihn gesetzt und gesagt: »Wer bist denn du? Dich hab ich ja noch nie hier gesehen.« Er erklärte es ihr, zunächst in dürren Worten, aber als er merkte, dass sie ihm interessiert zuhörte, kam er immer mehr ins Erzählen. Und da war auch sie ins Reden gekommen. Sie erzählte, wie sie als Austauschschülerin in Amerika gewesen sei, aber vieles habe ihr da nicht gefallen.

»Was denn zum Beispiel?«, fragte Christian.

»Die Oberflächlichkeit der Christen dort. Die gehen besonders elegant angezogen und mit Schmuck behängt in den Gottesdienst – die reinste Modenschau. Ich hab zu Hause gelernt, dass das Christentum nicht an der Kirchentür aufhört, sondern politisches und soziales Handeln einschließt. Aber das hat die nicht interessiert.«

»Willst du mal Pfarrerin werden?«, hatte Christian gefragt.

»Nein, Lehrerin.«

»Komisch, genau das wollte ich auch.«

»Und warum bist du dann jetzt Journalist.«

Christian erzählte ihr, wie er damals das Kepler-Gymnasium während der Abiturprüfung verlassen musste.

»Find ich blöd, dass du keinen zweiten Anlauf genommen hast«, antwortete Gudrun.

»Ja, vielleicht hast du recht.« Er war so überrascht, dass er ihr nicht widersprochen hatte. Die junge Frau mit den kurzen Haaren und den wachen Augen hatte sehr einfühlsam mit ihm geredet. Andere Gäste des Abends, die zu ihnen traten, um mit Gudrun zu sprechen, wurden von ihr höflich vertröstet. »Hör mal, du nimmst dir ja richtig Zeit für mich«, sagte Christian.

»Ich finde es ganz schön«, antwortete sie und erzählte dann: »Ich habe die Prüfung fürs Lehramt an Volksschulen abgelegt, Durchschnittsnote: befriedigend, Beurteilung der Lehrfähigkeit: ausreichend. Aber wahrscheinlich mache ich irgendetwas in einem Verlag.«

So war es dann auch gekommen. Zusammen mit Bernward Vesper gründete Gudrun Ensslin den Kleinverlag ›studio neue literatur‹. Das hatte Christian erst vor ein paar Tagen noch mal nachgelesen, als er sich wieder mit der Baader-Meinhof-Gruppe beschäftigen musste. Das erste Buch, das die beiden herausbrachten, hieß »Gegen den Tod. Stimmen deutscher Schriftsteller gegen die Atombombe«.

Noch immer hatte Christian Ebinger größte Mühe zu begreifen, dass die Gudrun Ensslin, die er damals in Tübingen kennengelernt hatte, und jene, die nun im Untergrund war und vermutlich eine ganze Reihe Banküberfälle – allein im Mai waren es fünf gewesen – mit verübt hatte, dieselbe sein sollte, die er damals in Tübingen zum ersten Mal getroffen hatte. Und noch viel weniger konnte er sich vorstellen, dass diese kluge, sozial engagierte und nachdenkliche Frau ein paar Jahre später, im Juli und August 1970, gemeinsam mit einem guten Dutzend Gleichgesinnter aus Deutschland in einem Camp der Fatah in Jordanien gewesen sein sollte, um sich militärisch ausbilden zu lassen und Guerillatechniken zu erlernen. Dies war aber inzwischen unzweifelhaft bewiesen.

Als sie sich unter ganz anderen Umständen noch einmal begegnet waren, hatte sie lachend erzählt, dass bis zu ihrem 22. Lebensjahr die Zeitschrift »Rüste für den Tag« des evangelischen Mädchenwerks auf ihrem Nachttisch gelegen habe, und sie habe auch regelmäßig darin gelesen.

Christian nahm durch den dichten Regenschleier die Kirche noch einmal in den Blick. Er hatte an jenem Herbstabend in Tübingen zu Gudrun Ensslin gesagt: »Weißt du, eigentlich sind meine Niederlagen von damals der Ausgangspunkt für meine Karriere gewesen. Ich habe allen zeigen wollen, dass man auch ohne Abitur ein guter Journalist werden kann.« Aber er hatte nicht gesagt, dass er stets versucht hatte, dieses Ziel um jeden Preis zu erreichen – verbissen und nahezu atemlos. Da war kein Platz für Demonstrationen gegen den Vietnamkrieg, gegen den Schah-Besuch, gegen die Ermordung des Studenten Ohnesorg, gegen das Attentat auf Rudi Dutschke. Und es war im Grunde auch kein Platz für eine Familie. Wenn er daran dachte, plagten ihn prompt Schuldgefühle. Aber sie waren nie so stark geworden, dass er ihretwegen sein Leben geändert hätte.

Einmal hatte er sich in eine Gesprächstherapie begeben. Als der Therapeut gesagt hatte: »Sie sollten das nicht so schwernehmen. Jeder Mensch wird schuldig. Es kommt darauf an, dies anzuerkennen und zu lernen, mit seiner Schuld zu leben«, klang das für Christian wie ein Freispruch. Er hatte dann auch nach wenigen Sitzungen die Therapie abgebrochen.

Gudrun war seit jenem Treffen einen anderen Weg gegangen. Als sie damals von ihrem Stuhl aufgestanden war, hatte sie sich nochmals zu ihm heruntergebeugt, war ihm übers Haar gefahren, hatte die Hand kurz in seinem Nacken ruhen lassen und gesagt: »Wär schön, wenn wir das Gespräch mal fortsetzen könnten.«

Noch immer saß er in seinem Auto, die Hände auf dem Steuer, die Augen halb geschlossen. Der Regen ließ langsam nach. Im Westen riss der dunkle Himmel auf, zwischen den Dächern der Stadt und den Wolken war jetzt ein weißer Streifen zu sehen.

Christian startete den Motor, legte den ersten Gang ein und ließ die Kupplung kommen. Er fuhr rasch nach Hause, um die klitschnassen Kleider gegen trockene Sachen zu tauschen. Er duschte erst heiß, dann kalt, trocknete sich nachlässig ab, und als er in die Unterhose stieg, klingelte sein Telefon. Die Stimme der Anruferin kannte er. Sie gehörte Gudrun Ensslin. »Na so was, grade hab ich …« Aber sie ließ ihn nicht weitersprechen. »Du glaubst doch hoffentlich den Scheiß nicht, dass wir mit Atommüll rumspielen.«

»Können wir darüber mal direkt sprechen?«

Sie lachte auf. »So naiv bist du doch nicht!« Und schon legte sie auf. Wer immer das Gespräch abhören mochte, es war zu kurz gewesen, um die Anruferin zu lokalisieren, aber lange genug, um festzustellen, dass Gudrun Ensslin den Redakteur wie einen alten Bekannten duzte.

Er hätte ihr gerne gesagt, dass er vor ein paar Stunden gar nicht weit von dem Pfarrhaus gestanden hatte, in dem sie groß geworden war.

Stefanie

Nachdem die Kriminaltechniker das sogenannte Bekennerschreiben untersucht und die Polizeipsychologen Text und Schrift ausgewertet hatten, kam man sowohl beim BKA als auch beim LKA zu der Überzeugung, dass es aller Wahrscheinlichkeit nach nicht von der Baader-Meinhof-Gruppe in die Welt gesetzt worden war. Merkle rief am späten Nachmittag in der Redaktion an, um Christian Ebinger darüber zu informieren. Als sich der Redakteur bedankte, sagte der Kommissar: »Nichts zu danken. Sie wissen: Eine Hand wäscht die andere, nicht wahr?« – und legte auf.

Christian Ebinger verbrachte den restlichen Tag in der Redaktion. Nun nahm er auch die Telefongespräche von Kollegen an, die sich für den Atommüllfund interessierten, und gab bereitwillig Auskunft. In den Pausen machte er sich erste Notizen für den Artikel, der in der nächsten Ausgabe am kommenden Montag erscheinen sollte. Donnerstagabend musste er eine erste Fassung abliefern. Gaby Heil schickte er früh nach Hause, damit sie wenigstens ein paar der vielen Überstunden abfeiern konnte, die sie in letzter Zeit hatte leisten müssen.

Gegen 19 Uhr erklang die Glocke an der Eingangstür. Als sich das Klingeln nach kurzer Zeit wiederholte, fiel ihm ein, dass er ja der Einzige in dem ganzen Bürotrakt war. Er eilte durch den Korridor nach vorne. Hinter der Glastür stand Stefanie Bornschein. Sie trug einen engen roten Pullover mit einem großzügigen V-Ausschnitt, einen karierten Minirock und an den nackten Beinen nur ein paar Schuhe, die man vielleicht Ballerinas nannte, so genau wusste er das nicht. Christian schloss auf und ließ sie herein. »Hallo«, rief sie fröhlich. »Da bin ich!«

»Sind wir verabredet?«, fragte Christian irritiert.

»Du klingst, als kämst du aus dem Mustopf. Hier ist also dein Büro?« Sie ging an ihm vorbei und lief in kurzen schnellen Schritten den Gang hinunter. »Welches ist es denn?«

»Zweitletzte Tür links!«

Als er sie einholte, sagte sie: »Als ich neulich mit dir noch einen Kaffee trinken wollte und es ging nicht, hast du gesagt: ›Die Gelegenheit kommt wieder.‹ Stimmt's? Und weil ich zufällig heute nach Stuttgart musste, dachte ich, kann ich doch mal bei dir vorbeischauen.«

»Reiner Zufall, dass ich noch da bin.« Christian betrat nach ihr sein Büro. »Du hättest vorher anrufen können.«

»Heißt das, du hast keine Zeit?« Sie setzte sich in den Besuchersessel und schlug die Beine übereinander.

Christian nahm hinter seinem Schreibtisch Platz und sah seiner überraschenden Besucherin ins Gesicht, das er bislang kaum wahrgenommen hatte. Sie hatte sehr helle Augen. Wenn er es richtig sah, waren sie grün mit braunen Einsprengseln. Ihr rotes Haar stand nach allen Richtungen vom Kopf ab, was sich erstaunlicherweise irgendwie zu einer Frisur fügte. Ihre vollen Lippen hatte sie exakt in der Farbe ihrer Haare geschminkt. An ihrem Kinn entdeckte er ein kleines Grübchen.

»Eigentlich habe ich tatsächlich keine Zeit, aber ich nehm sie mir. Und ich hab auch Hunger. Wollen wir was essen gehen?«

Er schlug das Restaurant Turkuaz vor. Es gehörte einem guten türkischen Freund namens Kemal Yüksül, und der hatte einen exzellenten Koch. Sie parkten in der Haußmannstraße, direkt vor dem Lokal, und da Ebinger angerufen hatte, war auch ein Tisch für sie frei. Das Turkuaz sei das Lieblingslokal des Stuttgarter Balletts, erklärte Christian seiner jungen Kollegin, als sie das Restaurant betraten.

»Sag bloß, du wusstest das?«, rief sie begeistert.

»Was denn?«

»Dass ich eigentlich klassischen Tanz studiert habe.«

»Aber?«

»Aber es hat nicht gereicht.«

Christian lachte. »Wie bei mir.«

»Was denn?«

»Ich konnte nicht studieren und wusste nicht, was ich mit mir anfangen sollte. Keine Berufsperspektive. Aber ich hatte – beziehungsweise habe – eine schöne Stimme. Da hab ich mal 'ne Zeit lang Gesangsunterricht genommen. Als mir mein Lehrer nach ein paar Monaten sagte, ich hätte durchaus eine Chance, wenn auch nicht als Solist, so doch eventuell als Chorsänger an einer kleineren Oper, da war für mich der Traum ausgeträumt. Zum Glück habe ich um die gleiche Zeit eine Volontärstelle in einer Redaktion gefunden.«

»Ganz ähnlich war's bei mir«, Stefanie Bornschein schlug die Speisekarte auf. »Als Hupfdohle in der zweiten Reihe wollte ich nicht auf die Bühne.« Ohne aufzusehen sagte sie: »Meinst du, heute kommen die vom Ballett auch hier vorbei?«

»Wahrscheinlich schon.«

»Können wir so lange bleiben?«

»Die Vorstellung geht mindestens bis 22 Uhr.«

»Ja und?«

»Kommst du denn dann noch zurück?«

»Es gibt immer für alles eine Lösung.«

Stefanie Bornschein bestellte geröstete Lammfleischstücke auf pürierten Auberginen und einen trockenen Weißwein. Christian entschied sich für einen gegrillten Hackfleischspieß und ein Bier.

»Glaubst du denn auch, dass sich die Baader-Meinhof-Leute Atommüll aus dem Kraftwerk beschafft haben?«, fragte die junge Journalistin unvermittelt.

»Das Gegenteil ist so gut wie bewiesen.« Christian sah in ihre grünbraunen Augen. »Hast du denn eine Vorstellung, wie diese Ionenaustauscher auf die Müllkippe gekommen sein können?«

»Nein!« Sie hob ihr Weinglas zum Mund, nahm einen Schluck und wischte danach mit ihrer Serviette die Spuren ihres Lippenstifts vom Rand des Glases ab.

»Der Laufzettel ist vom 27. April dieses Jahres«, sagte Christian nachdenklich. »Jetzt haben wir Ende Mai. Der Atommüll wurde also vor mehr als vier Wochen entsorgt, oder eben nicht entsorgt, wenn man es genau nimmt. Zum Glück sind die schweren Regenfälle erst gestern und heute gekommen. Wenn man sich vorstellt, sie hätten das Zeug ins Grundwasser geschwemmt … Immerhin entfällt der Verdacht, dass jemand das Zeug auf die Müllkippe gebracht hat, weil er wusste, dass wir kommen.«

»Warte mal«, rief Stefanie. »Wenn einer wusste, das Zeug befindet sich irgendwo, und der hat nur auf eine Gelegenheit gewartet …«

»Jetzt geht aber die Fantasie mit dir durch.«

»Warum? Nimm mal an, ein Atomkraftgegner, und da gibt es viele davon, auch im Kernkraftwerk … – also so einer kriegt mit, dass da ein Päckchen Ionenaustauscher übersehen worden ist, versteckt es irgendwo und wartet auf eine Gelegenheit, etwas damit anfangen zu können …«

»Aber er müsste es doch rausschaffen, und das ist faktisch unmöglich.«

»Nö«, machte sie, leerte ihr Weißweinglas in einem Zug, hob es hoch, um Kemal hinter der Theke zu signalisieren, dass sie noch eins wollte: »Ich glaube nicht, dass die Abfalltransporte so genau untersucht werden. Das ist doch meistens Schlamm und Schmutz aus dem Rechen des Abwasserkanals.«

»Aha? Das weißt du?«

Sie nickte. »Hat man mir erzählt.«

»Wer hat dir das erzählt?«

Stefanie Bornschein hob ihre Gabel mit einem Stück Fleisch hoch. »Schmeckt wirklich klasse!« Sie schob es in den Mund, kaute bedächtig und sah die ganze Zeit ihren Kollegen mit schräg gelegtem Kopf an. Schließlich sagte sie: »Ich will niemanden in Schwierigkeiten bringen.«

»Gut, stelle ich eine andere Frage: Warum bist du heute gekommen?«

»Das fragst du mich? – Ich bin gekommen, weil ich dich wiedersehen wollte …«

»Mach mich bloß nicht verlegen … – also, warum?«

»Ich wollte dich wiedersehen, weil ich hoffe, dass du mir einen Rat geben kannst.«

Über die Antwort war Christian ein klein wenig enttäuscht, wollte es sich aber nicht anmerken lassen. »Einen Rat? Wofür?«

»Wie ich weiterkomme. Mein Volontariat geht in sechs Wochen zu Ende. Ich kann wahrscheinlich bei der Zeitung bleiben, aber das will ich nicht. Wie kommt man denn zum SPIEGEL?«

Christian Ebinger lachte. »Ich kann dir höchstens erzählen, wie ich selber zum SPIEGEL gekommen bin.«

»Ja, bitte erzähl! Aber ich muss erst schnell verschwinden. Bestellst du mir ein Halva und einen türkischen Kaffee?«

»Vielleicht noch einen Raki dazu?«

»Au ja, gerne, wenn du auch einen mittrinkst.«

»Ich hab ein Auto vor der Tür.«

»Lass es stehen und nimm ein Taxi. Kannst du doch sicher abrechnen, wo wir hier ein wichtiges Gespräch für deine Recherchen führen.« Damit verschwand sie auf die Toilette.

Kemal trat an den Tisch. »Neue Freundin?«, fragte er.

»Nee du, eine Kollegin.«

»Was nicht ist, kann ja noch werden, so sagt man doch bei euch.«

»Und bei euch?«

»Görünen köy kılavuz istemez.«

»Und? Was heißt das?«

»Zum Dorf, das man sieht, braucht man keinen Führer.«

Christian schüttelte lachend den Kopf und bestellte eine Portion Halva, zwei Raki und zwei türkische Kaffee. Dann fragte er, ob der Wirt noch mit den Damen vom Ballett rechne. Kemal nickte. »Marcias Managerin hat extra angerufen.« Marcia war Marcia Haydée, die Primaballerina des Stuttgarter Balletts, das nicht zuletzt ihretwegen in den letzten Jahren Weltruhm erlangt hatte. Christian hatte gelesen, dass sie zurzeit in der Titelrolle in einer Ballettfassung von ›Der Widerspenstigen Zähmung‹ nach William Shakespeare glänzte. Er hatte sich vorgenommen, irgendwann einmal die Aufführung zu besuchen, war aber bis jetzt nicht dazu gekommen.

Stefanie Bornschein kam zurück, strich ihren kurzen Rock glatt und setzte sich wieder. »Also erzähl!«

»Ich hab gefragt, die Leute vom Ballett kommen nach der Vorstellung noch. Die Haydée hat einen Tisch bestellt.«

»Ist ja super! – Aber jetzt will ich deine Geschichte hören.«

»Na ja. Erst war ich, wie du, bei einer Tageszeitung. Bei mir war das in Ulm, und ich wurde dann Lokalredakteur in Blaubeuren. Versprochen hatte man mir, wenn ich das zwei Jahre lang ordentlich mache, könnte ich in die politische Redaktion wechseln. Aber der Verleger hat sein Wort nicht gehalten. Und im Zorn hab ich gekündigt, ohne eine neue Stelle zu haben. Ich bin dann in Stuttgart beim Deutschen Sparkassenverlag gelandet, habe dort eine Kundenzeitschrift gemacht und Werbetexte geschrieben. Aber ich fühlte mich total unterfordert. Und so hab ich angefangen, Kurzgeschichten zu schreiben. Meine erste habe ich mehr als zwanzig Mal eingeschickt. Sie kam immer wieder zurück, und ich habe sie postwendend an die nächste Adresse gesandt. Irgendwann wurde sie in der ›Bäckerblume‹ abgedruckt.«

»Ist nicht wahr!«

»Doch!« Christian blieb ernst. »Davor hatte ich schon kleine Rundfunkbeiträge verfasst. Für mich ganz überraschend wurden eines Tages Texte von mir, die ich der satirischen Zeitschrift ›Pardon‹ angeboten hatte, dort angenommen. Ich wurde bei denen zum festen freien Mitarbeiter. Meist mit kleinen Artikeln, aber dann trat der Glücksfall ein, dass die Verleger – Bärmeier und Nikel hießen die – eine Zeitschrift kauften, die zu jener Zeit wirklich sensationell war. Sie hieß einfach DM, veröffentlichte Warentestberichte, betrieb Käuferberatung und war bekannt für ihre extrem kritischen Artikel über die Werbung und die Warenwelt.«

»Die gibt's doch bis heute«, warf Stefanie Bornschein ein.

Christian nickte: »Aber ohne mich, und inzwischen ist die Redaktion in Frankfurt. Am meisten hatte es mir das ›Tagebuch‹ angetan, in dem ausgesprochen lustig und pointiert über den Redaktionsalltag berichtet wurde. Der Verleger, Waldemar Schweitzer, war ein genialer Journalist, aber wohl kein besonders guter Geschäftsmann. Jedenfalls war er eines Tages gezwungen, seine Zeitschrift zu verkaufen, nachdem er ein zweites Blatt, ein politisches Magazin, total in den Sand gesetzt hatte.

Redaktionsdirektor und Bevollmächtigter der beiden neuen Verleger wurde ein Journalist, der zuvor schon Mitglied der Chefredaktion bei ›Pardon‹ gewesen war: Rolf Lohbrecht. Ich bewarb mich um eine Stelle bei der DM, und eines Abends traf ich ihn in einer gemütlichen schwäbischen Wirtschaft. Das Gespräch dauerte, bis uns der Wirt kurz nach Mitternacht rausschmiss. Wir haben uns auf Anhieb verstanden. Und es war der Beginn einer wunderbaren Freundschaft, die bis heute und wahrscheinlich bis an unser Lebensende hält.

Ich wurde Chef vom Dienst, und als der Chefredakteur wenig später gekündigt wurde, übertrug man mir die Redaktionsleitung. Ich war grade mal achtundzwanzig Jahre alt, und heute muss ich sagen: Ich war die Fehlbesetzung des Jahrhunderts. – Kemal, bringst du uns noch einen Wein? Am besten eine Flasche, die schaffen wir schon noch.«

»Und warum warst du eine Fehlbesetzung?«

»Ich hab den Laden geführt wie eine Wohngemeinschaft. Jeder durfte machen, was er konnte beziehungsweise was er wollte. Das erzähl ich dir vielleicht ein anderes Mal.«

»Wird's denn ein anderes Mal geben?«

»Denkst du etwa nicht?«

»Doch, natürlich. Ich hoffe es. Erzähl doch weiter.«

»Vier Jahre später übernahm ich die Chefredaktion einer neu zu schaffenden Zeitschrift für junge Leser bei der Deutschen Verlagsanstalt, in der es um Wissenschaft und Technik gehen sollte. Ihr Titel: X-Magazin. Da machte ich weniger Fehler, aber als ein neuer Verlagsleiter kam, mit dem ich mich absolut nicht verstand, fand der schon bald eine Gelegenheit, mich fristlos zu kündigen. Ich war plötzlich arbeitslos. Und weißt du, wer mich gerettet hat?«

»Keine Ahnung?«

»Rolf Lohbrecht, der Mann, der mich zur DM geholt hatte und nun Korrespondent des SPIEGEL in Karlsruhe ist, akkreditiert für die oberen Bundesgerichte. Er hat in Hamburg ein gutes Wort für mich eingelegt. Und – manchmal habe ich eben auch großes Glück gehabt in meinem Leben – just um diese Zeit wurde die Stelle im Stuttgarter Büro frei. Jetzt weißt du, warum sich mein Weg zum SPIEGEL nicht nachahmen lässt.«

Stefanie zeichnete mit ihrem Weinglas auf dem Tischtuch Kreise. »Aber sag: Warum wurdest du fristlos gekündigt?«

»Willst du diese Geschichte auch noch hören?«

»Aber unbedingt!«

»In der Verlagsanstalt gab es drei Zeitschriftenredaktionen, also auch drei Chefredakteure. Ich war einer davon. Eines Tages wurde ein neuer Verlagsleiter für alle Zeitschriften eingesetzt, der uns sofort mit dem Plan konfrontierte, die Layoutabteilungen, also unsere Grafiker, die Bildredaktion und die Sekretariate, zentral zusammenzufassen und sich selbst zu unterstellen. Wir Chefredakteure wären nur noch für die Texte verantwortlich gewesen. So kannst du aber kein Blatt machen. Das habe ich auch gleich gesagt, und die Kollegen haben sich angeschlossen. Gegen unseren Widerstand konnte sich der Mann nicht durchsetzen. Und nun war es seine Strategie, einen von uns herauszubrechen, am besten natürlich mich, weil ich mich zum Wortführer aufgeschwungen hatte.«

»Und das ist ihm gelungen?«

»Wenn du einen Mitarbeiter kündigen willst, findest du immer einen Grund.«

»Aber wenn du dir nichts hast zuschulden kommen lassen …«

»Na ja, so war es dann auch wieder nicht. Der neue Verlagsleiter, Orb hieß er übrigens, verbrachte ein ganzes Wochenende in unseren Büroräumen und untersuchte jedes Stück Papier. Und im Honorarordner wurde er fündig. Wir hatten einen Grafiker, dem es finanziell richtig dreckig ging. Er war ein sehr guter Illustrator, aber Illustrationen gehörten nicht zu seinem Aufgabengebiet. Damals hatten wir in jedem Heft auch eine ausgewählte Science-Fiction-Geschichte, die auf einer Doppelseite mit einer aufwendigen Illustration aufgemacht wurde. Ich gab also dem Kollegen den Auftrag für diese Bilder, und er lieferte fantastische Arbeit ab. Da ich ihn dafür nicht direkt honorieren konnte, bekam er das Geld über einen guten Freund. Ich habe zwar meinen Honoraretat nicht überschritten, aber ich habe einem festen Mitarbeiter auf Umwegen eine Zusatzzahlung zukommen lassen.«

»Und da ist dieser Verlagsleiter draufgekommen?«

»Ja, genau. Er hat ein ganzes Wochenende damit zugebracht, mein Büro zu durchsuchen. Gleich am Montag wurde ich in die Geschäftsführung gerufen. Ich betrat den Konferenzraum, wo das Gespräch stattfinden sollte. Da saß der Hauptgeschäftsführer der Verlagsanstalt, links von ihm Herr Orb als Ankläger, rechts vom ihm eine Sekretärin als Protokollführerin. Es war eine Gerichtsverhandlung, ein Tribunal. Ein Verteidiger fehlte allerdings. Ergebnis: Ich hatte binnen einer Stunde meine persönlichen Sachen einzupacken und mein Büro zu verlassen. Meine Mitarbeiter veranstalteten vor meinem Büro einen Sitzstreik. Der Verlagsleiter Orb überwachte mich, während ich meine Siebensachen in eine Kiste stapelte, und pfiff dabei leise vor sich hin. Bis heute weiß ich nicht, warum ich in der Wut nicht den Tisch umgeschmissen oder diesem Scheißkerl einfach eine reingehauen habe. Ich trug meine Kiste hinaus und musste dabei über die Beine meiner Kollegen steigen.«

»Mensch, das tut mir ja leid!« Stefanie beugte sich weit vor und nahm kurz Christians rechte Hand.

»Ja, es war schon eine verdammte Niederlage. Allerdings: Orb hatte sich verrechnet. Als er die anderen Chefredakteure zu sich kommen ließ und sagte: ›Der Ebinger ist ja nun weg, jetzt lasst uns über die neue Struktur in der Hauptabteilung Zeitschriften sprechen‹, antwortete ihm ein Kollege: ›Kann ja sein, dass der Ebinger silberne Löffel geklaut hat, aber das ändert doch nichts daran, dass wir unsere Grafiker, unsere Bildredakteure und Sekretärinnen behalten müssen, um anständig arbeiten zu können.‹ Damit hatte der selbstherrliche Herr Orb nicht gerechnet. Er blieb dann auch nicht lange.«

»Und du bist dann gleich zum SPIEGEL gegangen?«

Christian schüttelte den Kopf. »So schnell ging das nicht. Ich habe mich eine Zeit lang mit Werbetexten und kleinen Rundfunkbeiträgen über Wasser gehalten und jeden Tag neue Bewerbungen geschrieben.«

Die Tür ging auf, eine Gruppe aufgekratzter Leute wirbelte herein. Alle schienen gleichzeitig zu reden. Dabei bewegten sie sich anders als andere Gäste, die im Laufe des Abends hereingekommen waren. Sie schienen ständig in Bewegung zu sein, auch wenn sie nur standen. Ihre schmalen Körper bogen sich hin und her, ihre Arme flogen auf und ab. Sie umringten den Wirt. Nacheinander küssten sie ihn auf die Wange oder auf die Stirn oder umarmten ihn kurz. Seine Frage, wie die Aufführung gewesen sei, wurde vielstimmig beantwortet. Einzelne Worte sprangen aus dem wilden Geplauder heraus: großartig, fulminant, extraordinär. »Dreizehn Vorhänge«, rief eine und wurde sofort überstimmt: »Vierzehn! – Ich wäre nie nach einem dreizehnten Vorhang runter von der Bühne, so abergläubisch wie ich bin. Vielleicht waren es sogar fünfzehn.«

Schließlich setzten sie sich an einen großen Tisch direkt neben jenem, an dem Stefanie und Christian saßen. Kemal servierte eine riesige Vorspeisenplatte, die er bereits vorbereitet hatte, und sie fielen darüber her, als ob sie total ausgehungert wären.

Nur eine blieb ganz ruhig und steil aufgerichtet sitzen, die Frau am Kopfende des Tisches.

Stefanie konnte den Blick nicht von ihr wenden. Die Frau hatte etwas Statuarisches. Unwillkürlich schoss der jungen Journalistin durch den Kopf, diese Dame könnte aus Marmor sein. Dass sie eine Dame war – daran konnte kein Zweifel bestehen. Alles an ihr war perfekt. Von der hochgesteckten Frisur stand auch nicht die kleinste Strähne ab. Ihr Make-up war dezent und makellos. Stefanie ertappte sich bei dem Gefühl, dass alles an diesem Körper perfekt sein müsse. Bestimmt gab es da keine Falte, keine Hautschuppe, keine Schramme, keine Unreinheit.

»Ist das die Primaballerina?«, fragte sie Christian. »Die Frau dort am Kopfende?«

Er schüttelte den Kopf. »Das ist ihre Managerin, irgendeine Adlige. Ich weiß nicht, wie sie heißt.«

»Die hat so etwas Aseptisches«, flüsterte Stefanie.

Christian lachte auf. »Das stimmt. Und etwas Unnahbares, finde ich.«

»Ich beneide solche Frauen«, Stefanies Stimme wurde etwas lauter. »Ich war manchmal gerne so … so …, so erhaben, so, so … – wie soll ich sagen – so selbstsicher. Aber wenn ich's versuche, geht das immer schief. Dann hab ich doch irgendwo einen Fleck in meinen Klamotten, wenn nicht gar ein Loch, meine Fingernägel sind nicht perfekt, und schon gar nicht habe ich so strahlend weiße, symmetrisch angeordnete Zähne wie die dort drüben. Sag mal, wie ist denn so eine Frau im Bett?«

Wieder lachte Christian: »Keine Ahnung. Ich verkehre nicht in solchen Kreisen.«

»Als Mann wagt man wahrscheinlich gar nicht, so ein Wesen anzufassen. Die Frisur könnte ja kaputtgehen oder die Schminke verrutschen.«

Christian hob die Schultern. »Das ist doch nur Fassade. Was dahintersteckt, müsste man in Erfahrung bringen.«

»Und? Möchtest du das?«

»Um nichts in der Welt!« Christian goss die Gläser noch einmal voll.

»Puhh!«, stöhnte Stefanie. »Gott sei Dank!«

Er sah sie verwundert an. »Was war denn das?«

»Was meinst du?«

»Klang irgendwie erleichtert.«

»Ja, natürlich! Wenn man einen Mann an so eine verlieren würde …«

»Jetzt Moment mal …«

»Lass gut sein!« Sie legte ihre Hand auf seinen Arm. »Ich wollte dir nicht zu nahe treten.«

»Ich versteh nicht …« Das Gespräch begann ihn zu beunruhigen.

Stefanie wechselte abrupt das Thema. »Meinst du, ich könnte Frau Haydée ansprechen?«

»Natürlich. Warum nicht?« Er war richtig froh, dass das Gespräch eine Wendung nahm. »Aber was willst du von ihr?«

»Vielleicht kann ich ein Interview mit ihr machen. Für unsere Wochenendbeilage, das wär ein richtiger Hammer, wenn ich mit so was ankäme.«

Christian nickte. »Verstehe!«

Er winkte Kemal, und der kam sofort an den Tisch. »Meine Kollegin würde gerne Frau Haydée kennenlernen, meinst du, das geht?«

»›Fragen kostet nichts‹, sagt man doch bei euch.«

»Und bei euch?«

»Tatlı söz yılanı deliğinden çıkarır.«

»Aha. Und was heißt das auf Deutsch?«

»Ein freundliches Wort lockt die Schlange aus ihrem Bau. Ich werde mit ihr reden.«

Kemal ging an den Nachbartisch und setzte sich dicht neben die Ballerina auf die Bank. Zuerst trank er einen kleinen Schluck aus ihrem Glas, das sie ihm sofort zugeschoben hatte, dann sprach er kurz auf sie ein. Sie wandte den Kopf und sah zu den beiden herüber. Ein Lächeln huschte über ihr Gesicht. Dann erhob sie sich in einer wunderbar anmutigen Bewegung und kam zu ihnen. »Darf ich?« Sie deutete auf einen freien Stuhl.

Christian hatte sich schnell erhoben und rückte den Stuhl für sie zurecht. »Wir freuen uns.«

»Kemal sagt, Sie wollen ein Interview mit mir machen.« Dabei sah die Primaballerina Christian an.

»Nicht ich. Meine Kollegin.«

»Ich habe mich schon gewundert«, sagte die Tänzerin. »Sie sind doch beim SPIEGEL, nicht wahr?«

»Das wissen Sie?«

»Kemal hat es mir neulich erzählt. Aber ich weiß natürlich, dass die Kulturberichterstattung von ihren Kollegen in Hamburg gemacht wird. Nun zu Ihnen!« Sie wandte sich Stefanie Bornschein zu.

Am Ende des kleinen Gesprächs hatte Stefanie nicht nur die Zusage für ein Interview in der Tasche, sondern auch zwei Karten für die nächste Aufführung von ›Der Widerspenstigen Zähmung‹. Marcia Haydée stand auf und sagte zu Christian: »Ich nehme an, Sie werden die junge Dame begleiten.« Damit kehrte sie an ihren Tisch zurück.

Stefanie stieß die Luft aus, als ob sie sie die ganze Zeit angehalten hätte. Plötzlich warf sie Christian beide Arme um den Nacken, zog seinen Kopf zu sich her und küsste ihn auf den Mund. »Du bringst mir Glück.«

»Der reine Zufall«, sagte er.

»Es gibt keine Zufälle!«

»Lass uns darüber nicht streiten.«

»Lass uns überhaupt nicht streiten, sondern lieber darüber reden, wie's jetzt weitergeht.«

»Wie was weitergeht?«

»Kann ich bei dir bleiben bis morgen?«

Christian war überrumpelt, fing sich aber schnell und sagte. »Ja. Ich müsste mein Gästezimmer aber ein bisschen …«

Sie ließ ihn nicht weiterreden. »Das kann alles ich machen. Und ich verspreche dir auch, dass ich dich nicht belästigen werde.«

»Na gut. Dann bestellen wir noch ein Glas, ich zahle, und wir rufen ein Taxi.«

Es war schon nach Mitternacht, als sie in Christians Dachwohnung ankamen. »So wohnst du also?« Stefanie Bornschein hatte sofort alle Türen geöffnet und in alle Räume geschaut. »Gehört dir die Wohnung?«

»Nein, die ist gemietet«, rief Christian aus dem kleinen Gästezimmer, während er sich anschickte, das Bett zu beziehen. Stefanie kam herein. »Lass das doch! Das mache ich selber.«

»Okay, dann geh ich ins Bad.« Er drückte sich an der jungen Frau vorbei, die noch immer im Türrahmen stand. Stefanie grinste: »Falls du mich heute Nacht besuchen wolltest … – ich hätte nichts dagegen.« Sie nahm ihm das Leintuch ab und begann es über die Matratze zu ziehen.

Christian stand vor dem Spiegel im Badezimmer. Seine Augen waren leicht gerötet und sahen müde aus. Nachlässig putzte er die Zähne, verließ das Bad, rief »Gute Nacht!« und verschwand in seinem Schlafzimmer.

Trotz der Müdigkeit, die jetzt von seinem ganzen Körper Besitz ergriff, konnte er nicht gleich einschlafen. Warum lief das bei ihm so oft nach dem gleichen Muster ab: Die Frauen ergriffen fast immer die Initiative. Ob man ihm das ansah, dass er zu scheu dafür war? So zupackend er im Beruf sein konnte, so zurückhaltend war er im direkten Umgang mit Menschen, denen er nahekam.

Irgendwann in der Nacht kam er zu sich und spürte, dass er nicht alleine war. Der feste Körper Stefanies schmiegte sich an seinen Rücken. Christian schloss die Augen wieder. Er bemühte sich, still liegen zu bleiben und sich nicht zu rühren. Gegen sieben Uhr am Morgen wachte er erneut auf, schob sich behutsam aus dem Bett und ging ins Bad.

Er hatte schon geduscht, die Haare gewaschen, den Frühstückstisch gedeckt und Kaffee gekocht, als Stefanie verschlafen in der Küchentür auftauchte. Sie hatte nicht mehr an als ein Höschen. Sie gähnte und fuhr sich mit den gespreizten Fingern durch ihr wirres Haar. »Hast du ein Handtuch für mich?«

»Liegt im Badezimmer auf dem Rand des Waschbeckens.« Er bemühte sich, nicht auf ihre kleinen, festen Brüste zu starren, und fragte in betont beiläufigem Ton: »Möchtest du Toast zum Frühstück?«

»Ich esse nur Vollkornbrot. Aber wenn du keins da hast, genügt mir auch ein Kaffee.« Sie verschwand im Bad. Kurz darauf begann die Dusche zu rauschen, und er hörte Stefanie mit lauter Stimme ein Lied von Harry Belafonte singen: »Day-o, day-o, daylight come and me wanna go home.«

Zehn Minuten später setzte sie sich, ein großes flauschiges Frotteetuch, das sie im Badezimmerschrank gefunden haben musste, um ihren zierlichen Körper geschlungen, Christian gegenüber an den Küchentisch. »Ich bin richtig stolz darauf, dass ich mein Versprechen gehalten habe«, sagte sie und goss sich selbst Kaffee ein.

»Was denn für ein Versprechen?«

»Dich nicht zu belästigen.« Sie strich Butter auf eine Vollkornbrotscheibe. »Du hast wohl gar nicht gemerkt, wie ich zu dir gekrochen bin.«

»Nein. Später hab ich dich gespürt. Aber ich war viel zu verschlafen …« Er sprach nicht weiter. Stefanie setzte ein fröhliches

Lausbubenlächeln auf. »Wenn ich gewollt hätte, hätte ich dich schon wach gekriegt.« Sie zog einen zweiten Stuhl heran und legte ihre nackten Beine darauf.

Sie sprachen eine ganze Weile nichts, während Christian sein Müsli löffelte und Stefanie ihr Brot aß. Schließlich sagte die junge Journalistin: »Soll ich denn ein bisschen für dich recherchieren?«

»Was denn?«

»Vielleicht komme ich ja dahinter, wie der Atommüll aus dem KKW gekommen ist.«

»Also, wenn du das schaffen würdest …«

»Ja?«

»Dann hättest du echt was gut bei mir.«

»Und ich dürfte mir wünschen, was?«

»Wenn ich den Wunsch erfüllen kann …«

Stefanie stand unvermittelt auf. »Ich muss los!« Sie verließ die Küche, wobei sie das großflächige Badetuch einfach zu Boden rutschen ließ. »Du weißt, wie dein Körper in der Rückenansicht wirkt«, rief ihr Christian nach.

»Ja, sicher«, rief sie über die Schulter zurück, »meinst du, ich mach das ohne Absicht?« Damit verschwand sie im Gästezimmer.

Christian räumte den Frühstückstisch ab und spülte die Tassen, die Teller und das Besteck kurz im heißen Wasser unter dem Hahn ab. Fünf Minuten später trat Stefanie aus dem Gästezimmer. »Wenn du mit 'nem Taxi zu deinem Türken fährst, kannst du mich doch am Bahnhof absetzen.«

»Mach ich«, sagte er und ging zum Telefon, um einen Wagen zu bestellen. Als sie die Wohnung verließen, hielt Stefanie ihn kurz fest, stellte sich auf die Zehenspitzen und küsste ihn auf den Mund. »Danke!«, sagte sie.

Dann sprang sie die Treppe hinunter, bevor er etwas darauf antworten konnte. Auf dem Weg zum Bahnhof sprachen sie nicht. Der Taxichauffeur hielt vor dem Nordausgang. Christian wandte sich Stefanie zu. »Sehen wir uns wieder?«

»Das wollte ich dich auch grade fragen.« Sie hatte wieder dieses Lausbubenlächeln im Gesicht.

»Von mir aus gerne.«

»Von mir aus auch.« Sie stieß die Tür auf. Christian hielt sie noch kurz an der Hand fest. »Du weißt, dass ich verheiratet bin.«

»Sicher, aber ich kenne deine Frau nicht. Das macht alles leichter.« Damit warf sie die Tür zu, und Christian sagte zum Taxifahrer: »Jetzt bitte in die Haußmannstraße. Dort steht mein Auto.«

Aktion Wasserschlag

Kurz vor zehn Uhr betrat er die Redaktion. Gaby war grade dabei, Kaffee zu kochen. Noch bevor er ›Guten Morgen‹ sagen konnte, rief sie: »Du musst morgen nach Hamburg!«

»Was muss ich?«

»Hentschke hat angerufen. Man will dich dort bei einer kleinen Redaktionskonferenz sehen.«

»Warum denn das?«

»Vielleicht wollen die alle nur den neuen Star des Blattes kennenlernen.«

»Hör auf! Ironie ist nicht dein Ding, Gaby.«

Die Sekretärin goss Kaffee in Christians Becher, auf dem in goldenen Lettern stand: »Lassen Sie Ihrer Fantasie freien Lauf, für Langeweile ist noch immer Zeit.« »Ich hab den Flug um 7 Uhr 30 gebucht.«

»Aber was wollen die von mir?«

»Ich glaube, es geht um eine Titelgeschichte über die Baader-Meinhof-Bande.«

»Ja, und?«

»Hentschke hält dich wohl für einen Experten, wenn du mir diese kleine ironische Bemerkung noch gestattest.« Damit verließ sie die Küche.

Christian Ebinger lehnte sich gegen das Spülbecken und nahm einen ersten Schluck Kaffee. Nur weil er den Mitgliedern der Baader-Meinhof-Gruppe einmal begegnet war, musste man ihn doch noch lange nicht für einen Experten halten.

Die Maschine landete kurz vor neun Uhr in Hamburg-Fuhlsbüttel. Christian Ebinger nahm ein Taxi in die Stadt. Und weil er wusste, dass vor zehn Uhr niemand in der Redaktion sein würde, setzte er sich in ein kleines Café in der Mönckebergstraße und bestellte einen doppelten Espresso. Er streckte die

Beine weit von sich und lehnte sich zurück. Die erste Zeit beim Nachrichtenmagazin war für sein Gefühl fast so gewesen wie seine ersten Wochen damals, als er völlig überraschend die Volontärstelle bei der Ulmer Kreiszeitung bekommen hatte. Er hatte jeden Tag damit gerechnet, dass er wieder entlassen würde. Und als er sich endlich ein Herz genommen und zu seinem Chef gesagt hatte: »Nun sagen Sie's doch endlich«, hatte der ihn verständnislos angeschaut. »Was denn?«

»Dass ich das hier nicht schaffe. Dass ich mir einen anderen Beruf suchen soll. Dass nie ein guter Journalist aus mir werden kann.«

Der Lokalchef hatte dem jungen Volontär damals eine Hand auf die Schulter gelegt und gesagt: »Woher nehmen Sie denn auf einmal diesen Minderwertigkeitskomplex?« Dann war er lachend aus dem Zimmer gegangen.

In den ersten Wochen beim SPIEGEL überkamen ihn fast jeden Tag ähnliche Gedanken wie damals. Er zweifelte sehr daran, dass er den Anforderungen in dieser anspruchsvollen Redaktion würde genügen können. Alle seine Sensoren waren darauf ausgerichtet, Hinweise für sein eigenes Versagen zu entdecken.

Nachdem die Chefredakteure des SPIEGEL und der Herausgeber ein kurzes Gespräch mit ihm geführt hatten, war er vor einem Jahr eingestellt worden. Offenbar hatte den Herren in der Chefetage das Wort von Rolf Lohbrecht genügt. Der Verleger hatte nach dem sehr kurzen Gespräch erklärt: »Wir versuchen es mit Ihnen.« Und die beiden Chefredakteure hatten dazu genickt.

Dem folgte eine Trainingszeit. Lohbrecht hatte gesagt: »Egal, was du vorher gemacht hast, beim SPIEGEL musst du ganz unten rein und bereit sein zu begreifen: Du kannst gar nichts. Aber das ändert sich, sobald du bewiesen hast, dass du das bringst, was man im SPIEGEL von dir verlangt. Das ist nicht wenig. Aber es ist auch kein Hexenwerk.«

Drei Monate dauerte seine Trainingszeit in der Hamburger Zentralredaktion. Er wohnte in einem bescheidenen Hotel, konnte einmal im Monat auf Kosten des Verlags für ein Wochenende nach Hause fliegen und begriff mit der Zeit, dass es persönliche Kontakte in diesem Haus nicht gab.

Als er an seinem ersten Arbeitstag im Erdgeschoss in den Aufzug stieg, stand da zu seiner Überraschung der Verlagsleiter. Christian grüßte und wollte dem Mann die Hand reichen, was der geflissentlich übersah. Als Ebinger im siebten Stock ausstieg, meinte er ein kurzes Kopfnicken des mächtigen Herrn zu erkennen. Aber das hatte er sich vielleicht auch nur eingebildet.

Dann stand die erste Redaktionskonferenz an. Christian wusste ungefähr, was auf ihn zukommen würde. An dem großen Tisch des Konferenzraumes saßen nur die Chefredakteure, die Ressortleiter und ihre Stellvertreter. Alle anderen Mitarbeiter hockten auf schmalen Bänken, die an der Wand des Saales entlangliefen. Wer dort keinen Platz mehr fand, stand nahe der Tür. Christian wollte seine Kollegen aus dem Ressort »Deutschland 2« mit Handschlag begrüßen, merkte aber schnell, dass das hier nicht üblich war. Mit verschränkten Armen lehnte er sich an die Wand und lauschte der Heftkritik, die einer der Redakteure vortrug. Später wurde Ebinger mehrmals von Hentschke dazu aufgefordert, in der Montagskonferenz die Kritik der neuesten Ausgabe zu übernehmen. »Sie waren doch schon zweimal Chefredakteur. Sie müssen das doch können.« Jedes Mal gelang es Christian Ebinger, sich darum zu drücken. Er hatte zu oft erlebt, wie das Spiel funktionierte. Einmal kritisierte Mitarbeiter warteten nur darauf, es ihren Kritikern heimzuzahlen, wenn sie dran waren. Dem wollte sich Ebinger nicht aussetzen.

Die Redaktionskonferenz verlief auch an diesem Tag nicht anders als damals. Christian Ebinger nahm sie wahr wie ein inszeniertes Schauspiel auf einer Theaterbühne.

Danach rief sein Ressortleiter einige Mitarbeiter in seinem Büro zusammen: seine beiden Stellvertreter, einen Kollegen aus dem Frankfurter Büro, der als intimer Kenner der Geheimdienste galt, zwei seiner Redakteure und Christian Ebinger. Seit ein paar Wochen hatte sich die Atmosphäre im Land verändert, und sie sollte sich noch weiter verändern. Zumindest behauptete das William Hentschke. »Die RAF, so nennen die sich ja jetzt – Rote Armee Fraktion, um genau zu sein … – also diese Baader-Meinhof-Typen bezeichnen ihre Verbrechen der letzten Wochen als Mai-Offensive. Am 11. Mai verübten Baader, Ensslin und ihre Komplizen den Bombenanschlag auf das Hauptquartier des 5. Korps der amerikanischen Streitkräfte in Frankfurt.«

Hans Manowski, einer der beiden Stellvertreter Hentschkes, sagte: »Alles bekannt!«

Aber Hentschke war der Letzte, den man mit einem solchen Einwurf stoppen konnte. »Dabei kam ein Oberstleutnant ums Leben. Dreizehn weitere Soldaten wurden verletzt. Am 12. Mai wurden Polizeistationen in Augsburg und München angegriffen, wobei siebzehn Personen zum Teil schwer verletzt wurden. Am 15. Mai explodierte eine Bombe am Auto des Bundesrichters Wolfgang Budenberg. Dessen Frau wurde schwer verletzt, als sie den Wagen startete. Am 19. Mai verübte eine Bande, die sich ›Kommando 2. Juni‹ nennt und zur RAF bekennt, einen Bombenanschlag auf das Gebäude des Springerverlags hier in Hamburg. Gestern nun endlich – man muss das Datum festhalten –, am 29. Mai 1972, haben unsere Behörden eine Gegenoffensive beschlossen.« Hentschke schraubte eine Mineralwasserflasche auf, die auf seinem Tisch stand, und nahm einen langen Schluck. Niemand sprach. Gespannt warteten alle darauf, dass ihnen ihr Chef erklärte, was die Behörden für Pläne hatten.

Hentschke räusperte sich, lehnte sich weit in seinem Bürosessel zurück, schwang seine Beine auf die Schreibtischplatte und versenkte die rechte Hand in seiner Jackentasche, wo er mit den losen Münzen klimperte, während er mit gesenkter Stimme fortfuhr: »Der Chef des Bundeskriminalamtes, Horst Herold, hat mit Erlaubnis von Innenminister Genscher alle Leiter der Sonderkommissionen der Bundesländer, dazu die Verantwortlichen des Bundesgrenzschutzes um sich versammelt. Für den 31. Mai, also morgen, Mittwoch, hat er eine konzertierte bundesweite Aktion angeordnet.« Hentschke redete, als diktiere er einen Artikel in den Block seiner Sekretärin. »Das Unternehmen heißt ›Aktion Wasserschlag‹.«

Der Frankfurter Kollege kicherte. »Will er damit schon vorab sagen, dass die ganze Aktion ein Schlag ins Wasser wird?«

Hentschke blieb ernst. »Nein, er will durch seinen Schlag ins Wasser die Fische mal richtig in Bewegung bringen. Nicht ausgeschlossen, dass die RAF-Mitglieder in Panik geraten. Herold will sie zu Fluchtbewegungen veranlassen, um sie dabei endlich aufspüren zu können.«

»Das hat er Ihnen gesagt?«, fragte der Mann aus Frankfurt.

Hentschke ging nicht direkt darauf ein. »Herold will mit den Medien zusammenarbeiten. Wir sollen wohl helfen, den verunsicherten Menschen in unserem Land zu zeigen, dass der Staat seine ganze Macht einsetzt, um sie zu schützen. Die gesamte Schutzpolizei der Bundesländer wird morgen einen Tag lang dem Bundeskriminalamt, also Horst Herold, unterstellt, um bundesweit Straßensperren an Grenzübergängen und Autobahnzufahrten zu installieren. Flächendeckend sollen Fahrzeugkontrollen und Überwachungsflüge durchgeführt werden. Man wird morgen auch die Bevölkerung zur Mitwirkung aufrufen. Und jetzt gilt es zu überlegen, wie wir unsere Berichterstattung darauf einstellen.«

Ebinger hätte gerne etwas gesagt, traute sich aber nicht. Er war erleichtert, als sein Frankfurter Kollege genau das Thema anschnitt, das ihn beschäftigte: »Und wenn es nicht gelingt, diese Verbrecher zu fangen, dann haben wir ein beispielloses Verkehrschaos auf unseren Straßen, Beeinträchtigungen in allen Lebensbereichen. Das Klima der Angst wird sich noch verstärken.«

»Kann sein«, gab Hentschke zu, »aber egal, was passiert, wir müssen die sein, die am genauesten darüber berichten.« Er begann die Aufgaben zu verteilen, die von seinen Stellvertretern an alle Inland-Korrespondenten weitergeleitet wurden. Dann wandte er sich Christian Ebinger zu: »Glauben Sie, von irgendwem der RAF-Leute oder von jemandem, der denen nahesteht, eine Stellungnahme zu der ganzen Aktion herauskitzeln zu können?«

Christian schüttelte den Kopf: »Ich habe schon mal gesagt, dass ich früher mal einen ganz flüchtigen Kontakt zu denen hatte. Aber ich wüsste nicht, wie ich heute an die rankäme.«

»Versuchen Sie's! Ich verlasse mich auf Sie!« Das war Hentschkes Art. Widerspruch zwecklos.

»Außerdem hab ich noch mit dem Atommüllfall zu tun«, wandte Christian noch ein.

»Sie schaffen das schon!«

Bis zu seinem Rückflug nach Stuttgart hatte Christian Ebinger noch vier Stunden Zeit. Er verließ das Haus an der Brandstwiete und ließ sich durch die Stadt treiben. Ein unangenehmes Gefühl erfasste ihn. Wie oft war er während seiner Trainingszeit so durch das Viertel rund um den Hamburger Hauptbahnhof gestromert – ziellos und allein. Es wäre keinem seiner Kollegen eingefallen, ihn einmal zu einem abendlichen Bier oder am Wochenende für ein paar Stunden zu sich nach Hause einzuladen. Und seine eigenen Versuche, sich mit jemandem zu verabreden, scheiterten mehr oder weniger kläglich. Was man in einer fremden Stadt so macht, hatte er bald erledigt: den Hafen besichtigt, Kunstausstellungen besucht, St. Pauli durchwandert, das eine oder andere Theaterstück gesehen. Aber da er niemanden hatte, mit dem er über das Erlebte reden konnte oder der ihn gar dorthin begleitet hätte, verliefen alle diese Unternehmungen rasch im Sand. Es gab Samstage, an denen er drei Mal hintereinander ins Kino ging. Er fühlte sich wie schutzlos hinausgeworfen in die Welt, und er schalt sich dafür, dass er nicht in der Lage war, alleine mit seinem Leben etwas anzufangen. In den vergangenen Jahren war ihm das nie so klar geworden. Er hatte immer irgendwie in Gemeinschaften gelebt. Christian Ebinger hasste es, alleine in ein Restaurant essen zu gehen. Bisher hatte er fast immer jemanden gefunden, der ihm Gesellschaft leistete. Und wenn er keinen fand, aß er an einem Wurststand eine Bratwurst oder kaufte beim Italiener eine Pizza und nahm sie mit nach Hause. Dort aß er das Mitgebrachte einfach aus der Hand und trank ein Bier aus der Flasche dazu. Da wurden keine Teller und keine Gläser schmutzig.

Mit dem Bus fuhr er nach Fuhlsbüttel. Als er ausstieg, sah er, wie eine Frau auf der Gegenseite der Haltestelle in einen Bus Richtung Stadt einstieg. Ihre Bewegungen erinnerten ihn an jemanden, aber ihm war nicht gleich bewusst, an wen. Dann drehte sie sich um. Das war doch … – war das nicht Gudrun Ensslin?

Christian sprang auf die Fahrbahn, wurde beinahe von einem schnellen Taxi gerammt, machte einen Satz zurück und rannte erneut los. Kurz bevor er den Bus erreichte, schlossen sich zischend dessen Türen, und er fuhr los. Hinter einer Scheibe glaubte er Gudruns Gesicht zu erkennen. Er winkte. Aber die Frau reagierte nicht. Wahrscheinlich ist sie es auch gar nicht gewesen, dachte Christian. Das kommt nur daher, dass wir zwei Stunden lang über sie und ihre Freunde geredet haben.

Ebinger betrat den Flughafen. Täuschte er sich, oder hatte die Polizeipräsenz drastisch zugenommen? Dass es ihm so vorkam, konnte auch einfach an den Gesprächen liegen, die sie in der Redaktion geführt hatten. Er checkte ein, obwohl noch sehr viel Zeit war, und suchte sich einen ruhigen Platz im Warteraum. Nicht weit von dem schwarzen Ledersessel, auf dem er sich niedergelassen hatte, hing ein Münztelefon an der Wand. Christian überlegte sich, ob er die Polizei oder wenigstens Hentschke benachrichtigen solle, dass er möglicherweise Gudrun Ensslin gesehen hatte. Er ließ es dann sein und vertiefte sich in eine der Zeitungen, die er aus einem Ständer genommen hatte.

Eine Woche später, am 7. Juni 1972, wurde Gudrun Ensslin in einer Hamburger Modeboutique verhaftet. Eine Verkäuferin hatte in der Handtasche der Kundin eine Pistole entdeckt und dies postwendend der Polizei mitgeteilt. Dass sich Gudrun Ensslin ohne Gegenwehr festnehmen ließ, konnte damit zu tun haben, dass schon sechs Tage zuvor, am 1. Juni, Andreas Baader und Holger Meins in eine Falle der Polizei getappt waren. Die Beamten hatten eine Garage observiert, nachdem sie einen Hinweis aus dem Umfeld der RAF erhalten hatten. Als Meins und Baader dort eintrafen, um ein Auto abzuholen, wurden sie von den Beamten gestellt. Die beiden jungen Männer verschanzten sich in der Garage. Bei einem Schusswechsel wurde Baader ins Gesäß getroffen. Die beiden kapitulierten. Holger Meins zog sich, wie von der Polizei befohlen, bis auf die Unterhose aus und ließ sich abführen. Die Fotos, die dabei entstanden, gingen um die ganze Welt.

Nun war vom inneren Kern der Baader-Meinhof-Gruppe nur noch Ulrike Meinhof auf freiem Fuß, doch wenige Tage später wurde auch sie in Hannover festgenommen. Sie war bei einer Sympathisantin untergeschlüpft, die sie aber schon nach einer Nacht an die Polizei verraten hatte.

Die Aktion Wasserschlag war für Horst Herold und das Bundeskriminalamt ein voller Erfolg gewesen. Dem BKA-Chef war es mit seiner groß angelegten Aktion tatsächlich gelungen, die Mitglieder der RAF so in Unruhe – wenn nicht gar in Panik – zu versetzen, dass sie, quasi kopflos, eine Menge Fehler machten.

Die SPIEGEL-Berichterstattung darüber war sehr genau, sehr detailliert, elegant und mit sehr viel Tempo geschrieben. Mindestens lobte der Chefredakteur die Arbeit seiner Leute so bei der nächsten Redaktionskonferenz. Christian Ebinger hatte wenig dazu beigetragen. Ein paar Stimmen von linken Sympathisanten, die sich über die brachiale Machtdemonstration des Staates erregten, gingen in der Titelgeschichte nahezu unter. Dass eine Stellungnahme der direkt betroffenen RAF-Mitglieder nicht zu bekommen war, sah jeder ein.

Im gleichen Heft, in dem der große Report über die Verfolgung und Verhaftung des RAF-Kerns erschienen war, hatte auch Christian Ebingers Artikel über den Fortgang der Recherchen im Falle des Atommüllskandals gestanden. Aber, wie er selbst sagte, unter »ferner liefen«, was kein Wunder war, denn viel Neues hatte sich während der Woche nicht ergeben.

Christian Ebinger hatte seinen Artikel am Donnerstagabend per Fernschreiber nach Hamburg geschickt. Am Freitag war der Text auf dem gleichen Weg mit ein paar kleineren Korrekturen zurückgekommen. Gegen 18 Uhr hatte sich der Kollege aus der Dokumentation gemeldet, und sie hatten ein paar Fakten gegengeprüft. Kurz vor 21 Uhr hatte sich Christian in einem kurzen Telefongespräch mit William Hentschke ins Wochenende verabschiedet. Es wurde schon dunkel, als er sich ins Auto setzte, um nach Blaubeuren zu fahren. Diesmal nahm er die Autobahn, verließ sie über die Ausfahrt Merklingen und brauchte so grade mal eine Stunde von Haus zu Haus.

Peter

Weder in den Büroräumen noch in der Wohnung brannte Licht. Der Schlüssel, den er noch immer für die Haus- und die Wohnungstür hatte, lag daheim in Stuttgart in der Schublade des Küchentischs. Christian klingelte, aber Anneliese war ganz offensichtlich nicht zu Hause. Vielleicht war sie ja bei ihrem Bruder auf dessen Aussiedlerhof droben auf der Schwäbischen Alb.

Christian stieg wieder in sein Auto und fuhr los. Es war jetzt mehr als zehn Jahre her, dass er Blaubeuren verlassen hatte. Viel hatte sich geändert: Das Theater, das er mit der Dentler-Familie einst gegründet hatte, gab es nicht mehr. Dabei hatten sie mit so viel Mut und Überzeugung damals die leere Kirche übernommen. Unvergessen der Premierenabend, an dem die Theatertruppe den »zerbrochnen Krug« von Kleist spielte. Der erste Eintritt war ein Stuhl gewesen. Um 18 Uhr hatte der ehemalige Kirchensaal noch kahl und leer dagelegen. Aber schon eine Viertelstunde später trafen die ersten Theaterbesucher ein – zwei junge Männer mit einem alten Sofa, das sie auf ihren Schultern trugen. Kurz nach den beiden fuhr ein Kombi vor, aus dem ein älteres Ehepaar einen alten Stuhl mit eingebauter Bettpfanne auslud. Manche brachten einfache Wohnzimmerstühle, aber es waren auch sogenannte Long Chairs dabei, die grade in Mode kamen, zwei Freischwinger in echtem Breuer-Design, eine Gartenbank und eine Hollywoodschaukel. Der Theaterleiter Theo Dentler, schon im Kostüm des Dorfrichters Adam, dirigierte die Ankommenden und ordnete die Sitzgelegenheiten so an, dass so etwas wie Reihen entstanden. Begeistert tanzte er zwischen den Zuschauern herum. Mit leichter Hand gestaltete er den Zuschauerraum, der am Ende wie eine eigens geschaffene Skulptur erschien.

Die Theatereröffnung war ein großer Erfolg gewesen. Für Christian Ebinger freilich waren damals das Geschehen auf der Bühne und das Fest danach völlig in den Hintergrund getreten.

Anneliese, mit der er um diese Zeit schon ein gutes halbes Jahr zusammen gewesen war, hatte die Premierenfeier plötzlich verlassen und war hinausgerannt in die Nacht. Er war ihr gefolgt. Es war noch Sommer, aber der Herbst war nicht mehr weit gewesen. Die Straßenbäume zeigten im Licht der Laternen schon bunte Blätter in allen Schattierungen zwischen Gelb und Rot an ihren Zweigen. Seltsam, dass ihm diese Details jetzt, nach über zehn Jahren, wieder einfielen.

»Was ist denn los?«, hatte Christian gefragt.

Anneliese antwortete nicht, blieb aber stehen und wandte sich ihm zu. Und da begriff er plötzlich: »Du kriegst ein Kind!« Christian erinnerte sich jetzt wieder sehr genau, wie er versucht hatte, seine Gedanken zu ordnen. Bevor er mehr dazu sagen konnte, nahm Anneliese sein Gesicht in ihre beiden Hände. »Du musst dir keine Sorgen machen. Ich schaff das alleine. Außerdem ist ja mein Bruder auch noch da, der mich in jeder Hinsicht unterstützen wird.« Christian wollte reden, aber sie ließ ihn nicht dazu kommen. »Ich wollte ein Kind. Unbedingt! Schon lange wünsche ich mir das. Ich bin jetzt neunundzwanzig Jahre alt. Wie lange sollte ich denn noch warten?«

»Heißt das …?«

»Ja, du kannst sagen, ich habe dich reingelegt.« Sie machte ein paar Schritte Richtung Stadt. Er folgte ihr zögernd und merkte plötzlich, dass er ganz weiche Knie hatte. Christian Ebinger war pietistisch erzogen. Dass ein Mann nicht dafür geradestand, wenn er einem Mädchen ein Kind gemacht hatte, so drückte man das in seiner Familie aus, war ausgeschlossen.

»Wenn ich Vater werde, will ich dich auch heiraten«, sagte er plötzlich mit brüchiger Stimme.

»Christian! Du bist noch keine 22, ich bin sieben Jahre älter als du. Außerdem: Ich hätte mir gewünscht, dass ich einen Mann finde, der mich heiraten will, nicht mein Kind!« Sie legte unwillkürlich beide Hände flach auf ihren Bauch. »Und mach dir keine Sorgen. Ich bringe mich und das Kleine schon durch.«

»Das klingt mir alles zu einfach«, sagte Christian. »Du weißt, wie die Leute über Frauen mit unehelichen Kindern reden. Und für das Kind würde es auch nicht leicht werden. So aufgeklärt sind die Menschen nicht, dass sie anständig damit umgehen könnten. In den großen Städten vielleicht. Aber nicht hier auf dem Land!«

Er setzte sich auf ein niedriges Gartenmäuerchen am Straßenrand, stützte die Ellbogen auf seine Knie und barg das Gesicht in seinen Händen. Ein leichter Wind kam auf und löste ein paar Blätter, die sanft zu Boden schwebten. Zwei davon verfingen sich in Christians Haaren. Anneliese schaute auf ihn hinab. »Ich will nicht, dass du dich verpflichtet fühlst, Christian. Es war meine Entscheidung. Als wir miteinander geschlafen haben, wusste ich sehr genau, dass es der richtige Moment war. Wenn ich mit dir darüber geredet hätte, wärst du bestimmt nicht bei mir geblieben an diesem Samstagabend. Also, hör zu: Du bist freigesprochen von jeglicher Schuld.«

Christian sprang auf. »Das hat doch nichts mit Schuld zu tun. Du kriegst ein Kind. Mein Kind! Da werde ich doch nicht so tun, als ob mich das nichts anginge! Hältst du mich für so verantwortungslos?«

»Ich wollte dir eben grade keine Verantwortung aufbürden. Ich wollte nur, dass du Bescheid weißt.«

Christian setzte sich wieder auf das Mäuerchen. »Ich muss nachdenken!«

»Ich fahr jetzt nach Hause«, sagte Anneliese.

»Willst du nicht bei mir bleiben?«

»Oh doch, aber nicht heute Nacht, Christian!« Sie eilte zurück zum Theatersaal, vor dem ihr Fahrrad stand. Als sie losfuhr, erfasste ihr Scheinwerfer noch einmal den Redakteur auf der kleinen Mauer.

*

Sie war nach Hause gefahren. Das hieß: Zu dem Aussiedlerhof auf der Alb, den sie mit ihrem Bruder betrieb. Auf diesen Weg machte sich nun auch Christian. Er schaltete das Autoradio an und kurbelte, bis er klassische Musik fand. Um nichts in der Welt hätte er jetzt Nachrichten hören wollen, die womöglich neue Informationen über die Aktionen der Roten Armee Fraktion brachten. Eine berühmte Geigerin spielte das Violinkonzert von Max Bruch, ein Stück Musik, das man jedem empfehlen konnte, der etwas zur Beruhigung seiner Nerven tun wollte.

Annelieses kleiner Fiat stand vor dem Bauernhaus. Christian ließ seinen Wagen leise ausrollen, schaltete das Licht aus und blieb noch eine Weile still sitzen. Vor zehn Jahren hatte sein Schwager Kurt den Plan gefasst, den Hof und das dazugehörige Land zu verpachten. Er hatte ein Fernstudium der Paläontologie angefangen, aber kurz vor dem Examen abgebrochen. Die Wissenschaft von den Lebewesen längst vergangener Erdzeitalter, die ihn von frühester Jugend an so sehr interessiert hatte, war freilich sein Hobby geblieben. Nach wie vor bewirtschaftete Kurt Gramlich seinen Bauernhof. Mit großer Mühe und der Hilfe guter Freunde hatte er ihn nach und nach zu einem Demeter-Betrieb umgerüstet und war nun einer der führenden Landwirte im biologischen Anbau.

Sie hatten sich in den letzten Jahren nur selten gesehen. Christian ging Begegnungen mit seinem Schwager aus dem Weg. Der bodenständige Kurt Gramlich, immer bemüht, andere Menschen zu verstehen und ihnen, wenn es sich als nötig erwies, zu helfen, hatte Christian Ebingers Entscheidungen der letzten Jahre keine positive Seite abgewinnen können. Zumal er mitbekommen hatte, dass der Mann seiner Schwester – aus welchen Gründen auch immer – die Nähe zu den Leuten gesucht hatte, die mordend und raubend durch das Land zogen und dies als Kampf für mehr Gerechtigkeit verkaufen wollten.

»Ich habe deren Nähe nicht gesucht«, hatte Christian bei ihrem letzten Treffen fast schon verzweifelt gesagt.

»Aber du bist ihnen nahe gekommen – oder umgekehrt.«

»Ja, das schon eher. Ich will auch gar nicht leugnen, dass ich ihre Aktionen anfänglich mit Sympathie verfolgt habe.«

»Die haben in Frankfurt ein Kaufhaus angezündet.«

»Und? Hast du dich auch gefragt, warum?«

Kurt nickte: »Aber es war der falsche Weg!«

Christian stieß die Fahrertür auf. Über der Hochebene der Schwäbischen Alb wölbte sich ein weiter, heller Himmel. Die Sterne waren sehr nah. Ein leiser Wind raschelte in den Zweigen der Obstbäume, die im Garten dicht bei dem Bauernhaus standen. Christian lehnte sich gegen die Karosserie seines Autos. Es gab so viele Gründe, wieder hierherzukommen und zu bleiben. Aber sie reichten nicht aus. Er wusste genau, käme er zurück, würde es nicht lange dauern, bis er sich wieder nach seiner Arbeit in Stuttgart und nach all den Möglichkeiten, die sich mit ihr verbanden, sehnte.

Dazu gehörte auch so etwas wie die Begegnung mit Stefanie Bornschein.

Es dauerte lange, bis er sich entschloss, zum Haus hinüberzugehen.

Wie immer war die Tür nicht verschlossen. Er stieß sie auf und trat in den Windfang. Er hörte Stimmen und wusste sofort, dass sie aus der Küche kamen. Eine zweite Tür. Die Stimmen wurden lauter. Christian durchschritt den schmalen Korridor und betrat leise die Küche.

Anneliese saß mit dem Rücken zur Tür. Dicht neben ihr ein Mann, den Christian erst erkannte, als er den Kopf wandte, nachdem Kurt Gramlich überrascht ausgerufen hatte: »Na so was! Wo kommst du denn her?« Der Mann neben Anneliese war Christians Kollege Wolfgang Schäfer.

»Warum hast du denn nicht angerufen?«, fragte Anneliese. »Schneit hier einfach so rein!«

Christian stand noch immer unter der Tür. »Ich hab doch gesagt, wenn's geht, komme ich. Hört sich nicht so an, als wäre ich besonders willkommen.«

»Setz dich hin.« Kurt stand auf und holte ein Glas aus einem Hängeschrank über der Spüle.

Christian war unschlüssig, wie er sich verhalten sollte. Einfach zu Anneliese hinüberzugehen und sie zur Begrüßung zu küssen, kam ihm in dieser Situation irgendwie deplatziert vor. Deshalb zog er nur einen Stuhl vom Tisch weg und setzte sich. »Wo ist Peter?«

»Schläft oben«, antwortete Kurt und goss Rotwein in das Glas.

»Wer denkt auch, dass du's schaffst zu kommen?«, ließ sich nun Schäfer hören. »Bei dem, was du alles so um die Ohren hast – beruflich meine ich.«

Christian nickte. »Leicht war's nicht. Und vielleicht fahr ich ja am besten gleich wieder zurück.«

Ein paar Augenblicke herrschte Schweigen. Der heftige Widerspruch, den er erwartet hatte, blieb aus.

Kurt hatte inzwischen aus dem Kühlschrank einen Teller mit Hausmacherwurst geholt und schnitt nun Brot auf. »Du wirst Hunger haben.«

»Geht so«, sagte Christian lahm.

»Das Brot back ich immer noch selber«, sagte Kurt.

Christian sah Anneliese an und versuchte, ihren Blick mit seinen Augen festzuhalten, aber es gelang ihm nicht. Plötzlich stand sie auf: »Ich schau noch mal nach Peter.«

»Ich komme mit!«, sagte Christian entschieden und folgte ihr.

Auf der halben Treppe blieb Anneliese stehen und wandte sich ihm zu. »Ich hätte Kurt und Wolfgang abgesagt, wenn ich gewusst hätte, dass du kommst.«

»Und ich hab es mir besonders schön vorgestellt, dich zu überraschen.«

Anneliese setzte sich auf eine Treppenstufe und sah zu ihm auf. »Wenn du dich gemeldet hättest, hätte ich mich auf das Gespräch vorbereiten können.«

Plötzlich hatte Christian ein flaues Gefühl im Magen. »Das Gespräch … – was denn für ein Gespräch? Das hört sich auf einmal so bedeutend an.«

»Ja«, sagte sie nur.

»Na dann, lass hören!«

»Nicht jetzt und nicht hier so zwischen Tür und Angel.«

Christian musste sich an dem Handlauf der Treppe festhalten, weil ihm schwindlig geworden war. »Eigentlich …«, begann er, musste aber noch mal ansetzen, weil seine Stimme versagte. »Eigentlich hab ich damit gerechnet. Aber es trifft mich nun doch wie ein Schlag in den Magen.«

»Ich habe doch noch gar nichts gesagt.« Anneliese schüttelte den Kopf.

»Musst du auch gar nicht. Du willst die endgültige Trennung – das ist es doch.«

»Nein. Ich will eine endgültige Entscheidung.«

»Du meinst …«

Anneliese eilte die restlichen Stufen bis zum Treppenabsatz voraus. Dort drehte sie sich wieder um. »Ich möchte, dass unsere kleine Familie wieder zusammenkommt. Darüber habe ich in aller Ruhe mit dir reden wollen.«

»Und wie stellst du dir das vor?« Christian stieg die Treppe vollends hinauf. Sie standen nun dicht voreinander.

»Das weißt du doch«, antwortete Anneliese. »Du kannst als Ressortleiter zur Kreiszeitung zurückkommen. Im Herbst wird zudem die Stelle des stellvertretenden Chefredakteurs frei. Ich glaube, Herr Wachter wäre nicht abgeneigt, sie dir anzubieten.«

Christian schob sich an Anneliese vorbei, ohne sie zu berühren, und legte die Hand auf die Klinke der Tür zu der Kammer, in der Peter schlief, wenn er bei seinem Onkel Kurt war. »Ich denke drüber nach«, sagte er und öffnete leise. Peter schlief tief und fest.

Durch die dünnen Gardinen drang der Mondschein gedämpft ins Zimmer und legte ein weiches Licht auf das Kindergesicht. Christian lehnte sich gegen den Türbalken und sah auf seinen Sohn hinab. Hinter sich hörte er die Schritte Annelieses, die nun langsam die Treppe wieder hinunterging. Neben Peters Bett stand ein Stuhl, auf dem die Kleider des Jungen lagen. Christian schob sie ein wenig zur Seite und setzte sich. Als er das Zimmer wieder verließ, wusste er nicht, wie lange er dort gesessen hatte.

Leise ging er die Treppe hinunter. Die Tür zur Küche war nur angelehnt. Christian blieb einen Augenblick stehen und horchte. »Ich glaube nicht, dass er das macht«, hörte er Wolfgang Schäfer sagen. »Jeder Journalist träumt doch davon, beim SPIEGEL zu arbeiten.«

»Es ist halt eine Güterabwägung«, meinte Kurt Gramlich. »Ich hab das ja auch hinter mir: Paläontologie zu Ende studieren oder den Hof weiterzubetreiben. Und ich weiß bis heute nicht, ob ich mich richtig entschieden habe.«

»Du würdest ja vielleicht auch einen Job in Stuttgart finden.« Das sagte offenbar Schäfer zu Anneliese.

»Vergiss es!« Ihre Stimme klang hart und entschlossen. »Entweder er kommt zurück, oder ich ziehe einen endgültigen Strich!«

Christian wollte gerade die Tür aufschieben. Nun ließ er seine Hand wieder sinken, machte auf dem Absatz kehrt und verließ leise das Haus. Dass er gegangen war, registrierten die drei anderen erst, als draußen der Motor seines Autos aufheulte und der Wagen mit quietschenden Reifen vom Hof fuhr.

Bei der ersten Telefonzelle, die er am Straßenrand entdeckte, hielt Christian an. Er wählte Annelieses Nummer und sprach auf ihr Alibifongerät, das der Verlag erst kürzlich hatte ans Telefon anschließen lassen. »Bitte, sei nicht böse, dass ich einfach wieder zurückgefahren bin. Ich muss nachdenken. Ich bin so hin- und hergerissen. Es wäre schön, in unserer kleinen

Familie wieder beisammen zu sein, aber ob wir das hinkriegen …? Siehst du, genau darüber muss ich mir meine Gedanken machen. Ich rufe dich in den nächsten Tagen an, damit wir in aller Ruhe einen Termin für ein gründliches Gespräch ausmachen können. Ich hab dich lieb.« Er behielt den Hörer noch eine Weile in der Hand. Wäre dies eine schriftliche Nachricht gewesen, hätte er vielleicht den letzten Satz wieder weggestrichen. Er hängte ein, ging zu seinem Auto zurück und fuhr weiter bis zum Parkplatz am Kloster Blaubeuren. Ein paar Minuten blieb er still hinter dem Steuer sitzen. Endlich stieg er aus und ging durch ein kleines Tor in den Klosterhof hinein. In dem Sandsteinhaus gleich rechts brannte im Erdgeschoss noch Licht. Christian ging zu einem der niedrigen Fenster und sah in den Raum hinein. Der Goldschmied Rudi Dentler saß konzentriert an seinem Arbeitstisch. Er hatte eine Lupe in sein rechtes Auge geklemmt und bearbeitete im Schein einer hellen Arbeitslampe ein goldglänzendes Werkstück, das in einem kleinen Schraubstock steckte, mit einer schmalen Feile. Christian klopfte an die Scheibe. Die Situation erinnerte ihn an ihre erste Begegnung damals, als er, ein junger Anfänger an seinem ersten Arbeitstag als Lokalredakteur in Blaubeuren, den Goldschmied gefunden und gleich über ihn geschrieben hatte. Genau wie seinerzeit hob Dentler seinen massigen Kopf mit zusammengekniffenen Augen. Er konnte nicht erkennen, wer draußen in der Dunkelheit stand. Langsam stand er auf, kam zum Fenster und öffnete einen Flügel. »Wer ist denn da?«

»Ich bin's, der Christian.«

»Komm rein!« Dentler schien nicht überrascht zu sein. Er schloss das Fenster und ging zur Eingangstür, um zu öffnen. Einen Augenblick standen sie dicht voreinander, bis der Goldschmied Christian kräftig an den Schultern packte und in seine Arme zog.

»Hast ja lang nix von dir höre lasse«, sagte Dentler und drückte seinen Freund auf einen der zwei dreibeinigen Hocker.

»Ich mach schnell Schluss, dann gehen wir zu mir nach Hause, oder musst zur Anneliese?«

»Das grad nimmer«, sagte Christian.

Rudi hob den Kopf. »Ach, so sieht's aus?«

»Ja, so sieht's aus.«

»Oh Jesses!«, entfuhr es dem Goldschmied. »Aber wenn ich ehrlich bin, überraschend kommt des jetzt au ned grad.«

Eine Viertelstunde später saßen sie bei Rudi Dentler in der Küche. Jeder hatte ein Bier vor sich. Die alte Vertrautheit zwischen den beiden Männern stellte sich sofort wieder ein. Es war, als hätten sie sich erst gestern zum letzten Mal gesehen.

Christian versuchte es stotternd mit einer Entschuldigung, aber Rudi Dentler winkte großzügig ab. »Ich hab genug Fantasie, um mir vorzustellen, wie's bei dir so zugeht.«

»Und wie sieht's bei dir aus?«, fragte Christian.

»Ich trage mich mit dem Gedanken, hier wegzugehen. Meine Frau wohnt und schafft in Ulm. Und bei mir ist es ja egal, wo ich leb.«

»Du bist verheiratet?«

Rudi lachte. »Da sieht man, wie lang wir uns nimmer g'sehen haben. Schon seit sechs Jahr.«

Christians schlechtes Gewissen wurde immer stärker. »Tut mir echt leid …« Aber Rudi winkte auch diesmal wieder ab und fragte: »Wie geht's denn jetzt bei dir weiter?«

Christian musste zugeben, dass er keine Vorstellung davon hatte. »Ich hab immer so sehr für meinen Beruf gelebt, dass ich mir darüber keine Gedanken gemacht hab.«

»Vielleicht findet ihr ja noch einen Weg, du und die Anneliese.«

Christian schüttelte den Kopf. »Sie hat ganz klare Vorstellungen, im Unterschied zu mir. Aber ich kann mich darauf nicht einlassen.«

»Kannst du nicht oder willst du nicht?«

»Ich will auch nicht.«

Um von dem Thema wegzukommen, fragte Christian: »Trainierst du immer noch mit dem Ulmer Opernballett?«

Rudi lachte. »Ja, aber nimmer lang. Es gibt noch mal eine Wiederaufnahme vom ›Sommernachtstraum‹, und da hab ich doch den Puck spielen dürfen. Und jetzt haben sie mich gefragt, ob ich noch mal mitmache. Natürlich hab ich Ja gesagt.« Christian Ebinger erinnerte sich daran, wie sein Freund das erste Mal davon erzählt hatte. Er war klein, gedrungen, hatte leichte O-Beine. Wohl kaum hat ein Mensch weniger als er wie ein Balletttänzer ausgesehen. Dazu war er damals schon fast 40 Jahre alt gewesen. Aber ein Künstler sei er auch, hatte er der Ballettmeisterin erklärt, und er wolle ja nicht mehr, als die Kunst des Tanzes für sich zu entdecken. Den Theaterleuten erschien die Idee so skurril, dass sie sie schon wieder gut fanden. Seitdem trainierte der Goldschmied zweimal die Woche mit den Tänzern und Tänzerinnen des Theaters.

Christian erinnerte sich, wie er seinerzeit in der Sauna demonstriert hatte, was so alles zum Ballett gehörte. Er hatte sehr aufrecht dagestanden. Klein, gedrungen, muskulös – der nackte Rudi Dentler sah nicht aus, wie man sich landläufig einen Tänzer vorstellt, es sei denn, man hätte sich auf die starken Stränge seiner Beinmuskulatur und seinen flachen Bauch konzentriert. Er hatte die Ausgangsposition eingenommen und erklärt: »Beide Füße stehen auf einer Linie, im besten Falle in einem Winkel von hundertachtzig Grad. Die Fersen berühren sich, die Beine sind vollständig geschlossen, die Knie durchgedrückt.«

»Schwierig, wenn man solche O-Beine hat wie du«, rief einer der Saunafreunde. Aber Rudi ließ sich nicht drausbringen. »Und jetzt Position zwei: Arme ausbreiten, Füße im Winkel wie gehabt, aber jetzt etwa ein Fußbreit auseinander. Position drei: Rechter Arm im Halbkreis über den Kopf, linker Arm seitwärts ausgestreckt. Die Ferse des rechten Fußes wird etwa in der Mitte des anderen Fußes platziert. Position vier: linke Hand an die

Hüfte. Der rechte Fuß steht jetzt genau mit der Ferse vor den Zehen des linken, aber in einem Abstand von einer Fußlänge. Position fünf: beide Arme im Kreis über dem Kopf, Handflächen zeigen nach innen, jetzt kein Abstand mehr zwischen den Füßen.« Als er so weit war, drehte er sich ein paarmal auf der Stelle und kehrte dann zu Position eins zurück. »So«, rief Rudi, »jetzt werden die Beine gebeugt, das nennt man ein kleines Plié, dann springt man vom Boden ab. In der Luft werden die Beine möglichst weit ausgestreckt.« Er schnellte hoch, und ein Raunen ging durch den Saunavorraum, als er wieder landete. »Das war ja mindestens ein Meter!«, rief einer. »Sieht verdammt gut aus«, kommentierte ein anderer. Rudis Gesicht blieb konzentriert, als würde er gar nicht wahrnehmen, was um ihn herum geschah. »Der schwierigste Sprung ist aber der Grand Jeté«, sagte er. »Da muss das vordere Bein hinausgeschleudert werden, damit ein Spagat in der Luft entsteht.« Rudi zeigte diesen Sprung gleich mehrmals hintereinander. Sein Glied und seine Hoden, er war mit beidem gut ausgestattet, führten dabei ihren eigenen Tanz auf, während der restliche Körper sich nach den strengen Regeln des Balletts bewegte. Aber keiner der nackten Männer, die nun einen Kreis um Rudi gebildet hatten und rhythmisch zu klatschen begannen, lachte. Zu viel Ernsthaftigkeit ging von dem Tänzer aus. Als er schwer atmend wieder ruhig stand, sagte er: »Dabei soll der Tänzer elegant aussehen und sich leicht wie eine Feder fühlen.« Das löste bei seinen Saunafreunden dann doch ein leises Schmunzeln aus. »Trittst du denn auch mal auf?«, hatte Christian damals gefragt. Und Rudi hatte geantwortet: »In der nächsten Spielzeit im ›Sommernachtstraum‹. Ich gebe den Puck.«

»Mit Text?«

»Es ist kein Handlungsballett, sondern das Bühnenstück. Ich bin der einzige Tänzer auf der Bühne.« Rudi drehte noch eine Pirouette und rief: »Klatscht erst Beifall unserem Stück. Dann bringt Puck euch nichts als Glück.« Das Ende von Pucks

Schlussmonolog. Damit sprang er mit einem eleganten Satz in das Kaltwasserbecken.

In der Erinnerung daran musste Christian unwillkürlich lächeln.

»Was hast du denn?«, fragte Rudi.

»Ich musste grade an deine Vorführung damals in der Sauna denken.«

Jetzt seufzte der Goldschmied. »Tempi passati, sagt der Italiener. Nach dem Auftritt hör ich auf.«

»Das überlegst du dir noch mal.«

»Nein. Es ist entschieden. Den Tänzerinnen begegne ich noch einmal, wenn ich gestorben bin, dann tragen die mich hinauf in den Himmel, vierundzwanzig von ihnen, alle als Engel verkleidet.«

Es war schon nach zwei Uhr in der Nacht, als sich Christian auf den Weg nach Stuttgart machte. Als er zu Hause ankam, wurde es von Osten her schon hell. Er warf sich auf sein Bett und schlief bis weit in den Sonntagvormittag hinein.

Das Telefon weckte ihn. Am anderen Ende meldete sich sein Schwager Kurt. Der hatte Christian noch nie von sich aus angerufen.

»Ja«, sagte Christian, »du hast ja recht«, ohne seinen Schwager zu Wort kommen zu lassen. »Ich hätte nicht so einfach wegfahren sollen.«

»Peter hat einen Unfall gehabt!«

»Was? Was ist passiert?«

»Er wollte heute Morgen mit dem Fahrrad …« Kurts Stimme brach.

»Was ist passiert?«, wiederholte Christian.

»Ich weiß nicht genau … – Ich geb dir die Nummer vom Krankenhaus. Ruf an!«

Christian brach der Schweiß aus. Er musste sich setzen. Seine Hand gehorchte ihm kaum, als er sich die Telefonnummer notierte. Ohne sich zu verabschieden, legte er auf und wählte mit zitternden Fingern. Eine Krankenschwester meldete sich und wusste sofort Bescheid. »Ich geb Ihnen Doktor Raue.«

»Raue«, meldete sich eine sonore Stimme. »Sie sind Herr Ebinger?«

»Ja, ich habe gerade erfahren, dass mein Sohn Peter einen Unfall hatte.«

»Tut mir leid!« Es klang ganz sachlich. »Das Kind ist tot!«

Christian begriff nicht. »Das ist nicht wahr«, sagte er tonlos.

»Ich gebe Ihnen Ihre Frau!«

Dann Annelieses Stimme, ruhig, gefasst. »Christian?«

»Sag, dass es nicht wahr ist!«

»Er hat doch bei Kurt immer das Fahrrad, weil die beiden ihre Touren über die Alb machen. Heute Morgen wollte er nicht mit mir im Auto zurück, sondern mit seinem Rad. Auf der Seißener Steige, da ist so eine enge Kurve, kurz vor einer Brücke über den Bach ...« Sie brach ab.

»Ich komme sofort«, sagte Christian.

»Ja, bitte! Ich bleib hier im Krankenhaus.« Sie legte auf.

Die Beerdigung war am darauffolgenden Donnerstag. Anneliese, ihr Bruder Kurt, Christian, seine Eltern und sein Bruder Gerhard standen in der kleinen Friedhofskapelle. Der weiße Sarg war noch nicht geschlossen. »Bleib!«, sagte Gerhard leise. Er wollte seinen Bruder am Arm festhalten. Aber Christian machte sich los und trat nach vorne zu seinem aufgebahrten Kind. Peters Gesicht sah unnatürlich aus. Man hatte versucht, die Verletzungen im Gesicht zu überschminken, aber so richtig war das nicht gelungen. Christian brach in die Knie und schlug seine Stirn gegen den harten Fliesenboden. Sein Vater und Anneliese fassten ihn rechts und links an den Armen und zogen ihn hoch. Ein Friedhofsangestellter schraubte den Sargdeckel zu.

Am Grab wiederholte sich wieder und wieder ein Gedanke in Christians Kopf. ›Wär ich doch dageblieben. Warum bin ich abgehauen? Ich hätte etwas mit ihm unternommen. Niemals hätte ich zugelassen, dass er alleine mit dem Fahrrad …‹

Er hörte nicht, was der Pfarrer sagte. Als der schmale weiße Sarg in die Erde versenkt wurde, wandte er sich ab, ging ein paar Schritte zu einer Bank, die unter einer einzelnen Birke stand, und ließ sich dort nieder. Er kam erst wieder zu sich, als er neben sich einen warmen Körper spürte. Anneliese hatte sich zu ihm gesetzt und seine Hand genommen. »Die anderen sind schon vorausgegangen«, sagte sie nach einer Weile.

William Hentschke, den Gaby Heil gleich am Montag informiert hatte, erwies sich als erstaunlich einfühlsam. Er ließ Christian Ebinger wissen, dass er so viele freie Tage haben könne, wie er brauche. Linus Pfeiffer, ein Kollege aus der Zentralredaktion, werde ihn solange in Stuttgart vertreten. Aber Christian Ebinger lehnte ab. »Besser, ich arbeite, sonst denke ich nur immer weiter im Kreis herum und werde noch verrückt.« Am Montag oder Dienstag der nächsten Woche wolle er wieder an seinem Schreibtisch sein.

Anneliese hatte sich für einen Monat freistellen lassen. Sie wäre nicht in der Lage gewesen, auch nur eine Zeile zu schreiben oder ein Foto zu machen, sagte sie. Christian blieb bis zum Wochenende bei ihr. Aber es herrschte eine seltsame Sprachlosigkeit zwischen ihnen. Sie waren noch gemeinsam bei einem Arzt gewesen, der ihnen ein Medikament verschreiben wollte, »das Ihnen die Sache etwas leichter macht«, wie er sich ausdrückte. Christian nahm das Angebot an. Anneliese lehnte es ab. So lange er bei ihr war, wollte Christian die Tabletten freilich auch nicht nehmen. Er hatte im Beipackzettel gelesen, das Mittel wirke wie eine Sonnenbrille für die Seele. Was auch immer das bedeuten mochte – er wollte es in Annelieses Beisein nicht ausprobieren. Seine Frau hatte sich ganz in ihren Kummer zurückgezogen. Sie verbrachte Stunden auf dem Friedhof an Peters frischem Grab. Christian ging kein einziges Mal mit ihr.

Einmal sagte Anneliese: »Du machst mir gar keinen Vorwurf.«

»Warum sollte ich das tun?«

»Ich hätte ihn nicht alleine mit dem Rad fahren lassen dürfen.«

»Es hat keinen Sinn, sich deshalb schuldig zu fühlen«, antwortete er. »Es hätte auch anders passieren können.«

Bevor er sich am Sonntagabend auf den Weg machte, nahm er Anneliese in die Arme. Sie verharrten lange so, ohne sich zu bewegen. Wenn ich mich jetzt nicht löse, stehen wir morgen früh noch so da, ging es Christian durch den Kopf. Er ließ seine Arme sinken. »Du kannst jederzeit zu mir nach Stuttgart kommen«, sagte er.

Anneliese schüttelte nur stumm den Kopf. Sie ging zur Tür, um sie für ihn zu öffnen. Einen Augenblick blieb er noch auf der Schwelle stehen. Dann ging er die Treppe hinunter, ohne sich noch einmal umzusehen.

Langsam fuhr er die Seißener Steige hinauf. Als er zu der Stelle kam, wo die Straße ihre engste Biegung machte, hielt er an. Hier war es geschehen. Ein Autofahrer hinter ihm hupte. Christian fuhr wieder los. An dem Geländer der Brücke, die über den kleinen Bach führte, sah er aus den Augenwinkeln einen großen bunten Blumenstrauß.

*

»Man lebt weiter. Der andere fehlt einem. Man sehnt sich nach ihm, aber man richtet sich nach und nach mit dem Verlust ein und gewöhnt sich langsam daran. Manchmal vergisst man ihn sogar, und der Tag will seinen Lauf nehmen, als sei nichts – da erinnert einen etwas an den anderen, und der Verlust trifft einen wieder wie ein Schlag.«

Albert Ebinger saß in seinem Rollstuhl am Fenster des kleinen Wohnzimmers. Christians Eltern waren erst vor einem Jahr aus dem Schulhaus ausgezogen, wo sie wohnen konnten, obwohl der Vater schon seit seinem 68. Geburtstag nicht mehr als Lehrer tätig war. Drei Jahre hatte er nach seiner Pensionierung noch angehängt und 18 Stunden in der Woche unterrichtet. Das Rektorat hatte er natürlich abgeben müssen. Er und seine Frau waren dann in das Häuschen in der Birkenwaldstraße gezogen. Der Blick aus dem Fenster ging auf einen kleinen Garten hinaus, den Christians Mutter begeistert pflegte. Dahinter floss ein kleiner Bach, und gut fünfzig Meter weiter fuhren die Autos auf der Bundesstraße.

Christian sah seinen Vater an. »Ist das von dir?«

»Nein. Ich habe es irgendwo gelesen. Aber frag mich bitte nicht, wo. Trifft es denn nicht zu?«

Schon immer hatte es Christian gestört, dass sein Vater jeden Satz, den er von sich gab, vorher in seinen Gedanken ausformuliert zu haben schien. »Ich weiß nicht. Dieses Medikament, das ich nehme, wirkt, als würde alles hinter einen dicken Vorhang verschoben. Ich muss die Tabletten absetzen.«

»Ist das nicht gefährlich? Hast du mit deinem Arzt darüber gesprochen?«

Christian schüttelte den Kopf.

Seine Mutter kam herein und stellte ein Holzbrett mit Hausmacherwurst und einem Laib Brot auf den Tisch.

»Bäckst du immer noch selber?«, fragte ihr Sohn.

»Ja, freilich. Jeden Dienstag geh ich ins Backhausle.« Sie hob den Brotlaib vor die Brust und schnitt mit dem Messer ein paar Scheiben ab.

Während Christian sich ein paar Wurststücke auf seinen Teller legte, fragte er seinen Vater eher beiläufig. »Und wie geht es dir?«

Albert Ebinger winkte ab. »Jetzt haben sie mich schon zwei Mal amputiert, und wenn wieder schwarze Flecken auftreten, werden sie noch mal was abnehmen. Für mich ist es nicht so schlimm, aber für die Mutter.« So lange Christian zurückdenken konnte, hatte sein Vater seine Frau nie mit deren Vornamen angeredet.

»So lang's geht, beklag ich mich nicht«, sagte sie und ging zurück in die Küche.

Seitdem Peter ums Leben gekommen war, besuchte Christian wieder öfter seine Eltern. Nach Blaubeuren, zu Anneliese, fuhr er immer seltener. Anneliese hatte ihre Trauer bewusst angenommen und ging regelmäßig zu einem Psychotherapeuten. Christian dagegen hatte sich schon wenige Tage nach der Beerdigung des Kindes wieder in seine Arbeit gestürzt. Die Anteilnahme von Kollegen, Freunden und seiner Sekretärin Gaby wies er unwirsch ab. Er mache das mit sich selber aus, sagte er. Aber das stimmte nicht. Er steckte den Kopf in den Sand und verdrängte möglichst jeden Gedanken an den Tod seines kleinen Sohnes. Sein Bruder Gerhard war es gewesen, der ihn eines Tages zur Seite nahm und sagte: »So geht das nicht weiter. Je länger du das alles von dir schiebst, umso heftiger kommt es irgendwann über dich. Schmeiß die Tabletten weg!«

Christian hatte den Rat seines älteren Bruders befolgt. Eines Abends schüttelte er alle Pillen aus dem Glas in seine linke Hand und warf sie ins Klo. Er betätigte die Spülung und sah, wie die Medikamente in einem Wasserwirbel verschwanden.

Stefanies Recherche

Zwei Tage danach fuhr er wieder einmal nach Weihersbronn. Er hatte sich mit Gerd Kornmüller, dem Lokalredakteur, verabredet. Auf der Fahrt musste er mehrmals anhalten, weil ihn ein Schwindel überfiel. Er hatte größte Mühe, die Begrenzung der Fahrbahn zu erkennen. Plötzlich glaubte er, die vorbeirasenden Autos hätten es darauf abgesehen, ihn zu rammen. Er lenkte seinen Wagen immer wieder auf einen Parkplatz, stieg aus und machte ein paar Atemübungen, die er vor ein paar Jahren in einem Yogakurs gelernt hatte. Sobald er etwas ruhiger wurde, stieg er wieder ins Auto und fuhr weiter.

Sie hatten sich im Café Namenlos verabredet. Der Wirt erkannte ihn wieder und sagte: »Ich ruf an. Der Gerd ist gleich da!« Christian sah auf seine Uhr. Sie waren auf zehn Uhr verabredet gewesen, jetzt war es kurz vor elf. »Ich weiß«, sagte Christian, noch bevor sie sich zur Begrüßung die Hand gegeben hatten. »Pünktlichkeit ist die Höflichkeit der Journalisten, aber …« Er brach ab.

»Kein Problem«, sagte Kornmüller. »Mein Beileid übrigens.«

»Danke! Woher wissen Sie's?«

»Ich hab ein paarmal mit Ihrer Sekretärin telefoniert. Muss furchtbar für Sie sein.«

»Ich will nicht drüber reden.«

»Versteh ich!« Der Lokalredakteur bestellte einen Milchkaffee. Christian schloss sich an. »Haben Sie was Neues für mich?«

»Stefanie will mit Ihnen reden. Offenbar hat sie etwas erfahren, will es aber nur Ihnen sagen.«

»Und warum ist sie dann nicht gleich mitgekommen?«

»Na ja …«, Kornmüller zögerte einen Moment. »Sie weiß natürlich auch, was passiert ist.«

»Ja, und?«

»Irgendwie scheint sie eine Scheu zu haben, mit Ihnen zusammenzutreffen. Als wir erfahren haben, dass Ihr Sohn gestorben ist, hat sie Rotz und Wasser geheult. Dabei kennen Sie sich doch kaum.«

Christian hätte gerne widersprochen, tat es dann aber lieber nicht. »Soll ich mit in die Redaktion kommen?«

»Nein, ich denke, Steffi kommt gleich nach. Und ich werde mich dann verdrücken.«

»Warum das denn?«

»Weil sie mich darum gebeten hat. Ich muss allerdings sagen, wenn sie etwas recherchiert hat und es Ihnen exklusiv verkaufen will, halte ich das für nicht in Ordnung.«

Christian nickte. »Sie haben recht!«

Gerd Kornmüller hätte gerne gefragt: ›Wie ist das denn passiert mit Ihrem Sohn?‹, aber er hatte verstanden, dass Ebinger nicht darüber reden wollte.

Der Lokalredakteur schob ein Manuskript über den Tisch. »Das will ich am Wochenende ins Blatt bringen. Ich wäre Ihnen dankbar, wenn Sie es gegenlesen würden. Sie kommen schließlich auch darin vor, und wenn Sie noch irgendetwas ergänzen könnten, wäre das prima.«

»Nein, Mann. Ich kann es auch nicht leiden, wenn Leute meine Artikel vor dem Erscheinen gegenlesen wollen. Wir machen das auch nur bei SPIEGEL-Gesprächen.« Er reichte dem Kollegen das Manuskript zurück.

In diesem Augenblick betrat Stefanie Bornschein das Café. »Hallo!« Sie setzte sich auf die andere Seite des Tisches und bestellte einen doppelten Espresso.

»Ja, dann geh ich mal«, sagte Kornmüller. Er reichte Christian die Hand. »Wir bleiben im Kontakt!«

Der Lokalredakteur verließ das Café, nachdem er bei seinem Freund bezahlt hatte. Stefanie sah Christian an. »Wie geht's dir? Sicher ist das furchtbar …« Sie winkte ärgerlich ab. »Ach was, ich denke, dafür gibt es überhaupt keine Worte.«

»Ja! Du hast recht!« Christian spürte plötzlich ein Würgen im Hals. Am liebsten hätte er losgeheult. Er wischte mit der flachen Hand über die Augen. »Lass uns über was anderes reden. Hast du etwas herausbekommen?«

»Ja, schon. Aber es ist kompliziert.«

»Ich habe nichts anderes erwartet.« Christian bestellte einen weiteren Milchkaffee.

Steffi sah ihm noch immer unverwandt ins Gesicht. »Weißt du, ich stecke da irgendwie persönlich mit drin.«

»Du? Wie soll ich mir das vorstellen?«

»Bis vor Kurzem war ich mit einem Ingenieur zusammen, der im KKW arbeitet.«

»Aha.«

»Es hat nichts mit dir zu tun. Wir haben Schluss gemacht, bevor ich dich überhaupt kennengelernt habe.«

Christian wusste nicht, was er darauf sagen sollte. Also schwieg er und sah Stefanie nur an. Die junge Journalistin beugte sich weit vor und flüsterte: »Er hat das Ding gedeichselt.«

»Du meinst, er weiß nicht nur, wie es passiert ist – er hat es selbst getan?«

»Ja, sag ich doch.«

»Wie heißt er?«

»Das sag ich nicht.«

»Aber das lässt sich doch leicht rauskriegen. Ich muss doch nur den Kornmüller fragen, mit wem du zuletzt befreundet warst.«

»Aber das wirst du nicht tun.«

Wieder fuhr sich Christian mit der Hand über die Augen. Der Schwindel kam zurück. »Warte mal«, sagte er, »mir geht's nicht so gut. Ich hab Schwierigkeiten, mich zu konzentrieren.«

»Mensch, du bist ja ganz bleich!«

»Das geht vorüber. Ich muss mal für ein paar Minuten an die frische Luft.« Er erhob sich schwerfällig und ging leicht schwankend zur Tür. Auf die Gäste musste es wirken, als wäre er betrunken. Auf dem menschenleeren Spielplatz vor dem Café machte er ein paar Atemübungen. Stefanie trat zu ihm. »Du bist ja total fertig. Musst du denn in diesem Zustand arbeiten?«

»Bis vor ein paar Tagen ging das noch ganz gut.« Er setzte sich auf ein Spielgerät, das auf einer Eisenspirale ruhte, die unter seinem Gewicht leicht ins Schwingen geriet, und erklärte, dass er die Psychopharmaka grade erst abgesetzt habe. Stefanie nahm seine beiden Hände, beugte sich vor und küsste ihn auf beide Wangen. »Wir können einfach vergessen, was in Stuttgart war. Du musst dich jetzt ganz um deine Frau kümmern.«

Christian wusste nicht, was er dazu sagen sollte, deshalb wurde er plötzlich wieder sachlich. »Also wie ist das jetzt? Du weißt, wie die Ionenaustauscher auf die Müllkippe gekommen sind, willst es aber nicht sagen?«

»Doch! Ich will nur, dass sein Name nicht bekannt wird. Ich hab das mit ihm besprochen. Und ich hab das auch alles schon mal aufgeschrieben.« Sie griff in ihre Umhängetasche und zog ein zusammengefaltetes Papier heraus. »Wichtig ist doch, dass man weiß, wie solch eine Schlamperei passieren konnte und wie lasch die Kontrollen sind.«

Christian schüttelte den Kopf. »Das kann ein juristisches Nachspiel haben, und dann brauchen wir hieb- und stichfeste Zeugenaussagen.«

»Und du meinst, anders geht es nicht?«

»Lass mich erst einmal deinen Text lesen, dann kann ich mehr dazu sagen.« Er nahm ihr das Papier aus der Hand und steckte es in die Innentasche seiner Jacke. Etwas mühsam erhob er sich von dem schaukelnden Spielgerät. »Ich weiß nicht, wie lange ich das aushalte. Es ist ein richtiger Drogenentzug«, sagte er. Sie kehrten in das Café zurück.

Christian nahm einen Schluck von seinem inzwischen erkalteten Milchkaffee, zog Stefanies Text aus der Jackentasche, strich ihn auf dem Tisch glatt und begann zu lesen. Detailliert wurde geschildert, dass ein Mitarbeiter des Kernkraftwerks sich schon seit Längerem darüber gewundert hatte, wie lasch die Kontrollen geworden waren. Dass sich diese Haltung noch verschlimmern könnte, wenn das KKW erweitert und ein weiterer Kraftwerksblock hinzukommen würde, machte ihm Sorgen. Eines Tages Ende April beobachtete er, wie ein Päckchen Ionenaustauscher neben das Fass gefallen war, in dem es hätte in Glas eingeschmolzen werden müssen. Sein erster Impuls war, die zuständigen Mitarbeiter darauf hinzuweisen. Aber er beobachtete den Vorgang weiter. Als der Gabelstapler das Fass hochhob und zum Transporter brachte, lag das Tütchen noch immer da. Er hat es dann strahlungssicher (wie er sich ausdrückte) versteckt. Da wusste er noch nicht, was er damit anfangen konnte. Wenige Tage später aber erfuhr er, dass der SPIEGEL über einen Atommüllfund in Karlsruhe berichtet hatte und dass Reporter des Magazins auch nach Weihersbronn kommen würden, um auch hier nach eventuell vorhandenem Atommüll zu suchen. Er war es dann, der die Ionenaustauscher in die nächste Müllladung praktiziert hatte. Wären die Journalisten nicht fündig geworden, hätte er das Päckchen mithilfe eines Geigerzählers leicht wiedergefunden und fachgerecht entsorgt. Wie? Darüber stand nichts in Stefanies Text. Und auch das Folgende erzählte sie ihm nur mit der Bitte, es gleich wieder zu vergessen: Der Ingenieur hatte nur seinem besten Freund davon erzählt, dem Musiklehrer Lutz Eichhorn, und der war es dann auch gewesen, der die Nachricht in die Tasche von Kornmüllers Parka gesteckt hatte.

Christian faltete das Papier zusammen. »Das hast du gut gemacht«, sagte er, »aber ich glaube nicht, dass es so geht. Ich sag dir in den nächsten Tagen Bescheid.«

Sie verließen gemeinsam das Café. Christian wollte Stefanie die Hand reichen, aber sie sagte: »Ich geh noch mit bis zu deinem Auto!«

Auf dem kurzen Weg sprachen sie nicht. Als sie den Wagen erreichten, blieb die junge Journalistin dicht vor Christian stehen und fragte: »Darf ich dich einen Moment in die Arme nehmen?« Sie wartete nicht auf seine Antwort, sondern zog ihn mit beiden Händen an den Schultern zu sich heran und schlang ihre Arme um ihn. Einen Augenblick stand er ganz steif da. Doch dann löste sich die Spannung. Er legte seinen Kopf auf ihr Haar. Tränen traten in seine Augen. Er wollte etwas sagen, brachte aber keinen Ton heraus. »Weinst du?«, fragte sie. Er löste sich von ihr. Sie sah die Tränen auf seinen Wangen. Jetzt nahm sie seine beiden Hände. »Das ist gut!«, sagte sie und wiederholte noch mal: »Das ist gut!« Dann stellte sie sich auf die Zehenspitzen und küsste ihn auf den Mund. Rasch wandte sie sich ab und ging Richtung Redaktion. Christian fand seine Fassung wieder und rief ihr nach: »Ich melde mich wegen des Textes.« Er konnte nicht erkennen, ob sie ihn gehört hatte.

»Mann, das ist fast eine komplette Story!«, tönte William Hentschke am Telefon. Christian hatte Stefanies Bericht über ihre Recherchen einfach vorgelesen. »Jetzt muss der Typ nur noch dazu stehen. Kennen Sie ihn?«

»Nein. Meine Quelle kennt ihn, will aber den Namen nicht preisgeben.«

»Na, der wird doch rauszukriegen sein.«

»Ich hab ihr versprochen, dass wir ihn schützen.«

»Ihr? Ist es eine Frau?«

»Ja.«

»Und dieser Techniker ist ihr Freund – ich meine der Freund Ihrer Informantin?«

»Ja, genau!«

»Machen Sie sich mal an den Artikel«, bestimmte der Ressortleiter. »Wir lassen es erst mal bei ›ein AKW-Techniker‹, ja? Und ich bespreche mit der Chefredaktion, wie wir damit verfahren. Einverstanden?«

Es war kurz vor sieben Uhr am Abend, als der Stuttgarter Korrespondent auflegte. Er zog die elektrische Schreibmaschine zu sich her, spannte einen Manuskriptbogen ein und begann zu tippen. Als er zwei Stunden später das Papier aus der Maschine zog und las, was er geschrieben hatte, fand er, dass er die Klippe, den Zeugen nicht näher beschreiben oder gar benennen zu können, gut umschifft hatte. Er stand auf, zog seine Jacke an und überlegte, ob er Anneliese anrufen sollte. Ihm war, als wären die letzten Stunden die ersten gewesen, an denen er nicht an den Tod seines kleinen Sohnes gedacht hatte. Die Worte seines Vaters fielen ihm wieder ein: ›Man richtet sich nach und nach auf den Verlust ein und gewöhnt sich langsam daran. Manchmal vergisst man ihn sogar, und der Tag will seinen Lauf nehmen, als sei nichts.‹ Aber nun waren sie alle wieder da – die Bilder, die in den letzten Tagen immer eindringlicher geworden waren: Peter, vier Jahre alt, im Urlaub auf dem Bauernhof in Nordfriesland. Wie er damals die Kälber, die lange Zeit im Stall eingesperrt gewesen waren, zusammen mit dem jungen Bauern aus dem Gebäude geholt hatte. Immer wieder war der kleine Kerl zwischen den Tieren verschwunden, tauchte aber dann wieder auf und trieb die Kälber vor sich her ins Freie. Sie waren außer Rand und Band, sprangen mit allen vieren vom Boden ab, tollten herum. Und der kleine Junge mittendrin. Ohne jede Angst. Begeistert. Genauso begeistert saß er zwischen den Knien des Bauern auf dem Traktor und lenkte das bullige Gefährt vom Hof Richtung Weide. Nie würde Christian das stolze Strahlen im Gesicht des Jungen vergessen, und er wusste, dass er damals genauso gestrahlt hatte wie Peter.

Christian Ebinger versuchte, die Gedanken abzuschütteln. Es war wie ein Ohrwurm, wie eine Melodie, die sich im Hirn eingenistet hat und einen nicht mehr verlassen will: Immer wieder diese Bilder aus glücklichen Tagen. Was musste man tun? Eine ganz andere Melodie suchen. Andere Bilder, andere Geschichten. Christian schloss sein Büro ab und versuchte, seine Gedanken auf den Artikel zu lenken, den er gerade geschrieben hatte. Er nahm nicht den Aufzug, sondern stieg durch das dunkle Treppenhaus hinab. Die Tür zur Tiefgarage stand halb offen. Abrupt hielt er inne. Ein Mann stand an Christians Auto, der im Schein einer Taschenlampe offensichtlich versuchte, die Beifahrertür aufzubrechen. Der Redakteur drückte auf den Lichtschalter und zog sich hinter die halb offene Tür zurück. Die Neonleuchten an der Decke flammten auf und erhellten mit einem Schlag die Garage, in der nur noch drei oder vier Autos standen. Der Mann fuhr herum. Er trug eine Strumpfmaske. Mehrmals warf er seinen Kopf herum, konnte aber niemanden entdecken. Einen Moment lang überlegte sich Christian, ob er einfach hinübergehen und sagen sollte: »Ich hab den Autoschlüssel.«

Langsam zog sich der Fremde zurück, wobei er sich ständig sichernd umsah. Dann plötzlich fing er an zu rennen. Er lief auf das Garagentor zu, das bis auf einen Meter heruntergelassen war, schlüpfte drunter durch und verschwand in der Dunkelheit. Im gleichen Augenblick erlosch das Zweiminutenlicht. Christian blieb noch eine Weile regungslos stehen, ehe er zu seinem Wagen hinüberging. Als er die Autotür öffnete, sah er, dass seine Reisetasche auf dem Beifahrersitz lag. Wenn der Mann ihretwegen das Auto aufgebrochen hätte, wäre er enttäuscht worden. Außer schmutziger Wäsche und einem Kulturbeutel mit Rasierzeug, Shampoo und einer Zahnbürste hätte er nichts erbeutet. Das Garagentor ließ sich mit dem Sender nicht öffnen. Christian fuhr auf seinen Parkplatz zurück, verließ die Tiefgarage übers Treppenhaus und ging zum Bahnhof hinüber, um sich dort ein Taxi zu nehmen.

Er fuhr nicht nach Hause. Es grauste ihn davor, dort mit seinen Gedanken alleine zu sein. Also gab er dem Chauffeur die Adresse des Restaurants Turkuaz an.

»Ich brauche eine Ecke für mich ganz alleine«, sagte er zu Kemal, dem Wirt.

Der sah ihm in die Augen. »Wie siehst du denn aus? Was ist los? Ich hab dich lange nicht gesehen. Sag, was ist los mit dir?« Dabei führte er seinen Gast an einen Zweiertisch, der zwar dicht bei der Theke, aber doch vom restlichen Lokal etwas abgeschirmt stand.

»Einen Rotwein, bitte«, sagte Christian.

Kemal blieb am Tisch stehen.

»Nur einen Rotwein. Essen will ich nicht.«

Kemal bewegte sich nicht. Ein paar Sekunden war es ganz still am Tisch. Dann sagte der türkische Wirt: »Du weißt, ich bin dein Freund.«

Christian hatte geglaubt, alle Welt müsste wissen, was ihm widerfahren war. Kemal hatte keine Ahnung. Aber er spürte, dass etwas Schlimmes geschehen sein musste.

Christian hob den Kopf. »Mein kleiner Sohn ist tot.« Im gleichen Augenblick dachte er: ›Ich hab das genauso sachlich gesagt wie dieser Dr. Raue am Telefon.‹

Kemal ließ sich auf den zweiten Stuhl fallen. Kurz fasste er nach Christians rechter Hand, ließ sie aber sofort wieder los. »Und wie geht es deiner Frau?«

Es dauerte eine Weile bis Christian antwortete. »Ich weiß es nicht. Mir geht es schlecht!«

Kemal stand auf, ging zur Theke und kam mit einer Flasche Rotwein und zwei Gläsern zurück. Im gleichen Augenblick strömte die halbe Ballettcompagnie in den Raum. »Du musst dich um deine Gäste kümmern«, sagte Christian. Aber der Wirt winkte nur ab. »Das hat Zeit. Willst du mir erzählen, wie es passiert ist?«

»Ein Fahrradunfall. Er war zu schnell auf einer steilen Straße ganz nah bei Blaubeuren. Ich … ich … ich war dort, bin aber im Zorn weggefahren. Ich … ich hab ihn am Abend zuvor noch gesehen. Er hat so … so … so friedlich, so entspannt geschlafen. Wäre ich dageblieben …« Christian brach ab und leerte sein Rotweinglas in einem Zug.

Aus dem Pulk der Tänzerinnen löste sich die Primaballerina und kam zu den beiden Männern an den Tisch. »Waren Sie denn in der Aufführung?«, fragte Marcia Haydée.

Christian schüttelte den Kopf.

»Schade. Ihre Meinung hätte mich interessiert.« Sie schien enttäuscht zu sein. Kemal sagte schnell etwas auf Spanisch. Die Tänzerin nahm Christians Gesicht in ihre Hände, sodass er zu ihr aufschauen musste. »Das tut mir leid. Ich weiß, wie es ist, wenn man einen Menschen verliert, der einem ganz, ganz nahe war.« Sie ließ seinen Kopf wieder los und kehrte an den Tisch zu ihren Kolleginnen zurück.

»Du sprichst Spanisch?« Christian sah Kemal verwundert an.

»Ein bisschen. Weißt du, ich bin viel rumgekommen in der Welt. In Spanien habe ich so viel übers Kochen gelernt, dass ich auch eine Tapas-Bar aufmachen könnte, wenn die Leute hier das türkische Essen einmal satthaben.«

Zum ersten Mal an diesem Tag brachte Christian ein kleines Lächeln zustande.

Die Primaballerina kam noch mal an seinen Tisch zurück und reichte ihm eine Visitenkarte. »Rufen Sie mich an, wenn Sie in die Vorstellung wollen. Ich mache das immer möglich.«

Die beiden Männer leerten die Rotweinflasche vollends. Christian bestellte noch eine. Er blieb sitzen, bis der letzte Gast gegangen war. Kemal setzte sich kurz zu ihm. »Du musst jetzt auch gehen«, sagte er.

Ein bulliger Mann Mitte 40 trat in das Lokal. Christian erwartete, dass der Wirt dem Neuankömmling Bescheid sagen würde, dass längst Feierabend sei. Aber der durchquerte den Raum und verschwand in der Küche. »Wer ist denn das?«, fragte Christian.

»Frag lieber nicht«, antwortete Kemal.

»Der wirkt nicht besonders vertrauenerweckend.«

»Da hast du allerdings recht. Er ist der Mann meiner Küchenfrau. Und jetzt geh, bitte!«

Christian Ebinger sah, dass Kemal bleich geworden war. Schweißtropfen standen auf seiner Stirn.

»Brauchst du Hilfe?«

»Es könnte so weit kommen. Aber da wärst du nicht der Richtige.« Kemal stand auf und griff nach Christians Arm. »Du musst jetzt wirklich gehen.«

Aus der Küche hörte man aufgeregte Stimmen. Laut klapperte ein Topfdeckel, der offenbar auf den Boden gefallen war. Der Koch war schon vor zwei Stunden gegangen. Er hatte sich noch kurz mit Christian Ebinger unterhalten und ihm sein Beileid ausgesprochen.

Zögernd stand Christian auf. Kemal drängte ihn zur Tür. »Ich will dich da in nichts reinziehen«, sagte er, schob den Freund aus dem Raum und schloss die Tür hinter ihm ab. Das Licht hinter den Fenstern des Lokals ging aus. Der sonst so fürsorgliche türkische Freund hatte nicht einmal daran gedacht, für Ebinger ein Taxi zu rufen.

Christian Ebinger, der nun die Wirkung des Alkohols spürte, stapfte leicht schwankend die Staffel zur Adenauerstraße hinunter. Dort winkte er ein Taxi heran und ließ sich nach Hause fahren. Er versuchte, Anneliese anzurufen, aber sie ging nicht an den Apparat. Er sprach ein paar Worte auf den Anrufbeantworter und war im Stillen ganz froh, dass er sie nicht erreicht hatte.

Er schaltete den Fernseher ein, zappte durchs Programm und machte das Gerät wieder aus. Das Telefon klingelte. Wahrscheinlich Anneliese. »Ja!«, meldete er sich. Aber es war nicht die Stimme seiner Frau, sondern die von Stefanie Bornschein: »Störe ich? Ich weiß, es ist schon sauspät!«

»Macht nichts, ich bin noch wach.« Er ließ sich in den Sessel fallen, das Telefon im Schoß.

»Konntest du schon mit deinem Chef über unseren Artikel reden?«

Dass sie von ›unserem Artikel‹ sprach, störte ihn ein wenig.

»Ja«, sagte er nur.

»Und?«

»Ich hab mal eine Version geschrieben, in der nur von einem Techniker die Rede ist.«

»Aha. Und weiter?«

»Der geht morgen per Fernschreiber nach Hamburg, und dort werden sie entscheiden, ob sie ihn so drucken wollen oder nicht.«

»Gut!«, sagte sie. Und auch dieses bewertende ›Gut‹, störte ihn.

»Warst du eigentlich in der Ballettaufführung?«, fragte er so sachlich wie möglich.

»Ohne dich? Das wäre mir nicht in den Sinn gekommen.«

Dieser kurze Satz versöhnte ihn wieder ein wenig. Gleichzeitig fragte er sich, ob er inzwischen so dünnhäutig geworden war, dass ihm Steffis selbstbewusste Art missfiel. Er sah auf die Uhr. »Ich muss langsam ins Bett«, sagte er lahm.

»Ich liege schon drin«, antwortete Stefanie. »Gute Nacht! Schlaf gut!« Sie hatte aufgelegt, bevor er antworten konnte.

Abschied

Am nächsten Morgen wunderte er sich, dass er die Nacht durchgeschlafen hatte und dass er von bösen Träumen verschont geblieben war.

Kurz vor neun Uhr nahm er die Straßenbahn an der Kaltentaler Abfahrt, stieg bei der Staatsgalerie aus und ging langsam durch den Schlossgarten bis zum Hauptbahnhof und dann weiter die wenigen Schritte zu seiner Redaktion. Gaby war schon da. Fürsorglich fragte sie: »Hast du schon etwas gefrühstückt?«

»Nein, aber ich hab auch keinen Hunger.«

»Der kommt beim Essen«, sagte die Sekretärin und machte sich auf den Weg zur Küche.

»Das ist ein Satz meiner Mutter«, rief er ihr nach.

Sie antwortete nicht, aber als sie ihm das Tablett mit zwei Brötchen, Butter, Schinken und Käse auf den Schreibtisch stellte, sagte sie: »Ich hab den Spruch auch von meiner Mutter.« Sie setzte sich auf den Besucherstuhl und nahm ihre Kaffeetasse von dem Tablett. Bevor sie trank, sagte sie: »Die Baader-Meinhof-Leute werden hierher nach Stammheim verlegt. Und hier soll ihnen auch der Prozess gemacht werden.«

»Ja, ich weiß. Ich hab mir den Bunker schon mal angesehen, den sie dafür bauen.«

»Bedeutet das, du musst die ganze Gerichtsberichterstattung übernehmen?«

»Möglich. – Ich hätte nichts dagegen.«

»Schrecklich!«, sagte Gaby. »Ständig werden Kollegen aus der Zentralredaktion oder aus Bonn hier sein.«

»Ja, damit müssen wir rechnen.«

»Da kann man nur hoffen, dass es ein kurzer Prozess wird.«

»Das halte ich für unwahrscheinlich.«

Gaby trank ihren Kaffee aus und stand auf. »Wenn du für die Berichterstattung zuständig wirst …«, sie brach ab.

»Ja?«

»Du hast doch mal erzählt, dass du die Baader-Meinhof-Leute von früher kennst.«

»Kennen ist zu viel gesagt. Ich bin denen einmal begegnet. Nur Gudrun Ensslin habe ich öfter getroffen, und mit ihr habe ich auch ein bisschen ausführlicher geredet.« Er überlegte einen Augenblick, ob er Gaby erzählen sollte, dass sie ihn kurz vor ihrer Verhaftung noch einmal angerufen hatte, ließ es dann aber lieber.

»Und wie war das mit Jan-Carl Raspe?«

»Du meinst, als ich das Auto geliehen habe? Ein Freund von mir, Boris Klarus, hat mich damals darum gebeten. Er war mit den Baader-Meinhof-Leuten befreundet. Hast du schon mal von der SchiLi gehört?«

Gaby schüttelte den Kopf.

»Ist die Abkürzung für Schicke Linke. Das sind Leute … – na ja, wie ich damals auch ein bisschen. Die sind gegen das System, in dem sich die alten Nazis wieder in wichtigen Funktionen eingerichtet haben. Sie sind natürlich gegen die Vereinigten Staaten, weil die einen sinnlosen, menschenverachtenden Krieg in Vietnam führen ohne die Aussicht, ihn zu gewinnen. Die SchiLis waren gegen die Wiederbewaffnung der Bundesrepublik. Manche von ihnen halten die Terroristen noch immer für Freiheitskämpfer. Sie selber wollten allerdings nie welche werden. Den meisten geht es in dem Staat, den sie so verachten, ja ganz gut. Und ihr schlechtes Gewissen haben sie immer damit beruhigt, dass sie die RAF-Leute klammheimlich unterstützen.«

»Wie denn?«, fragte Gaby dazwischen.

»Indem sie Mitglieder der Gruppe vorübergehend bei sich wohnen ließen. Sie haben ihnen auch Geld zukommen lassen und manchmal ihre Autos zur Verfügung gestellt.«

Gaby hatte inzwischen ihre leere Tasse abgestellt und wieder auf dem Besucherstuhl Platz genommen. Sie kannte ihren

Chef. Wenn der so ins Reden kam, unterbrach man ihn am besten nicht, und am Ende hatte er dann oft mehr erzählt, als er eigentlich wollte. »Bei Klarus bin ich dann einem Teil der Baader-Meinhof-Gruppe mal begegnet«, fuhr er nun fort. »Sie waren für eine Woche bei ihm untergekrochen. Das war nach einem spektakulären Banküberfall. Und – du glaubst es nicht – in diesen Tagen erreichte Boris Klarus ein Paket, in dem nichts drin war außer Geldscheinen. Das war übrigens der Tag, an dem ich beschlossen habe, nichts mehr mit denen zu tun haben zu wollen.«

»Und warum?«, unterbrach Gaby nun doch.

»Mir ging dieser Andreas Baader derart auf den Geist, das kannst du dir nicht vorstellen! Im Unterschied zu den anderen war er ein ungebildeter Prolet. Aber er forderte brachial die Führung der Gruppe für sich, und die anderen unterwarfen sich ihm.«

»Das versteh ich nicht«, sagte Gaby.

»Er imponierte ihnen durch seine Männlichkeit. Ohne ihn als Anführer hätte es vermutlich keine oder doch weniger Schießereien, Banküberfälle, Brandstiftungen und Bombenanschläge gegeben. Das alles hat eigentlich zu Ulrike Meinhof und Jan-Carl Raspe nicht gepasst und am wenigsten zu Gudrun Ensslin, obwohl …«

»Obwohl?« Gaby sah auf.

»Du erinnerst dich an die Demonstrationen 1967, als der Schah von Persien in Berlin war?«

»Ja, ja natürlich. Damals wurde Benno Ohnesorg erschossen.«

»Genau. Ohne Not. Einfach so. Der Mann hatte nichts getan, außer zu demonstrieren wie alle anderen. Ein Freund, der dabei war, hat mir erzählt, dass am Tag danach Gudrun Ensslin im Büro des Sozialistischen Studentenbundes schluchzend geschrien haben muss: ›Die werden uns alle umbringen – ihr wisst, was für Schweine wir hier gegen uns haben. Man kann mit den Leuten, die Auschwitz gemacht haben, nicht argumentieren. Die haben Waffen und wir nicht. Wir müssen uns bewaffnen.‹ Ausgerechnet sie, die ich früher als so freundlich und sanft erlebt habe, hat damit quasi den Startschuss für die bewaffnete Revolution der RAF gegeben.«

»Bist du ihr denn damals bei deinem Freund Klarus noch mal begegnet?«

»Ja. Aber wir haben keine drei Sätze miteinander gesprochen. Geredet hat überhaupt nur Baader, und es hat mich buchstäblich angekotzt, wie die anderen an seinen Lippen hingen. Ich war zwar auch gegen den Krieg der Amerikaner in Vietnam, vor allem wegen des Massakers der US-Streitkräfte in My Lai. Und ich war entsetzt über den zunehmenden Einfluss der alten Nazis auf unseren Rechtsstaat. Aber ich wäre nicht auf die Idee gekommen, zu Mitteln des Terrors zu greifen. Ich hab damals die erste Gelegenheit genutzt, um zu verschwinden.«

»Und was war nun mit dem Auto für Raspe?«

»Boris Klarus' Frau kam zu mir in die Redaktion – damals arbeitete ich noch bei der Deutschen Verlagsanstalt – … also sie stand plötzlich in meinem Büro und sagte: ›Du musst uns helfen!‹ Ich hatte keine Ahnung, was sie von mir wollte, kam aber auch nicht dazu, zu fragen. Sie war ziemlich aufgeregt und wirkte, als habe sie jeden Satz, den sie nun heraussprudelte, vorher auswendig gelernt. ›Du bist absolut unverdächtig. Du musst nichts anderes machen, als morgen ein Auto mieten und es in drei Tagen zurückgeben.‹ ›Und wer fährt das Auto?‹, hab ich gefragt. Und sie: ›Das ist doch jetzt egal. Aber du kannst es ruhig wissen: Jan-Carl Raspe.‹«

Christian hielt Gaby seine Tasse hin, und sie schenkte ihm noch einmal ein. »Ich hab zu bedenken gegeben, dass ich es in den Mietvertrag für das Auto eintragen lassen müsse, wenn eine zweite Person fahren wolle. Sie hat darauf nur geantwortet: ›Du Spießer!‹ Und … – na ja, so war ich damals – den ›Spießer‹ wollte ich nicht auf mir sitzen lassen. Als ich abends am Telefon meiner Frau davon erzählte, war sie total entsetzt. ›Bist du wahnsinnig?‹ Sie hat mich richtig angeschrien. ›Du machst dich strafbar. Das kann dich deinen Job kosten!‹«

»Und du hast es trotzdem gemacht?«

»Ja.«

Gaby schüttelte verständnislos den Kopf. »Ziemlich blöd, oder?«

»Ja, zugegeben. Heute weiß ich das auch. Übrigens kennt die Polizei inzwischen die Geschichte.«

»Ja?«

»Aber sie wollen mir keinen Strick daraus drehen. Ist ja auch schon eine Weile her und fast verjährt.«

»Aber wenn sie wollen, können sie doch jederzeit darauf zurückkommen«, sagte die kluge Gaby.

»Du meinst, die Polizei könnte mich unter Druck setzen?«

Gaby nickte.

»Wenn es so weit kommt, werde ich mich sofort dazu bekennen und eine eventuelle Bestrafung akzeptieren. Da soll dann noch einer versuchen, mich zu erpressen.«

»Ist denn irgendwas passiert, während Raspe das Auto hatte?«

»Nein, ich fand es wieder vor der Tür. Der Schlüssel lag in meinem Briefkasten. Natürlich war ich unsäglich froh, als ich es wieder abgegeben hatte. ›Stolze Leistung‹, hat der Mann bei der Autovermietung noch gesagt. Raspe war in den drei Tagen über eintausendvierhundert Kilometer gefahren.«

Gaby stand wieder auf, nahm das Tablett von Christians Schreibtisch und schickte sich an, das Zimmer zu verlassen. Auf dem Weg zur Tür fragte sie noch: »Und wie wird das für dich, wenn du Gudrun Ensslin und den anderen im Gerichtssaal wieder begegnest?«

Er hob die Schultern. »Die werden sich gar nicht mehr erinnern. Außer Gudrun vielleicht.«

Das Wochenende stand bevor. Christian entschloss sich, nach Blaubeuren zu fahren und Anneliese zu besuchen. Er rief sie an, um zu fragen, ob es ihr recht sei. »Wann kommst du und wann gehst du wieder?« Die Frage befremdete ihn. Aber er gab Auskunft: »Ich werde Freitagabend gegen neun Uhr am Abend wohl da sein und fahre am Sonntagabend wieder zurück, wenn das okay ist.«

»Sonntag habe ich Dienst«, sagte sie. »Aber du kannst natürlich bleiben, so lange du willst.« Das klang so kühl und distanziert, dass er beinahe gesagt hätte: »Ach, lassen wir's lieber.« Aber er antwortete: »Also, bis dann!«

Freitagnachmittag begann es heftig zu regnen. Christian beschloss, den längeren Weg über Land zu wählen. Er hasste es, bei schwerem Regen auf der Autobahn zu fahren, wenn die Lastwagen, die man überholen musste, die Gischt gegen die Frontscheibe des Autos warfen und es jedes Mal eine ganze Weile dauerte, bis die Scheibenwischer die Sicht wieder frei gemacht hatten. Es war fast zehn Uhr am Abend, als er bei Anneliese klingelte.

Es dauerte eine ganze Weile, bis der Summer ertönte und die Tür aufsprang. Christian hatte bereits den Schlüssel aus der Hosentasche gezogen. Langsam stieg er die Treppe hinauf. Anneliese stand in einem bodenlangen roten Hauskleid unter der Tür und reichte ihm die rechte Wange zum Begrüßungskuss. Christian übergab ihr den bunten Strauß, den er noch rasch an einer Tankstelle erworben hatte. »Danke! Komm rein!«, sagte sie.

In der Küche war der Abendbrottisch gedeckt. »Du hast bestimmt noch nichts gegessen«, sagte Anneliese.

»Nein. Und ich habe einen Mordsdurst!« Er öffnete eine Bierflasche, die bereitstand, trank gleich gierig die ersten Schlucke, ohne ein Glas zu nehmen, und ging dann erst einmal ins Bad, um sich nach der anstrengenden Fahrt frisch zu machen.

Überrascht stellte er fest, dass alle seine Utensilien verschwunden waren: Der Rasierapparat, die Zahnbürste, seine spezielle Hautcreme und das Reibeisen, mit dem er gegen die Verhornung seiner Fußsohlen anging – Dinge, die bislang stets für ihn bereitstanden. In einem Zahnputzbecher steckte eine neue Zahnbürste einer Marke, die sie noch nie benutzt hatten. Christian warf sich mit beiden Händen kaltes Wasser ins Gesicht und trocknete sich sorgfältig ab.

Als er in die Küche zurückkehrte, tat er so, als habe er die Veränderung nicht bemerkt. Anneliese hatte ein Brett mit seinen Lieblingswurstsorten und sehr dunkles Brot, wie er es mochte, aufgetischt. Christian griff beherzt zu. Beide schwiegen, bis endlich Anneliese fragte: »Und, wie geht's dir?«

»Es wird langsam besser. Jetzt ist es ja schon ein paar Wochen her, dass ich dieses Scheißmedikament abgesetzt habe. Am Anfang war's fürchterlich.«

Anneliese ging nicht darauf ein. »Ich habe eine Therapie angefangen«, sagte sie, »für mich ist das sehr hilfreich.«

Christian antwortete nicht darauf. Nach einer Pause fuhr seine Frau fort: »Ich hab gelernt, dass es viel schwerer ist, sich selbst zu verzeihen als jemand anderem, und sei's der schlimmste Feind.«

Christian nahm noch eine Scheibe Brot, bestrich sie mit Butter und legte dicke Schinkenwurststücke darauf. »Und warum soll das so sein?«

»Weil wir uns schämen für das, was wir getan haben, und nicht glauben, dass irgendwer diese Scham verstehen kann.«

»Schämen wofür genau?«

»Für unser Scheitern, unser Versagen, unsere Fehler eben. Wir bleiben damit immer allein.«

»Wieso denn? Wir haben Freunde, Verwandte, Menschen, die wir lieben …«

»Mein Therapeut sagt, selbst wenn wir viele Menschen um uns haben, von denen wir glauben, dass sie uns ganz nahe sind, fühlen wir uns doch die meiste Zeit sehr einsam. Und genau das fühle ich auch.«

Christian wusste nicht, was er darauf noch sagen sollte, also aß er schweigend weiter.

Anneliese griff hinter sich und nahm den Ausriss aus einer Zeitschrift vom Küchenregal und las vor: »Wenn wir darüber nachdenken, wird uns klar, dass unsere intensivsten Erinnerungen nicht mit Glück verbunden sind …«

Christian nickte. »Kunststück. Wir haben beide unser Kind verloren.«

»Das gilt aber auch für viele andere Situationen, die bei Weitem nicht so schlimm sind«, antwortete Anneliese, schaute wieder auf das Papier und las weiter: »Es gibt bei uns diesen innersten Kern, den wir mit niemandem teilen können. Wir verletzen jemanden, den wir lieben …«, sie sah auf und suchte seinen Blick, aber Christian starrte vor sich hin, als wäre er ganz alleine.

»…wir versprechen Dinge, die wir nicht halten können, weil wir uns selbst nicht kennen – und den Rest des Lebens können wir uns nicht davon befreien.«

Christian nickte und sah auf. »Wir sehnen uns nach Hause und wissen nicht, wohin.«

»Komisch, das steht hier auch.«

Christian lächelte: »Ein Satz von Joseph von Eichendorff. Ich musste über sein Gedicht ›Der Pilger‹ meinen Abituraufsatz schreiben. Hat auch nichts genutzt. Von der Schule geflogen bin ich trotzdem. Später hat mir ein Lehrer gesagt, ich hätte für den Aufsatz eine Eins bekommen. – Was ist das denn für ein Text, den du da vorgelesen hast?«

»Hab ich aus der Wochenendbeilage unserer Zeitung. Die paar Sätze habe ich mir rausgeschrieben.«

Das kleine Gespräch brachte sie einander wieder näher. Es war fast wie früher, wenn sie nach einem langen Tag noch gemeinsam ihr Glas Rotwein getrunken und bis in die Nacht hinein miteinander geredet hatten. Anneliese stand auf und räumte den Tisch ab. »Ich hab dein Bett im Gästezimmer gemacht«, sagte sie.

Erstaunt sah Christian auf. »Das ist ja ganz was Neues.«

»Ja. Aber jetzt merke ich, dass ich gerne bei dir einschlafen würde. Nur einschlafen, verstehst du?«

Er nickte. Es war ihm recht. Als sie eine halbe Stunde später im Schlafzimmer unter die Decke krochen, schmiegte sich Anneliese ganz dicht an ihn. Er merkte, dass er eine Erektion bekam, versuchte sie aber zu verbergen. Und sie klang schnell ab, als er merkte, dass Anneliese weinte. Seine Schlafanzugjacke war an der Schulter bald klitschnass. Er rührte sich nicht. Und irgendwann musste er wohl eingeschlafen sein, ohne dass sie noch ein Wort gewechselt hatten.

Samstagmorgen. Anneliese war längst wach und hatte bereits den Frühstückstisch gedeckt, als Christian zu sich kam. Am Fenster rannen dicke Regentropfen hinab. Ein heftiger Wind fuhr in immer neuen Böen in die Baumkronen vor dem Fenster.

Christian stand auf und ging ins Badezimmer, er lächelte, als er sah, dass seine Utensilien wieder bereitstanden, und ging unter die Dusche.

Anneliese trug einen Sportanzug. Sie wolle gleich ihren Waldlauf machen, sagte sie. Der gehöre zu ihrer Therapie.

»Aber es regnet!«

»Ich bin doch nicht aus Zucker. Du kannst übrigens gerne mitkommen.«

Christian lehnte ab und musste sich einen kleinen Vortrag darüber anhören, wie existenziell wichtig es sei, sich regelmäßig zu bewegen. »Du wirst sowieso langsam zu dick«, sagte Anneliese. Christian sah an sich hinunter und beschloss, ihr nicht zu widersprechen. »Wir können ja später noch einen Spaziergang machen«, sagte er.

»Später muss ich an meinem Artikel arbeiten«, antwortete seine Frau. »Morgen komme ich nicht dazu, weil ich Redaktionsdienst habe.«

Sie begannen zu frühstücken. Als Anneliese ein Ei aufklopfte, sagte sie beiläufig. »Ich ziehe übrigens nach Ulm.«

»Du gibst unsere Wohnung auf?«

»Für mich ist sie zu groß, und du bleibst ja eh in Stuttgart.«

»Ja, ich werde wahrscheinlich damit beauftragt, den Baader-Meinhof-Prozess zu begleiten.«

Anneliese beschäftigte sich noch immer mit ihrem Ei. Sie entfernte mit spitzen Fingern kleine Stücke der Schale. Ohne aufzusehen, sagte sie: »Ich denke, wir sollten uns scheiden lassen.«

Eigentlich hatte Christian damit gerechnet. Trotzdem traf ihn der kurze Satz wie ein Hammerschlag. Er brachte nichts weiter als ein »Aha« heraus.

Die Frau, die in der Nacht noch ihre Arme um ihn geschlungen und heftig an seiner Schulter geweint hatte, sagte nun in kühlem Ton: »Vielleicht kannst du ja deine Sachen, die noch hier sind, gleich mitnehmen. Du könntest packen, solange ich schreibe, und heut Abend könnten wir dann alles Weitere besprechen.«

Eine ganze Zeit lang sprach niemand. Schließlich schob Christian seinen Teller zurück, trank seinen Kaffee aus und stand auf. »Das Packen kann ich auch gleich erledigen, solange du deinen Sport machst. Und reden können wir auch ein anderes Mal noch.«

»Jetzt sei doch nicht beleidigt«, sagte Anneliese und stand auch auf.

»Ich bin aber beleidigt. So wie du mir die Brocken hinschmeißt, hätte es ja wohl nicht sein müssen.«

»Ich war fest davon überzeugt, dir ist es recht, wenn wir uns scheiden lassen.«

»Wie hast du gesagt? Wir schämen uns für unser Scheitern, unser Versagen, unsere Fehler eben. Ich denke, das ist es.« Er ging um den Tisch herum, fasste Anneliese im Nacken, zog ihren Kopf sanft zu sich her und küsste sie auf die Stirn. »Ich fahr dann gleich«, sagte er und ging in sein ehemaliges Arbeitszimmer. Anneliese hatte, wie es ihre Art war, schon vorgearbeitet. Seine Bücher, Manuskripte, die kleine Reiseschreibmaschine, sogar ein Stapel unbeschriebenes Manuskriptpapier und einige Aktenordner waren in zwei Kartons geschichtet. In einen Korb hatte Anneliese seine Schreibgeräte, den Locher und den Seitenhefter gepackt. Dazu ein paar Erinnerungsfotos, die in seinem Regal gestanden hatten.

Christian hörte die Tür ins Schloss fallen und trat ans Fenster. Nach einigen Augenblicken sah er seine Frau in ihrem grauen Sportanzug, die Kapuze des Pullis über den Kopf gestülpt, losrennen.

Christian packte einen weiteren Karton im Badezimmer und trug alles hinunter in den Hof. Er verlud seine Habseligkeiten in den Kofferraum und auf die Rückbank seines Autos. Noch einmal kehrte er in die Wohnung zurück. Mit langsamen Schritten ging er durch die Zimmer. Waren sie hier glücklich gewesen? Sie hatten immerhin eine gute Zeit gehabt, so viel konnte man sagen. Mit diesem Gedanken verließ er das Haus.

Kemal

Der stürmische Wind hatte nachgelassen, der Regen fiel nun gleichmäßig vom Himmel. Auf den Straßen waren aus den Pfützen kleine Seen geworden. Christian nahm wieder den Weg über die Schwäbische Alb. Als er kurz vor Zainingen den Wagen gemächlich durch eine lang gezogene Linkskurve steuerte, tauchte links ein Hang auf, über dem die Bügel eines Skilifts im Wind schaukelten. Er hielt in einer Bucht an. Dort drüben, an der Hütte, war Peter zum ersten Mal auf Skiern gestanden. Es war ein heller Wintertag gewesen, der Himmel blitzblau und ohne ein Wölkchen. Die Sonne stand hoch über dem Tannenwald, der sich links und rechts der Skipiste den Berg hinaufzog. Der kleine Peter fuhr im Schlepplift zwischen den Knien seines Papas hinauf zu der Kuppe, und ohne dass man ihm viel erklären musste, glitt er in breiten Pflugbögen hinunter zur Talstation. Er wirkte ernst und konzentriert dabei, und erst als er unten angekommen war, stieß er ein paar Begeisterungsschreie aus. Sie waren danach jeden Winter in die Skiferien gefahren, meist nach Damüls im Bregenzer Wald. Christian wischte sich die Tränen aus den Augenwinkeln und ließ den Motor wieder an. Warum nur hatte der Liftbesitzer die Bügel des Skilifts nicht abgebaut, als der Winter vorbei war?

Als Christian Stuttgart erreichte, fuhr er nicht nach Kaltental in seine Wohnung, sondern nahm den Weg in die Innenstadt und fand sich gegen 13 Uhr vor Kemals Restaurant wieder. Die Rollläden waren herabgelassen. An der Tür hing ein handgemaltes Schild: »Wir haben auf unbestimmte Zeit geschlossen.« Mehr stand da nicht. Kopfschüttelnd stieg Christian Ebinger wieder in seinen Wagen und fuhr nun doch nach Hause. Er parkte das Auto so dicht wie möglich beim Haus und schickte sich an, den ersten Karton auszuladen. »Kann ich dir helfen?« Christian fuhr herum. Vor ihm stand Kemal Yüksül. »Wo kommst du denn her?«, fragte Christian.

»Erzähl ich dir gleich!«

»Was ist los, Mann, ich war vor einer Viertelstunde vor deinem Laden. Du hast geschlossen?«

»Mir blieb nichts anderes übrig.« Der Wirt packte den schwersten Karton und ging um die Giebelseite des Gebäudes herum voraus zur Haustür auf der Gartenseite. Christian schloss auf. Dicht hintereinander stiegen sie die Treppe hinauf. In der Wohnung stellten sie die Kartons im Flur ab. Christian ging zu dem großen Dachflächenfenster und riss es auf, um frische Luft hereinzulassen. Kemal war da schon wieder die halbe Treppe hinunter, um den nächsten Umzugskarton zu holen.

Zwanzig Minuten später saßen sie an dem niedrigen Couchtisch, Kemal auf dem schmalen zweisitzigen Sofa unter der schrägen Wand, Christian in seinem bequemen Ledersessel. Der Hausherr hatte Kaffee gekocht und im hinteren Teil seines Geschirrschrankes noch eine Dose Kekse gefunden. »Also, was ist passiert?«, fragte er nun den Freund.

»Das geht seit etwa einem halben Jahr. Aus unserer Kasse verschwindet immer wieder Geld. Keine riesigen Beträge, aber immerhin mal zwanzig, mal fünfzig Mark, manchmal auch mehr. Mir war lange ein Rätsel, wie das passieren konnte. Mein Koch ist über jeden Zweifel erhaben. Meine Küchenfrau auch. Beide arbeiten seit Jahren bei mir, und noch nie ist etwas vorgekommen. Ganz im Gegenteil. Als ich mal finanziell klamm war, haben beide zwei Monate lang auf ihren Lohn verzichtet, das heißt, sie haben nicht darauf verzichtet, aber mir die Zahlung gestundet. Und außer uns dreien arbeitet ja niemand bei mir.«

»Und dieser Mann, der neulich abends kam?«

»Das ist der Mann der Küchenfrau, habe ich dir, glaube ich, gesagt. Aber der war's auch nicht.«

»Du weißt also, wer's war?«

»Ja. Der Sohn von den beiden. Er kommt oft bei uns vorbei, macht seine Hausaufgaben irgendwo in einer Ecke, isst umsonst zu Mittag, hilft sogar seiner Mama gelegentlich bei ihrer Arbeit. Tja. Und wenn keiner guckt, langt er in die Kasse. Ich habe ihn letzte Woche dabei ertappt. Und natürlich habe ich seine Mutter gleich geholt. Ich hatte den 50-Mark-Schein noch in der Hand, den ich ihm weggenommen habe. Aber Aishe, so heißt sie, hat gleich losgeschrien. ›Mein Sohn stiehlt nicht. Das nimmst du zurück‹ und so weiter. Und da habe ich falsch reagiert. Ich habe die Polizei geholt. Die haben ihr Handwerk verstanden, die von der Polizei. Sie haben dem Jungen so zugesetzt, dass er alles gestanden hat. Aber Aishe hat immer nur geschrien: ›Alles Lüge! Alles Lüge!‹ Dann hat sie ihren Mann bei der Arbeit angerufen, und der ist am Abend gekommen. Spät erst, weil er Schicht arbeitet beim Daimler. Er drohte mir die Rache seiner Familie an. Recep, so heißt der Mann, sagte, sein Clan werde nicht auf sich sitzen lassen, dass ich einen türkischen Landsmann der deutschen Polizei ausgeliefert habe und das auch noch mit ganz falschen Anschuldigungen. Landsmann! Der Junge ist dreizehn Jahre alt! Ich sagte, wenn ihr mir etwas tut, hole ich wieder die Polizei. Und er: ›Wenn die deutschen Bullen mich einsperren, gibt es immer noch neun Männer in unserer Familie, die mich rächen werden. Du wirst keinen Tag deines Lebens mehr sicher sein.‹ Ich hab die ganze Familie rausgeschmissen und Aishe die Schlüssel abgenommen und sie fristlos entlassen.«

»Meinst du, die machen wirklich ernst?«, fragte Christian dazwischen.

»Sie sind noch in der gleichen Nacht wiedergekommen. Ich hab sie aus meiner Wohnung im zweiten Stock gesehen. Ich konnte sowieso nicht schlafen und bin alle paar Minuten ans Fenster gegangen. Gegen vier Uhr sind sie mit zwei Autos vorgefahren. Sie hatten Holzknüppel und Eisenstangen dabei. Ich hab sofort die Polizei gerufen. Aber bis die kam, hatten die schon drei Fenster zum Lokal und die Souterrainfenster zur Küche eingeschlagen.«

»Und, hat die Polizei sie festgenommen?«

»Die sind mit Martinshorn und Blaulicht angerauscht, sodass man sie schon von Weitem hören konnte. Zeit genug für Recep und die anderen, abzuhauen.«

»Aber du weißt, wer es war, also kannst du sie anzeigen.«

»Ich hab zwar keinen solchen Clan wie die, aber ein paar nahe Verwandte gibt es doch: Meine Schwester und ihren Mann, und die haben vier Kinder, meine Schwiegereltern, meine geschiedene Frau, mit der ich mich immer noch gut verstehe. Die werden sie genauso terrorisieren wie mich, und dann natürlich auch meine Gäste. Das dauert nicht lange, und ich bin pleite.«

»Und was willst du jetzt machen?«

»Kann ich denn ein paar Tage bei dir bleiben?«

»So lange du willst. Und danach?«

»Mal sehen, sie werden mir ein Angebot machen ...«

»Was werden die?« Christian sah den Freund verständnislos an.

»Sie werden mir sagen, was es mich kostet, mich freizukaufen.«

»Und da würdest du dich drauf einlassen?«

»Kommt auf den Preis an.«

Am Sonntagmorgen brachte der Eilbote wie jede Woche die neueste Ausgabe des SPIEGEL, die tags darauf, am Montag, erscheinen würde. Wie immer blätterte Christian hastig die Seiten des Deutschland-Ressorts durch. Tatsächlich: Hentschke hatte den Artikel mit den neuen Informationen über den Atommüllfund in Weihersbronn ins Blatt gehoben, nachdem der Text über zwei Wochen in der Schublade gelegen hatte. Stefanie Bornscheins Freund tauchte durchgängig als ›ein Techniker im KKW‹ auf. Allerdings stand da: ›Name ist der Redaktion bekannt.‹

Kemal war nur kurz aufgestanden, hatte sich aus Christians Bücherregal einen Kriminalroman genommen und war damit wieder im Gästezimmer verschwunden. Er werde das Haus vorerst nicht verlassen, hatte er noch kurz hingeworfen, »aber ich will dich nicht stören«. Christian machte sich daran, die Kartons aus Blaubeuren auszupacken. Um die Mittagszeit legte er sich wieder hin, um sich der Lektüre des neuesten SPIEGEL zu widmen.

Kurz nach 16 Uhr klingelte sein Telefon. Kommissar Merkle war am Apparat. »Das nennen Sie also kooperative Zusammenarbeit?«, brüllte er.

»Worum geht's denn?«

»Um den Artikel, der morgen in Ihrem Blatt steht.«

»Was für ein Artikel?«

»Jetzt stellen Sie sich bloß nicht dumm, Ebinger.« Das war nach Christians Erinnerung das erste Mal, dass ihn Merkle so ansprach.

»Wie kommen Sie überhaupt an die neue Ausgabe? Die erscheint erst morgen.«

Merkle lachte auf. »Noch so eine dumme Frage. Ich wollte nur wissen, ob Sie da sind. In zwanzig Minuten bin ich bei Ihnen.«

Noch ehe Christian Ebinger etwas sagen konnte, hatte der Kommissar aufgelegt.

Christian ging zum Gästezimmer, klopfte und öffnete die Tür einen Spalt. »Da kommt gleich ein Kommissar von der Kripo.«

Kemal sprang mit einem Satz aus dem Bett. Er trug nur Boxershorts und ein Unterhemd. »Ich hab doch gesagt, ich will mit der Polizei nichts zu tun haben.«

»Es geht nicht um dich«, beruhigte ihn Christian. »Er kommt meinetwegen. Wäre aber vielleicht eine Gelegenheit …«

»Auf keinen Fall«, unterbracht ihn Kemal. »Besser, ich verlass so lange das Haus.« Er griff nach seinen Kleidern.

»Wie du meinst.« Zum ersten Mal keimte so etwas wie Misstrauen in Christian auf. Fünf Minuten später stand der Türke angezogen vor ihm. »Was meinst du, wie lange das dauert?«

»Keine Ahnung. Aber länger als eine Stunde kaum. Du kannst ja kurz anrufen, bevor du zurückkommst. Eine Telefonzelle steht unten an der Kaltentaler Abfahrt.«

»Kann ich denn dein Auto haben?«, fragte Kemal.

Christian warf ihm den Autoschlüssel zu. »Die Fahrzeugpapiere sind im Handschuhfach.«

»Soll man aber nicht machen.«

»Bring sie halt nachher mit rauf.«

»Mach ich. Und wenn du willst, koch ich gegen Abend was für uns.« Damit verließ Kemal die Wohnung.

Es dauerte keine fünf Minuten, da ertönte die Klingel im Dauerton. Christian drückte auf den Türöffner und stellte sich ins Treppenhaus. Er hörte, wie der Kommissar die Treppen heraufstapfte und dabei kurzatmig schnaufte. »Aufzug haben wir leider nicht«, sagte Christian feixend, als der Polizist um die letzte Treppenbiegung kam.

»Hier wohnen Sie also?« Der Kommissar ging an Christian vorbei, ohne ihm die Hand zu reichen. Er marschierte direkt ins Wohnzimmer und ließ sich in den Ledersessel fallen. »Sie haben also den Atommüllfall gelöst, ja?«

»Möchten Sie einen Kaffee?«

»Nein!«

»Sonst etwas, Mineralwasser, Saft, ein Glas Bier oder Wein?«

»Nein!«

Christian nahm auf dem Sofa Platz.

»Ich will den Namen von diesem Techniker!«, sagte Julius Merkle grob.

»Den hab ich selber nicht.«

»Hören Sie doch auf, mich zu verarschen, Mann.«

»Wirklich. Alle Informationen sind mehrfach überprüft. Alles, was in dem Artikel steht, stimmt. Aber mein Informant«,

Christian ließ es bewusst bei der männlichen Form, »ist nicht bereit, den Namen des Technikers preiszugeben.«

»Dann will ich den Namen Ihres Informanten.«

Christian lehnte ab. »Tut mir leid.«

Merkle wuchtete sich aus dem Sessel heraus und ging zu dem großen Dachflächenfenster hinüber. »Schöner Ausblick.«

»So was Ähnliches hat Ihr Kollege Stenzel vom Staatsschutz auch schon gesagt.«

»Gut, dass Sie ihn erwähnen. Wir haben grade gestern noch mal über Ihrer Akte gesessen.«

»Meiner Akte?«

»Beihilfe zu Mord, Mordversuch, Banküberfällen und Bombenanschlägen in mehreren Fällen.«

Christian merkte, wie die Kälte in seinen Körper kroch. »Das Verfahren ist niedergeschlagen worden.«

»Das Verfahren ist nicht eröffnet worden, weil damals die Dimension der Tatsache, dass Sie ein Fahrzeug für die RAF angemietet haben, noch nicht erkennbar war.«

»In der fraglichen Zeit ist nichts passiert ...«

»Das spielt doch keine Rolle. Er kann das Auto benutzt haben, um weitere Verbrechen vorzubereiten. Die Staatsanwaltschaft muss sich darum kümmern.«

»Sie wollen mich erpressen?«

»Ich will den Namen Ihres Informanten, weiter nichts.«

»Weiter nichts? Sie kommen hierher und setzen mich unter Druck, so ist es doch.«

»Warum sind Sie denn so bockig, Ebinger ...«, wieder diese Anrede ohne »Herr«, »man kann doch über vieles reden.«

»Jaja, das hab ich schon mal gehört. Aber wissen Sie was? Am besten bringen wir das ein für alle Mal hinter uns. Ich bin eh grade an einem Punkt, wo sich mein Leben ganz neu zusammenschüttelt. Ich bekenne öffentlich, dass ich die Dummheit gemacht habe, für ein RAF-Mitglied ein Auto zu mieten. Ich gebe sogar zu, für welche Person. Ich lasse das Strafverfahren auf mich zukommen und trage alle Konsequenzen. Und gleichzeitig veröffentliche ich, dass der Fall zu den Akten gelegt wurde, schon vor Jahren. Heute aber wird er wieder von einem Kommissar ausgegraben, um mich zu erpressen, einen Informanten preiszugeben. Das wird dann vermutlich mein letzter SPIEGEL-Artikel gewesen sein, aber wir haben dann endlich klare Verhältnisse.«

Julius Merkle setzte sich wieder in den Sessel und starrte den Redakteur aus zusammengekniffenen Augen an. »Sie meinen das ernst?« Es klang wie eine Feststellung, nicht wie eine Frage.

Christian nickte. »Gleich morgen rede ich mit meinem Chef in Hamburg darüber.«

»Jetzt hätt ich doch gerne etwas zu trinken«, sagte der Kommissar. »Am liebsten eine Weißweinschorle, wenn sich das machen lässt.«

Christian ging in die Küche, um das Getränk zu mischen. Sich selbst schenkte er einen Weißwein ohne Wasser ein und kam mit den beiden Gläsern zurück. Sie tranken, ohne sich zuzuprosten. Als Merkle sein Glas absetzte, sagte er: »Jetzt halten Sie erst einmal die Füße still. Es ist ja noch nichts passiert. Aber vielleicht können Sie mir doch einen Tipp geben, wie ich bei meinen Ermittlungen in Weihersbronn weiterkomme.« Der Ton des Kommissars hatte sich völlig verändert. Jetzt war er wieder dieser freundliche, vermeintlich gutmütige Beamte, den Christian seit seinen Anfängen als Korrespondent in Stuttgart kannte.

»Tut mir wirklich leid. Ich wüsste nicht, wie so ein Tipp aussehen könnte. Aber sobald mir etwas dazu einfällt, melde ich mich.«

Der Kommissar trank sein Glas aus und erhob sich mit einem tiefen Seufzer. »So schlag ich mir den Sonntag um die Ohren, und was kommt raus? Nichts!«

»Ihrer Familie wird das nicht gefallen«, sagte Christian.

»Ich hab keine Familie. Nicht mal Geschwister.« Wie er so dastand, mit hängenden Augenlidern und hängenden Armen, sah Julius Merkle auf einmal aus wie der Ritter von der traurigen Gestalt. Dabei glich er doch äußerlich eher der Figur des Sancho Pansa.

Kemal kam erst nach acht Uhr am Abend zurück. Er sei bei einem Vetter in Pforzheim gewesen, der dort auch eine Gaststätte betreibe. Von dort hatte er, in Stanniol eingeschlagen, zwei halbe Hähnchen, Fladenbrot und in einem kleinen Topf fertig gekochtes Gemüse mitgebracht. »Muss man nur noch warm machen.«

Eine Viertelstunde später saßen sie am Küchentisch. »Was wollte denn der Polizist?«, fragte der Türke.

Christian erzählte es, und Kemal sagte: »Die kommen doch sowieso dahinter, wer dieser Ingenieur ist. Da hättest du es ihm auch gleich sagen können, und du hättest dir ein paar Bonuspunkte bei ihm verdient.«

Christian musterte den Freund. »Das wäre ein richtiger Verrat, siehst du das denn nicht auch so?«

Kemal wiegte den Kopf hin und her. »Es ist immer alles eine Gutsabwägung, oder wie heißt das genau?«

»Eine Güterabwägung. Ganz recht. Aber in diesem Fall kann die Entscheidung nur so und nicht anders ausfallen.«

»Wie du meinst.« Kemal räumte das Geschirr ab und begann, es abzuwaschen.

»Ich hab einen Geschirrspüler«, sagte Christian.

Kemal winkte ab. »Das ist Routine bei mir.«

Sie zogen mit einer Flasche Rotwein und zwei Gläsern ins Wohnzimmer um. »Morgen bin ich weg«, sagte Kemal.

Christian sah ihn überrascht an.

»Mein Cousin in Pforzheim hat seinen Bruder in Kopenhagen angerufen. Ist also auch ein Cousin von mir. Er hat dort ein großes Hotel mit einem angesehenen Restaurant. Und er sucht einen Chefkoch. Ich kann gleich anfangen.«

»Und was wird aus dem Turkuaz?«

»Weiß nicht. Der Hausbesitzer wird es wieder verpachten. Sobald ich im Ausland bin, melde ich mich bei ihm.«

»Und deine Wohnung?«

»Übernimmt ein guter Freund von mir. Er sucht schon lange. Du weißt ja, für Ausländer ist es nicht so einfach, eine Wohnung zu finden.«

»Ist denn dein Hausbesitzer damit einverstanden?«

Kemal lachte. »Er ist selber Türke. Die beiden kennen sich. Vielleicht kannst du mich morgen früh zum Flughafen bringen. Ein Ticket hab ich schon.«

»Was? Das hast du auch noch geschafft?«

»Kein Problem.« Kemal lächelte zufrieden.

»Menschenskind, einer, der innerhalb eines Wochenendes alle seine Probleme auf einmal so elegant löst, ist mir auch noch nicht untergekommen.« Christian hob sein Glas. Er musste zugeben, dass er froh war, seinen Gast so schnell wieder loszuwerden.

»Wann geht denn dein Flieger?«

»Leider schon um 8 Uhr 50. Direkt nach Kopenhagen.«

»Irgendwie sieht das alles aus, als wärst du auf der Flucht«, sagte Christian.

Kemal fuhr auf. Sein Gesicht verfinsterte sich. »Hast du eine Ahnung, was ich mir alles habe gefallen lassen müssen, als ich hier angefangen habe. ›Kameltreiber‹ war noch der freundlichste Name, den mir manche gegeben haben. Schon nach einem Vierteljahr wusste ich: In diesem Land werde ich nicht bleiben. Und nach allem, was jetzt passiert ist …«

»Aber es sind doch Landsleute von dir, die dir so zugesetzt haben.«

»Das macht das Ganze noch schlimmer. Jetzt, wo mich viele Deutsche anerkannt haben, kommen die Türken und schlagen auf mich ein.«

»Nun übertreib mal nicht.«

»Ach, du hast doch keine Ahnung!« Kemals Gesicht hatte sich in der Wut dunkelrot verfärbt. Christian hatte den türkischen Wirt noch nie so erlebt. In seinem Lokal war er immer freundlich, immer konziliant gewesen, auch wenn ein Gast einmal frech oder arrogant geworden war.

»Lass gut sein«, sagte Christian. »Wir wollen uns an deinem letzten Abend hier nicht streiten.«

»Tut mir leid.« Kemal trank sein Glas aus. »Es ist mir zwar peinlich, aber könntest du mir was leihen? Ich hab mein letztes Geld für das Flugticket ausgegeben.«

Christian ging zu seinem Schreibtisch im Wohnzimmer und kam mit 500 Mark wieder. »Tut mir leid, mehr hab ich nicht im Haus.«

»Das hilft mir schon ein wenig weiter. Weißt du, wie man bei uns in der Türkei sagt? – ›Wenn du reich bist an Geld, dann hast du überall Freunde, die wiederum Freunde deines Geldes sind.‹ – Danke dir!«

Kurz vor acht Uhr am nächsten Montagmorgen stoppte Christian seinen Wagen vor der Abflughalle. »Na dann!«, sagte er. »Guten Flug!«

Kemal drückte ihm lange die Hand. »So einen Freund wie dich kann man suchen. Ich ruf dich an, sobald ich in Kopenhagen Fuß gefasst habe. Das Geld überweise ich dir so schnell wie möglich.«

»Ja, mach das. Und jetzt raus hier. Keine Sentimentalitäten!«, sagte Christian.

Kemal lachte, stieg aus, holte sein Gepäck aus dem Kofferraum und verschwand durch die Drehtür im Inneren des Flughafengebäudes, ohne sich noch einmal umzuschauen.

Christian Ebinger fuhr in die Innenstadt. Stellte sein Auto in der Breuninger-Garage ab und ging in das altehrwürdige Café Nast, um zu frühstücken. Dabei blätterte er in ein paar von den Tageszeitungen, die auf einem kleinen Regal ausgelegt waren. Im Polizeibericht der Stuttgarter Nachrichten stieß er auf eine Meldung über den Einbruchsversuch in das Lokal Turkuaz. Er zahlte und beschloss, an der Gaststätte in der Haußmannstraße vorbeizufahren.

Die Tür zum Lokal stand offen. Zwei Männer standen an der Theke und unterhielten sich. Dass Ebinger hereingekommen war, registrierten sie zunächst nicht. »Wir können alles so lassen«, sagte der Mann, der an der rechten Ecke des Tresens stand, »ist ja wirklich ein schönes Lokal.«

»Ja, nicht wahr«, sagte der andere. »Ich bin auch sicher, dass Sie den Koch übernehmen können. Wenn Sie wollen, rede ich mit ihm.«

»Das wäre mir sehr recht.«

Die beiden Männer standen mit dem Rücken zur Tür und bemerkten den Neuankömmling noch immer nicht.

»Aber ich muss Sie bitten, die Pacht für drei Monate im Voraus zu bezahlen. Ich möchte nicht noch mal so etwas erleben wie mit Yüksül.«

»Ist er Ihnen etwa die Miete schuldig geblieben?«, fragte Christian Ebinger. Die beiden fuhren herum.

»Wer sind Sie?«, fragte der Mann, der offensichtlich der Vermieter war.

»Christian Ebinger. Ich bin Journalist und war regelmäßig Gast hier im Turkuaz. Herr Yüksül ist fast so etwas wie ein Freund von mir.«

»War er für mich auch. Aber jetzt hat er mich ein halbes Jahr vertröstet. Seine Zahlungen immer wieder aufgeschoben. Manchmal hat er mir einen kleineren Betrag überwiesen. Und wie ich jetzt höre, hat er es genauso mit seinen Lieferanten gemacht.«

»Das kann ich kaum glauben«, Christian trat vollends bis zum Tresen vor. »Das passt gar nicht zu ihm. Übrigens wurde er von der Familie der Küchenfrau bedroht.«

»Ich weiß. Das war wirklich eine unangenehme Sache. Aber ich fürchte, er hat sie als Chance genutzt, um hier zu verschwinden und all seine Schulden zu hinterlassen. Ich möchte nicht wissen, wer nun sonst noch alles auf sein Geld wartet. Vergeblich natürlich, denn der Herr ist ja spurlos verschwunden.«

Christian war es nicht wohl bei dem Gedanken, dass er es gewesen war, der Kemal Yüksül vor knapp zwei Stunden am Flughafen abgeliefert hatte. »Ich versteh das nicht. Das Lokal lief doch prima. Kemal lebt alleine. Finanziell geht es ihm doch bestimmt nicht schlecht.« Plötzlich fragte er sich, ob er seine 500 Mark je wiedersehen würde.

Der Mann, der bisher nicht gesprochen hatte, sagte: »Kennen Sie nicht den schwäbischen Grundsatz: ›Wir haben unser Geld vom Nichtausgeben‹? Herr Yüksül war manchmal schwäbischer als die Schwaben. Als armer Mann ist er jedenfalls nicht verschwunden.«

»Und Sie werden das Lokal jetzt weiterführen?«, fragte Christian.

»Ja. Sobald die Fenster wieder eingesetzt sind. Und ich hoffe natürlich, dass die Gäste dem Haus treu bleiben.«

Christian verließ mit einem kurzen Gruß die Gaststätte.

Gegen zehn Uhr war er in der Redaktion. Aus Hamburg lag ein Fernschreiben vor. William Hentschke kündigte für den nächsten Tag sein Kommen an. Er werde, wie immer, im Schlossgartenhotel nächtigen, schrieb er, und stehe den Tag über zu Besprechungen zur Verfügung. Hauptthema: Die Berichterstattung über den demnächst beginnenden Baader-Meinhof-Prozess in Stuttgart-Stammheim. Hentschke bat um einen Rückruf, möglichst noch vor Beginn der Redaktionskonferenz um elf Uhr. Christian rief sofort an.

»Passt Ihnen das morgen?«, fragte sein Chef.

»Ja, sehr gut sogar. Wann kommt Ihr Flieger?«

»11 Uhr 20. Aber Sie müssen mich nicht abholen.«

»Mach ich aber gern.«

»Ja gut. Dann machen wir das so, und am Abend fahren wir ins … – wie heißt das Tal?«

»Remstal. Der Ort heißt Stetten, die Gaststätte ›Idler‹ und der Wein Stettener Pulvermächer.«

»Perfekt!« Hentschke legte auf. Einen Augenblick hatte Christian Ebinger überlegt, ob er von dem sonntäglichen Besuch des Kriminalkommissars erzählen sollte. Aber nun war er ganz froh, dass der Ressortleiter das Gespräch so abrupt beendet hatte.

Besuch aus Hamburg

Die Maschine landete pünktlich. Hentschke, der alle seine Mitreisenden um gut einen Kopf überragte, trat unter den Ersten aus dem Ankunftsraum. Er reichte Christian Ebinger kurz die Hand. »Wo steht Ihr Auto?«

»Direkt vor der Tür!«

»Den Strafzettel nehmen Sie wohl billigend in Kauf, was?«

»Ist ja nur kurz. Außerdem liegt das Presseschild auf dem Armaturenbrett.«

»Und wir fahren bitte über diese Steige … wie heißt die noch mal?«

»Weinsteige.«

»Ja, die fahren wir runter, auch wenn es ein bisschen länger dauert.« Hentschke warf sich auf den Beifahrersitz und schmiss seine kleine Reisetasche achtlos nach hinten. »Irgendwer hat doch mal geschrieben, das sei die schönste Straßenbahnstrecke Europas, oder?«

»Ja. In den 1820er-Jahren erbaut und 1831 eingeweiht. Kostenpunkt sechsundsiebzigtausend Gulden.« Christian war stolz, dass er die Fakten parat hatte.

»Wie viel das wohl heute wäre?«

»Hat mal einer ausgerechnet. Mindestens fünf Millionen Mark. Aber jetzt gibt es Pläne, die Straßenbahn in einen Tunnel zu verlegen und die Fahrbahn ganz für den Autoverkehr freizugeben.«

»Warum nicht umgekehrt?«

»Wie bitte?«

»Warum schickt man nicht die Autos durch einen Tunnel und lässt diese wunderbare Panoramastraße der Tram und den Fußgängern?«

»Tatsächlich gibt es solche Vorschläge«, sagte Christian Ebinger.

»Ja, dann schreiben Sie drüber. Ist doch ein tolles Thema!«

Ein paar Augenblicke schwieg Hentschke und widmete sich ganz dem Blick auf die Stuttgarter Innenstadt, die wie hingekuschelt in ihrer Kuhle lag. »Fahren Sie langsamer, das ist ja wirklich ein ganz wunderbarer Blick. Dieses viele Grün zwischen den Häusern. – Sagen Sie, wird an den Hängen da links noch Wein angebaut?«

»Ja, ein ganz passabler Trollinger sogar.«

»Und die Hänge dort drüben?«

»Das ist der Killesberg.«

»Der Blick von hier muss nachts auch toll sein«, sagte Hentschke nach einer Weile.

»Manfred Esser hat in seinem Ostend-Roman geschrieben, Stuttgart sehe dann aus ›wie eine lichtbekränzte Königin‹.«

»Romantiker, was?«

»Ich finde, es ist eine schöne Formulierung.«

Ein Autofahrer hupte und schoss kurz danach an ihnen vorbei, dabei wischte er mit der flachen Hand vor der Stirn hin und her. Hentschke lachte. »Jaja, Zeit ist Geld, nicht wahr? Vor allem hier in Schwaben.«

Christian Ebinger hatte seinen Chef noch nie so gelöst und gut gelaunt erlebt.

Als sie mit dem Aufzug aus der Tiefgarage in den sechsten Stock fuhren, sagte Hentschke: »Ihr Artikel über den Atommüllfund war wirklich gut!«

Christian sah ihn überrascht an. Für Hentschke hatte noch immer der Satz gegolten: Nichts gesagt ist gelobt genug! – was im Übrigen nichts anderes war als die hochdeutsche Fassung eines schwäbischen Spruches.

»Danke, aber …«

»Was aber?«

»In dem Artikel steht, der Redaktion sei der Name des Technikers bekannt …«

»Zur Not finden Sie ihn doch, oder?«

»Ungern!«

»Machen Sie sich keinen Kopf, Herr Ebinger, wir haben Erfahrung darin, unsere Informanten zu schützen. Ich hab alles mit der Chefredaktion und unserem Rechtsberater besprochen. Deshalb hat es auch ein bisschen länger gedauert, bis wir den Artikel endlich bringen konnten.«

Christian Ebinger schloss die Tür zum Bürotrakt auf. Sie gingen den langen Korridor hinunter. Im Vorbeigehen grüßte Hentschke die beiden Anzeigenvertreter mit einem kurzen Zuruf durch die offene Bürotür. Im Sekretariat reichte er Gaby Heil und der Mitarbeiterin der Anzeigenabteilung die Hand und bat die Redaktionssekretärin um einen Kaffee.

»Schon fertig«, sagte Gaby Heil.

Hentschke und Christian zogen sich in Christians Büro zurück. Der Ressortleiter setzte sich ganz selbstverständlich auf Ebingers Platz und legte die Beine auf den Tisch, nahm sie aber gleich wieder herunter, als Gaby mit einem Tablett hereinkam, auf dem eine Kanne Kaffee, zwei Tassen, Zuckerwürfel auf einer Untertasse, ein Milchkännchen, zwei Croissants und zwei mit Butter bestrichene Laugenbrötchen platziert waren. Sie schenkte ein, sagte: »Wenn Sie noch was brauchen – ich bin ja da«, verließ das Büro und zog die Tür hinter sich zu.

»Zu der kann man Sie beglückwünschen«, sagte Hentschke, griff mit der rechten Hand nach einem Croissant und legte mit der linken einen Notizblock auf den Tisch. »Das ist mein Plan für heute: Wir zwei reden erst mal ein, zwei Stunden. Dann checke ich im Hotel ein, leg mich für eine Stunde aufs Ohr. Danach holen Sie mich ab, und wir fahren nach Stammheim. Ich will mir den Monsterbau ansehen, der da nur für diesen Prozess hochgezogen wurde. Ist das okay?«

»Ja, absolut!«

»Und am Abend dann ins Remstal.«

Bevor Hentschke damit beginnen konnte, seine Planungen für die Berichterstattung über den bevorstehenden RAF-Prozess zu erläutern, erzählte ihm Christian von seinem sonntäglichen Gespräch mit Kriminalkommissar Merkle. Er hatte zwar früher schon davon gesprochen, dass er einige Mitglieder der Baader-Meinhof-Gruppe, wie man sie damals noch nannte, flüchtig gekannt habe, hatte aber stets für sich behalten, dass er einmal ein Auto für eines ihrer Mitglieder gemietet hatte. Jetzt legte er die Fakten auf den Tisch.

Hentschke starrte ihn ungläubig an. »Hab ich das richtig verstanden, Sie haben ein Auto gemietet, mit dem dieser RAF-Verbrecher drei Tage lang rumgefahren ist?«

Christian Ebinger nickte nur.

»Ja, waren Sie denn von allen guten Geistern verlassen? Und die Polizei weiß das?«

Wieder nickte Christian nur.

»Und woher weiß die das?«

»Keine Ahnung!«

Hentschkes Augen wurden immer größer. »Das glaub ich jetzt nicht! Was haben Sie denn diesem Kommissar genau gesagt?«

Christian versuchte, es möglichst im Wortlaut wiederzugeben. Der Ressortleiter hörte aufmerksam zu, nickte ein paarmal und sagte schließlich: »Na, immerhin. Da scheinen Sie ja wenigstens Ihre fünf Sinne beisammengehabt zu haben.«

»Wenn das für mich irgendwelche Konsequenzen hat …« Christian klang ziemlich kleinlaut.

»Damals waren Sie noch nicht beim SPIEGEL, und seitdem Sie bei uns sind, haben Sie sich so einen hirnrissigen Fehler ja noch nicht geleistet, soviel ich weiß. Trotzdem werde ich mit der Chefredaktion und unserem Justiziar darüber sprechen. Ich will es sofort wissen, wenn die Polizei oder die Staatsanwaltschaft wieder einmal versuchen sollte, Sie damit unter Druck zu setzen. Und jetzt genug davon!«

Den restlichen Tag über erwähnte Hentschke die Geschichte mit keinem Wort mehr. Er machte klar, wen er in die Prozessberichterstattung einbinden wollte. »Rolf Lohbrecht kennen Sie ja. In der Hamburger Redaktion wird der Kollege Sternberg der zuständige Redakteur sein. Die Federführung wird mein Stellvertreter Manowski übernehmen, und für Sondereinsätze haben wir immer noch Alex Jaschke. Der ist Jurist, genau wie Sternberg und Lohbrecht.

»Und was bleibt für mich?«, fragte Christian.

»Sie sitzen an jedem Verhandlungstag im Gerichtssaal und halten die Kollegen und natürlich auch mich auf dem Laufenden.«

Die Besichtigung des Gefängnisareals in Stammheim verlief frustrierend. Die Leitung der Vollzugsanstalt verweigerte den beiden Journalisten den Zutritt zu dem monströsen Beton-Neubau, der eigens für den Prozess errichtet worden war. Immerhin konnte man sehen, welchen Sicherheitsaufwand die Behörden trieben. Das Gerichtsgebäude, das auf einem Kartoffelacker neben dem Hochsicherheitsgefängnis Stuttgart-Stammheim in Rekordzeit gebaut worden war, erwies sich als ein grauer Bunker aus Beton und Stahl. Die Justizbehörden sprachen immer nur von der Mehrzweckhalle, die später als Werkhalle für die Häftlinge der Vollzugsanstalt verwendet werden solle. Auch eine Nutzung als Sporthalle erschien denkbar. Selbstverständlich könne man das Gebäude aber auch wieder als Gerichtsgebäude für andere ›sicherheitsrelevante‹ Prozesse verwenden. Der Betonklotz – ebenso wie der Hofgang des Gefängnisses – war mit einem massiven Stahlnetz überspannt, um etwaige Befreiungsversuche mit Hubschraubern unmöglich zu machen. Ebinger wusste, dass die ganze Anlage rund zwölf Millionen Mark gekostet hatte.

»Ich beneide Sie nicht darum, dass Sie sich da drin nun wochen- oder monatelang den Arsch breitsitzen müssen, aber unser Beruf hat halt nicht nur positive Seiten«, sagte William Hentschke, als sie wieder in Christians Auto stiegen.

In der Gaststätte Idler waren sie nicht das erste Mal miteinander. Hentschke sagte der Bedienung, er brauche keine Karte, und bestellte eine Flädlessuppe, danach Maultaschen geschmälzt mit grünem Salat und als Nachtisch Apfelküchle mit Zimt und Zucker und Vanilleeis. Christian Ebinger schloss sich der Einfachheit halber an, auch als sein Chef als Aperitif ein Bier und für danach eine Flasche Stettener Pulvermächer, Riesling Kabinett, bestellte. Die Kellnerin legte die Stirn in Falten. »Eigentlich dät a Roter besser zu dem Essa basse.«

»Trotzdem«, sagte Hentschke, der sich auch hier nicht gerne belehren ließ.

Als sie ihr Bier bekommen hatten, lehnte sich der Ressortleiter weit in seinem Stuhl zurück. »Ich finde es ziemlich stark«, sagte er, »wie schnell Sie trotz Ihres schweren Verlustes wieder in die Arbeit reingefunden haben.«

Christian senkte den Blick. »Es ist mir nicht viel anderes übrig geblieben.«

Hentschke sah seinen Untergebenen intensiv an. »Trotzdem«, sagte er, »bevor dieser Prozess anfängt, sollten Sie einen Urlaub machen. Ich hab mit der Chefredaktion und der Verlagsleitung gesprochen. Wir hätten keinen Einwand gegen einen Sonderurlaub, sagen wir von zwei Wochen.«

»Klingt ein wenig nach Abschiebung«, sagte Christian.

Hentschke warf seinen langen Körper weit nach vorn, so dass er mit seinem Gesicht Christian Ebinger ganz nahe kam. »Quatsch! Ich will, dass Sie voll da sind, wenn's mit dem Prozess ernst wird. Und machen Sie mir nichts vor, Mann, Sie halten sich doch nur mit Mühe aufrecht!« Er lehnte sich wieder zurück. »Ich habe es bei meinem besten Freund erlebt. Seine Tochter war allerdings schon 17, und es war kein Fahrradunfall. Aber die Situation war vergleichbar, und da habe ich aus nächster Nähe erlebt, was das mit einem Vater machen kann.« Christian wollte nicht weiter drüber reden, und Hentschke verstand das offensichtlich. Er wechselte das Thema: »Was sind denn Ihre nächsten Themen, mal abgesehen von dem Baader-Meinhof-Prozess?«

»Der Plan des Ministerpräsidenten, außer den schon bestehenden Atomkraftwerken dreizehn weitere in Baden-Württemberg zu bauen.«

»Na ja, in dem Thema sind Sie ja schon drin. Wird er das schaffen?«

»Schwer zu sagen. Der Widerstand formiert sich bereits. Vor allem in Wyhl.«

»Wo ist das genau?«

»Im Breisgau, in der Nähe von Freiburg, am Fuß des Kaiserstuhls.«

»Ist das nicht auch ein Weinbaugebiet?«

»Ja, sicher, eins mit einem besonders guten Ruf. Und diesmal sind es wohl auch die Weinbauern, die, neben den üblichen KKW-Gegnern, Front gegen das Kernkraftwerk machen.«

»Wissen wir schon mehr darüber?«

»Ich bin mit ein paar Leuten in Kontakt gekommen. Um ehrlich zu sein, die haben den Kontakt zu mir gesucht.«

»Bleibt sich gleich«, sagte der Chef großmütig, »das ist ja oft so. Also?«

»Es gibt mehrere Gruppen, die wollen das Gelände besetzen. Die werden sich da so richtig festklammern, eigene Hütten bauen und einen Versammlungsort. Sie wollen Kulturveranstaltungen mit Schriftstellern, Liedermachern, Kabarettisten und anderen Künstlern machen.«

»Ich hab davon noch nichts gelesen«, sagte Hentschke.

»Ist ja alles auch erst in der Planung, und wenn es zu früh bekannt wird, kann die Staatsmacht …«

»Sie meinen die Regierung«, fuhr der Ressortleiter streng dazwischen.

»Na ja, Filbinger und sein Apparat halt – die können dann dem ganzen Unternehmen einen Riegel vorschieben.«

»Sagen Sie mal: Filbinger stammt doch aus der dortigen Gegend, oder täusche ich mich?«

»Sie haben recht. Freiburg ist sein Wahlkreis.«

Hentschke schüttelte den Kopf. »Und Sie meinen, der zieht das trotzdem durch?«

Christian nickte. »Der Mann ist so, und seine Partei folgt ihm blind.«

»Wann sind die nächsten Wahlen hier in Baden-Württemberg?«

»Nächstes Jahr.«

»Das wird interessant«, sagte Christians Chef.

Die Bedienung brachte das Essen. Die Biergläser waren leer. Hentschke sagte zu der Kellnerin: »Wissen Sie was, wir trinken noch ein Bier und den Pulvermächer erst nach den Essen.«

»Des ischt gscheit«, sagte die Frau. Erst als sie gegangen war, fragte Hentschke Ebinger: »Einverstanden?« Christian musste unwillkürlich lachen. »Ja, natürlich. Für einen Widerspruch wär's ja wohl auch zu spät.«

Pläne

Christian Ebinger hatte mit William Hentschke auch noch besprochen, welches Honorar die Journalistin bekommen sollte, deren Recherchen dem letzten Artikel über den Atommüllfund zugrunde gelegen hatten. Der Ressortleiter erwies sich auch in diesem Fall als großzügig. »Sagen wir siebenhundertfünfzig Mark. Geben Sie unserer Honorarabteilung die Daten der Dame durch. Stichwort: Information Atomkraftwerk Weihersbronn.«

Noch am Abend rief Christian Stefanie Bornschein an. »Wie geht es dir denn?«, fragte sie, noch bevor er seine frohe Botschaft loswerden konnte.

»Mal so, mal so. Ich mach jetzt erst mal zwei Wochen Urlaub. Hat mein Chef verfügt. Ob das gut für mich ist, muss sich erst noch rausstellen. Er hat übrigens noch etwas verfügt. Der SPIEGEL zahlt dir ein Informationshonorar von siebenhundertfünfzig Mark.«

Steffi freute sich: »Da könnt ich ja direkt mit in den Urlaub fahren!« Und bevor er etwas dazu sagen konnte, rief sie: »He, das war nicht ernst gemeint. Du brauchst die Zeit ja sicher für dich ganz alleine.«

»Weiß ich nicht«, gab Christian zurück. »Die Idee klingt nicht schlecht.«

»Ehrlich?«

»Lass mich drüber nachdenken. Ich weiß ja noch gar nicht, wo ich hinfahren soll.«

»Letztes Jahr war ich im Tessin, im Vallemaggia. Das ist ein Seitental des Centovalli. Gute Luft, wunderbare Wanderwege. In der Maggia kann man sogar schwimmen. Und da gibt es überall so kleine Häuschen aus Granitsteinen, die man mieten kann. Ich könnte mal fragen, ob so eins frei ist.«

Christian schwieg.

»Ja, ich weiß«, ruderte Steffi nun zurück, »immer presche ich vor. Vergiss es einfach.«

Christian schluckte seinen kleinen Ärger hinunter. »Sag mir, wen ich dort anrufen kann.«

»Muss ich auch erst suchen. Übermorgen bin ich in Stuttgart. Wenn du eine Stunde für mich Zeit hast, bring ich die Unterlagen mit. Irgendwo muss ich noch Prospekte, einen Reiseführer, Karten und so'n Zeug haben. Aber bei dem Chaos, das bei mir herrscht …«

»Gut. Dann sehen wir uns am Donnerstag, ja?«

»Im Turkuaz?«

»Da kann man im Augenblick nicht hingehen.« Er erzählte Steffi kurz, was er mit seinem Freund Kemal erlebt hatte.

»Glaubst du, er hat dich nur benutzt?«

»Weiß nicht. Erst warte ich mal, bis er sich meldet.«

Sie verabredeten, dass Stefanie vom Bahnhof direkt in die Redaktion kommen sollte. Dann könne sie auch die Formalitäten für die Honorarzahlung erledigen. Essen könnten sie dann in der Zirbelstube, sagte Christian. Das sei ein Restaurant im Hotel am Schlossgarten, also von der Redaktion aus ganz leicht zu Fuß zu erreichen.

Die Formalitäten für die Honorarzahlung erledigte Stefanie gemeinsam mit Gaby Heil, die sich nicht anmerken ließ, was sie über die Beziehung ihres Chefs zu der jungen Journalistin dachte, sich aber besonders freundlich um Steffi kümmerte.

Als sie sich in dem Restaurant an einem Tisch in einer gemütlichen holzvertäfelten Nische niederließen, sagte Steffi. »Lass mich bitte gleich ein Geständnis machen.«

Christian hielt die Luft an. Nicht auszudenken, wenn sie bei ihren Recherchen über den Atommüllskandal geschummelt hatte. Er fühlte, wie die Panik in ihm aufstieg. Sein Hals war plötzlich ganz trocken. »Was denn für ein Geständnis?«

»Ich hatte nichts in Stuttgart zu tun. Das habe ich nur behauptet, weil ich dich wiedersehen wollte.«

Christian stieß die Luft aus. »Mein Gott, hast du mich erschreckt.«

»Was hast du denn gedacht?«

In diesem Augenblick trat ein Kellner an den Tisch und enthob Christian so einer Antwort. Was sie für Getränkewünsche hätten, wollte der Ober wissen.

»Darf ich dich einladen?«, fragte Steffi. »Wo ich doch so ein üppiges Honorar bekomme.«

Christian schüttelte den Kopf. »Nein, dann reicht's für den Urlaub im Tessin nicht mehr.«

Überrascht hob Steffi den Kopf. »Nimmst du mich auf den Arm?«

»Nein, nein. Ich hab drüber nachgedacht. Ich stelle mir das schön vor, wenn du mich für ein paar Tage besuchen kommst. Hast du denn die Unterlagen mitgebracht?«

Steffi zog aus ihrer Umhängetasche einen Stapel bunter Drucksachen. Der Kellner wartete geduldig. Amüsiert nahm er zur Kenntnis, dass aus der Tasche ein buntes Nachthemd und ein Kulturbeutel rutschten. Stefanie schob die Sachen wieder zurück und hob den Kopf. »Zwei Gläser Champagner, bitte!«

Auch Christian hatte die Übernachtungsutensilien gesehen. »Übernachtest du in Stuttgart?«

Sie wurde nicht einmal rot, als sie sagte: »Das hängt ganz von dir ab.«

Außer dem Champagner trank Christian keinen Alkohol. Als sich Steffi darüber wunderte, sagte er: »Ich will mein Auto nicht wieder stehen lassen. Wir können ja nachher bei mir noch eine Flasche Wein trinken.«

Doch dazu kam es nicht. Im Treppenhaus blieben sie immer wieder stehen, um sich zu küssen, und schon unter der Wohnungstür begannen sie, sich ihrer Kleider zu entledigen.

Christian wachte kurz nach sechs Uhr auf. Er stützte sich auf seinen Ellbogen und sah in Stefanies Gesicht. Ihre roten Haare standen wie immer nach allen Richtungen vom Kopf ab, und trotzdem schienen sie sich, auch wie immer, zu einer Frisur zu ordnen. Die vollen Lippen waren halb geöffnet. Sie atmete durch den Mund. Das kleine Grübchen am Kinn schien ein wenig zu zittern. Christian versuchte sich zu erinnern, wann er das letzte Mal mit einer Frau geschlafen hatte. Das war ziemlich lange her, und die Frau war Anneliese gewesen. Er ließ sich auf den Rücken zurückfallen. Peter hatte da noch gelebt.

Urlaub

Als er losfuhr, war der Himmel grau verhangen. Ein leichter Nieselregen ging nieder. Christian Ebinger fühlte sich nicht wohl. Er war noch nie in seinem Leben alleine in den Urlaub gefahren. In Bregenz hielt er zum ersten Mal an. Über dem Bodensee hingen die Wolken tief. Ein diffuses Licht hüllte die Landschaft ein. Die Berge, die doch ganz nahe sein mussten, waren in dem gleichförmigen Grau nicht zu erkennen. Christian war zum Hafen gefahren. Jetzt kaufte er sich an einem Kiosk eine Bratwurst. Beim Blick über den See konnte man schon bald nicht mehr sehen, wo die Wasserfläche endete und der Himmel anfing. Er aß hastig und fuhr bald weiter.

Auf der Höhe von Sargans lichtete sich das triste Grau ein wenig. Links tauchte die Burg Gutenberg in Liechtenstein auf. Christian fuhr weiter über Chur zum San Bernardino. Im Tunnel blieb er hinter einem Lastwagen und überholte nicht. Auf der Südseite der Alpen begrüßte ihn ein strahlend blauer Himmel. Es war schon September, aber hier herrschte Sommer. Christian hielt am ersten Parkplatz an und stieg aus. Er atmete tief durch, dehnte und streckte sich, setzte sich auf ein schmales Mäuerchen und blinzelte in die Sonne. Vielleicht konnte der Urlaub ja doch ganz schön werden.

Locarno durchquerte er, ohne anzuhalten, und erreichte rasch das schmale Sträßchen Richtung Centovalli, wo er eine Bleibe gemietet hatte. Die ganze Zeit hatte er sein Radio nicht eingeschaltet. Jetzt suchte er einen Sender und fand schließlich ein Programm, in dem just in diesem Moment der Kaiserwalzer von Johann Strauß gespielt wurde. Irgendwann bemerkte er, dass er die Kurven im Dreivierteltakt ansteuerte, und zwang sich dazu, wieder vernünftig ganz rechts zu fahren. Auf dem letzten Stück folgte er einer Skizze, die Stefanie Bornschein für ihn gezeichnet hatte. Als er am rechten Straßenrand in einer

Bucht ein kleines Schild mit der Aufschrift »Villa Bella Vista« entdeckte, hielt er an. Ein Fahrrad lehnte an dem Schild. Ein Pfeil auf der Tafel deutete auf einen schmalen Bergweg, der in engen Windungen nach oben führte und mit Granitplatten ausgelegt war, die auch als Treppenstufen dienten. Gut 50 Meter weiter oben entdeckte Christian ein schmales graues Häuschen.

Eine Villa war es nicht. Auf der Terrasse davor, die mit einem Steinmäuerchen eingefasst war, empfing ihn eine Frau um die 70. Sie trug ein schlichtes graues Kleid, darüber eine weiße Schürze und auf dem Kopf ein Tuch, das sie wie einen Helm gebunden hatte. Ihr Gesicht war braun gebrannt und von vielen Falten durchzogen. So sehen Menschen aus, die einen Großteil ihres Lebens in der freien Natur verbringen, dachte Christian bei sich. »Grüezi!«, sagte sie. »Ich bin die Anna Schierer und soll Ihnen alles zeigen.«

Es stellte sich heraus, dass das Häuschen einem Schriftsteller aus München gehörte. Christian kannte den Namen, und er erinnerte sich, dass dieser Mann einen Verein leitete, der bis heute den bayerischen Märchenkönig Ludwig II. verehrte. Außerdem schrieb der Dichter die wunderbarsten Satiren und herrliche bayerische Komödien.

Die Wohnung bestand aus einer Küche, die zugleich Wohnraum war, einem Schlafzimmer mit einem gut gefüllten Bücherregal und einem modernen Badezimmer, wie man es in so einem archaischen Bau nie und nimmer erwartet hätte.

»Einkaufen können Sie in Borgnone, oder Sie fahren hinunter nach Locarno. Eine Wirtschaft finden Sie gleich zwei Kilometer die Straße rauf in Verscio. Dort gibt es seit Neuestem auch ein Theater«, erklärte Anna Schierer.

Christian glaubte, sich verhört zu haben. »Ein Theater?«

»Ja, der Jakob Müller hat es erst kürzlich aufgemacht. Sie kennen ihn vielleicht unter seinem anderen Namen: Clown Dimitri.«

»Ja, freilich kenne ich den. Ich hab ihn sogar schon einmal gesehen. Im Zirkus Knie, als der in Stuttgart gastiert hat.«

»Da ist er nimmer. Er macht jetzt seinen eigenen Zirkus«, Frau Schierer lachte kurz auf.

»Hat er nicht bei Marcel Marceau gelernt?«, fragte Christian.

»Das weiß ich nicht. Aber Sie können ihn ja fragen. Er sitzt jeden Abend im Wirtshaus gleich neben seinem Theater.« Die Frau reichte ihm den Schlüssel zum Haus. »Aber eigentlich schließt hier niemand ab«, sagte sie noch und stieg über die Granitplatten hinab zur Straße. Christian blieb stehen und folgte ihr mit den Augen. Als sie die Fahrbahn erreichte, drehte sie sich noch einmal um und winkte kurz zu ihm herauf, ehe sie auf ihr Fahrrad stieg und davonfuhr.

Es war nicht schwer gewesen, das Wirtshaus zu finden. Es war ja das einzige im Dorf. Auf einer Bank, die um einen riesigen Kachelofen herumlief, saß als einziger Gast ein unscheinbarer Mann hinter einem groben Holztisch, vor sich ein Glas Bier. Es war erst kurz nach fünf Uhr am Nachmittag, so früh gingen die Menschen im Tal wohl nicht ins Gasthaus. Christian hatte gefragt, ob der Mann wisse, wie er den Jakob Müller, also den berühmten Clown Dimitri, finden könne.

»In dem Sie hier abhocken«, hatte der gesagt und auf einen Stuhl an seinem Tisch gedeutet.

»Sie sind …?«

Der Mann lachte. »Ja, ich weiß, man sieht's mir nicht an.«

Sie kamen ohne Probleme ins Gespräch, und als Christian fragte, antwortete sein Gegenüber: »Es stimmt. Ich habe tatsächlich bei Marcel Marceau studiert. Ein ganz wunderbarer Mann, oder?«

Ob man um diese Zeit hier wohl etwas zu essen bestellen könne, fragte Christian.

»Eine Brotzeit schon, etwas Warmes no nüt«, antwortete der Clown und rief laut: »Maria, kommst amal?«

Aus der Küche kam eine dicke junge Frau, die Christian auf Mitte 30 schätzte. Sie schob ihren Köper mehr als sie ging. »Buon giorno!«, begrüßte sie den neuen Gast. Eine Brotzeit könne er haben, sagte sie, und ob er auch ein Bier wolle, wie der Jakob?

»Ja, gerne!« Dann wandte sich Christian Ebinger wieder an seinen neuen Bekannten: »Ich kann mir gar nicht vorstellen, dass es möglich ist, hier ein Theater aufzumachen.«

»Das geht schon«, sagte Dimitri. »Die Leut kommen von überallher. Und jetzt gründe ich auch noch eine Schauspielschule dazu: die Scuola Teatro Dimitri.« Mit den jungen Leuten, die bei ihm lernen wollen, werde er Aufführungen inszenieren, wie es sie in Zürich oder Mailand niemals geben könne.

Um zehn Uhr abends saßen die beiden noch immer an dem groben Holztisch. Christian hatte erzählt, wie auch er vor 13 Jahren ein Theater mitgegründet hatte, zusammen mit Freunden in einer Kleinstadt namens Blaubeuren. Der erste Eintrittspreis sei ein Stuhl gewesen, und die Leute hätten sich darin überboten, ungewöhnliche bis absolut skurrile Sitzgelegenheiten anzuschleppen. Der Zuschauerraum, früher einmal eine neuapostolische Kirche, habe von der Bühne herab betrachtet ausgesehen wie eine Skulptur. Dimitri war begeistert. »Schade, dass wir uns nicht vor zwei Jahren kennengelernt haben. Diese Idee hätte ich gerne übernommen.«

Kurz vor Mitternacht erreichte Christian wieder seine Bleibe. Auf der Terrasse setzte er sich auf die schmale Mauer und atmete die kühle Nachtluft ein. Über ihm wölbte sich ein Sternenhimmel, wie er ihn noch nie gesehen hatte. Dimitri hatte ihn schon darauf hingewiesen, als sie das Wirtshaus verließen: »Die staubfreie Luft hier heroben bringt uns den Himmel ganz nah, oder?«, hatte er gesagt. »Am Sonntag spielen wir«, hatte er ihm dann noch nachgerufen. »Ich hoffe, Sie kommen!«

»Worauf Sie sich verlassen können«, hatte Christian geantwortet und zu Fuß den Heimweg in Angriff genommen.

Am nächsten Tag wachte er erst gegen zehn Uhr auf. Er stellte sich unter die Dusche, zog sich ein paar Shorts und ein T-Shirt an und trat vors Haus. Die Terrasse lag in der Sonne. Der Himmel war wolkenlos und leuchtete in einem fast unnatürlichen Blau. In einem kleinen Schuppen auf der Bergseite des Anwesens fand er einen zusammengeklappten Tisch und zwei Liegestühle. Er schleppte die Gartenmöbel auf die Sonnenterrasse. Aus dem Haus holte er einen Küchenstuhl und seine Reiseschreibmaschine und richtete sich an dem Klapptisch einen Arbeitsplatz ein. Schon vor längerer Zeit, nachdem er hintereinander weg vier Kriminalromane des schwedischen Autorenpaars Maj Sjöwall und Per Wahlöö gelesen hatte, war er auf die Idee gekommen, selbst einmal eine Kriminalgeschichte zu schreiben. Jetzt wollte er es versuchen und sich damit die einsame Zeit in den Tessiner Bergen verkürzen. Wenn das Wetter so schön blieb, würde die Terrasse wohl in den nächsten zwei Wochen sein Wohn- und Arbeitszimmer sein.

Christian fuhr jetzt jeden Morgen ins Valle Maggia hinüber und stellte seinen Wagen in der Nähe eines Campingplatzes mit dem Namen »Piccolo Paradiso« ab. Nur mit einer Badehose bekleidet ging er zu dem Fluss hinab und sprang, wie er es bei einigen Campern gesehen hatte, über die vom Wasser rund geschliffenen Felsen stromaufwärts. Nach etwa einem Kilometer ließ er sich in den Fluss gleiten und schwamm mit der Strömung talwärts. Zuerst versuchte er noch, den Felsen auszuweichen, stellte aber bald fest, dass man leicht über ihre glatte, nasse Oberfläche gleiten konnte. Meist waren um diese Zeit außer ihm nur Fische unterwegs.

Auf dem Campingplatz gab es ein kleines Bistro direkt am Ufer. Dort frühstückte Christian, nachdem er sich angezogen und seinen Geldbeutel aus dem Auto geholt hatte, unter einer mit wildem Wein bewachsenen Pergola. Gegen zehn Uhr war er dann an seinem Häuschen zurück und setzte sich auf der Terrasse vor seine Schreibmaschine. Abends marschierte er auf einem schmalen Pfad, der parallel zur Straße etwas weiter oben am Berg das Tal hinaufführte, zum Wirtshaus nach Verscio. Dimitri freilich traf er dort nicht mehr an. Er sei mit Proben beschäftigt, sagte Maria, die dicke Kellnerin. Nächsten Sonntag sei ja Premiere. Das Bier und das Essen müsse sie ihm hinüberbringen ins Theater.

Am Samstag fuhr Christian Ebinger nach Locarno, um Stefanie abzuholen, deren Zug kurz nach 15 Uhr ankommen sollte. Er machte sich viel zu früh auf den Weg und war schon kurz nach 14 Uhr in der Stadt. In einem Café an der Seepromenade trank er einen Campari Orange. Doch schon nach einer Viertelstunde zahlte er und verließ das Lokal. Eine seltsame Unruhe hatte ihn erfasst. Er zwang sich dazu, mit gemächlichen Schritten am See entlangzuflanieren, aber seiner inneren Erregung wurde er so nicht Herr, und so stand er auch schon viel zu früh auf dem Bahnsteig.

Der Zug fuhr pünktlich ein. Stefanie war nicht zu entdecken. Die meisten Fahrgäste hatten den Bahnsteig schon verlassen. Der Zeiger der Uhr rückte auf 15.07 Uhr vor, die Abfahrtszeit des Zuges. Christian wollte sich schon enttäuscht abwenden, da sprang sie aus dem letzten Wagen, rannte auf ihn zu, umarmte ihn so stürmisch, dass er fast nach hinten umgefallen wäre, und stieß hervor: »Jetzt hab ich mich so verschwätzt, dass ich beinahe vergessen hätte auszusteigen.«

Sie küssten sich.

»Verschwätzt?«, fragte Christian leicht irritiert.

»Mit einem Schweizer Soldaten. Er hatte sogar sein Gewehr dabei.«

Christian nahm Steffi den Rucksack ab und zog einen Riemen lässig über die linke Schulter. Er sah sich um. Unter der

Tür des letzten Wagens stand ein junger Mann in Uniform und winkte. Aber Christian machte Steffi, die dem Zug den Rücken zukehrte, nicht darauf aufmerksam, stattdessen sagte er: »Das war ein toller Tipp von dir. Ich fühl mich richtig wohl da oben und bin wirklich ein wenig zur Ruhe gekommen.«

Steffi sah zu ihm auf und schob ihren Arm unter den seinen. »Dann komm ich ja vielleicht gar nicht so g'schickt?«

»Doch! Du glaubst ja nicht, wie sehr ich mich auf dich gefreut habe.« Christian fiel plötzlich auf, wie steif er daherredete. Noch immer war er aufgeregt.

»Möchtest du hier in Locarno vielleicht noch etwas essen?«, fragte er noch immer im gleichen distanzierten Ton.

Steffi schüttelte den Kopf. »Wir kaufen nur schnell ein, und ich mache uns oben was. Mozzarella mit Tomaten, Basilikum und viel Knoblauch. Hast du Olivenöl?«

»Ich hab gar nichts, außer Wein und Bier natürlich. Gefrühstückt habe ich im Piccolo Paradiso, und zum Abendessen bin ich nach Verscio gegangen.«

»Das ändern wir«, sagte Steffi entschieden. »Kostet ja alles nur 'ne Menge Geld.«

Gegen 16 Uhr erreichten sie die Villa Bella Vista.

»Du warst ja wohl schon öfter hier«, sagte Christian, als sie die kleine Terrasse erreichten.

»Nur einmal. Da hab ich gelernt, wie man den Mozzarella so macht, dass er nach was schmeckt.« Sie warf sich in einen der beiden Liegestühle und breitete die Arme aus. »Lass uns beten, dass das Wetter so bleibt.«

Christian lachte. »Meine Gebete nützen nichts, ich bin ungläubig.«

»Warst du das immer schon?« Steffi hatte sich ein wenig aufgerichtet und sah ihn ernst an.

»Nein. Als junger Mensch war ich sogar sehr fromm.«

»Als junger Mensch?«

Christian stand unter der Tür zum Haus und hielt Steffis Rucksack an einem Tragriemen in der Hand. »Na ja, so bis zu meinem 17. Lebensjahr, wenn ich mich recht erinnere. Danach hat mich die Religion nicht mehr interessiert, aber ich bin in der Kirche geblieben, bis Peter …« Er redete nicht weiter. Die Sonne schien noch immer, der Himmel war nach wie vor blitzblau, die Luft duftete nach den Wiesenblumen, die am Hang unterhalb des Häuschens blühten, und doch war es, als hätte sich ein schwerer Schatten über die Terrasse gelegt. »Ich trag den Rucksack schnell rein. Willst du was trinken?«

»Was hast du denn im Haus?«

»Bier, Mineralwasser, Weiß- und Rotwein.«

»Ein kleines Glas Weißwein vielleicht …«

Christian verschwand, und es dauerte ziemlich lange, bis er mit zwei Gläsern und einer Flasche Fendant zurückkehrte. Er goss ein und reichte Stefanie eines der Gläser. Sie stießen an. Christian sagte: »Ich hatte zuerst gedacht, diese Einsamkeit hier oben könnte ich nicht aushalten, weil ich dann ständig an Peters Tod denken müsste, aber so war es nicht. Ich bin wirklich zur Ruhe gekommen, und ich habe die beste Methode gefunden, mich abzulenken.« Er deutete auf die Schreibmaschine, in der eine halb beschriebene Seite steckte.

»Was schreibst du denn?« Steffi war froh, dass sie das Thema wechseln konnte.

»Einen Kriminalroman.«

»Sag bloß? – Gibt's schon einen Titel?«

Christian nickte. »Der Atomkrieg in Weihersbronn.«

Steffi sprang fast aus ihrem Liegestuhl. »Du willst aus unserer Geschichte einen Roman machen, und wir kommen alle darin vor?«

»Nein. Ich schreibe nur, wie es hätte auch gewesen sein können, nicht, wie es war. Soll ja schließlich ein richtiger Krimi werden mit einem richtigen Mord, und die Personen sind frei erfunden – die meisten wenigstens.«

»Und wer nicht?«

»Zum Beispiel der Kommissar Merkle. Ich gebe ihm aber natürlich einen anderen Namen.«

Gegen Abend begann Stefanie, das Essen vorzubereiten. Es war noch hell genug, um ohne eine Lampe auszukommen, Christian sah ihr zu. Sie schnitt mehrere Mozzarellalaibchen in schmale Stücke, stieß mit einer Gabel dicht an dicht Löcher in die Käsescheiben, streute Salz und Pfeffer darüber, zerdrückte ein paar Knoblauchzehen in der Presse und rieb die weiße Masse tief in den Mozzarella hinein. Danach goss sie Olivenöl darüber, legte eine Schicht Basilikumblätter darauf, dann eine weitere Schicht Käse, den sie genauso vorbehandelt hatte, schließlich dünne Tomatenscheiben, und am Ende fügte sie noch einmal etwas Öl dazu.

»Das muss jetzt ziehen«, sagte sie. »Nachher mache ich Pellkartoffeln dazu. Liest du mir vor, was du geschrieben hast?«

»Ich weiß nicht …«

»Aber ich weiß, dass ich es gerne hören möchte.«

Als Christian noch immer zögerte, sagte Steffi: »Nur solang es noch hell genug ist.«

»Na gut!«

Er holte das Manuskript, das mit einem Granitstein beschwert am Ende des Mäuerchens lag.

»Wie viel hast du denn schon?«, fragte Stefanie.

»Zweiundzwanzig Seiten.«

»Die schaffen wir sicher nicht, bevor es dunkel wird.«

Richtig dunkel wurde es freilich nicht. Die Sterne und ein zunehmender Mond, der sich langsam über die Spitzen der Berge schob, gaben genug Licht, um zu essen. Christian freilich war nur bis Seite 14 gekommen, dann war es zum Lesen doch zu dunkel geworden.

Sie blieben bis nach Mitternacht auf der Terrasse sitzen. Christian erzählte von seinem Treffen mit dem Clown Dimitri. »Schade«, sagte Steffi, »da wäre ich gerne dabei gewesen.«

»Morgen gehen wir zu seiner Premiere, da wirst du ihn sicher kennenlernen.«

»Weißt du, was er spielt?«

»Keine Ahnung!«

Als sie in das kleine Schlafzimmer gingen, sagte Stefanie plötzlich: »Wir können doch auch draußen schlafen.«

»Was können wir?«

Da hatte sie schon die erste Matratze aus dem Bett gerissen und schleppte sie hinaus ins Freie. Christian folgte ihr mit der zweiten. Kurze Zeit später lagen sie eng umschlungen nebeneinander und sahen in den hellen Himmel hinauf. Dicht an Christians Ohr sang Steffi leise: »Weißt du, wie viel Sternlein stehen an dem blauen Himmelszelt …?«

Christian lachte leise in sich hinein. »Mir ist auch grade eine Zeile eingefallen: ›Zwei Dinge erfüllen das Gemüt mit immer neuer Bewunderung: der bestirnte Himmel über mir und das moralische Gesetz in mir.‹«

»Hä?«, machte Steffi.

»Immanuel Kant. Klingt irgendwie auch ganz schön.«

Sie schwiegen ein wenig und kuschelten sich noch enger aneinander. »Als ich Gesangsunterricht hatte, musste ich mal ein Lied einüben«, sagte Christian plötzlich und sang leise: »Wenn die Sonne niedersinket und der Tag zur Ruh sich neigt, Luna freundlich leise winket und die Nacht herniedersteigt. Wenn die Sterne prächtig schimmern … fühlt die Seele sich so groß …« Er brach ab. »Jetzt krieg ich's nicht mehr richtig zusammen.«

»Die Melodie klingt schön«, sagte Steffi und küsste ihn.

»Ist ja auch von Beethoven.« Christian begann, ihren nackten Körper sanft zu streicheln.

»Singst du nicht weiter?«, fragte sie ein bisschen atemlos.

»Nein, jetzt sind andere Dinge dran.«

Steffi kicherte: »Wie du dich immer ausdrückst!«

Als er sich entschuldigen wollte, schloss sie seinen Mund mit ihren Küssen.

Die Morgensonne weckte Steffi zuerst. Leise stand sie auf und schlang eine Wolldecke um ihren Körper, die sie nachts aus dem Schlafzimmer geholt hatte. Sie setzte sich auf das Mäuerchen. Christian lag halb auf der rechten Seite, den Ellbogen unter dem Kopf, und atmete gleichmäßig. Seine Züge waren entspannt. Sie hatte ihn nie gefragt, wie alt er war. Sie selbst hatte vor ein paar Wochen ihren 23. Geburtstag gefeiert. Stefanie Bornschein kam zu dem Schluss, dass sie altersmäßig gut zusammenpassten, auch wenn Christian wohl die 30 schon eine Weile überschritten hatte. Auf leisen Sohlen schlich sie ins Haus und setzte die Kaffeemaschine in Gang.

Später fuhren sie zur Maggia, gingen dem Flusslauf entlang talaufwärts, viel weiter, als Christian bisher je gegangen war. Sie erreichten ein kleines Plateau mit flachen Steinen, die dicht mit Moos bewachsen waren. Dort ruhten sie sich auf dem Rücken liegend aus. Sie sprachen nicht. Christians Hand suchte Steffis Hand.

Es mochte eine gute halbe Stunde vergangen sein, als sie beschlossen, den Bach hinunterzuschwimmen. Steffi war wesentlich schneller als Christian und stand schon am Ufer, als er ankam. »Unter meinen Vorfahren muss eine Wassernixe gewesen sein«, rief sie lachend und schüttelte ihre roten Haare, dass die Wasserperlen flogen, die funkelnd das Sonnenlicht spiegelten.

Am Nachmittag schrieb Christian weiter an seinem Roman. Stefanie las die restlichen bereits getippten Seiten und döste dann im Liegestuhl dem Abend entgegen.

»Was in so einen Rucksack alles reingeht!« Christian staunte. Stefanie hatte ein Kleid angezogen – weiß mit einem Muster aus roten Rosen, deren Farbe genau ihren Haaren entsprach. Die Blüten waren ohne irgendeine erkennbare Ordnung über das luftige Stück Stoff verteilt. »Das ist mein Theaterkleid«, rief Steffi fröhlich, und weil sie dazu Schuhe mit hohen Absätzen tragen wollte, die sie in einer Tüte in der Hand hielt, beschlossen sie, nach Verscio das Auto zu nehmen.

Vor dem Theater parkten bereits viele Fahrzeuge mit den unterschiedlichsten Kennzeichen. »Ob wir da überhaupt noch Karten kriegen?«, fragte Steffi skeptisch. Aber Dimitri hatte an der Kasse zwei hinterlegt. »Offenbar ist er davon ausgegangen, dass ich nicht alleine bleibe«, sagte Christian.

Die Vorstellung war das reine Vergnügen. Zwar verstanden die beiden nur Teile des Textes, der in breitem Schwyzerdütsch gesprochen wurde. Aber die Handlung war auch so einigermaßen zu verstehen. Sechs Leute, drei Männer und drei Frauen, die vor zehn Jahren noch in einer Studentenkommune gelebt und damals gemeinsam die revolutionäre Idee gehabt hatten, aus der Schweiz einen sozialistischen Staat zu machen, trafen sich auf einer einsamen Berghütte ohne Strom und fließend Wasser zum ersten Mal seit jener Zeit wieder. Bald schon stellte sich der alte WG-Stress wieder ein: Wer wäscht ab? Wer bringt den Müll runter? Wer leistet welchen finanziellen Beitrag für die Gemeinschaft? Jeder, bis auf einen, hatte auf seine Weise die damaligen Ideale verraten und sich den bürgerlichen Verhältnissen der Schweiz angepasst. Zudem stellten zwei Paare, die sich damals gefunden hatten, fest, dass ihre Ehe ein Irrtum war. Ein fröhliches Bäumchen-wechsel-dich-Spiel begann. Das Chaos war nicht aufzuhalten, setzte aber auch ganz neue Kräfte frei. Das Publikum im voll besetzten Saal klatschte am Ende begeistert Applaus.

Im Anschluss gingen die meisten Zuschauer noch in die benachbarte Wirtschaft. Als Dimitri abgeschminkt, umgezogen und sichtlich erschöpft hereinkam, spendeten die Anwesenden erneut Beifall. Der Star des Abends ließ seine Blicke suchend über die zahlreichen Gäste gleiten, und als er Christian entdeckte, kam er direkt auf ihn zu, griff sich auf dem Weg einen freien Stuhl und stellte ihn an den Tisch. »Was für eine zauberhafte Begleitung«, sagte er und küsste Steffi galant die Hand. Dann setzte er sich zu den beiden. »Na, wie fandest du's?«, fragte er Christian. Sie hatten sich bei ihrem letzten Treffen nicht geduzt, aber es kam so selbstverständlich, dass Christian ebenfalls nahtlos zum Du überging. Steffi wurde ganz selbstverständlich miteinbezogen. »Es war echt toll!«, rief sie begeistert. Christian nickte: »Fand ich auch. Hast du das Stück selber geschrieben?«

»Wir haben es gemeinsam erarbeitet. Das ist so unsere Art, oder? Wir fangen an, haben eine Situation und ein paar Figuren, und die erste Zeit spielt jeder, was ihm so zu seiner Figur einfällt. Das muss man natürlich dann in eine vernünftige Form bringen, oder? Sonst läuft alles in alle Richtungen auseinander. Und das mache ich dann schon. Einer muss den Hut aufhaben, oder? Aber ich bleibe dabei immer im Gespräch mit allen meinen Spielern.«

Steffi seufzte. »Wenn man da mitmachen könnte!?«

»Kannst du«, sagte Dimitri lachend, »du musst dich nur bei uns einschreiben, aber ganz umsonst ist es natürlich nüt, oder?«

»Wenn ich nach meinem Volontariat keinen g'scheiten Job finde, mach ich das.«

»Ja, das wär dir zuzutrauen«, meinte Christian.

»Du brauchst dich nur zu melden, oder?« Dimitri bestellte eine Flasche Wein. »Ich darf euch doch einladen?«

»Nein«, widersprach Christian, »was heut Abend gegessen und getrunken wird, geht auf meine Rechnung. Schließlich hast du uns ja die Freikarten geschenkt.«

»Ein echter Schwabe«, sagte Dimitri lachend zu Steffi. »Die müssen sich immer für alles revanchieren, oder?«

Es war nach ein Uhr in der Nacht, als Christian sein Auto in der Bucht unterhalb des Häuschens abstellte. Hand in Hand stiegen sie hinauf. Zwar war der Himmel genauso sternenklar wie am Abend zuvor, aber die Luft war kühler, sodass sie sich im Schlafzimmer in ihre Betten verkrochen.

Die Tage danach verliefen in ruhigem Gleichmaß. Dimitri kam noch einmal kurz vorbei, um sich zu verabschieden, weil er ein Gastspiel in Zürich und danach eines in Graz hatte.

An ihrem letzten Abend saßen sie wieder lange auf ihrer Terrasse. Die Stimmung war leicht gedeckt. »Die schönen Tage von Aranjuez sind nun vorbei«, seufzte Christian.

»Nichts sagen. Ich weiß es«, rief Steffi. »Schiller. Der erste Satz aus Don Karlos.«

»Stimmt! Aber bei uns geht es nicht so weiter wie in dem Stück.«

»Hab ich vergessen.«

»Macht nichts. Wir leben ja auch nicht am Hofe Philipps des Zweiten, sondern in der kleinen Villa Bella Vista im Centovalli und bald wieder in Stuttgart und Weihersbronn.«

Tags darauf fuhren sie schon sehr früh los.

Sartre

An einem späten Novemberabend rief der Rechtsanwalt Croissant Christian Ebinger an. Es war der reine Zufall, dass er den Redakteur noch im Büro erreichte. Ebinger saß an einem Artikel über den Kampf der Prostituierten in einem Ulmer Bordell gegen deren Widersacherinnen vom Straßenstrich. Die Auseinandersetzung hatte sich zu einem regelrechten Krieg ausgeweitet. Man nannte solche Beiträge im SPIEGEL eine »Schlussgeschichte«, weil sie jeweils ans Ende des Deutschlandteils kamen und mehr Unterhaltungs- als Informationswert hatten.

»Es geht um den Hungerstreik der Gefangenen in der Stammheimer Isolationshaft«, sagte Croissant. »Die Öffentlichkeit nimmt viel zu wenig Anteil.«

»Wir haben angemessen berichtet«, entgegnete Ebinger kühl.

»Sie meine ich auch nicht. Es geht um die Weltöffentlichkeit.«

Darunter tust du's wohl nicht, dachte Christian Ebinger bei sich, sagte aber nur: »Und wie soll die aussehen?«

»Ulrike Meinhof hat an Sartre geschrieben.«

»Aha.« Mehr fiel Christian zunächst nicht dazu ein.

»Ich würde Sie da gerne näher informieren. Wie wär's mit einem Glas Wein beim ›Stetter‹?«

Croissant vertrat schon seit einiger Zeit die RAF-Häftlinge. Zwar behielt er seinen bürgerlichen Habitus bei, aber in seinen Reden wurde er immer radikaler. Bei ihrem letzten Treffen in einer anderen Stuttgarter Weinwirtschaft war er plötzlich so laut ins Dozieren gekommen, dass es nach und nach an den Nachbartischen ruhig geworden war, weil immer mehr Leute zuhörten. »Die Idee von der Stadtguerilla und vom bewaffneten Kampf in den Metropolen ist doch nicht in den Hirnen von Baader und Meinhof entstanden«, hatte er getönt. »Sie ist seit 68

Thema bei jedem Teach-in. Es gibt eine breite Zustimmung in der Öffentlichkeit. Jetzt fehlt nur noch eine vernünftige Strategie für den bewaffneten Kampf.«

Christian hatte widersprochen: »Zwischen den 68ern und den RAF-Leuten gab es im Grunde nie mehr als eine Art Flirt. Man war sich zwar einig gegen die imperialistische Politik der Amerikaner, in deren Windschatten die deutsche Regierung segelt, aber die Methoden der RAF finden doch keine breite Zustimmung. Ganz im Gegenteil.«

»Sie sind auch einer von denen …«, hatte Croissant gebellt.

»Von welchen?«

»Von denen, die vor Angst in die Hosen scheißen, wenn es ernst wird.«

Christian hatte den Juristen überrascht angesehen. »Haben Sie jetzt schon die Ausdrucksweise von Herrn Baader übernommen? Das passt gar nicht zu Ihnen.«

Der Rechtsanwalt hatte nur geringschätzig abgewinkt. »Es geht immer um die Sache und nicht um die Ausdrucksweise.« Seitdem hatten sie sich nicht mehr gesehen.

Und nun wollte sich Croissant mit ihm in einer der bürgerlichsten Weinwirtschaften treffen, die es in Stuttgart gab.

»Es geht um den Hungerstreik der RAF«, begann der Anwalt sofort nach ihrer kurzen Begrüßung.

Christian Ebinger sagte nichts. Das war ja erkennbar die Eröffnung eines Gesprächs, auf das sich Croissant, wie es schien, gut vorbereitet hatte.

»Seitdem Holger Meins am 9. November in der JVA Wittlich im Hungerstreik gestorben ist, haben sich unzählige Menschen solidarisiert. Über fünftausend waren bei seiner Beerdigung.«

»Ich weiß, und Rudi Dutschke hat am Grab mit erhobener Faust gerufen: ›Holger, der Kampf geht weiter!‹ – aber schon kurz danach hat er bei uns im SPIEGEL nachdrücklich versichert, dass er damit nicht die Methoden der RAF gemeint habe.«

»In Stammheim jedenfalls geht der Kampf mit dem Hungerstreik weiter.« Croissant hatte eine Kopie von Ulrike Meinhofs Brief an Sartre dabei, gab das Papier aber nicht aus der Hand, sondern las ein paar Bruchstücke vor. Irritiert nahm der Redakteur zur Kenntnis, dass Ulrike Meinhof Sartre zwar mit dem Nachnamen ansprach, aber frech, wie er fand, einfach duzte. »Sartre, wir wissen, dass du krank bist, aber wir wissen, dass das, was wir wollen, an Dringlichkeit alles andere übertrifft ... Wir kämpfen mit unserem Hungerstreik gegen unsere Vernichtung in den Gefängnissen durch Sonderbehandlungen und Isolation.«

Christian räusperte sich, wollte etwas sagen. Er wusste, unter welchen Bedingungen die Baader-Meinhof-Häftlinge im siebten Stock des Stammheimer Hochsicherheitsgefängnis lebten. Aber er blieb stumm und sah den Anwalt nur an. Der ließ das Blatt sinken. »Ulrike will, dass Sartre in dieser Situation ein Interview mit Andreas Baader macht.«

»Warum mit ihm?«, fragte Christian. »Frau Meinhof wäre doch wohl eine viel adäquatere Gesprächspartnerin für ihn.«

»Weil die Bullen vorhaben, Baader zu ermorden.«

»Sagen das Sie, oder schreibt das Ulrike Meinhof?«

»Das schreibt sie wörtlich so. Sie bittet Sartre um Schutz.« Croissant vergewisserte sich noch einmal im Text. »Er soll seine Fähigkeiten als Marxist, Philosoph, Journalist und Moralist für das Interview einsetzen, schreibt sie ihm.« Den Rest las der Anwalt wieder wörtlich vor: »›Das wird uns die Möglichkeit geben, bestimmte Inhalte für die Praxis des antiimperialistischen Kampfes zu transportieren.‹«

»Hat Sartre schon reagiert?«, wollte Christian Ebinger wissen.

»Ich habe mit ihm telefoniert. Er wird kommen!«

»Und Sie denken, das ist eine Nachricht für den SPIEGEL?«

»Ja, unbedingt!«

»Gut. Ich werde das mit meinem Ressortleiter besprechen.«

William Hentschke lehnte rundweg ab. »Solange wir dafür nur die Aussage des Herrn Croissant haben und keine offizielle Bestätigung von Sartre, machen wir gar nichts. Wenn er kommt, schick ich Manowski nach Stuttgart, und ihr nehmt den Termin gemeinsam wahr. Sartre wird ja garantiert eine Pressekonferenz geben.«

Jean-Paul Sartre reiste an. Er besuchte Andreas Baader im Stammheimer Gefängnis und unterhielt sich eine Stunde lang mit ihm in einer Besucherzelle der Vollzugsanstalt.

Der Stellvertreter William Hentschkes, Hans Manowski, kam mit der ersten Maschine aus Hamburg. Gemeinsam fuhren sie vom Flughafen direkt nach Stammheim. Gut 70 Journalisten aus aller Welt versammelten sich im Konferenzsaal eines nahen Hotels. Schon bevor die Pressekonferenz begann, wurde unter den Presseleuten, den Rundfunk- und Fernsehreporten heiß diskutiert. Die meisten waren der Ansicht, Sartres Besuch bedeute eine enorme Aufwertung Andreas Baaders. Andere, vor allem französische Kollegen, meinten, der alte Philosoph sei gar nicht mehr in der Lage, ein solches Gespräch vernünftig zu führen. Endlich betrat Jean-Paul Sartre den Raum, flankiert von Croissant und dem deutsch-französischen Studentenführer Daniel Cohn-Bendit. Der Schriftsteller wirkte müde, und als er sich setzte, schüttelte er mehrmals sanft den Kopf, als könne er das alles, was um ihn herum geschah, nicht verstehen.

»Warum haben Sie speziell Andreas Baader besucht?«, war eine der ersten Fragen.

Cohn-Bendit übersetzte.

»Die Gruppe heißt Baader-Meinhof-Gruppe, und Baader ist deren Chef.«

»Konnten Sie sich gut mit ihm unterhalten?«

»Na ja …«

»Drückte sich Baader in der Diskussion gut aus?«

»Er war schwach, er hatte seinen Kopf in den Händen, um ihn hochzuhalten. Er hatte Konzentrationsschwierigkeiten.«

»Braucht die Demokratie solche Methoden wie die der RAF?«

Sartre schüttelte nachdrücklich den Kopf. »Die Gruppe gefährdet die Linke. Sie ist schlecht für die Linke. Man muss zwischen den Linken und der RAF unterscheiden.« Als Sartre Baader schließlich als Dummkopf bezeichnete, übersetzte Cohn-Bendit das nicht, was freilich ein Journalist dann laut kommentierte.

»Wessen Idee war dieser Besuch?«, fragte ein Radioreporter. »Und warum fand er jetzt statt?«

»Jetzt ist die richtige Zeit. Ich kam, um zu helfen – vor drei Monaten wäre das nicht möglich gewesen. Die Initiative kam von Croissant. Die Gefangenen sind im Hungerstreik, weil sie unter den schrecklichen Haftbedingungen leiden. Es ist Folter. Nicht die Folter wie bei den Nazis. Es ist eine andere Folter. Eine Folter, die psychische Störungen herbeiführen soll, das heißt, dass der Mensch völlig abgeschnitten wird von allem.« Offenbar werde in den Gefängnissen der Bundesrepublik versucht, »die psychischen und intellektuellen Fähigkeiten eines Menschen zu zerstören – entweder damit er unfähig wird, sich im Gefängnis zu verteidigen, damit er verrückt wird oder stirbt, wie man es ja schon gesehen hat«. Gefragt, ob er mehr darüber wisse, sagte er: »Baader und die anderen leben in einer weißen Zelle, in dieser Zelle hören sie nichts außer dreimal am Tag die Schritte der Wächter, die das Essen bringen. Vierundzwanzig Stunden lang brennt das Licht. Abends um elf Uhr wird bei Baader das Licht gelöscht, bei anderen gar nicht.«

Manowski, der alles mitstenografierte, beugte sich zu Ebinger hinüber. »Das zitieren wir genau so, und Sie wissen doch, wie es wirklich aussieht in diesem Sondertrakt?«

Christian nickte.

Sartre fuhr fort (auf Fragen reagierte er schon lange nicht mehr): »Ich höre, wenn ich spreche, eure Geräusche. Ich höre Schritte. Dies alles gibt es dort nicht. Was wichtig ist für Menschen, zu hören, ans Leben erinnert zu werden – in diesem Gefängnis gibt es das alles nicht. Es ist still. Man hört nichts. Der Mensch hört nur die Schritte seiner Wächter. Ab und zu einmal.«

Als ein Journalist der Stuttgarter Zeitung dazwischenrief: »Woher kennen Sie denn die Haftbedingungen so genau?«, schnappte Croissant dem Philosophen das Mikrofon weg und begann eine eigene Tirade über Isolationsfolter und wie sie auf den Menschen wirke.

Manowski und Ebinger fuhren sofort nach der Pressekonferenz in die Redaktion. Der Hamburger Kollege diktierte Gaby Heil die Originalzitate Sartres in die Maschine und beendete jeden Absatz mit »Woher Sartre das wohl weiß?« Und an diesen Stellen fügte Ebinger dann zum Beispiel ein: »Die Zellen sind nicht weiß, sondern cremefarben gestrichen, neben Bett und Schrank stehen Schreibtische und Bücherregale, es gibt Radios und Schreibmaschinen in den Zellen. Landkarten hängen an den Wänden. Zeitschriften und Zeitungen werden nach Wahl geliefert. Hunderte von Büchern stehen zur Verfügung, Lenins Werke ebenso wie wissenschaftliche Ausarbeitungen über Aufgabe und Arbeitsweise des Bundeskriminalamtes. Weil Baader und Raspe über schlechte Augen klagten, verfügen sie über Leselampen. Gudrun Ensslins Zelle misst 20,08 Quadratmeter. Und weil sie so eine große Bibliothek unterhält, rund 500 Bände, verfügt sie zusätzlich über eine Bücherzelle. Abends gehen bei allen, nicht nur bei Baader, die Lichter aus, winters um zehn, sommers um elf. Bis zu vier Stunden dauert der Umschluss, also die Zeit, welche die Gefangenen gemeinsam verbringen können.«

Gaby Heil gab den Artikel gegen 19 Uhr durch – so rechtzeitig, dass er am darauffolgenden Montag, den 9. Dezember, in der Nummer 50/1974 des Magazins erscheinen konnte.

Die gesamte internationale Presse berichtete über Sartres Besuch bei Andreas Baader, der – wie man später erfuhr – an seine Genossen schrieb: »Ich habe über Haftbedingungen nicht gesprochen. Die Situation war völlig irre; ich weiß nicht, was er überhaupt verstanden hat.«

Christian Ebinger hatte seine genauen Kenntnisse über den siebten Stock des Stammheimer Gefängnisses eher durch Zufall erhalten. Sein Vermieter in Kaltental hatte einen Cousin, der als Vollzugsbeamter in Stammheim arbeitete. Ihm war Christian im Sommer bei einem der kleinen Gartenfeste begegnet, und am Ende eines gemütlichen Abends hatte er ihn gefragt, ob man sich einmal zusammensetzen könne. Er würde gerne erfahren, wie es in Stammheim intern so zugehe. Arnold Schweitzer, so hieß der Vollzugsbeamte, müsse keine Geheimnisse ausplaudern, sondern nur das erzählen, was er guten Gewissens erzählen könne.

Jeder Mensch redet gerne über seine Arbeit, wenigstens jeder Mensch, der seine Arbeit gerne macht. So war es auch bei Arnold Schweitzer. Er selbst komme ja kaum in den siebten Stock, aber manchmal müsse er dort aushelfen, und dann erzähle ihm der Kollege, der die schwere Aufgabe habe, sich um die RAF-Leute zu kümmern, auch schon mal die eine oder andere Geschichte. Den Zellentrakt, der nur für die RAF-Häftlinge eingerichtet worden war, konnte er genau beschreiben. Er zeichnete sogar eine Skizze und gab bereitwillig Auskunft über die Einrichtung der Räume.

»Hast du denn ...« – inzwischen duzten sie sich –, »... hast du denn auch manchmal Gespräche zwischen den Häftlingen mitgekriegt?«

»Das weniger. Aber einmal stand ich in der Tür zum Korridor, wo dieser große Tisch steht, um den sie sich immer versammeln, wenn sie Umschluss haben. Jan-Carl Raspes Mutter, die in der DDR wohnt, hatte ihre erste Ausreiseerlaubnis bekommen, weil sie fünfundsechzig geworden ist. Sie kam sofort zu Besuch. Ich selbst hatte die Frau in die Sprechzelle gebracht.

Sie hatte ein Schälchen Erdbeeren dabei. Mein Kollege sagte zu Raspe: ›Sie haben Besuch. Ihre Mutter!‹ Da hat Baader sofort gerufen: ›Was denn, Jan, du hast ’ne Mutter?‹ Raspe ist aufgestanden. Und Baader hat gesagt: ›Setz dich hin! Wir reden weiter!‹ Raspe setzte sich wieder. Mein Kollege: ›Bitte, Herr Raspe, Ihre Mutter wartet.‹ Raspe stand auf. Und Baader: ›Du setzt dich hin!‹ Das ging mindestens zehn Minuten so. Immer wieder versuchte Raspe aufzustehen und mit meinem Kollegen hinauszugehen. Sein Gesicht war wie versteinert, und mein Kollege erzählte, er habe gesehen, wie seine Knie gezittert haben. Mein Kollege mahnte wieder und wieder. Schließlich ist Raspe dann doch mitgekommen. Nach dem Gespräch mit seiner Mutter musste ich ihn zurückbringen. Er stellte die Schale mit den Erdbeeren auf den Tisch, und Baader hat sie alle verputzt, bis auf ein paar, die schon leicht vergammelt waren.«

Als Christian Ebinger am Abend nach Sartres Pressekonferenz mit seinem Kollegen Manowski in den Scheffelstuben am Eugensplatz saß, erzählte er ihm diese Geschichte. »Ich hoffe, Sie sammeln das alles«, sagte der stellvertretende Ressortleiter aus Hamburg. »Das will man lesen.« Er nahm einen Schluck Bier und setzte hinzu: »Diesen Vollzugsbeamten müssen Sie sich warmhalten.«

Dann fragte er: »Sie haben ja wohl auch zu den Leuten gehört, die am Anfang klammheimlich für diese Terroristen geschwärmt haben?«

»Muss ich zugeben, ja.«

»Ich nie!«, sagte Manowski. »Eine Zeit lang war Terror ja irgendwie in. Überall standen Geschichten über die Desperados. Bei uns auch. Und in den meisten anderen Zeitungen und Zeitschriften. Tolle Berichte. Jede Woche mit neuen Toten, neuen Anschlägen, neuen Waffen, mit Entführungen und Hungerstreiks. Zum Gruseln schön. Im ›Stern‹ und anderen Illustrierten erschienen riesige Storys über die RAF-Anwälte.

Offen oder heimlich sympathisieren auch heut noch viele von denen, die 68 den Marsch durch die Institutionen angetreten haben, mit der RAF. Aber die waren nie selber Revolutionäre, die haben revolutionieren lassen. Zum Glück haben sich inzwischen die Sympathisanten still und wortlos von den Kämpfern der RAF abgewandt.«

»Stimmt!«, sagte Christian Ebinger und fühlte sich irgendwie ertappt.

Am nächsten Vormittag brachte Christian Ebinger den Kollegen zum Flughafen. »Ich rede mit Hentschke«, sagte der stellvertretende Ressortleiter, »Sie brauchen einen zweiten Mann, solange der Prozess läuft.«

»Erst muss er ja mal anfangen, und dann schauen wir, wie viele Verhandlungstage das Gericht pro Woche ansetzt. Vielleicht schaff ich's ja.«

Eltern

Am Samstag fuhr Christian Ebinger zu seinen Eltern nach Fleckenhausen. »Warum bringst du denn deine Anneliese nie mehr mit?«, fragte seine Mutter, als sie den Kaffee und den frisch gebackenen Hefekranz auf den Tisch stellte. Christian hatte sich bisher darum gedrückt, seinen Eltern zu sagen, dass er und seine Frau sich getrennt hatten. Auch jetzt überlegte er, ob er mit den üblichen Ausflüchten antworten sollte: Sie muss so viel arbeiten, und es ist ja auch ein weiter Weg von Blaubeuren hierher. Dabei wohnte sie gar nicht mehr dort. Sie war inzwischen nach Ulm umgezogen. Als er kürzlich in der Donaustadt gewesen war, um für seinen Artikel über den Prostituiertenkrieg zu recherchieren, hatten sie sich zum Abendessen getroffen, und sie waren sich einig geworden, dass es am besten sei, sich scheiden zu lassen. Anneliese hatte vorgeschlagen, einen gemeinsamen Anwalt zu nehmen. Christian hatte sofort zugestimmt. Jetzt ging es nur noch um den Gerichtstermin.

»Wir lassen uns scheiden«, sagte Christian.

»Was?«, entfuhr es seiner Mutter. »Das machst du nicht!«

»Lass mal«, sagte der Vater, »da können wir uns nicht mehr einmischen.«

»So eine Schande! Das willst du uns antun?«

»Hier geht es um die jungen Leute, nicht um uns«, sagte der Vater sanft.

Aber seine Frau wollte das nicht hören. »Man läuft doch nicht gleich auseinander, bloß weil man mal ein paar Probleme hat.«

»Wenn man sich nicht mehr versteht …« Der alte Ebinger, der stets auf sein Bildungswissen zurückgriff, sagte leise und in versonnenem Ton: »›Wir gingen auseinander, ohne einander verstanden zu haben. Wie denn auf dieser Welt keiner leicht den andern versteht‹, das hat schon Goethe gesagt.«

»Haben wir uns denn immer verstanden?«, rief seine Frau.

»Wir kommen aus einer anderen Zeit.«

»Ausreden!« Wütend verließ Luise Ebinger das Zimmer. Ihr Mann griff nach Christians Hand: »Sie wird das nie akzeptieren. So ist sie nun mal. – Wo steht meine Tasse?« Albert Ebinger war inzwischen fast blind, eine Folge der schweren Diabeteserkrankung, die schon zur Amputation seiner beiden Beine geführt hatte. Christian schob die Tasse in die Hand seines Vaters. »Hat es denn mit dem Tod von eurem Peter zu tun?«, fragte der Alte.

»Es hat sich schon vorher angekündigt. Aber dass wir beide ganz unterschiedlich mit dem Tod unseres Kindes umgegangen sind, mag eine Rolle gespielt haben.«

Der Vater nickte. »Frauen verstehen es besser zu trauern.«

»Da hast du recht. Mindestens in unserem Fall war das so.«

Zum ersten Mal redeten die beiden über Peters Tod. Christian wunderte sich, dass er sich darauf einließ. Bisher war er jedem Gespräch darüber ausgewichen, weil er meinte, die Gefühle nicht aushalten zu können, die ihn dabei überkommen würden. Er hatte auch das Grab seines Sohnes noch kein einziges Mal besucht, und wenn er darüber nachdachte, war er sich sicher, dass er das auch künftig nicht tun würde.

»Die Wunde wird sich schließen, aber eine Narbe wird bleiben«, sagte Albert Ebinger.

»Ach, du immer mit deinen weisen Sprüchen!«

Sie schwiegen ein paar Augenblicke. Dann nahm der Vater wieder das Wort: »Und eure Entscheidung, dass ihr euch scheiden lassen wollt, steht fest?«

»Ja. Absolut.«

»Hast du eine neue Frau kennengelernt?«

»Ja, aber die hat nichts damit zu tun.«

»Trotzdem. Lass das bloß deine Mutter nicht hören.«

Christian stand auf. »Ich schau mal nach ihr.«

Luise Ebinger saß in der Küche auf einem Stuhl am Fenster. Sehr aufrecht. Die Hände hatte sie im Schoß gefaltet. Christian blieb unter der Tür stehen. »Ich hätt gern, dass du mich verstehst. Mich und Anneliese. Schließlich sind wir beide uns einig.«

»Bis dass der Tod uns scheidet«, sagte die Mutter, ohne aufzusehen.

»Ja, ihr habt das geschafft, aber es war bestimmt auch nicht immer leicht«, sagte ihr Sohn.

»Nein, ganz bestimmt nicht. Aber die Ehe ist ein Bund fürs Leben, Christian. Dass das nicht immer ein Honigschlecken ist, weiß man. Trotzdem …« Sie fuhr nicht fort.

Christian trat hinter sie und legte seine Hände auf ihre Schultern. Sie lehnte ihren Kopf zurück gegen seinen Leib. »Ach Christian, kleine Kinder, kleine Sorgen, große Kinder, große Sorgen …« So wie der Vater immer ein klassisches Zitat zur Hand hatte, hatte die Mutter ihren reichen Fundus an Sprüchen. Wenn man krank war und bittere Medizin schlucken musste zum Beispiel: »Bös muss Bös vertreiben«, oder wenn eine Wunde versorgt werden musste: »Schmieren und Salben hilft allenthalben.« »Wenn es dir nötig wär, gäb's Gott von selber her«, sagte sie, wenn jemand sein Glück im Lotto versuchen wollte. Und einer ihrer häufigen Seufzer endete mit dem Zitat: »Nichts ist schwerer zu ertragen als eine Reihe von guten Tagen.« Aber auch Sätze wie »Alle Menschen müssen sterben – vielleicht auch ich«, oder »Es ist keiner so dumm, es läuft immer noch ein Dummerer rum« gehörten zu ihrem Repertoire.

Christian beugte sich zu ihr hinab und küsste sie leicht auf ihr Haar. Zärtliche Gesten wie diese hatten in seiner Familie absoluten Seltenheitswert. Prompt traten Tränen in die Augen seiner Mutter. »Ach, mein Bub!«, sagte sie leise und stand ächzend auf. »Weil du grade gesagt hast, wie schwer es in einer Ehe werden kann – ich weiß nicht, wie lange ich es noch schaffe, deinen Vater zu pflegen. Ich kann ihm kaum mehr aus dem Bett und in seinen Rollstuhl helfen. Die Kräfte lassen bei mir eben auch nach.«

»Ihr müsst euch eine Hilfe holen«, sagte Christian.

»Das will er aber nicht, und du weißt, wenn dein Vater etwas nicht will …«, sie ließ auch diesen Satz in der Luft hängen.

»Zum Glück wohnt ja Gerhard mit seiner Familie noch im Dorf.«

»Ja, Gott sei Dank. Dein Bruder ist mir eine große Hilfe. Dich sieht man ja praktisch nie!« Der Vorwurf war unüberhörbar, und er kam regelmäßig, wenn Christian seine Eltern besuchte. Er hatte sich längst angewöhnt, nicht mehr darauf zu antworten.

Gegen Abend verabschiedete er sich und machte noch einen kurzen Besuch bei seinem Bruder Gerhard und dessen Familie. Der ältere der beiden Söhne, ein feinsinniger, wissenschaftlich interessierter Junge, war in Tübingen bei einem Freund, was Christian gleich bedauerte, weil er sich gerne mit ihm unterhielt. Der jüngere, Ralph, war, im Gegensatz zu seinem Bruder, ein ziemlicher Draufgänger, der in der Familie auch ›Imach‹ genannt wurde, weil er schon als kleines Kind mit dem Ausruf »I mach!« alles selber in die Hand nehmen wollte, was andere grade für ihn zu tun begonnen hatten. Christian war gerne in der Familie seines Bruders, obgleich es ihn auch immer schmerzte, dass er die Harmonie, die dort herrschte, wohl in seinem Leben nie würde erreichen können. Und so nahm er das Angebot, bei ihnen zu übernachten, auch nicht an. Er müsse am Sonntag früh zu Hause sein, wenn der Eilbote die neue SPIEGEL-Ausgabe bringe, in der diesmal ein wichtiger Artikel von ihm erscheinen werde. Auch seinem Bruder und seiner Schwägerin sagte er, dass Anneliese und er sich scheiden lassen wollten. »Im gegenseitigen Einvernehmen, denke ich mal«, sagte Gerhard. Christian nickte, aber ihm war klar, dass das auch nur eine Floskel war.

Sonntagsausflug

Der Eilbote klingelte kurz nach acht Uhr am Sonntagmorgen. Christian war schon angezogen. Auf Seite 27 des Magazins entdeckte er den Artikel, den er und Manowski über Sartres Besuch in Stuttgart geschrieben hatten. Er rollte die Zeitschrift zu einer schmalen Röhre zusammen, steckte sie in die Jackentasche, verließ die Wohnung und stieg in sein Auto. Der Himmel war grau verhangen, aber man konnte die Sonne als schwachen Schemen hinter den Wolken erkennen.

Kurz nach neun Uhr war er schon in Weihersbronn.

Er hatte Stefanie noch nie zu Hause besucht. »Bornschein – zwei Mal klingeln«, las er am Klingelbrett neben der Haustüre. Es dauerte eine ganze Weile, bis eine verschlafene Stimme sagte: »Ja, wer ist denn da?«

»Ich bin's, Christian!«

»Was?«, plötzlich klang die Stimme hellwach. »Ist ja toll!« Der Summer ertönte, Christian drückte die Tür auf und sprang, immer zwei Stufen auf einmal nehmend, die Treppe hinauf bis in den dritten Stock.

Stefanie stand barfuß in einem kurzen Nachthemdchen auf der Schwelle. Sie umarmten sich.

»Des geht aber net!«, erklang die raue Stimme einer Frau. »Ziehet se sich wenigschtens was Aschtändigs a, Freilein Bornschein.«

Christian hob den Kopf und sah über Steffis roten Haarschopf hinweg eine Frau um die sechzig mitten im Korridor stehen. Die Hände hatte sie in die Hüften gestemmt, die Ellbogen weit ausgestellt. Man hörte Schritte hinter ihr. Sie warf den Kopf herum. »Ond du bleibscht, wo du bischt.«

»Komm!«, sagte Steffi und fasste Christian an der Hand. »Mein Zimmer ist hinten links.«

»Der Mann da kann drunta warte!«, sagte die Frau.

Stefanie lachte. »Keine Herrenbesuche nach abends acht Uhr, Frau Riegele.« Und nun fiel auch sie ins Schwäbische: »Ond jetzt hent mr grad amol halb zehne am Morga!« Sie zog Christian an der wutschnaubenden Zimmerwirtin vorbei hinter sich her bis zur letzten Tür im Korridor. Durch die offene Küchentür sahen sie den Hausherrn auf einem Stuhl sitzen. Er hob den Kopf und lächelte ihnen zu.

»Der steht ja offenbar ganz schön unterm Pantoffel«, sagte Christian, als Steffi die Tür hinter ihm schloss.

»Er ist ein ganz Lieber«, sagte sie. »Manchmal, wenn seine Frau nicht da ist, spielt er mir auf seiner Zither vor. Ich glaube, er ist ziemlich musikalisch. – Setz dich doch!« Das Zimmer erinnerte Christian an seine erste möblierte Bude in Ulm, als er damals sein Volontariat begonnen hatte. Steffis Zimmer war zwar etwas größer, man musste nicht, wie er damals, auf dem Bett sitzen, wenn man am Tisch essen oder schreiben wollte. Es standen immerhin zwei Stühle bereit, außerdem ein Schrank, eine Kommode und ein Nachttischchen. Über dem Bett befand sich ein schmales Bücherbrett. Aber das war's auch schon. »So hab ich auch mal gewohnt«, sagte Christian und sah Stefanie fasziniert zu, wie sie ihr Nachthemd über den Kopf zog, in ein Höschen und einen Pulli schlüpfte und schließlich ein Paar Jeans anzog. »Wollen wir was unternehmen?«, fragte er.

»Wir könnten doch einen Ausflug nach Pforzheim machen«, schlug Steffi vor und zog ein Paar Turnschuhe an. »Weit ist das ja nicht. Wir essen dort türkisch – das richtige Lokal werden wir schon finden, und wenn der Wirt dort tatsächlich ein Cousin deines Freundes Kemal ist, wird er ja vielleicht wissen, wo du ihn erreichst.«

»Wenn du nicht schon Journalistin wärest, würde ich sagen, an dir ist eine verloren gegangen«, sagte Christian.

Stefanie lachte. »Warum kannst du nicht einfach sagen: ›Steffi, das ist eine prima Idee!‹?«

Sie gingen leise an der geschlossenen Küchentür vorbei und verließen die Wohnung. »Wie hältst du das hier bloß aus?«, fragte Christian, als sie die Treppe hinuntergingen.

»Du hast es doch damals auch ausgehalten, oder?«

»Ja, aber meine Wirtin war sehr tolerant.«

»Du hattest also eine sturmfreie Bude, ja?«

»Stimmt. Aber ich hab keinen Nutzen daraus gezogen. Meine große Liebe war in Israel, und sie ist dort ums Leben gekommen. Danach habe ich lange keine Beziehung gehabt, auch keine kurzfristige.«

Am Morgen war der Himmel noch grau verhangen gewesen. Jetzt rissen die Wolken auf, und die Sonne kam langsam zum Vorschein.

»Willst du's mir erzählen?«

»Später vielleicht einmal.« Sie erreichten sein Auto.

»Lässt du mich ans Steuer?«, fragte Steffi.

»Hast du denn einen Führerschein?«

»Na, hör mal …«

»Da hättest du mich aber doch auf der Rückfahrt aus dem Tessin mal ablösen können.«

Sie lachte. »Du wirst gleich merken, warum das keine gute Idee gewesen wäre.« Sie nahm auf dem Fahrersitz Platz, studierte angelegentlich den Schalthebel, sagte leise: »Links Kupplung, Mitte Bremse, rechts das Gas.«

»Klingt nicht nach großer Fahrpraxis.«

»Hast du eine Straßenkarte?«

»Einen Shell-Atlas, ja. Warum? Ich kenne die Strecke nach Pforzheim.«

»Können wir vielleicht ganz kleine Nebenstraßen suchen?«

Jetzt lachte auch Christian. »Wie oft bist du denn seit deiner Fahrprüfung schon gefahren.«

»Ein Mal, nein, warte, zwei Mal. Ich wollte mir ja ein gebrauchtes Auto kaufen, aber das Geld hat nicht gereicht. – Jetzt muss ich den Zündschlüssel drehen, ja?«

Christian verdrehte die Augen. »Nimm erst mal den Gang raus. Starten im Leerlauf oder mit durchgetretener Kupplung.«

Steffi startete den Motor, legte vorschriftsmäßig den ersten Gang ein, ließ aber die Kupplung viel zu schnell kommen, so dass der Wagen einen Satz machte und stehen blieb, während der Motor ein gurgelndes Geräusch von sich gab und verstummte.

»Ich krieg das schon hin.« Stefanie machte einen neuen Versuch. Tatsächlich schaffte sie es. Ruckelnd und zuckelnd fuhr sie los. Christian hatte einen Umweg über kleine Landstraßen gefunden, und mit jedem Kilometer wurde die Fahrt flüssiger. Als sie sich Pforzheim näherten, bat Steffi ihren Beifahrer aber dann doch, das Steuer zu übernehmen. »Im Stadtverkehr traue ich mich noch nicht so recht.«

Um die Mittagszeit parkte Christian den Wagen am Bahnhof. Das Grau des Himmels hatte sich weiter gelichtet, die Sonne war nun schon deutlicher zu erkennen. Zu Fuß machten sie sich auf die Suche. Stefanie fragte jeden Passanten nach einem türkischen Restaurant. Christian hätte versucht, das Lokal auf eigene Faust zu finden. Er hasste es, nach dem Weg zu fragen. Warum? Das konnte er sich auch nicht erklären. Auch auf Wanderungen war das so. Lieber verlief er sich ein paarmal, als dass er einen Fremden angesprochen hätte. Das änderte sich freilich sofort, wenn er beruflich unterwegs war. Ähnlich verhielt es sich beim Telefonieren. Privat war ihm jedes Ferngespräch ein Graus. Wenn er recherchieren musste, konnte er stundenlang am Telefon hängen.

Stefanies Methode erwies sich als wesentlich effektiver. Ein junger Mann, offenbar selbst Türke, wusste Bescheid und ging sogar ein Stück mit ihnen. Am Ende zeigte er in eine schmale Gasse. Man konnte das Schild schon erkennen: »Bei Ali – Restaurant – Türkische Spezialitäten.« Das müsse es sein, sagte der freundliche junge Mann.

Das Restaurant erwies sich als klein, aber gediegen. Leider seien alle Tische reserviert, sagte der Wirt. »Sonntags sind wir eigentlich immer ausgebucht.«

Er sei ein Freund von Kemal Yüksül, sagte Christian. »Wir kommen aus Stuttgart beziehungsweise aus Weihersbronn, nur um uns bei Ihnen nach ihm zu erkundigen.« Daraufhin nahm Ali ein paar Akten, das Bestellbuch, Schreibzeug und einige Stempel samt Stempelkissen von einem Tischchen direkt neben der Theke. »Ist eigentlich mein Arbeitsplatz. Aber ich lasse gleich eindecken«, sagte er. »Bitte, setzen Sie sich.«

Das Essen war vorzüglich, und der Wein, der aus dem Stromberggebiet ganz in der Nähe stammte, hervorragend. Die Gäste, überwiegend einheimische Deutsche, begannen schon um ein Uhr zu bezahlen. Eine halbe Stunde später war das Lokal fast leer.

Das sei jeden Sonntag so, sagte Ali. »Die Pforzheimer essen, wie sie arbeiten: schnell, präzise, und ohne sich lange damit aufzuhalten.« Er lachte. »Immerhin geben sie sonntags ein Trinkgeld, was unter der Woche selten passiert.«

»Was wissen Sie von Kemal?«, fragte Christian.

Der Wirt schüttelte bekümmert den Kopf. »Er hat sich noch nicht wieder bei mir gemeldet.«

»Bei mir auch nicht. Aber er arbeitet doch bei Ihrem Cousin in Kopenhagen, oder?«

»Auch das weiß ich nicht so genau. Ich müsste mal wieder dort anrufen.«

»Vielleicht könnt ihr das gleich gemeinsam machen«, mischte sich Stefanie ein.

»Gute Idee!«, sagte Christian.

Der Wirt streckte seinen Arm lang aus, holte das Telefon von der Theke und schob es Christian hin. »Ich muss bei den letzten Gästen kassieren.«

»Und die Nummer?«

Ali stand auf, ging hinter den Tresen, suchte in einem kleinen Regal, das hoch an der Wand hing, und kam schließlich mit einem Büchlein wieder, das er aufschlug und vor Christian hinlegte.

Christian war quasi im Berufsmodus und wählte ohne Umstände. »Ebinger hier«, meldete er sich, »sprechen Sie Deutsch? … Sehr schön. Ich bin auf der Suche nach Kemal Yüksül … Bitte? … Arbeitet er denn nicht bei Ihnen? … Aha … aber er ist doch mit Ihnen verwandt? … Ich verstehe … Ich bin übrigens in Pforzheim bei Ali, wollen Sie ihn sprechen?« Christian winkte Ali, der gerade beim letzten Gast kassierte. Der Wirt kam rasch an den kleinen Tisch zurück und nahm Christian den Hörer aus der Hand. Ein Schwall türkischer Sätze folgte, dann kurzes Schweigen und wieder eine Tirade auf Türkisch. Ali wurde immer lauter und sichtbar immer wütender. Schließlich stieß er ein paar Worte aus, die eigentlich nur Flüche sein konnten, und knallte den Hörer auf die Gabel.

»Was ist passiert?«, fragte Christian.

Zuerst schimpfte der Wirt weiter auf Türkisch, kam dann zur Ruhe, atmete ein paarmal tief durch. »Und ich hab ihm fünftausend Mark geliehen!«

»Bei mir sind es fünfhundert«, sagte Christian. »Ich fürchte, die sehen wir nie wieder.«

»Er hat in Kopenhagen ein eigenes Lokal eröffnet und macht jetzt unserem Cousin Konkurrenz. Gekocht hat er bei ihm nur eine Woche.« Plötzlich ging ein breites Grinsen über Alis Gesicht. »Ist das nicht toll?«

Die beiden anderen sahen ihn verständnislos an.

»Er wollte immer weg aus Stuttgart. Schon seit seiner Scheidung. Die Pacht für sein Lokal war viel zu hoch. Unser eigener Landsmann hat ihn förmlich ausgebeutet. Trotzdem hat er wohl einiges gespart. Und dann hat er noch überall Geld genommen, wo er es kriegen konnte, und schon kann er in Dänemark neu starten. Es muss ein sehr schönes Restaurant sein, sagt mein Cousin. Und Kemal zahlt ganz wenig Pacht.« Ali klatschte in die Hände. »Ein gelungener Coup!«

»Und Ihre fünftausend Mark?«

»Die krieg ich irgendwann wieder, und wenn ich sie mir mit dem Gewehr holen muss.«

»So eine Methode steht mir leider nicht zur Verfügung«, sagte Christian säuerlich.

»Lassen Sie mal. Ich mach das auch für Sie.« Alis gute Laune schien durch nichts mehr gestört werden zu können.

»Dann zahl ich mal«, sagte Christian noch immer leicht verärgert.

»Sie waren Gäste des Hauses. Geben Sie mir Ihre Karte, dann melde ich mich, wenn ich dem Gauner das Geld wieder abgeknöpft habe.«

Christian holte eine Visitenkarte aus seiner Jackentasche. »Eine Frage hätte ich noch: Warum sprechen Sie so gut Deutsch?«

Ali lachte. »Ich bin hier geboren und aufgewachsen. Ich habe auch einen deutschen Pass. Ich bin ein waschechter Pforzheimer. Leider durfte ich den Dialekt nie sprechen. Das hat mir mein Vater streng verboten. Dafür musste ich Türkisch lernen, aber das war auch kein Fehler.«

Die Sonne hatte sich durchgesetzt, als Stefanie und Christian das Lokal verließen.

»Wir fahren durchs Würmtal Richtung Calw«, entschied Christian, »und machen einen Abstecher nach Zavelstein. Vielleicht können wir ja im Schwarzwald eine Stunde oder zwei wandern. Willst du wieder fahren?«

»Für den Anfang war das heute Vormittag genug«, antwortete Steffi und hakte sich bei ihm ein.

Als sie das Auto erreichten, hatte Christian plötzlich eine Idee: »Ich könnte Marcia Haydée anrufen. In der Zeitung hab ich gesehen, dass heute Abend ›Der Widerspenstigen Zähmung‹ gegeben wird.«

»Aber die Karten sind doch längst verfallen!«, wandte Stefanie ein.

Christian zog die Visitenkarte der Primaballerina aus der Brusttasche seiner Jacke. »Sie hat gesagt, ich kann sie jederzeit anrufen.«

Im Bahnhof fanden sie ein Münztelefon. Christian wählte die Nummer, und die Tänzerin war fast sofort am Apparat. »Ja?«

»Hier ist Christian Ebinger, der Journalist vom SPIEGEL, wir haben ...«

»Ja, ja, ja, ja, ich weiß doch Bescheid. Was kann ich für Sie tun?«

»Es ist zwar ein bisschen kurzfristig, aber heute Abend ...«

»Ich freue mich! Zwei Karten – Sie kommen doch zu zweit ...?«

»Ja.«

»Ich lasse die Karten an der Abendkasse hinterlegen! Vielleicht sehen wir uns ja anschließend im Turkuaz.«

»Ja, gerne!« Christian hängte den Hörer ein und sagte zu Steffi: »Die vom Ballett gehen also weiter ins Turkuaz.«

Statt in den Schwarzwald fuhr Christian nun auf dem schnellsten Weg nach Weihersbronn zurück. Stefanie, die alles gelesen hatte, was über den Ballettabend in den Zeitungen gestanden hatte, nutzte die Fahrt, um Christian auf den Abend vorzubereiten: »Also, pass auf! Es ist etwas ganz Neues, obwohl die Uraufführung schon im März 1969 war. Die Stuttgarter Zeitung hat geschrieben, es sei die erste Ballettkomödie des 20. Jahrhunderts. Das Libretto hat der Ballettmeister John Cranko selbst verfasst, also natürlich auf der Basis von Shakespeares Theaterstück, und er hat auch die Choreografie entwickelt. Als Musik hat er Melodien, vor allem Klaviersonaten von Domenico Scarlatti, ausgewählt und seinem Freund, dem Komponisten Kurt-Heinz Stolze, in die Hand gedrückt. Der hat was ganz Neues aus Scarlattis Musik gemacht. Muss aber toll sein! Und wer da alles tanzt! Marcia Haydée als Katharina Baptista, dann Egon Madsen, John Neumeier und Heinz Clauss.«

Die Namen sagten Christian nichts. Er sah zu Steffi hinüber. Vor Freude hatte sie ganz rote Backen bekommen. Wie um das zu begründen, rief sie: »Ich freu mich ja so!«

Vor Steffis Wohnung blieb Christian im Wagen sitzen, während sie schnell ihr Theaterkleid und die passenden Schuhe aus ihrem Zimmerchen holte. Ein Nachthemd, Zahnbürste und Kosmetika hatte sie schon seit einiger Zeit in Christians Badezimmer deponiert.

Im Unterschied zu Stefanie Bornschein hatte Christian Ebinger nur wenig Ahnung vom Tanztheater. Selbst mit dem Begriff »Handlungsballett« konnte er nichts anfangen. Aber das änderte sich an diesem Abend. Was die Gruppe um Marcia Haydée auf die Bühne zauberte, begeisterte ihn restlos. Und die Primaballerina war überragend.

Später sagte er ihr dies, als sie gemeinsam an einem Tisch im Turkuaz saßen. Sie lachte: »Ich wusste doch, dass ihr zwei im Publikum seid. Da hab ich mich natürlich besonders angestrengt!«

Der Prozess

Am 21. Mai 1975 begann der Baader-Meinhof-Prozess. Es war ein sonniger Tag. Vor der Prozessfestung versammelten sich Hunderte von Menschen. Eine Reiterstaffel der Polizei sicherte das Areal. Um den Betonbunker lief ein dicker Stacheldrahtzaun. Der Luftraum über Stammheim war gesperrt.

Wie alle anderen Journalisten vor Ort hatte sich auch Christian Ebinger als Beobachter des Verfahrens akkreditieren lassen. Nun stand er in der Schlange zwischen seinen Kolleginnen und Kollegen. Einzeln wurden sie eingelassen, mussten durch eine Drehtür und gelangten in einen hallenartigen, fensterlosen Raum mit grauen Betonwänden. Neonröhren verstrahlten ein kaltes Licht. In der Mitte der Halle standen in einem riesigen Glaskasten schmale Arbeitstische, an den Wänden hingen Münztelefone, über welche die Reporter ihre Berichte durchgeben konnten. Auf den Tischen einfache Schreibmaschinen. Das würde also sein zweiter Arbeitsplatz für die nächsten Wochen oder gar Monate sein.

»Hier hinein«, sagte einer der Polizisten zu Christian und wies auf einen zellenartigen schmalen Raum. »Und ziehen Sie sich bitte aus.«

»Wie bitte?«

»So lautet die Anweisung«, antwortete der Beamte nicht unfreundlich. Er verschloss die schmale Tür von innen, durchsuchte penibel die abgelegten Kleider, leerte die Hosentaschen und verwahrte deren Inhalt in einem Plastikbeutel. Selbst eine angebrochene Zigarettenschachtel wurde konfisziert. Es gebe im Vorraum zum Verhandlungssaal einen Zigarettenautomaten, erklärte der Beamte. Aus dem könnten sich die Besucher bedienen. Dann hob er den Plastikbeutel hoch. »Kriegen Sie alles wieder, wenn Sie gehen.« Christian durfte nicht einmal seinen Kugelschreiber behalten. Die Journalisten erhielten als

Ersatz behördeneigene Bleistifte. Der Polizist bat Christian, sich zu bücken.

»Ich bin hier nicht angeklagt, sondern Berichterstatter«, sagte der Journalist.

»Ist mir ja auch peinlich«, murmelte der Polizist als er Christians After mit einer Taschenlampe ausleuchtete.

Christian musste unwillkürlich lachen. »Was könnte ich denn da drin verstecken? Eine Waffe?«

Der Beamte blieb ernst: »Eine Minikamera zum Beispiel. Fotografieren ist strengstens verboten.«

Als sich Christian wieder angezogen hatte und die Zelle verließ, sah er, dass nicht alle seine Kollegen einer so strengen Kontrolle unterzogen wurden wie er. »Was verschafft mir denn nun die Ehre, dass Sie mich so besonders genau unter die Lupe nehmen?«, fragte er den Polizisten.

Der Beamte zuckte die Achseln. »Keine Ahnung. Sie standen auf der Liste.«

Christian betrat den Glaskasten und suchte sich einen der schmalen Arbeitstische aus.

Eine halbe Stunde später wurden die Journalisten in den Verhandlungssaal eingelassen. Kurz danach auch die Zuschauer, die das Glück hatten, eine Eintrittskarte bekommen zu haben. Für die Reporter waren gelbe Plastikstühle mit aufklappbaren kleinen Tischplatten bereitgestellt und je einem Presseorgan zugeteilt. Ebinger fand seinen Platz als zweiten von rechts in der ersten Reihe direkt gegenüber der Anklagebank.

Der Sitzungssaal, etwas über 600 Quadratmeter groß und hoch wie eine Turnhalle, wirkte abweisend und kalt. Heizungs- und Belüftungsrohre liefen unter der Decke entlang. Die Wände bestanden aus nacktem Beton. An der Stirnseite prangte hinter dem Richtertisch ein riesiges Wappen des Landes Baden-Württemberg.

Die Anwälte waren bereits da, ebenso die Vertreter der Bundesanwaltschaft. Der Verteidiger Gudrun Ensslins, Otto

Schily, stand sehr aufrecht auf dem Podium und maß mit seinen Blicken jede Journalistin und jeden Journalisten ein paar Augenblicke lang, während sich die Anwältin Marie-Luise Becker angelegentlich mit den Akten beschäftigte und kein einziges Mal den Kopf hob. Ihre Kollegen von Plottnitz und Riedel unterhielten sich flüsternd. Die Rechtsanwälte Klaus Croissant, Kurt Groenewold und Hans-Christian Ströbele, alle drei Wahlverteidiger von Andreas Baader, waren kurz vor der Verhandlung ausgeschlossen worden. Ihnen wurde vorgeworfen, die kriminellen Taten ihrer Mandanten unterstützt zu haben. Um so verfahren zu können, war erst kurz vor Prozessbeginn die Strafprozessordnung geändert worden. Und so kam es, dass Andreas Baader zu Beginn des Prozesses ohne eigenen Verteidiger dastand. Und Pflichtverteidiger, von Baader und seinen Freunden nur Zwangsverteidiger genannt, lehnten die RAF-Mitglieder von Anfang an ab. Den Wahlverteidigern war der Status von Pflichtverteidigern zugesprochen worden, sodass ihre Entlohnung durch den Staat gesichert war.

Die Angeklagten wurden hereingeführt. Baader voraus, der die versammelte Presse mit unübersehbarer Verachtung musterte. Ulrike Meinhof hielt den Kopf gesenkt, ebenso Jan-Carl Raspe. Gudrun Ensslin wirkte eher neugierig. Als man ihr die Handschellen abgenommen und sie Platz genommen hatte, sah sie in die Runde. Ihr Blick erfasste Christian Ebinger. Ein Lächeln huschte über ihr Gesicht, und es schien ihm, als nicke sie ihm verstohlen zu.

Die Richter betraten den Saal. Die Zuschauer und die Journalisten erhoben sich. Baader setzte sich demonstrativ und grinste.

»Die Sitzung ist eröffnet«, sagte der Vorsitzende Richter Prinzing. »Damit komme ich zum Aufruf der Strafsache gegen Andreas Baader, Ulrike Meinhof, Gudrun Ensslin, Jan-Carl Raspe.«

Mit diesem Tag begann ein nervtötendes verbales Gerangel, das sich über Wochen hinzog. Zunächst ging es vor allem darum, dass Baader in der kurzen Zeit keinen eigenen Verteidiger gefunden hatte. Als sich schließlich der Frankfurter Jurist Hans Heinz Heldmann bereit erklärte, das Mandat zu übernehmen, ging ein neues Tauziehen los. Er hatte die Prozessakten nicht bekommen, und das Gericht wie auch die Staatsanwaltschaft waren der Meinung, er könne sich die Unterlagen bei den anderen Wahlverteidigern besorgen. Der Verteidiger von Plottnitz erregte sich: »Herr Vorsitzender, ist dem Senat beziehungsweise der Bundesanwaltschaft eigentlich bewusst, was sich hier im Moment abspielt? In einem Verfahren, für das Aber- und Abermillionen für angebliche Sicherheitsbelange investiert werden, scheinen Sie aus Kostengründen davor zurückzuscheuen, dem Kollegen Heldmann die minimalsten Verteidigungsunterlagen zur Verfügung zu stellen.«

Das Verfahren steckte fest. Bis weit in den Juni hinein dauerten die Wortgefechte an. Die Angeklagten beleidigten die Richter und die Staatsanwälte. Die Pflichtverteidiger beschimpften sie als Schweine und Knechte des Systems. Sobald einer von ihnen das Wort ergriff, schrie Gudrun Ensslin: »Du hältst die Fresse! Du sprichst nicht für uns!«

Christian starrte sie an. Dieses wutverzerrte Gesicht entstellte Gudrun.

»Wir werden so lange stören, bis diese Speichellecker des Systems hier raus sind«, sagte Baader.

Gestritten wurde in den ersten Wochen vor allem darüber, ob die Gefangenen überhaupt verhandlungsfähig seien. Nachdem sie in einen Hungerstreik getreten waren, sahen alle vier erbärmlich aus. Christian war überzeugt davon, dass sie sich nicht mehr richtig konzentrieren konnten. Das Gericht schien schließlich zu demselben Ergebnis zu kommen und verfügte, dass an den Prozesstagen nur drei, maximal vier Stunden verhandelt werden solle. Aber dieser Beschluss wurde bald wieder aufgehoben, nachdem sich jene Juristen durchgesetzt hatten, die den Gefangenen unterstellten, ihre Hungerstreikaktionen nur durchzuführen, um verhandlungsunfähig zu sein.

Kurz darauf wurde die Strafprozessordnung ein weiteres Mal geändert. Neue Paragrafen regelten, dass eine Verhandlung in Abwesenheit der Angeklagten durchgeführt werden dürfe, sofern diese ihre Verhandlungsunfähigkeit vorsätzlich und schuldhaft herbeiführten, zum Beispiel durch einen Hungerstreik.

Am 26. Verhandlungstag, man schrieb den 19. August 1975, wollte der Vorsitzende Richter Prinzing endlich mit der Vernehmung zur Person beginnen. Jan-Carl Raspe war als Erster dran. Er verweigerte jede Aussage zur Person, wollte aus dem Saal gebracht werden, und als ihm das verweigert wurde, versuchte er, über die Brüstung vor der Anklagebank zu steigen. Er wurde von Vollzugsbeamten überwältigt und auf die Bank zurückgebracht. Danach wurde Ulrike Meinhof vorgeführt.

»Bitte nehmen Sie Platz«, empfing Prinzing sie höflich.

»Ich nehme nicht Platz«, antwortete sie.

»Dann darf ich Sie auf Folgendes hinweisen: Wir beabsichtigen jetzt, zur Vernehmung der Person zu kommen.«

»Das interessiert mich nicht.« Ulrike Meinhof stand hoch aufgerichtet da. Die Hände umklammerten den Rand der Brüstung vor ihr.

»Sie haben jetzt Gelegenheit, sich zu Ihrer Person zu äußern. Wenn Sie das nicht tun, ist die Konsequenz, dass wir in der Verhandlung fortschreiten müssen.«

»Ich habe hier nur zu erklären, dass ich hierhergeschleppt worden bin. Unter diesen Bedingungen werde ich keine Erklärung zur Person abgeben.«

Raspe meldete sich: »Ich gehe jetzt hier runter, und Sie werden natürlich das Schauspiel noch mal durchziehen.«

Es gab ein neues Gerangel. Raspe wurde von den Beamten wieder auf seinen Platz geführt. Nun versuchte auch Ulrike

Meinhof, die Anklagebank zu verlassen. Der Vorsitzende Richter erklärte: »Frau Meinhof, als Angeklagte ist es Ihre Pflicht hierzubleiben.«

»Ich lass mich doch nicht zwingen, du Arschloch!«, schrie sie.

Daraufhin verkündete Prinzing ganz sachlich: »Die Angeklagte wird für den heutigen Tag ausgeschlossen, weil sie den Vorsitzenden ein Arschloch genannt hat.«

Ulrike Meinhof wurde abgeführt.

»Was für eine Farce«, sagte ein Kollege, der hinter Ebinger in der zweiten Reihe saß.

Das Spiel setzte sich fort. Als Andreas Baader hereingeführt wurde, rief er gleich: »Ich verlange von Ihnen, Prinzing, dass Sie mich jetzt gleich ausschließen werden, sonst sehe ich mich gezwungen, Sie zu beleidigen.«

Mahnend und mit leiser Stimme sagte der Vorsitzende Richter: »Herr Baader …«

»Ja, wollen Sie es unbedingt hören? … Sie sind ein faschistisches Arschloch.«

Im gleichen Augenblick wurde Gudrun Ensslin von Justizbeamten in den Saal geführt.

»Schließen Sie mich jetzt aus?«, fragte Baader feixend.

»Und mich gleich mit, altes Schwein!«, schrie Gudrun Ensslin.

Prinzing wollte etwas sagen, aber Baader ließ ihn nicht dazu kommen. Jedes Wort betonend rief er in den Saal: »Ich stelle noch einmal ausdrücklich fest, Prinzing, Sie sind ein faschistisches altes Arschloch.«

Der Richter ließ die Mikrofone abstellen. Gudrun Ensslin schrie, so laut sie konnte: »Wir sind nicht verteidigungsfähig, infolgedessen werden wir auch nicht teilnehmen, alte Sau!«

Richter Prinzing verkündete den Beschluss, die verbliebenen drei Angeklagten ebenso wie Frau Meinhof für diesen Tag von der Verhandlung auszuschließen.

Die Angeklagten wurden aus dem Saal gebracht. Baader wurde von einem Justizbeamten dicht an Christians Platz vorbeigeführt, und so wurde der SPIEGEL-Reporter Zeuge eines kurzen Dialogs. Der Beamte, ein gutmütiger älterer Mann, legte kurz seine Hand auf Baaders Schulter und sagte. »Machen Sie keinen Ärger, Herr Baader. Es bringt doch nichts.« Baader schüttelte die Hand ab und zischte: »Machen Sie das nie wieder. Denken Sie an Ihre Frau und Ihre Kinder.«

Der Beamte blieb stehen und sah Baader direkt in die Augen. »Die Drohung können Sie sich sparen. Ich habe keine Kinder. Im Übrigen finde ich es billig, was Sie hier machen. Sie wissen genau, dass wir nur unsere Pflicht tun müssen.«

Plötzlich lächelte Baader und sprach ganz ruhig. »So hab ich das doch gar nicht gemeint. Ich wollte sagen, Sie sollen an Ihre Frau und Ihre Kinder denken, damit Sie nicht in den Ruf eines Sympathisanten kommen und Ihren Beruf verlieren, wenn Sie mir hier so freundschaftlich die Hand auf die Schulter legen.«

Später erkundigte sich Christian bei seinen Kollegen, ob jemand den besonnenen älteren Vollzugsbeamten kenne, der Baader abgeführt hatte, und erfuhr: Es war Horst Bubeck, der verantwortliche Mann im siebten Stock. Niemand kenne die Angeklagten besser als er.

Dr. Prinzing erklärte die Anhörung der Angeklagten zur Person als erledigt und gab das Wort an die Bundesanwaltschaft zur Verlesung der Anklage. Am 26. Verhandlungstag! 81 Tage nach Beginn des Prozesses! Der Bundesanwalt begann: »Ich klage an: den berufslosen Andreas Bernd Baader, die Studentin Gudrun Ensslin, die Journalistin Ulrike Marie Meinhof, den Diplompsychologen Jan-Carl Raspe, gemeinschaftlich durch neun selbstständige Handlungen – heimtückisch und mit gemeingefährlichen Mitteln in zwei Fällen insgesamt vier Menschen getötet und in weiteren Fällen mindestens vierundfünfzig Menschen zu töten versucht zu haben –, in Tateinheit hiermit durch Sprengstoffe

Explosionen herbeigeführt und dadurch Leib und Leben anderer sowie fremde Sachen von besonderem Wert gefährdet zu haben, tateinheitlich eine Vereinigung gegründet zu haben, deren Zwecke darauf gerichtet sind, strafbare Handlungen zu begehen.«

Es war sehr still im Saal. Auch die Verteidiger hörten aufmerksam zu und störten nicht. Der Staatsanwalt fuhr fort: »Auch nach der Verhaftung gaben die Angeschuldigten ihre Ziele nicht auf. Noch aus der Haft heraus versuchten sie, die Gruppenarbeit neu zu organisieren …«

»Die Gruppenarbeit« – Christian Ebinger machte einen Kringel um dieses Wort in seinem Notizblock. In Wahrheit ging es doch um die ›Arbeit‹ neuer terroristischer Banden, die sich als Folgeeinheiten der RAF bezeichneten, sich aber nur noch wenig an das hielten, was Baader und seine drei Mitgefangenen von ihnen verlangten.

Nach jedem Prozesstag fuhr Christian Ebinger in die Redaktion. Im Unterschied zu den Kollegen der Tagespresse, der Rundfunksender und der Agenturen hatte er seine Berichte nicht so schnell wie möglich zu verfassen und abzusetzen. Deshalb musste er auch nicht die Münztelefone im Glaskasten benutzen. Er nahm sich Zeit, schrieb nicht einfache Tagesberichte, sondern formulierte ganze Artikel, die freilich in den seltensten Fällen so erschienen, wie er sie über den Fernschreiber durchgegeben hatte. Manche Beiträge fanden gar nicht den Weg ins Blatt, andere wurden von den Kollegen in der Zentrale zusammengefasst, meist ergänzt durch Details, die in der Zentrale oder von anderen Korrespondenten recherchiert worden waren.

Als der Westdeutsche Rundfunk anrief, um bei Ebinger anzufragen, ob er eventuell bereit sei, gegen ein angemessenes Honorar in einer Magazinsendung am frühen Morgen einen kurzen Bericht des jeweils vorangegangenen Tages zu geben, fragte Christian dazu in Hamburg an, und die Chefredaktion erlaubte die Nebentätigkeit großzügig.

Nach jedem Prozesstag war Christian Ebinger schon morgens kurz nach sechs Uhr beim WDR auf Sendung. Tags zuvor hatte es wieder einmal endlose Wortgefechte zwischen den Wahlverteidigern, den Staatsanwälten und dem Gericht gegeben. Am schärfsten pflegte Otto Schily zu reden. Christian hatte sich ein paar seiner Sätze für die Radiosendung am nächsten Morgen notiert. Den Abend hatte er mit Steffi verbracht, und als sie – viel zu spät, wie so oft – ins Bett gingen, hatte er das Telefon an der langen Schnur hinter sich hergezogen und auf dem Nachttisch abgestellt. Kurz nach sechs Uhr am nächsten Morgen klingelte es, aber Christian schlief so fest, dass Stefanie ihn wach rütteln musste. »Dein Rundfunkinterview!«

Er meldete sich mit verschlafener Stimme.

»Guten Morgen, Herr Ebinger«, flötete eine hellwache Moderatorin. »In zwei Minuten sind wir auf Sendung.«

Christian hörte einen Schlager, der leise ausklang, dann die Moderatorin: »Es ist noch früh am Tag, aber wieder haben wir einen brandheißen, aktuellen Bericht vom gestrigen Verhandlungstag im Baader-Meinhof-Prozess. Herr Ebinger, Sie sind wie immer unser Berichterstatter. Wie war's gestern?«

Christian unterdrückte ein Gähnen. »Eigentlich wie immer. Das ewige Gezerre um Verfahrensfragen. Auch nachdem die Angeklagten inzwischen ausgeschlossen werden können, wenn sie stören, kommt das Gericht nicht so recht weiter. Immer wieder versuchen die Anwälte, die Richter als befangen zu erklären, und immer wieder muss das Gericht dazu einen Beschluss fassen, der auch immer wieder gleich lautet: abgelehnt. Rechtsanwalt Otto Schily brachte gestern allerdings einen neuen Ton in seine Wortgefechte mit dem Vorsitzenden Richter Dr. Prinzing. Wörtlich sagte er … Augenblick, ich hab's mir notiert.« Der Zettel lag am Boden und war halb unters Bett gerutscht. Ächzend zog ihn Christian hervor und richtete sich prustend wieder auf, während die Moderatorin sagte. »Halb so schlimm, wenn Sie den Text nicht wörtlich parat haben.«

»Habe ich aber. Schily sagte: ›Herr Prinzing, Ihre Robe wird immer kürzer und das Krokodil darunter immer sichtbarer.‹ Und sein Kollege Rupert von Plottnitz rief hinterher: ›Heil, Dr. Prinzing!‹«

»Und wie war die Reaktion Prinzings?«, fragte die Moderatorin.

»Er tat, als habe er es nicht gehört, und fuhr in der Verhandlung fort. Freilich waren die Angeklagten schon wieder einmal nicht mehr im Raum.«

»Danke, Kollege Ebinger. Danke nach Stuttgart!«, zwitscherte die Moderatorin.

Christian drehte sich zu Steffi um und sagte: »Das ist auch das erste Mal, dass ich mein Geld im Bett verdient habe«, und legte auf.

Zehn Sekunden später klingelte sein Telefon wieder. Er hob ab. »Ja, ist noch was?«

Lautes Lachen schallte ihm entgegen. Am anderen Ende der Leitung war ein alter Freund, Wenzel Schmidt, der in Essen wohnte. »Sag mal, du verdienst dein Geld im Bett?«

»Was?«

»Hast du doch grade im WDR gesagt!«

»Was? War ich da etwa noch auf Sendung?«

»Ja, logisch, sonst hätt ich's ja nicht gehört.«

Wie hatte William Hentschke gesagt? »Ich beneide Sie nicht darum, dass Sie sich da drin nun wochen- oder monatelang den Arsch breitsitzen müssen, aber unser Beruf hat halt nicht nur positive Seiten.« Die Sätze konnte Christian Ebinger inzwischen vollinhaltlich unterschreiben. Selbst die Wahlverteidiger meldeten sich nun immer häufiger ab und schickten Vertreter in die Gerichtsverhandlung. Im Jahr 1975 ging »nichts vor und nichts zurück«, wie sich ein Kollege von der dpa ausdrückte.

Und dann erschienen da auf einmal Fotos aus dem Gerichtssaal in der Illustrierten Quick. Zwar hatte sich das Verhältnis zwischen den Justizbeamten und Polizisten einerseits und den

Journalisten andererseits in letzter Zeit etwas entspannt. Aber die Eingangskontrollen waren noch so scharf wie am ersten Tag. Unvorstellbar, dass unter diesen Bedingungen jemand eine Kamera in den Gerichtssaal gebracht haben konnte.

Die Perspektive, aus der die Bilder aufgenommen waren, ließ vermuten, dass der Fotograf links hinter Christian Ebinger positioniert gewesen sein musste. Im Glaskasten, wo sich die Reporter der verschiedensten Presseorgane nun immer öfter trafen, um sich vom Prozess zu erholen, eine Zigarette zu rauchen oder auch mal eine Runde Skat zu spielen, wurde heiß diskutiert: Der Fotograf müsse mit einem Bewacher unter einer Decke gesteckt haben, war noch die plausibelste Antwort auf die Frage, wie ein Fotoapparat in den Gerichtssaal gekommen sein mochte. Die Quick hatte eine ganze Bildstrecke veröffentlicht. Die Angeklagten waren, ebenso wie ihre Verteidiger, sehr scharf und heftig gestikulierend zu sehen. Christian sah sich die Bilder genau an. Er nahm sogar eine Lupe zu Hilfe, um jedes Detail studieren zu können. Auf einigen der Fotos erkannte er, dass sie über seine Schulter gemacht worden waren, die angeschnitten noch im Bild zu erkennen war. Er hatte in letzter Zeit immer eine Jacke aus Cordsamt getragen, die er im frühen Sommer gekauft hatte. Das Stoffmuster war klar zu erkennen.

Am nächsten Verhandlungstag schaute er sich mehrmals über seine linke Schulter um. Gleich in der zweiten Reihe hinter ihm saß Bruno Lasko, ein Radioreporter aus Saarbrücken. Im Verlauf der Gerichtstage hatten sie ein gutes Verhältnis zueinander entwickelt, das so weit ging, dass der eine dem anderen schon mal seine Notizen überließ, wenn der einmal nicht da sein konnte oder aus Langeweile schwänzte, was vor allem auf Lasko zutraf.

Ihre Blicke trafen sich. Lasko grinste, und Christian hatte das Gefühl, als nicke er bestätigend zu seiner stummen Frage: »Hast du die Bilder gemacht?«

Am Abend lud Christian den Kollegen auf ein Bier ein. Es

wurde ein mehrgängiges Essen in einem griechischen Lokal namens Akropolis im Bohnenviertel mitten im Stuttgarter Kessel. Sie waren bereits zum Wein übergegangen und hatten zur besseren Verdauung der Lammkeule, die sie beide gegessen hatten, ein paar Schnäpse genommen, als Christian sagte: »Und jetzt raus mit der Sprache: Wie hast du's gemacht?«

»Was gemacht?«

»Was schon? Die Fotos aus dem Gerichtssaal.«

Es dauerte noch eine Weile, und erst nachdem Christian Ebinger beim Leben seiner Mutter und seiner Geliebten geschworen hatte, niemals etwas zu verraten – »Ich würde auch jedes Wort klar abstreiten«, hatte Bruno Lasko gesagt –, erst danach begann der Kollege, leise zu erzählen: »Du ziehst doch auch manchmal Zigaretten aus dem Automaten im Vorraum des Gerichtssaals?«

»Ja, wie alle, die rauchen.«

»Gut! Ich hab mir gedacht, der Mensch, der den Automaten nachfüllt, wird wohl kaum groß kontrolliert, und selbst wenn …« Lasko nahm einen langen Schluck aus seinem Weinglas und goss sich selber nach. »Also: Ich habe rausgekriegt, welcher Zigarettenhändler die Automaten beliefert beziehungsweise befüllt. Es war nicht schwer, ihn zu finden. Ich bin dann zu ihm gegangen und …« Er unterbrach sich. »Weißt du, welche Zigarettenmarke in einer Hardbox verkauft wird?«

»Keine Ahnung.«

»Attika!«

»Ja, stimmt.«

»Ich bin also hin zu dem Mann mit drei Attika-Schachteln und fünf Riesen.«

»Fünftausend Mark?«

»War eine gut kalkulierte Investition, Ebinger. Eine gut kalkulierte Investition«, wiederholte Lasko noch einmal. »Ich hab dem Mann gesagt: ›Du füllst zwei normale Attika-Schachteln ein, dann meine drei, dann wieder ganz normale Päckchen.‹

Er war natürlich zuerst skeptisch. Aber ich ließ ihn einen Blick in meine Schachteln werfen. Waffen waren da ja nicht drin, sondern eine Minikamera in der einen und zwei Filme in den beiden anderen. Er hat dann noch versucht zu pokern, aber ich hab gesagt: ›Ich hab nur die fünftausend, und wenn es damit nicht geht, müssen wir's bleiben lassen.‹ Natürlich hat er sich auf das Geschäft eingelassen. Den Rest kannst du dir denken.«

Christian nickte. »Du bist morgens schon ganz früh rein, hast fünf Schachteln Attika gezogen, und das war's.«

»Genau!«

»Und was hat dir die Quick für die Fotos bezahlt?«

Lasko grinste über das ganze Gesicht. »Mehr! Sehr viel mehr als die fünftausend, und deshalb kann ich dich jetzt auch einladen und die Rechnung übernehmen.«

Sie tranken den Wein aus, und als sie das Lokal verließen, schwankten beide ein wenig. »Ich hab's dir nur erzählt, weil ich das Gefühl hatte, du wärst sowieso drauf gekommen«, sagte Lasko mit etwas unsicherer Stimme. »Sonst rede ich mit niemandem darüber, obwohl es womöglich nicht einmal strafbar wäre.« Lachend ging er die Altstadtgasse hinunter, während Christian in der entgegengesetzten Richtung bergauf marschierte.

Christian Ebinger versuchte mehrfach, eine Besuchserlaubnis für Gudrun Ensslin zu bekommen. Das Gericht aber hatte immer kategorisch abgelehnt. Keine Kontakte zur Presse, egal, ob der Journalist die Angeklagte persönlich kannte oder nicht. Wenn dies der Fall sei, beschied Dr. Prinzing Ebinger persönlich, sei das umso mehr ein Grund, den Kontakt zu verhindern.

Und dann war kurz nach Neujahr völlig überraschend Gernot Stenzel, der Mann von der Abteilung Staatsschutz des Landeskriminalamts, in der Stuttgarter SPIEGEL-Redaktion erschienen. Gaby Heil führte ihn in Ebingers Büro. »Ich hoffe, Sie erinnern sich noch«, sagte der Beamte und stellte eine Flasche Champagner auf den Tisch. »Sie haben mich damals zum Weißwein eingeladen, das hier ist eine kleine Revanche.«

Christian wies auf einen der beiden Sessel an dem kleinen Besprechungstisch in der Ecke seines Büros. »Bitte, nehmen Sie Platz.« Die Flasche auf seinem Schreibtisch ignorierte er. Stenzel setzte sich erst, als auch Ebinger Platz nahm.

»Was kann ich für Sie tun?«, fragte der Redakteur.

Der Polizeibeamte lachte und zeigte dabei die makellose Reihe seiner weißen Zähne. »Vieles. Sehr vieles! Aber ich bin sicher, in den meisten Fällen lehnen Sie ab. Sie haben eine Besuchserlaubnis für Gudrun Ensslin beantragt.«

»Mehrere!«

»Ja, ich weiß. Aber mehr als eine wird man Ihnen nicht genehmigen.«

»Mehr als null, hätten Sie sagen müssen.«

Der Beamte wiegte seinen Kopf hin und her. »Wer weiß?« Er sah sich um. »Den Champagner sollten wir noch ein wenig in Ruhe lassen, aber haben Sie vielleicht etwas anderes zu trinken?«

»Was möchten Sie? Einen Kaffee? Wir haben auch Bier und Wein da und Wasser natürlich.«

»Ein Glas Wasser würde mir jetzt, glaube ich, guttun.«

Christian ging rasch ins Sekretariat und bat Gaby Heil, dem Gast ein Mineralwasser zu bringen.

»Der gefällt mir nicht«, flüsterte die Sekretärin.

»Mir auch nicht, aber von der Sorte gibt es noch mehr.«

Christian kehrte in sein Büro zurück. Stenzel war aufgestanden und hatte sich über das Manuskript in Ebingers Schreibmaschine gebeugt.

Normalerweise hätte sich Christian darüber aufgeregt, aber jetzt schien es ihm, als mache sich sein ungebetener Gast damit nur klein. »Sie können's nicht lassen, was?«, sagte der Journalist.

»Liest sich interessant«, antwortete Stenzel ohne das geringste Anzeichen von Verlegenheit. »Sie schreiben eine Geschichte über die Machenschaften beim ADAC?«

»Warten Sie doch einfach ab, bis sie bei uns im Blatt steht.«

Sie kehrten an den Besprechungstisch zurück. Gaby servierte das Wasser. Stenzel nippte an seinem Glas und hob dann den Kopf. »Es gab ein Gespräch zwischen der Staatsanwaltschaft, den Ermittlungsbehörden und dem Gericht. Man ist allgemein geneigt, Ihnen einen Besuch bei Frau Ensslin zu gestatten …«

Er hielt inne.

»Aber?«, fragte Christian Ebinger.

Stenzel fasste in die Innentasche seiner eleganten Jacketts und zog ein Papier heraus. Er legte es auf den Tisch und strich mit der flachen Hand darüber. »Das sind ein paar Fragen, wenn Sie die der Dame stellen könnten, würden uns die Antworten vielleicht ein Stück weiterbringen.«

Christian starrte den Beamten an. »Das ist nicht Ihr Ernst.«

»Bitte? Was meinen Sie?«

»Sie glauben doch nicht wirklich, dass ich mich auf diese Weise von Ihnen oder wem auch immer instrumentalisieren lasse?«

»Es ist ein Vorschlag. Ein Geschäft auf Gegenseitigkeit. Sie reden mit Ihrer alten Freundin und fragen Sie zwischendurch ganz beiläufig die paar kleinen Dinge, die hier stehen, und wir vergessen endgültig, dass sie damals das Auto für Jan-Carl Raspe gemietet haben.«

Christian nahm das Blatt, ohne den Text gelesen zu haben, faltete es sorgfältig auf Postkartengröße zusammen und reichte es Gernot Stenzel zurück. »Ich verzichte auf den Besuch bei Gudrun Ensslin.«

Der Beamte stand auf. Ein Lächeln umspielte seine dünnen Lippen. »Soll ich Ihnen etwas sagen? – In meinem Kollegenkreis wurde gewettet, ob Sie das Angebot annehmen werden.«

»Und? Worauf haben Sie gewettet?«

»Das werde ich Ihnen nicht sagen. Vielen Dank für das Mineralwasser.«

»Keine Ursache.« Christian hätte Stenzel am liebsten die Champagnerflasche wieder in die Hand gedrückt, aber der Gedanke kam ihm plötzlich kleinkariert vor. Er brachte den Besucher durch den langen Korridor zur Glastür und verabschiedete sich von ihm mit einem kurzen Händedruck.

Zurück in seinem Büro rief er umgehend den Rechtsanwalt Klaus Croissant an. Er bat ihn, Gudrun Ensslin wissen zu lassen, dass er mehrfach versucht habe, eine Besuchserlaubnis zu bekommen. Die sei immer abgelehnt worden. Heute nun habe man ihm den Besuch erlauben wollen, aber unter Bedingungen, die er seinerseits habe ablehnen müssen.

Dass Ebinger versucht habe, sie zu besuchen, sei Gudrun Ensslin bekannt, berichtete Croissant. »Und da hab ich auch gleich eine Neuigkeit für Sie: Gudrun hat mich wissen lassen, dass die vier Angeklagten bereit wären, ein SPIEGEL-Gespräch zu führen, wenn es über Sie läuft, Herr Ebinger.«

Ein Gespräch wurde es freilich nicht. Die Fragen, die Ebinger gemeinsam mit dem Hamburger Kollegen Manowski formulierte, trug der Rechtsanwalt Croissant in die Haftanstalt. Die Antworten brachte er kurz darauf zurück. Das ging so lange hin und her, bis ein halbwegs lesbarer Austausch zwischen Redaktion und Häftlingen zustande gekommen war.

Das fertige Manuskript, so wie es von den Häftlingen am Ende akzeptiert worden war, lag am Freitag vor. Rechtsanwalt Croissant bestand darauf, das Papier persönlich in die SPIEGEL-Redaktion nach Hamburg zu bringen. Eine Übermittlung über Fernschreiber oder die Überbringung durch Ebinger oder Manowski lehnte er strikt ab.

Manowski telefonierte mit Rudolf Augstein, und der entschied, dass die beiden Redakteure zusammen mit Croissant auf dem schnellsten Weg nach Hamburg kommen sollten. Aber es war kein Flug mehr zu kriegen. »Dann chartert eben eine Maschine«, entschied der Verleger. Und so kam Christian Ebinger in den Genuss, in einem Learjet von Stuttgart nach Hamburg zu fliegen.

In der Redaktion entstand eine heiße Diskussion. »Wenn wir das drucken, geben wir diesen Verbrechern doch eine Plattform«, sagte einer der stellvertretenden Chefredakteure wütend.

»Ich finde, die entlarven sich durch die Antworten selbst«, hielt Manowski dagegen.

»Trotzdem! Für ihre Sympathisanten ist das doch ein gefundenes Fressen.«

Rudolf Augstein, der am Ende entscheiden musste, war noch gar nicht da. Als einer fragte, wo er denn bleibe, sagte seine Sekretärin, er sei mit zwei oder drei seiner Kinder im Kino, in einer Neuverfilmung von Robin Hood. Aber da wirbelte der Chef schon zur Tür herein. Er ließ sich das Manuskript geben und widmete sich sofort konzentriert dem Text. Die letzten Zeilen las er laut: »Den proletarischen Imperialismus als Bedingung von revolutionärer Politik hier zu verwirklichen, so die Verbindung zwischen den Klassenkämpfen hier und den Befreiungskämpfen der Völker der dritten Welt zu sein, ist Sache der Metropolenguerilla.« Der Verleger ließ das Blatt sinken. Er sah in die Runde. »Rudi Dutschke kann so etwas viel besser formulieren. – Ist das nun ein Zeitdokument?«

»Ich finde, ja«, meldete sich William Hentschke.

Andere widersprachen. »Eine krude Selbstdarstellung. Die sprechen ja eine Sprache, die kein Mensch mehr versteht.«

»Total verkopft!«, rief einer dazwischen. »Die denken doch seit vier Jahren im Kreis herum.«

Es gab keine Einigung.

»Tja«, sagte Augstein, »drucken oder nicht drucken, das ist jetzt die Frage. Wer ist der Jüngste hier?«

Überrascht meldete sich Christian Ebinger.

»Was meinen Sie? Drucken oder nicht?«

»Mich dürfen Sie nicht fragen, ich hab mich, zusammen mit Herrn Manowski, wochenlang mit der Geschichte herumgeschlagen.«

»Drucken oder nicht?«, fragte der Verleger noch mal und ließ seinen Stuttgarter Redakteur nicht aus den Augen.

»Drucken!«

»Wo ist dieser Croissant?«

»Sitzt in der Kantine mit Hellmuth Karasek. Die kennen sich noch gut aus Karaseks Zeit bei der Stuttgarter Zeitung.«

»Okay«, entschied Augstein, »Croissant wollte bis zur Drucklegung dabei sein. Ich habe nichts dagegen. Aber ich will ihn nicht sehen.« Damit war die Konferenz beendet. Das Frage-und-Antwort-Spiel erschien im SPIEGEL vom 26. Januar 1976. Es wurde eingeleitet mit den Worten: »SPIEGEL-Fragen an Andreas Baader, Ulrike Meinhof, Gudrun Ensslin und Jan-Carl Raspe. Die vier Baader-Meinhof-Häftlinge antworten schriftlich auf Fragen des SPIEGEL nach Haftsituation und Selbsteinschätzung.«

Der Prozess zog sich hin. Die Journalisten, die ihn kontinuierlich beobachteten, wie auch Ebinger, fürchteten sich inzwischen vor den Verhandlungstagen, die nichts als schiere Langeweile brachten. Und dennoch mussten die Berichterstatter vor Ort sein. Es konnte ja etwas Unerwartetes passieren. So wie am 106. Verhandlungstag, dem 4. Mai 1976. In den Wochen vor diesem Termin war in verschiedenen Berichten durchgesickert, dass es im siebten Stock zu immer neuen und immer heftigeren Auseinandersetzungen zwischen Ulrike Meinhof und Gudrun Ensslin gekommen sein musste. Einer der Gefängnispfarrer sagte in einem vertraulichen Gespräch mit Reportern, zu denen auch Ebinger gehörte: »Es ist schrecklich. Frau Meinhof wird von den anderen regelrecht gemobbt. Ich sehe die manchmal im Rudel sitzen, und alle machen Ulrike Meinhof fertig. Ihre Texte werden von Gudrun Ensslin bearbeitet, man könnte auch sagen: umgeschrieben, und das Ergebnis bekommt Frau Meinhof nicht einmal zu sehen, bevor es rausgeht. Ich hab mit eigenen Ohren gehört, wie Herr Baader Frau Meinhof ein paar Mal eine ›fette Sau‹ und eine ›blöde Fotze‹ genannt hat. Und sie wehrt sich nicht. Ich hab immer noch ein Bild vor mir, wie sie wie ein Schaf wegtrottet und sich nicht stellt, sondern nur aufsteht, den Kopf gesenkt, und in ihrer Zelle verschwindet, und Andreas Baader lacht ihr höhnisch und laut hinterher.«

»Scheint so, als wäre er der absolute Boss im siebten Stock und niemand wagt es, ihm zu widersprechen«, sagte einer der Kollegen.

Der Pfarrer nickte. »Man könnte sagen, die Bedeutung, die er sich selber zumisst, ist ihm in den Kopf gestiegen und hat ihn um den Verstand gebracht.«

Am 4. Mai kamen die Angeklagten zum ersten Mal seit langer Zeit wieder gemeinsam in den Gerichtssaal. Es war kurz nach zwei Uhr nachmittags. Vom 10. März bis 10. April war Ulrike Meinhof ausgeschlossen gewesen. Danach war sie aus eigenem Entschluss den Verhandlungen ferngeblieben. Die Verteidiger hatten für diesen Tag eine große Zahl von Beweisanträgen vorbereitet, um, wie es die Angeklagten immer wieder von ihnen verlangt hatten, »den Prozess auf die politischen Füße zu stellen«.

Schily und seine Kollegen hatten sich offensichtlich vorgenommen, ein ganz großes Rad zu drehen. Sie wollten beweisen, dass die Regierung der USA durch ihr militärisches Eingreifen in Vietnam und Kambodscha Verbrechen gegen das Völkerrecht begangen hätten. Dabei hätten sie auch vom Boden der Bundesrepublik aus operiert. Die Anwälte argumentierten, die Gewaltanwendung der RAF gegen bestimmte militärische Einrichtungen auf dem Territorium der Bundesrepublik wie zum Beispiel die Bombenangriffe auf US-Stützpunkte in Frankfurt und Heidelberg seien demnach gerechtfertigt gewesen.

Unter den wenigen Journalisten und den nur noch versprengten Zuschauern brach eine gewisse Heiterkeit aus, als Schily und seine Kollegen beantragten, folgende Personen als Zeugen vorzuladen: den früheren US-Präsidenten Richard M. Nixon, den früheren Verteidigungsminister der US-Regierung, Melvin Laird, außerdem Willy Brandt, Helmut Schmidt, Ludwig Erhard, Kurt Georg Kiesinger und Walter Scheel.

Schließlich nahm Gudrun Ensslin das Wort: »Wir sind verantwortlich für die Angriffe auf das CIA-Hauptquartier und das 5. US-Korps in Frankfurt am Main und auf das US-Hauptquartier in Heidelberg, insofern wir in der RAF seit 70 organisiert waren, in ihr gekämpft haben und am Prozess der Konzeption ihrer Politik und Struktur beteiligt waren. Wir wären militärisch gerne effizienter gewesen. Leider sind wir auch verantwortlich für Aktionen von Kommandos – zum Beispiel gegen das Springer-Hochhaus –, von denen wir nichts wussten, deren Konzeption wir nicht zustimmen und die wir in ihrem Ablauf abgelehnt haben.«

Gemurmel unter den Journalisten. Inzwischen waren längst auch die Skatspieler wieder im Raum. Hatte nicht Ulrike Meinhof damals, vor vier Jahren, den Bekennerbrief geschrieben? Doch die war nicht mehr im Saal. Sie hatte schon nach einer halben Stunde die Anklagebank wieder verlassen und war in ihre Zelle zurückgekehrt.

Bruno Lasko beugte sich zu Christian Ebinger nach vorne: »Jetzt wissen wir, warum die Meinhof gleich wieder abgehauen ist. Sie muss gewusst haben, dass sich die Ensslin von dem Attentat aufs Springer-Haus distanzieren würde – eine glatte und zudem öffentliche Aufkündigung der Solidarität! Soll ich dir was sagen? Das überlebt die Meinhof nicht!«

»Nun übertreib mal nicht«, gab Christian zurück. »Aber wenigstens haben wir wieder mal was zu schreiben.«

Das nützte freilich wenig; denn schon seit einer Woche erschienen keine Zeitungen beziehungsweise erschienen nur Notausgaben, die den Namen Zeitung nicht verdienten. Zum ersten Mal seit Bestehen der Bundesrepublik streikten die Drucker. William Hentschke verlangte trotzdem einen ausführlichen Artikel über den 106. Prozesstag. Man werde versuchen, eine Notausgabe herauszubringen, und falls dies gelinge, werde man den Beitrag auf jeden Fall mitnehmen. Dann sagte er: »Bei dem Anschlag auf das Springer-Haus sind damals immerhin siebzehn Arbeiter und Angestellte verletzt worden – so viel zum Thema Kampf gegen das Establishment!«

Vier Tage später, am 9. Mai, einem Sonntag, fanden zwei Justizvollzugsbeamte Ulrike Meinhof erhängt in ihrer Zelle. Sie riefen sofort den Gefängnisarzt Dr. Helmut Henck. Er konnte nur noch den Tod feststellen. Ulrike Meinhof hatte eines der blau-weißen Anstaltshandtücher in Streifen gerissen, aneinandergeknotet und zu einem Strick zusammengedreht, den sie am Fenstergitter befestigte. Sie war dann – das ergaben die Ermittlungen – auf einen Schemel gestiegen, hatte das andere Ende des Stricks fest um den Hals gebunden und war gesprungen. Einen Abschiedsbrief hatte sie nicht hinterlassen. Auf ein Blatt mit allgemeinen Notizen hatte sie an den Rand geschrieben: »Selbstmord ist der letzte Akt der Rebellion.« Ebinger zitierte den Satz in seinem Bericht und ergänzte: »Vielleicht war ihr Selbstmord auch eine Rebellion gegen die Gruppe, die sie längst ausgeschlossen hatte.«

Wyhl

Inzwischen hatte Christian Ebinger Verstärkung für seine Stuttgarter Redaktion bekommen. Norbert Stötzel, zehn Jahre jünger als er selbst und bereits seit zwei Jahren Redakteur in der Hamburger Zentralredaktion, bezog das leere Büro neben Ebingers Arbeitsraum. Die beiden waren sich von Anfang an sympathisch. Rivalitäten kamen zu keinem Zeitpunkt auf. Stötzel war ein meist fröhlicher Zeitgenosse, sah gut aus und hatte die Gabe, auf Anhieb druckreif zu formulieren und seine Geschichten auf eine oft unerwartete Pointe hin zu schreiben.

Eigentlich hatte Christian damit gerechnet, dass es bis zur Beerdigung Ulrike Meinhofs, deren Leichnam nach Berlin überführt worden war, eine längere Prozesspause geben würde. Er wollte die Zeit nutzen, um gemeinsam mit seinem neuen Kollegen nach Wyhl am Oberrhein zu fahren.

Schon im Juli 1973 hatte die baden-württembergische Landesregierung bekannt gegeben, dort, am nördlichen Kaiserstuhl, ein neues Atomkraftwerk bauen zu wollen. Der aus Freiburg stammende Ministerpräsident Hans Karl Filbinger hatte bei dieser Gelegenheit stolz verkündet, er habe eine Vision für seine Heimatregion: Es werde eine ganz neue Industriezone entstehen, eine Art Ruhrgebiet am Rhein. Filbinger versprach Tausende Arbeitsplätze von Basel bis Frankfurt. Die neue saubere Energie werde es möglich machen.

Die Bauern und Winzer vor Ort widersprachen. Sie hatten Angst vor der atomaren Strahlung, mehr aber noch vor den klimatischen Veränderungen. Die Nasskühltürme, die zur Wärmeabfuhr geplant waren, würden das Klima im gesamten Breisgau drastisch verändern, fürchteten sie. Die Trauben ihrer berühmten Weinsorten könnten schweren Schaden nehmen oder womöglich gar nicht mehr gedeihen. Bürgerinitiativen wurden gegründet, Gutachter befragt, Plakate geklebt. Mit dem Bau eines Reaktorgebäudes war bereits begonnen worden. Aber die Bedenken bei großen Teilen der Bevölkerung wuchsen. Die Bauern und Winzer ließen nicht locker. Vor dem Verwaltungsgericht Freiburg versuchten sie, einen Baustopp zu erreichen.

Wie Christian Ebinger es erwartet hatte, beantragten die Anwälte in Stammheim eine zehntägige Verhandlungspause. Die Staatsanwaltschaft bot an, man könne an dem Tag der Beisetzung erst am Nachmittag anfangen, ansonsten forderte sie aber, den Zeitplan einzuhalten. Das Gericht schloss sich dem an. Kaum jemand unter den Reportern verstand diese Entscheidung, zumal die ergebnislosen Gefechte zwischen den Anwälten einerseits und den Staatsanwälten und Richtern andererseits, »diese ewigen Käsdreckziehereien«, wie es Bruno Lasko nannte, kaum Fortschritte im Verfahren brachten.

Die Wahlverteidiger kündigten an, bis zum Tag nach Ulrike Meinhofs Beerdigung der Gerichtsverhandlung fernzubleiben.

Stötzel bot seinem Kollegen an, sich »auch mal eine Weile den Arsch im Gerichtssaal breit zu sitzen«. Ebinger könne den Termin im Breisgau ja auch alleine wahrnehmen.

Bevor er losfuhr, hatte Christian noch rasch Stefanie angerufen. Sie war aufgeregt. Der Verlagsleiter ihrer Zeitung habe ihr einen Termin gegeben, um zu besprechen, wie es mit ihr in der Redaktion weitergehen solle.

Es war ein sonnenwarmer Tag. Der Winter hatte sich lange gewehrt. Fast den ganzen April über hatte nasskaltes Wetter geherrscht. Ein paarmal hatte es sogar noch geschneit, wenn der Schnee auch nicht liegen blieb. Nun aber zeigte sich der Mai von seiner schönsten Seite. Christian kam erst am späten Nachmittag los. Er schob eine Kassette in den Schacht des Autoradios: Mozarts Klavierkonzert Nr. 20. Musik, die zu der frühlingshaften Stimmung draußen passte.

Die Abenddämmerung brach bereits herein, als Christian die Autobahn verließ. Schon Kilometer vor dem Baugelände sah er die Plakate der AKW-Gegner. »NAI HÄMMER GSAIT«, stand da in großen Lettern. Darunter sah man zwei Kühltürme, die dick rot durchgestrichen waren. Es folgte die Zeile: »Kein Atomkraftwerk in Wyhl und anderswo.«

»Nai hämmer gsait.« Auf Hochdeutsch hieß das: »Nein, haben wir gesagt!« Christian stieg aus und fotografierte eines der Plakate.

Eine halbe Stunde später erreichte er das Baugelände. Helle Lampen leuchteten die Baugrube aus. An ihrem Rand standen riesige Baumaschinen nebeneinander aufgereiht, zum Teil waren sie mit Planen abgedeckt. Christian Ebinger parkte sein Auto etwas abseits an einem schmalen Feldweg. Vom Rhein her breitete sich ein leichter Nebel aus, der am Boden entlangkroch. Christian hörte Stimmen, dann die Klänge einer Gitarre und den Gesang einer Männerstimme. Er blieb stehen. Jetzt konnte er den Text verstehen: »Das weiche Wasser bricht den Stein.« Ein schmaler Pfad ging nach rechts von dem Feldweg ab. Hinter ein paar Büschen sah er einen Feuerschein. Die Stimme verklang. Kurzer Applaus. Dann drangen die Stimmen durcheinanderredender Menschen an Christians Ohr. Er bog ein paar Zweige eines Buschs auseinander und hatte nun einen freien Blick auf einen Platz, in dessen Mitte ein Feuer brannte. Am jenseitigen Rand der Lichtung standen Zelte und ein paar Holzhütten, denen man ansah, dass sie in aller Eile zusammengenagelt worden waren. Der Gitarrist schlug ein paar Akkorde an. Eine Frauenstimme begann: »Die Gedanken sind frei, wer kann sie erraten?«, zu singen, und schon fielen die anderen ein. »Sie fliegen vorbei wie nächtliche Schatten …« Christian ließ das Gebüsch hinter sich und trat auf die Gruppe zu. Eine Männerstimme rief: »Da ist er, der nächtliche Schatten!« Der Gesang brach ab. Christian hatte das Gefühl, als wären alle Augen auf ihn gerichtet. Er blieb stehen. »Guten Abend!« Die

Menschen am Feuer grüßten murmelnd zurück. Dann plötzlich eine laute Frauenstimme: »Christian!«

Er kniff die Augen zusammen, konnte aber durch die hohen Flammen nicht sehen, wer da von der anderen Seite des Feuers gerufen hatte. Doch als die Stimme fortfuhr: »Das gibt's doch nicht!«, erkannte er, dass es Anneliese war. Er umrundete die Feuerstelle. Anneliese, die mit gekreuzten Beinen dicht bei den Flammen saß, sprang auf und umarmte ihn heftig. Beifall von den Umhersitzenden.

Ein älterer Mann reichte Christian ein Glas. »Ä ächter Kaiserstihler«, sagte er, »wohl bekomm's!«

Auch Anneliese griff nach ihrem Glas, nahm Christian bei der Hand und zog ihn zu einem kleinen Zelt. »Bist du privat oder beruflich da?«, fragte Christian.

»Beruflich. Ich mache eine Bild- und Textreportage für die nächste Wochenendausgabe, wann immer die auch erscheint. Man weiß es ja nicht, wegen des Druckerstreiks. Ich kriege eine ganze Doppelseite für meinen Bericht. Aber ein bisschen bin ich auch privat da; denn natürlich bin ich gegen den Wahnsinn, hier ein Atomkraftwerk zu bauen.«

»Wie stehen denn die Aussichten?« Christian ließ sich auf einem der beiden Campingstühle nieder, die vor dem Zelt standen.

»Die Anwälte sagen, es könne nur noch ein paar Wochen dauern, dann sei der Baustopp perfekt. Die Richter sind offenbar sehr von den wissenschaftlichen Fakten beeindruckt, die von den Juristen unserer Seite vorgelegt wurden.«

»Unserer Seite?«

»Jaja, ich weiß schon, man soll sich als Journalist mit keiner Seite gemein machen … – gilt in dem Fall für mich aber nicht. Überhaupt nicht!« Wenn ein Tisch da gewesen wäre, hätte sie wahrscheinlich kräftig mit der Faust draufgeschlagen.

Christian trank von dem Rotwein, sah zu dem älteren Mann hinüber und hob anerkennend den Daumen.

»Gell!«, rief der Mann stolz.

Daraufhin trank Christian das Glas in einem Zug vollends aus.

»Magst du noch einen?«, fragte Anneliese.

»Gern!«

Während sie eine Flasche von einem Tisch holte, der vor einer improvisierten Gemeinschaftsküche stand, rief sie über die Schulter: »Und wie geht's dir so?«

Christian antwortete nicht. Wie sie das sagte, hatte es eine gewisse Gleichgültigkeit. Sie schenkte ihm ein. »Sag schon!«

»Es geht!« Er nahm den nächsten Schluck.

Anneliese setzte sich auf den zweiten Stuhl. »Ich hab gehört, du hast wieder jemand.«

»Aha, von wem hast du das gehört?«

»Weiß nicht mehr.«

Er glaubte ihr nicht. »Kannst es ruhig sagen.«

»Na ja, wir haben ja auch einen Kollegen bei dem Prozess in Stammheim.«

Christian hatte ein paarmal kurz mit dem Mann gesprochen: Harald Keuerleber, Redakteur im ersten Berufsjahr nach dem Volontariat. »Und woher will der das wissen?«

»Frag ihn halt.« Anneliese schraubte eine Mineralwasserflasche auf und trank direkt aus der Flasche. »Du bist wegen morgen gekommen, gell?«

»Wieso, was ist morgen?«

»Weißt du's denn nicht?«

»Nein, ich bin auf gut Glück hergefahren, um mir einen Eindruck zu verschaffen.«

»Sie wollen unser Camp räumen. Das wissen wir von einem Polizisten, der mit uns … also, der mit den Besetzern sympathisiert.«

»Eigentlich wollte ich in der Nacht noch zurückfahren«, sagte Christian Ebinger, »aber wenn das so ist … weißt du, wo man hier in der Nähe ein Hotel findet?«

Anneliese lachte laut auf. »Hier in der Gegend ist alles vermietet bis zur letzten Besenkammer.«

»Na gut, schlaf ich im Auto.«

»Das hier ist ein Zweimannzelt«, sagte Anneliese sachlich.

»Und du meinst …«

Sie lachte wieder, aber diesmal klang es ein bisschen angestrengt. »Wir sind immer noch verheiratet, oder?«

Anneliese stand auf. »Lass uns zu den anderen gehen.«

Die Gitarre war inzwischen weitergewandert. Ein junger Mann mit einem wild gekräuselten Haarschopf und einem dünnen Vollbart begann zu singen:

»Eben standen wir am Bauzaun,
Tausende mit gutem Grund,
sahn die Reiterstaffeln draufhaun,
schmeckten Angst und Blut im Mund.«

»Ist das nun vorausschauend auf morgen?«, fragte Christian.

»Vielleicht. Aber der Walter Mossmann hat auch schon in Brokdorf und Grohnde mitdemonstriert. Er weiß, wie's zugeht.«

Der Sänger fuhr fort:

»Während wir Flugblätter schreiben,
werden Einzelne gefasst,
und wir quasseln in den Kneipen,
und die hocken schon im Knast.«

Als Walter Mossmann die letzten Zeilen wiederholte, sangen alle mit.

Es ging auf Mitternacht. Eine schmale Mondsichel stieg hinter den Wipfeln der Bäume herauf. »Zeit ins Bett!«, rief einer. Die Versammlung löste sich auf. Christian ging noch mal schnell zu seinem Auto und holte seinen Rucksack. Als er zurückkam, hatte sich Anneliese bereits in ihr Zelt verkrochen. Aus ihrem

Schlafsack und einer Decke hatte sie auf der breiten Luftmatratze ein Lager gebaut. Als Kopfkissen dienten ihre Rucksäcke.

Christian zog nur seine Jeans aus und legte sich so neben sie. »Schlaf gut!«, sagte er leise.

»Du auch!« Anneliese drehte sich so, dass sie mit dem Rücken zu ihm lag. Nach ein paar Minuten griff sie hinter sich, bis sie seinen rechten Arm zu fassen bekam, und zog ihn über ihre Hüfte. Dabei rückte sie ein wenig näher an Christian heran. »Löffelchenliegen haben wir das immer genannt«, sagte sie leise.

Er antwortete nicht darauf.

Es dauerte lange, bis er einschlief, zumindest bildete er sich das ein. Als er mitten in der Nacht wach wurde, meinte er allerdings, sofort eingeschlafen zu sein. Geweckt hatte ihn die Bewegung Annelieses. Sie hatte sich herumgeworfen und lag nun mit dem Gesicht ihm zugewandt. Behutsam küsste sie ihn auf den Hals, und ihre Hände begannen ihn zu streicheln. »Ich bin nicht wach, ich träume nur«, nuschelte sie leise an seinem Hals und verstärkte die Bewegung ihrer Hände. Als sich Christian ihr zuwandte, hatte er ein schlechtes Gewissen, war aber nicht in der Lage zu stoppen, was zwischen ihnen beiden begann. So vertraut war das alles noch, geradezu selbstverständlich. Plötzlich waren sie sich ganz einig. Anneliese schob sich einen Zipfel ihres Schlafsacks in den Mund und presste die Lippen fest aufeinander. Das nächste Zelt stand nur zwei oder drei Meter entfernt.

Am nächsten Morgen begann das Lagerleben schon kurz nach sechs Uhr. Anneliese schlief noch fest und schien nichts zu hören. Vorsichtig, um sie nicht zu stören, kroch Christian aus dem Zelt. Eine junge Frau kam wohl schon von ihrem Morgenlauf zurück. »Waschen müssen wir uns nicht«, rief sie, »die kommen heute mit Wasserwerfern.«

Trotzdem ging Christian zu einem langen Trog, der aus einem ausgehöhlten Baumstamm bestand, zu dem eine einfache Wasserleitung führte. Er stellte sich an, um sich wenigstens ein paar Hände kaltes Wasser ins Gesicht werfen und den Mund ausspülen zu können.

»Ich hab doch gleich gedacht, den kennst du«, sagte eine Stimme hinter ihm. Christian drehte sich um. Vor ihm stand ein breit grinsender Bruno Lasko.

»Was machst du denn hier?«, fragte Christian.

»Das Gleiche wie du, nehme ich an. Ich mache einen Bericht über den Widerstand gegen Filbingers Atomkraftwerk.«

»Und wer übernimmt beim Prozess für dich?«

»Der Kollege Born vom ›Stern‹.«

Christian musste unwillkürlich lachen. »Also hast du nicht nur mit mir so ein Abkommen, sondern auch mit ihm?«

»So ist es.«

»Wir von der gedruckten Presse haben ja gar nicht die Möglichkeit, zu berichten … – aber ihr vom Radio …?«

»Jeder geht doch davon aus, dass heute und morgen in Stammheim nichts passiert, wo ja nicht einmal die Wahlverteidiger da sind.«

Christian nickte. »Da hast du auch wieder recht.«

Der Platz an der Wasserstelle war frei. Christian zog sein Hemd aus und wusch sich, so gut es ging. »Katzenwäsche hat das meine Mutter genannt«, sagte er zu Lasko.

Im gleichen Augenblick rollten die ersten Polizeiautos heran. Sechs Mannschaftswagen, dann zwei Busse, aus denen vornehmlich junge Beamte der Bereitschaftspolizei ausstiegen. »Zwei Hundertschaften sind das bestimmt«, sagte Lasko und setzte sein Tonbandgerät in Gang. Dann sah er auf. »Das hat noch gefehlt.« Am Rand der Lichtung hatte ein Polizeifahrzeug angehalten, aus dem Uniformierte mit Hunden stiegen.

Die Polizeigruppen formierten sich. Sie standen jetzt links und rechts der offenen Küche, die von einer Plane auf Stangen nur unzureichend überdacht war. Ein Mann mit einem Megafon trat nach vorne. »Bitte räumen Sie den Platz. Wir geben Ihnen eine Stunde Zeit.«

Niemand rührte sich.

»Ich muss Sie an den Bürgerentscheid vom Januar erinnern. Die Mehrheit hat sich für den Bau des Kraftwerkes ausgesprochen.«

»Weil die Leut net wissen, was ihne droht«, schrie ein Mann, der gut 60 Jahre alt war und dem man ansah, dass er Bauer oder Winzer sein musste.

»Mir hän nai gsait«, begannen ein paar der Protestierer zu skandieren, »nai hämmer gsait!« Andere fielen mit ein. Rhythmisch hallte es durch das Gelände: »Mir hän nai gsait, nai hämmer gsait!«

Christian hörte, wie Lasko hinter ihm in sein Aufnahmegerät sprach. »So etwas hat man bei Demonstrationen noch nie gesehen: Winzer, Bauern, Hausfrauen, Rentner sind unter den gewaltfreien Besetzern in der Mehrheit. Berufsprotestierer, wie man sie seit 68 kennt, sind in der Minderzahl. Die Polizisten scheinen beeindruckt zu sein. Könnte sein, dass manch einer der jungen Beamten mit seinem Schlagstock plötzlich seiner Tante oder seiner Großmutter gegenübersteht.« Christian warf dem Kollegen einen bewundernden Blick zu.

Dunkles Brummen näherte sich. Gepanzerte Fahrzeuge rollten auf die Lichtung zu. Der Mann am Megafon rief jetzt: »Dies ist mein letzter Aufruf. Bitte verlassen Sie das Gelände ruhig und diszipliniert, sonst müssen wir den Platz leider räumen.«

Niemand bewegte sich. Die Fahrzeuge blieben wippend stehen und richteten ihre Rohre auf die Demonstranten, die nun dicht beieinanderstanden.

»Simmer hier im Krieg, oder was?«, schrie ein alter Mann, auf seinen Stock gestützt. Im nächsten Moment wurde er von den Beinen gerissen. Ein erster Strahl aus einem Wasserwerfer hatte ihn getroffen.

»Vorrücken!«, kommandierte der Mann mit dem Megafon. Die Polizisten setzten sich in Marsch. Die Schilde vor der Brust, die Schlagstöcke hoch erhoben, kamen sie Schritt um Schritt auf die Demonstranten zu, die sich jetzt zusammendrängten wie eine Herde Tiere vor einem schweren Gewitter. Die Hundestaffel setzte sich an die Spitze. Die laut bellenden Tiere waren kaum an ihren Leinen zu halten.

Christian dachte: »Wenn der Polizeioffizier jetzt noch einmal dazu aufruft, werden sich die Leute zerstreuen.« Zu deutlich war die Angst, die von den meisten Besitz ergriffen hatte. Aber der Mann brüllte jetzt laut durch sein Megafon den Befehl: »Räumen!« Alle Wasserwerfer schossen nun ihre Fontänen gleichzeitig los. Die Demonstranten kauerten nieder, wurden aber von den heftigen Wasserstrahlen über den Boden gerissen, geschoben und gerollt.

Christian und Lasko hatten sich am Rand der Lichtung hinter ein paar Bäumen in Sicherheit gebracht. Lasko sprach ungerührt weiter in sein Mikrofon.

Die Wasserwerfer stellten ihre Arbeit ein. Einige der Besetzer sprangen auf und rannten auf den Waldrand zu, verfolgt von den Polizisten mit den Hunden und einer kleinen, offenbar besonders ausgesuchten Truppe kräftiger Beamter. Christian sah Anneliese. Ein junger Uniformierter war dicht hinter ihr und holte zum Schlag aus. Christian lief los. Der erste Schlag traf Anneliese an der rechten Schulter. Christian erreichte die beiden und sprang zwischen Anneliese und den Polizisten. Der nächste Schlag traf ihn an der Stirn. Er bekam den Schlagstock zu fassen und warf sich gegen den jungen Beamten. »Aufhören, Mann!«, brüllte er. »Ich bin von der Presse.« Der Polizist hielt einen Moment inne. Zeit genug für Christian, seinen Presseausweis aus der Tasche zu ziehen. »Da! Und das ist eine Kollegin von mir. Habt ihr eigentlich total den Verstand verloren, Menschenskind?«

»Der soll's Maul halten!«, rief ein anderer Polizist, der nun hinzukam. Die Demonstranten brachten sich nach und nach in Sicherheit.

»Ja«, höhnte Christian, »das würde euch so passen, wenn wir Journalisten das Maul halten würden. Aber so weit sind wir noch lange nicht. Wie heißen Sie?«

»Komm«, sagte der zuletzt hinzugekommene Beamte zu seinem Kollegen. »Lass ihn reden.«

Die beiden kehrten zu ihrem Trupp zurück.

Christian kümmerte sich um Anneliese. »Schlimm?«, fragte er und deutete auf ihre Schulter.

Sie schüttelte den Kopf. »Aber du siehst ja furchtbar aus.« Jetzt merkte er erst, dass Blut von seiner Stirn über seine Wangen lief.

Lasko trat zu den beiden. »Eine Platzwunde. Die heilt wieder. Aber man sollte ein Foto von ihm machen.«

»Ich bin Fotografin«, sagte Anneliese, »aber meine Kamera liegt in meinem Zelt beziehungsweise in dem Haufen dort drüben, der mal mein Zelt war.«

»Na, dann wollen wir doch mal sehen. Los, kommt!« Lasko marschierte entschlossen auf die Polizeireihen zu, die sich langsam wieder formierten.

Zwei Beamte mit Hunden, zwei mit Schlagstöcken und einer, der offenbar eine leitende Funktion hatte, kamen dem Trio drohend entgegen.

Lasko hob theatralisch die Hände und rief: »Nicht schießen, nicht schlagen, wir kommen in friedlicher Absicht. Wir alle drei sind Journalisten und können uns ausweisen.«

Der Anführer gab den anderen ein Zeichen. Sie blieben stehen, während er weiter auf die drei Reporter zuging.

Anneliese zeigte ihren Presseausweis. »Ich bin von der Ulmer Kreiszeitung. Das dort drüben war mal mein Zelt. Ich habe da meine Sachen drin. Auch meine Kamera und alle meine Notizen.«

Der Beamte schnipste mit den Fingern. »Polizeimeister Hohlbein, begleiten Sie die Dame!«

Ein junger Polizist trat vor und sagte höflich. »Bitte, wenn Sie mitkommen wollen.« Anneliese folgte ihm. Auch Lasko und

Christian zeigten ihre Ausweise. »Ich nehme an, es findet eine Pressekonferenz statt«, sagte Ebinger.

»Glaube ich kaum«, antwortete der leitende Polizist.

»Aber Sie müssen sich doch rechtfertigen.«

»Rechtfertigen? Wofür? Die Leute hatten die Baustelle illegal besetzt. Sie mussten entfernt werden, nachdem sie nicht freiwillig gegangen sind.«

»Aber doch nicht mit solch brutalen Mitteln«, ließ sich Lasko hören.

»Der Mitteleinsatz war adäquat. Wir wissen genau, wie wir vorgehen müssen, um einen solchen Einsatz schnell und erfolgreich durchzuführen.« Damit machte er auf dem Absatz kehrt und ging zu seiner Truppe zurück.

Anneliese kam wieder. Ihren durchnässten Rucksack hatte sie auf dem Rücken. Ihr Notizblock hing völlig durchweicht und lappig in ihrer Hand. Mit der anderen trug sie Christians Rucksack, der genau so durchnässt war wie ihr eigener. »Und dein Fotoapparat?«, fragte Christian.

»War zum Glück gut verwahrt.« Sie holte die Kamera heraus und fotografierte zunächst Christians Gesicht. Dann schoss sie eine ganze Serie Bilder von dem verwüsteten Camp.

»Los, Kinder«, sagte Lasko, »wir fahren jetzt nach Freiburg und gehen erst mal anständig frühstücken.«

In einem kleinen Café nicht weit vom Münster fanden sie in einer Nische einen gemütlichen Platz und bestellten, als hätten sie tagelang nichts gegessen. Anneliese verlangte nach Rühreiern mit Schinken, Lasko wollte – was die anderen beiden pervers fanden um diese Zeit – ein großes Stück Schwarzwälder Kirschtorte, und Christian entschied sich für mehrere Wurst- und Käsesorten mit Butter und dunklen Brötchen. Und als die Bedienung schon gehen wollte, um alle Aufträge an die Küche weiterzugeben, sagte Lasko: »Und eine Flasche Champagner, bitte.«

»Bleibst du noch hier?«, fragte Christian seine Frau.

»Ja, sicher. Nach diesem Polizeieinsatz geht's in den nächsten Tagen garantiert erst richtig los.«

Christian musterte seine Frau. »Wer hätte das gedacht, dass aus dir mal so eine leidenschaftliche Journalistin wird.«

»Kennst du sie denn so gut?«, fragte Lasko.

»Ja, klar, sie ist immerhin seit dreizehn Jahren meine Frau.«

»Aber alles hat ein Ende«, sagte Anneliese leise.

Lasko starrte sie an, wandte den Kopf dann zwischen beiden hin und her wie der Zuschauer bei einem Tennismatch. »Ist das wahr?«

Christian legte seinen Personalausweis auf den Tisch, Anneliese den ihren daneben. Lasko beugte sich drüber. »Mann! Und ich hab gedacht, nur ich sei in jedem Moment für eine Überraschung gut.«

Der Champagnerkorken fuhr mit einem lauten Plopp aus dem Flaschenhals, knallte gegen die Decke und fiel auf Christians Kopf herab. »Entschuldigung«, sagte die Bedienung, »ich hab da keine Übung drin.«

Lasko übernahm es, einzuschenken. Sie hoben die Gläser, prosteten sich zu, und dann fragte der Journalist ganz arglos: »Und? Habt ihr auch Kinder?«

Der Zauber des Augenblicks war schlagartig verflogen. Anneliese senkte den Kopf und schlug die Hände vor's Gesicht. Christian starrte den freundlichen Lasko an, als entdecke er einen Feind in ihm. Der hob beide Hände. »Tut mir leid!«

»Was tut dir leid?«, fuhr ihn Christian an.

»An eurer Reaktion merke ich doch, dass etwas Schreckliches passiert sein muss. Tut mir wirklich leid!«

Anneliese hob den Kopf und griff mit ihrer Hand nach Laskos Arm. »Du konntest es ja nicht wissen. Unser kleiner Sohn ist bei einem Unfall ums Leben gekommen.«

Danach war es eine ganze Zeit lang still an dem Caféhaustisch. Erst als die Bedienung die Speisen brachte, sagte Christian zu Anneliese: »Hast du hier irgendeine Möglichkeit, Abzüge von den Fotos zu machen?«

Sie nickte. »Ganz in der Nähe ist ein Fotogeschäft. Mit dem Besitzer habe ich gleich gesprochen, als ich hier ankam. Er ist ein sehr guter Fachmann. Wir können die Filme hinbringen und haben eine Stunde später die Abzüge.«

»Toll!«, sagte Christian. »Wir kommen vermutlich am Montag mit einer Notausgabe heraus.«

»Könnte sein, dass ihr dann als Einzige Bilder von dem Polizeieinsatz habt.«

»Na ja«, sagte Christian, »die ersten wird man heute Abend in der Glotze zu sehen bekommen.«

Und so war es dann auch. Alle Nachrichtensendungen berichteten über den brachialen Polizeieinsatz bei Wyhl, und keiner der TV-Berichterstatter versäumte zu sagen, dass es diesmal vor allem einfache Bürger getroffen habe, vornehmlich Winzer und Bauern.

Wenige Tage später demonstrierten rund um das Baugelände 28 000 Menschen, und der Platz wurde erneut besetzt, ohne dass Polizeikräfte einschritten. An diesem Tag war Christian Ebinger allerdings längst wieder in Stuttgart. Die Fotos hatte er per Express nach Hamburg geschickt und seinen Bericht dazu per Fernschreiber übermittelt.

Frau und Gesellschaft

Am Tag nach seiner Rückkehr von Wyhl holte Christian Stefanie gegen 18 Uhr am Hauptbahnhof ab. Gaby hatte im Zeppelin-Stüble einen Tisch für die beiden bestellt, nicht ohne leicht ironisch anzumerken, dass ja ihr Mann Rudi schon lange mal wieder für Christian habe kochen wollen, »aber da wird ja wohl vorerst nichts draus«. Christian reagierte sofort auf den leicht spitzen Ton seiner Sekretärin, den er von ihr sonst nicht gewohnt war. »Würde er denn auch für Steffi, ich meine für Fräulein Bornschein, mitkochen?«

»Was ist denn das für eine Frage? Natürlich. Mit dem größten Vergnügen.«

»Dann lass uns doch gleich morgen einen Termin ausmachen.«

Gaby ging halbwegs versöhnt in ihr Büro zurück. Aus Christians Nachbarbüro kam die fröhliche Stimme Norbert Stötzels: »Ja, da komm ich doch mit! Vorausgesetzt natürlich, ich werde auch eingeladen.«

Gaby machte noch mal kehrt und streckte ihren Kopf durch seine offene Tür. »Aber jederzeit doch!«

Vom Bahnhof waren es nur ein paar Schritte zu dem Restaurant im Hotel Graf Zeppelin. Christian hatte Steffi in den Arm genommen, aber nicht geküsst.

Sie beugte ihren Körper weit zurück. »Was ist denn mit deinem Gesicht passiert?«

»Der Schlagstock eines Polizisten hat mich getroffen.«

»Das musst du mir gleich erzählen. Aber erst mal muss ich meine Geschichte loswerden, ja? Stell dir vor, der Verleger will, dass ich in der Zentralredaktion arbeite. Da soll ein neues Ressort aufgebaut werden: ›Frau und Gesellschaft‹. Langsam merkt auch der letzte Depp, dass sich das Bild der Frau in unserer

Gesellschaft verändert. Es gibt ja zum Beispiel immer noch so Idioten, die darauf bestehen, mich mit Fräulein anzusprechen, nur weil ich nicht verheiratet bin!«

Christoph machte laut: »Ooh!«

»Was ist?«

»Ich habe heute Mittag Gaby gebeten, einen Tisch für mich und Fräulein Bornschein zu bestellen.«

»Also das geht schon mal gar nicht, junger Mann, und eigentlich müsstest du den Tisch doch auch selber bestellen können, oder?«

»Wo du recht hast, hast du recht.«

»Dass Ehefrauen kein Konto eröffnen können ohne die Zustimmung ihres Mannes, ist doch ein Skandal, genauso wie die Tatsache, dass sie sein Einverständnis brauchen, wenn sie eine Arbeit annehmen wollen.« Sie gingen die breiten Treppen zum Bahnhofsvorplatz hinunter.

»Und ihr kriegt jetzt also ein eigenes Ressort, dass sich genau um diese Themen kümmert?«, fragte Christian.

»Ja, und ich bin nach Juliane Wenig die zweite Redakteurin in diesem Ressort. Mit Sitz in Stuttgart. Besser hätte es doch gar nicht kommen können, findest du nicht auch?«

Christian nickte. Den ganzen Tag hatte er überlegt, ob er Stefanie die Nacht mit Anneliese in deren Zelt beichten sollte. Er beschloss, es bleiben zu lassen. Fürs Erste wenigstens. Sie überquerten den Arnulf-Klett-Platz und traten in das gemütliche Zeppelin-Stüble im Erdgeschoss des Hotels.

»Wir sollten vielleicht ein Glas Sekt bestellen, um gebührend auf deinen neuen Job anzustoßen«, sagte Christian.

»Prima! Das machen wir. Und jetzt erzähl, wie war's in Wyhl?«

»Du hast ja vielleicht die Fernsehberichte dazu gesehen.«

»Nö. Ich hab weit und breit keine Möglichkeit fernzusehen, und vor das Schaufenster eines Elektrogeschäfts will ich mich deshalb nicht stellen.«

Christian erzählte von der Räumung des Platzes.

»Und du mittendrin?«

»Siehst du ja.« Er deutete auf die Wunde an seiner Stirn. »Und nicht nur ich war mittendrin.«

»Aha.«

Der Kellner brachte zwei Gläser Sekt. Sie tranken sich zu. Und als sie ihre Gläser absetzten, fragte Steffi nicht sonderlich interessiert: »Wer denn noch?«

»Anneliese.«

»Deine Frau?«

»Ja, genau.«

»Die hast du mitgenommen?«

»Nein, sie war da. Als Reporterin ihrer Zeitung. Offenbar macht sie einen Langzeitbericht über die AKW-Gegner und ihre Aktionen.«

»Ihr habt euch also zufällig getroffen?«

»Ja, natürlich!«

Steffi legte ihren Kopf schief und sah ihn aus ihren grünbraunen Augen intensiv an. »Ganz zufällig?«

»Steffi! Sie ist genauso eine Redakteurin wie du. Sie hat einen Auftrag ihrer Chefredaktion, und sie hatte überhaupt keine Ahnung davon, dass ich auch dort auftauchen würde.«

»Habt ihr miteinander geschlafen?«

Er starrte sie an. Einen Augenblick war er versucht, zu sagen: ja. Stattdessen rief er mit gespielter Empörung. »Sag mal, spinnst du?«

»Ich hätte es dir nicht übel genommen. Schließlich seid ihr ja immer noch verheiratet.«

Christian wusste genau, wenn er über diese Brücke gehen und alles zugeben würde, wäre es schlagartig aus mit Stefanies Großzügigkeit. Er schüttelte also nur den Kopf und sagte zu dem Kellner, der just in diesem Augenblick an ihren Tisch getreten war: »Einmal Gaisburger Marsch und einmal Waldorfsalat.«

»Sehr wohl, der Herr!«

»Ich kann übrigens durchaus auch selber bestellen«, sagte Stefanie.

»Das nächste Mal. Versprochen.« Er sah die Freundin von der Seite an: Er war jetzt 33 Jahre alt. Steffi war ungefähr so viele Jahre jünger, wie seine Frau Anneliese älter war als er.

»Was denkst du?«, fragte Steffi.

»Nichts Besonderes.«

»Und was ist das nicht Besondere?«

»Ich hab über den Altersunterschied zwischen uns nachgedacht.«

Stefanie lachte. »Ist der etwa ein Problem für dich?«

»Ich weiß nicht. Deshalb denk ich ja drüber nach. Und wie ist es bei dir?«

»Ich hab noch keinen Gedanken daran verschwendet. – Sag mal: Was macht eigentlich dein Kriminalroman?«

»Ist eigentlich fertig. Ich hab immer weiter daran geschrieben, manchmal auch in Stammheim, wenn wieder mal gar nichts los war, worüber man hätte berichten können. War ja eh 'ne leere Zeit.«

»Und?«

»Was, und?«

»Schickst du das Manuskript jetzt an einen Verlag?«

»Mal sehen. Es gibt eigentlich nur einen, der deutsche Krimis veröffentlicht.«

»Und der wäre?«

»Rowohlt. Die ro-ro-ro-Thriller-Reihe kennst du doch, diese schmalen schwarzen Bändchen, keins dicker als 150 Seiten. Die Länge meines Romans würde ziemlich genau stimmen.«

»Ja, dann musst du das sofort machen.«

»Ich weiß nicht …«

»Darf ich das Manuskript mal lesen? Den Anfang kenn ich ja schon.«

»Gerne.«

Danach ging die Diskussion nur noch darum, ob sie einen Nachtisch essen sollten oder nicht. Sie entschlossen sich dagegen. Christian zahlte. Kurz vor neun Uhr am Abend waren sie in seiner Wohnung.

Sie hatten kaum im Wohnzimmer Platz genommen, da sagte Steffi: »Wär es dir lieber gewesen, wenn ich gleich wieder heimgefahren wäre?«

»Wie kommst du denn da drauf?«

»Du bist in so einer komischen Stimmung. Ich habe das Gefühl, du bist ziemlich weit weg.«

Christian sah Steffi an. »Ja, ich sag dir auch, woher das kommt. Anneliese und ich haben in Freiburg noch mit einem Kollegen zusammengesessen, der auch aus Stammheim berichtet. Er hat mitgekriegt, dass wir noch verheiratet sind, und dann hat er gefragt, ob wir Kinder hätten. Und mit einem Schlag war alles wieder da, verstehst du?«

Stefanie nickte. »Das ist ein Schatten, den wirst du nie wieder los.«

»Ja«, sagte Christian schlicht. »Und du wirst vielleicht nicht damit leben können.«

»Das lass mal meine Sorge sein.« Sie stand auf. »Willst du dich denn noch immer scheiden lassen?«

»Wir haben nächste Woche den Termin vor dem Familiengericht in Ulm.«

Die Verhandlung vor einem Einzelrichter ging ganz schnell. Der Rechtsanwalt, den Anneliese ausgesucht hatte, legte kurz dar, dass die beiden sich einvernehmlich scheiden lassen wollten. Eine eheliche Beziehung habe seit zwei Jahren nicht mehr bestanden. Die Gütertrennung sei einfach, weil beide Seiten keine Ansprüche stellten. Mit dem Versorgungsausgleich sei es dasselbe. Beide seien berufstätig und ihre augenblicklichen Rentenansprüche durchaus vergleichbar. Nach 40 Minuten verließen sie das Gerichtsgebäude und waren geschieden. Eine kurze Umarmung, ein Handschlag mit dem Rechtsanwalt, und schon eilte Christian zum Bahnhof, um nach Stuttgart zurückzufahren.

Da er sich für den Tag freigenommen hatte, ging er nicht ins Büro, sondern fuhr mit einem Taxi nach Hause. Kaum hatte er die Wohnungstür hinter sich geschlossen, wurde er von einer Schwäche überwältigt, die er so noch nie erlebt hatte. Er schleppte sich ins Schlafzimmer und warf sich, wie er war, auf sein Bett. Ein Schüttelfrost erfasste ihn. Seine Zähne klapperten aufeinander, und es gelang ihm nicht, sie zu kontrollieren. Plötzlich spürte er Tränen auf seinen Wangen. Er warf sich auf den Bauch und stülpte sein Kopfkissen über den Kopf.

Irgendwann musste er eingeschlafen sein.

Als er wieder zu sich kam, fror er. Draußen mussten an die 30 Grad plus sein, aber ihm war kalt und hundeelend. »Was ist denn das?«, schrie er plötzlich. »Was ist mit mir los?« Er schlief wieder ein. Gegen sieben Uhr am Abend fühlte er sich erholt genug, um aufstehen zu können. Er ging ins Wohnzimmer und rief seinen Bruder Gerhard an. »Ich bin seit heute Mittag geschieden«, sagte er ohne lange Vorrede. »Und das hat mich derart umgehauen, dass ich mir auf einmal sterbenskrank vorkam.«

Er hatte eigentlich keine Antwort darauf erwartet, er wollte es nur loswerden.

Aber Gerhard sagte: »Ist doch klar. Wenn man so erzogen worden ist wie wir, betrachtet man so eine Trennung als Versagen. Man sagt sich: Du hast es nicht geschafft, und denkt, alles liegt in Scherben, auch wenn es gar nicht so ist. Aber für euch war's der richtige Weg. Da bin ich ziemlich sicher. Am besten, du gehst unter Leute!«

Mit jedem Wort seines Bruders wurde Christian ruhiger. Er bedankte sich und legte auf. Aber er ging nicht unter Leute, sondern zurück in sein Bett. Er fühlte sich bleischwer, schlief ein und kam am anderen Morgen schon gegen sechs Uhr wieder zu sich.

Kurz bevor er aus dem Haus ging, rief Stefanie an. »Ich habe deinen Kriminalroman in einem Zug gelesen. Der zieht einen derartig rein und lässt einen nicht mehr los. Ehrlich, ich bin total begeistert. Du musst den sofort an den Verlag schicken.«

In den nächsten Wochen war in Stammheim nicht viel los. Christian hatte deshalb Zeit, sein Romanmanuskript noch einmal Satz für Satz, Wort für Wort zu lesen und Fehler, die er entdeckte, zu korrigieren. Dann rief er in der Verlagsleitung des SPIEGEL an und fragte, ob er Rudolf Augstein sprechen könne. Die Sekretärin war leicht irritiert. »Gibt es da etwas, was Sie nicht mit Ihrer Ressortleitung besprechen können?«

»Ja, genau so ist es.«

»Na gut, ich frage mal.«

Der Verleger und Chefredakteur meldete sich schon ein paar Augenblicke später. »Ebinger, Sie sind doch unser Mann in Stuttgart, oder?«

»Ja.«

»Wie steht es denn um den RAF-Prozess?«

»Immer das Gleiche. Ein Befangenheitsantrag der Anwälte nach dem anderen. Wir sind jetzt bald bei achtzig. In diesem Jahr erwarte ich kein Urteil mehr.«

»So schätze ich das auch ein«, sagte der Verleger. »Und was ist nun Ihr Problem?«

Christian Ebinger erzählte, dass er einen Roman geschrieben habe.

Augstein lachte. »Es gehört zu den Grundrechten jedes Menschen, ein Buch zu schreiben.«

»Ja, aber es basiert zum Teil auf meinen Recherchen für den SPIEGEL.«

»Erzählen Sie mal!«

Christian gab einen kurzen Abriss der Handlung.

»Klingt nicht uninteressant. Und was wollen Sie nun von mir?«

»In meinem Vertrag steht, dass ich mir journalistische Nebentätigkeiten von der Verlagsleitung genehmigen lassen muss.«

»Da seh ich kein Problem, aber bitte wählen Sie ein Pseudonym. Ich möchte nicht, dass der Name, unter dem Sie bei uns schreiben, auf dem Buchtitel erscheint.«

»Wir zeichnen doch unsere Artikel gar nicht mit dem Namen.«

»Aber wenn ich mich recht erinnere, haben Sie auch schon ab und zu mal ein SPIEGEL-Gespräch geführt, und da war dann nicht nur Ihr Name im Blatt, sondern auch ein Bild von Ihnen.«

»Stimmt.«

»Also, lassen Sie sich ein hübsches Pseudonym einfallen, dann steht der Veröffentlichung Ihres Romans nichts im Wege.«

Christian bedankte sich, schrieb ein paar Zeilen an das Lektorat der Krimireihe im Rowohlt-Verlag, tütete das Manuskript in einen Umschlag ein, frankierte ihn und brachte ihn zum Briefkasten am Bahnhof.

Das Jahr der Entscheidungen

Zum Jahreswechsel hatte Christian Ebinger zu einer Silvesterparty in die Räume seiner Redaktion eingeladen. Gaby Heil und Stefanie Bornschein hatten den kleinen Konferenzraum und die Büros geschmückt. Ein Buffet wurde vom Hotel Graf Zeppelin gleich nebenan geliefert. Für die Getränke hatte Norbert Stötzel gesorgt, der sich trotz seiner jungen Jahre als exzellenter Weinkenner erwiesen hatte. Abgeordnete aus allen Landtagsfraktionen waren gekommen, persönliche Freunde der Redakteure und der Anzeigenvertreter. Ein Anwalt, der sich auf Numerus-Clausus-Fälle spezialisiert hatte und dank eines Berichts im SPIEGEL im abgelaufenen Jahr einen starken Zustrom von Mandanten verzeichnen konnte. Der Psychotherapeut, den Christian schon vor Jahren einmal aufgesucht hatte und zu dem der Kontakt nie abgerissen war, war gekommen, ebenso wie der Pressechef des Landeskriminalamtes und der Landesgeschäftsführer der SPD. Die Stimmung war gut, »obwohl die Bilanz des Jahres 1976 nicht so ist, dass wir Grund zum Feiern hätten«, sagte Christian Ebinger in seiner kleinen Begrüßungsansprache.

»Sie reden jetzt aber nicht über die Wahl«, rief ein CDU-Landtagsabgeordneter dazwischen.

Am 4. April waren die Landtagswahlen gewesen. Niemand hatte daran gezweifelt, dass die CDU auch diesmal gewinnen würde und Hans Karl Filbinger seine vierte Amtszeit als Ministerpräsident antreten würde. Landauf, landab hatten die Christdemokraten ihren Wahlslogan »Freiheit statt Sozialismus« plakatiert. Filbinger ließ keine seiner Wahlveranstaltungen verstreichen, ohne seine Drohung auszustoßen: »Wenn wir das Atomkraftwerk in Wyhl nicht bauen, gehen in Baden-Württemberg die Lichter aus.« Und als Journalisten darauf hinwiesen, dass es schon jetzt am Rhein immer wieder zum Fischsterben käme, weil das Kraftwerk Fessenheim auf der französischen Seite des

Flusses das Wasser erwärme und verunreinige, verstieg er sich zu dem Satz: »Es sterben nur die dummen Fische im Rhein.« Am Ende des Wahltags hatten Filbinger und seine CDU mit stolzen 56,7 Prozent und 69 Direktmandaten ihren Sieg von 1972 noch ausbauen können, während die SPD vier Prozent verloren hatte.

»Das neue Jahr wird besser«, rief der Rechtsanwalt Breitmannsberger.

»Sie meinen, es bringt noch mehr Mandanten für Ihre Kanzlei?«, fragte Stötzel.

Der Anwalt winkte ab. »Der RAF-Prozess wird endlich zu Ende gehen. Die Terroristen verschwinden für den Rest ihres Lebens im Knast, und es kehrt endlich wieder Ruhe ein im Land.«

»Wer's glaubt«, meldete sich ein FDP-Abgeordneter. »Ich möchte lieber nicht wissen, was passiert, wenn die Urteile gesprochen sind.«

»Was soll schon passieren?«

»Nun ja«, sagte Ebinger, »die zweite Generation der RAF scheint noch militanter zu sein als die Leute um Baader. Die werden nichts unversucht lassen, um ihre Vorbilder freizupressen.«

»Da wäre aber dann was los«, trompetete Bruno Lasko, »Schluss mit der Langeweile.«

Keiner wollte ihm zustimmen. »Wir brauchen keine Spektakel, nur dass ihr Journalisten was zu schreiben habt«, rief der Pressesprecher des Landeskriminalamtes. Er zog ein schmales schwarzes Buch aus seiner Jackentasche. »Können Sie mir das signieren, Herr Ebinger?«

Überrascht schauten alle her. Der Polizeisprecher lachte. »Ich hab mal 'ne Weile den Rowohlt-Verlag bei seinen Krimis beraten, als ich noch in Hamburg im Dienst war. Deshalb hab ich ein Vorausexemplar bekommen.«

»Was denn, du hast einen Krimi geschrieben?«, fragte Lasko. »Wann hast du das denn gemacht?«

»Immer, wenn es mir in Stammheim langweilig war, und das war ja nicht selten.«

»Bist ja auch ein lausiger Skatspieler. Wir waren froh, wenn du nicht mitspielen wolltest«, rief Lasko.

Das schwarze Büchlein ging von Hand zu Hand.

»Wie viele Seiten sind das denn?«, fragte Titus Born, Korrespondent der Illustrierten Stern.

»Hundertachtundzwanzig«, antwortete Gaby Heil, die den Roman grade durchblätterte.

»Ist schon was anderes als so ein Artikel mit hundertzwanzig Zeilen«, ließ Stötzel sich hören.

»Gleich Mitternacht!«, rief Stefanie. »Schaltet mal einer das Radio ein?«

Kurz darauf ertönten zwölf Glockenschläge aus dem Rundfunkgerät. Dann setzte die Nationalhymne ein. Alle hoben ihre Gläser. Vor den großen Fenstern der Büros stiegen Raketen in den Himmel. Das Geläut aller Stuttgarter Glocken war zu hören. Stefanie zog Christian ein paar Schritte zur Seite, umarmte ihn und küsste ihn leidenschaftlich. »Wir bleiben zusammen«, sagte sie leise, »versprich's mir!«

»Wenn du bei mir bleiben willst …«

»Dummer Mann!« Sie küsste ihn erneut.

Der Landesgeschäftsführer der SPD stieg auf einen Stuhl, hob sein Glas und rief: »Glück für alle, egal von welcher Konfession und welcher Partei! Was meint ihr, wollen wir uns am Jahreswechsel 1977/78 wieder hier treffen?«

»Von mir aus gerne«, sagte Christian. »Mal sehen, was bis dahin passiert.«

Anfang Januar 1977 fuhr Otto Schily seinen entscheidenden Angriff auf Dr. Prinzing. Es war ein Überraschungscoup. Der Verteidiger Gudrun Ensslins hatte brisante Informationen zugespielt bekommen, nach denen der Vorsitzende Richter bereits seit Beginn des Verfahrens engen Kontakt zu Bundesrichter Albrecht Meyer pflegte, der dem Dritten Strafsenat des Bundesgerichtshofs angehörte. Damit war Meyer Teil der Instanz, die für Beschwerden über den Senat in Stuttgart-Stammheim zuständig war. Er gehörte also zu den Richtern, die über eine mögliche Revision im RAF-Verfahren hätten entscheiden müssen.

Nun stellte sich heraus, dass sich Prinzing nicht nur regelmäßig mündlich mit dem Richter ausgetauscht hatte. Er hatte ihm auch Ablichtungen von Prozessunterlagen zukommen lassen; auf dem ›kleinen Dienstweg‹, wie das so hieß.

»Und nicht nur das«, rief Schily schneidend scharf in den Gerichtssaal, »der Richter Albrecht Meyer hat diese Unterlagen sogar weitergereicht. Und nicht an irgendwen, sondern an einen wichtigen Mann der Presse, nämlich den Chefredakteur der ›Welt‹: Herbert Kremp.«

Im Rücken Ebingers pfiff Bruno Lasko durch die Zähne.

Schily hielt ein Schriftstück hoch. »Herr Kremp und Herr Meyer gehören der gleichen studentischen Verbindung an. Das hier ist eine Kopie des Briefes, den Herr Meyer Herrn Kremp geschickt hat.« Und dann las er vor: »Lieber Cartellbruder Kremp, ich erinnere dich an das Telefongespräch, das wir beide im Frühjahr 1973 geführt haben und in dem du Vorschläge für eine Veröffentlichung über den Baader-Meinhof-Komplex gemacht hast. In derselben Sache wende ich mich heute wiederum an dich. Vorige Woche ist in Stuttgart-Stammheim das frühere Bandenmitglied Gerhard Müller als Zeuge vernommen worden. Ich übersende dir als Anlagen: 1. Auszugsweise Ablichtungen der kriminalpolizeilichen Vernehmung Müllers, 2. Auszug aus dem Wortprotokoll von 13. Juli 76.«

Christian Ebinger war bemüht, die ganze Rede Schilys mitzuschreiben. Zum Glück machte der Anwalt immer wieder lange Kunstpausen, um seine Treffer wirken zu lassen. Jetzt beugte sich Schily weit vor und zeigte sein überlegenes Lächeln, mit dem er seine Gegner zur Weißglut bringen konnte. »Für Rückfragen gab dann der Bundesrichter Meyer seinem Cartellbruder Kremp noch die Durchwahlnummer beim Bundesgerichtshof und verzichtete – falls der Beitrag erscheinen sollte – auf ein Belegexemplar. Er habe die ›Welt‹ ja abonniert.«

Schily lehnte sich zurück und faltete seine Hände vor dem Bauch. Mit nunmehr leiser Stimme stellte er wieder einmal einen Ablehnungsantrag gegen den Vorsitzenden Richter Dr. Prinzing. Der Antrag wurde – fast routinemäßig – abgelehnt. Doch diesmal hatte das Gericht die Rechnung ohne die Pflichtverteidiger gemacht, wenigstens ohne einen von ihnen.

Rechtsanwalt Manfred Künzel, der als Pflichtverteidiger Gudrun Ensslin zugeordnet war und schon mehrfach dadurch aufgefallen war, dass er ihre Interessen, wo immer er es verantworten konnte, verteidigte, nahm nun das Wort: »Die Gründe in dem Ablehnungsantrag gehören bereinigt, gehören offen diskutiert. Sonst hat dieses Verfahren einen Makel, von dem es nicht mehr befreit werden kann.«

Auch Künzels Befangenheitsantrag wurde vom Gericht zunächst abgelehnt, hatte aber doch seine Wirkung. Es kam zu einem spätabendlichen Telefongespräch zwischen Prinzing und Künzel, in dem der Pflichtverteidiger sagte: »Versetzen Sie sich doch einmal in die Lage von Frau Ensslin, Herr Prinzing. Die muss sich doch nun sagen, dass eine künftige Revision sinnlos ist, weil ja jetzt bereits ein Austausch zwischen den beteiligten Senaten stattgefunden hat, möglicherweise mit dem Ziel, ein revisionssicheres Urteil zu erstellen.«

Künzel hatte Christian Ebinger selbst von diesem Gespräch mit dem Vorsitzenden Richter erzählt, als der Journalist ihn zu Hause in Waiblingen besucht hatte, um ein Porträt über ihn zu erarbeiten. Sie waren im Privathaus des Rechtsanwalts auf den Dachboden gestiegen, wo Künzel seiner »zweiten Leidenschaft nach der Jurisprudenz« nachging: dem Puppenspiel. Er hatte eine ansehnliche Sammlung von Marionetten, Handpuppen und Bühnenbildern und war gerne bereit, dem Redakteur eine Kostprobe seines Könnens zu geben. »Eigentlich habe ich Mitleid mit dem Herrn Prinzing«, sagte er und hob eine Puppe in einer schwarzen Robe hoch, deren Kopf sich plötzlich ganz tief senkte. »Er hat zu mir gesagt: ›Kein Mensch kann sich vorstellen, welchen Belastungen ich in diesem Verfahren ausgesetzt bin. Ich bin nahezu am Ende. Wenn ich das nicht durchhalte, Herr Künzel …‹ Er hat dann nicht weitergeredet. Aber ich denke, er wusste, was kommt.«

Der Wahlverteidiger Hans Heinz Heldmann stellte erneut einen Befangenheitsantrag. Und diesmal beschlossen Prinzings Richterkollegen, ihren Vorsitzenden von seinem Amt zu entbinden. »Darauf, ob Dr. Prinzing befangen ist oder sich befangen fühlt«, hieß es in dem Beschluss, »kommt es entscheidend nicht an. Maßgebend ist, ob aus der Sicht der Angeklagten vernünftigerweise Misstrauen in die Unparteilichkeit des Richters gesetzt werden kann. Diese Befürchtung ist nicht von der Hand zu weisen.«

Es war der 85. Befangenheitsantrag gegen den Vorsitzenden Richter, man schrieb den 25. Januar 1977, und diesmal war die Verteidigung erfolgreich. Dr. Prinzing wurde abgelöst und durch den Beisitzenden Richter Dr. Eberhard Foth ersetzt.

»Du wirst sehen, jetzt dauert's nicht mehr lang.« Bruno Lasko saß an seinem Schreibtisch im Stammheimer Glaskasten, eine Zigarette hing locker in seinem Mundwinkel, was ihn freilich nicht am Reden hinderte. Es waren nur wenige Kollegen da. Die Ermüdung ringsum war mit Händen zu greifen. Sogar Otto Schilys Angriffe gegen die Bundesanwälte und das Gericht hatten in letzter Zeit an Schärfe verloren. »Ein Vierteljahr vielleicht noch, dann haben wir das Urteil. Mindestens einmal lebenslänglich in allen drei Fällen«, meinte Lasko.

»Aber du glaubst doch auch nicht, dass damit der Terrorismus in Deutschland erledigt ist«, rief Titus Born, der Mann vom Stern.

»Um Baader, Raspe und die Ensslin jedenfalls wird es ruhiger werden.«

»Da bin ich mir nicht sicher«, sagte Christian Ebinger.

Am 28. April 1977 verkündete das Gericht die Urteile. Vier Morde, 39 Mordversuche und sechs Sprengstoffanschläge wurden den Angeklagten zur Last gelegt. Allerdings blieben bis zum Ende des langwierigen Verfahrens viele Einzelheiten im Dunkeln. So konnte zum Beispiel die Frage nicht beantwortet werden, wer von den Angeklagten an den einzelnen Taten beteiligt war. Gudrun Ensslin hatte ja im Verlauf des Verfahrens eingeräumt, ja sogar darauf bestanden, dass die Sprengstoffanschläge auf die US-Stützpunkte in Frankfurt am Main und in Heidelberg von der RAF begangen worden waren, weil sie zum antiimperialistischen Kampf gehört hätten. Die Verteidiger bezeichneten die Attentate als Widerstandsaktionen gegen den Völkermord in Vietnam. Die drei Terroristen stellten sich selbst als Kriegsgefangene dar, eine Sicht, die vom Gericht kategorisch abgelehnt wurde. Die Entscheidung lautete: Lebenslängliche Haft für alle drei Angeklagten.

Die Anwälte kündigten sofort Revision an.

Ein blassblauer Himmel, lauwarme Luft, die Sonne zierte sich ein wenig an diesem späten Apriltag. Ein letztes Mal verließen die Journalisten den Gerichtsbunker in Stammheim. Ein Gespräch zwischen den Kollegen kam nicht mehr zustande. Alle schienen gleichermaßen erschöpft und erlöst zu sein und nur noch einen Wunsch zu haben: Nichts wie weg hier.

In der Redaktion schrieb Christian Ebinger seinen Bericht, den er sich im Kopf schon auf dem Weg von Stammheim ins Stuttgarter Zentrum zurechtgelegt hatte. Er wollte ihn so schnell wie möglich hinter sich bringen und damit das ganze RAF-Verfahren

Früher als sonst verließ er sein Büro in der Kriegsbergstraße und fuhr nach Hause. Er stellte den Wagen in der Schiltacher Straße ab, ging den schmalen, abschüssigen Weg an der Giebelseite des Hauses entlang und griff nach der Klinke des kleinen Gartentors. Aber plötzlich hielt er inne. Aus der anderen Richtung kam ein Mann den Berg herauf. Christian musste gegen die Sonne schauen und sah deshalb zunächst nur eine Silhouette, die ihm freilich irgendwie bekannt vorkam. Er blieb stehen und wartete.

»Eigentlich hab ich gar nicht gedacht, dass ich dich schon antreffe, aber ich hätte gewartet, bis du kommst«, rief der Mann.

Die Stimme erkannte Christian sofort. »Kemal? Kemal Yüksül? – Ich glaub's ja nicht.«

»Ja«, der andere lachte, »damit hast du nicht gerechnet.« Da stand er auch schon dicht vor Christian, zog ein Bündel Geldscheine aus der Innentasche seiner Jacke und fächerte sie auf. »Fünfhundert plus Zinsen.«

»Komm rein!« Christian stieß das Gartentörchen auf.

»Ich nehme an, du hast mich mehr als einmal verflucht«, sagte Kemal, als sie Christians Wohnung betraten.

»Das wird dich ja nicht wundern.« Christian warf seine Jacke achtlos über eine Stuhllehne. »Du haust einfach ab und lässt nichts mehr von dir hören.«

Kemal zählte die Scheine auf den Tisch. »Ich wollte mich erst wieder melden, wenn ich mich ehrlich machen kann.«

»Aber du hättest doch mal anrufen oder schreiben können.«

»Ich war zu beschäftigt. Ich hab nämlich in Kopenhagen ein eigenes Restaurant aufgemacht …«

»Ja, ich weiß.«

»Ach ja?«

Christian erzählte, dass er mit Steffi zu Kemals Vetter Ali nach Pforzheim gefahren war. »Dein Cousin hat seinen Bruder in Dänemark angerufen, und der hat es uns erzählt.«

»Morgen fahre ich zu ihm nach Pforzheim und bringe auch ihm sein Geld zurück. Aber nun erzähl du erst mal: Wie geht es dir?«

»Ich habe viel zu tun. Du wirst ja auch mitbekommen haben, dass der Prozess gegen die RAF heute zu Ende gegangen ist. Und, na ja, inzwischen bin ich geschieden.«

»War's schlimm?«

Christian sah den Türken an. War das nun ehrliche Anteilnahme, oder hatte er nur gefragt, weil man das halt so fragte?

Kemal gab den Blick zurück. Er lächelte. »Es interessiert mich wirklich.«

Gespielt oder nicht gespielt – Christian spürte, wie ihm die Worte des anderen guttaten. Wahrscheinlich war er als Wirt so erfolgreich, weil er allen Menschen das Gefühl geben konnte, ein guter Freund zu sein. »Es war schlimmer, als ich es erwartet hatte«, antwortete Christian.

»Bei mir war's damals genauso. Ich hatte ja nicht die leiseste Ahnung davon, dass sich Karin von mir trennen wollte. Und weißt du was? Es ist noch keine vier Wochen her, da stand sie plötzlich bei mir auf der Matte.«

»Deine Ex-Frau?«

»Ja. Sie sagte, sie habe einen Fehler gemacht.«

»Und jetzt? Kommt sie zu dir zurück?«

Kemal lachte auf. »Das möchte sie vielleicht. Aber das geht natürlich nicht.«

»Und warum nicht?«

»Wir türkischen Männer sind sehr stolz, auch wenn wir in Deutschland groß geworden sind. Sie hat mich verlassen, nicht ich sie.«

Er blieb den ganzen Abend. Die beiden kochten und aßen zusammen und tranken eine Flasche Uhlbacher Spätburgunder. Schließlich entschieden sie, dass Kemal im Gästezimmer übernachten würde. Am nächsten Tag wollte er dann weiter nach Pforzheim.

»Aber nicht wieder mit meinem Auto«, sagte Christian. »Wer weiß, was du sonst wieder anstellst.«

Kemal Yüksül verließ das Haus schon sehr früh am Morgen des nächsten Tages. Christian verabschiedete ihn im Bademantel. Der türkische Wirt nahm ihn einen Moment fest in die Arme. »Du bist ein wirklicher Freund. Bitte, komm bald mal nach Kopenhagen. Bring deine Stefanie mit.« Er hatte sich tatsächlich ihren Namen gemerkt. »Ihr seid meine Gäste.«

Christian schob die Wohnungstür hinter Kemal zu. War er ein Freund dieses Mannes? Und war der sein Freund? Woran konnte man das messen? Was hatte Kemal damals gesagt, als er sich verabschiedete? »Wenn du reich bist an Geld, dann hast du überall Freunde, die wiederum Freunde deines Geldes sind.« Diesmal hatte er ihn wenigstens nicht angepumpt.

Christian ging ins Badezimmer und stellte sich unter die Dusche. An wen würde er sich wenden, wenn er einmal wirklich in Not geraten würde? Wer war ein Freund, dem er nicht nur Sympathie entgegenbrachte, sondern auch rückhaltloses Vertrauen? Da fiel ihm zuallererst sein Bruder Gerhard ein. Der Goldschmied Rudi Dentler aus Blaubeuren würde garantiert auch in jeder Notlage für ihn einspringen. Aber was war er selbst für ein Freund? Er hatte den Goldschmied in den letzten Jahren sträflich vernachlässigt. Rolf Lohbrecht, der Kollege, der jetzt in Karlsruhe arbeitete – auch er ein verlässlicher Freund. Und Anneliese natürlich. Und Annelieses Bruder Kurt. Die Ausbeute seiner Überlegungen erwies sich als mager.

Während er sich abtrocknete, versuchte Christian, sich daran zu erinnern, wer in seinem Leben so wichtig für ihn gewesen war, dass eine lebenslange Freundschaft zu ihm oder ihr hätte entstehen können. Sarah war seine große Liebe gewesen. Aber so eine Beziehung würde er nie mehr erleben, da war er sich sicher. Auch nicht mit Stefanie Bornschein. Und diese Einsicht traf ihn wie ein Schlag.

Wie das Leben so spielt

Sie hatten wenig Zeit miteinander verbracht in diesem Sommer, der so schön war wie schon lange keiner mehr. Seitdem Stefanie Bornschein ihre neue Aufgabe in der Zentralredaktion übernommen hatte, geschah es immer häufiger, dass Christian einen Vorschlag machte, ins Theater oder ins Kino zu gehen oder am Wochenende einen Ausflug in den Schwarzwald oder auf die Schwäbische Alb zu machen, und Stefanie antwortete, es tue ihr leid, aber sie müsse arbeiten. Christian hatte so seine Zweifel, ob man für das, was er von ihr in der Zeitung lesen konnte, wirklich so viel Zeit brauchte.

An einem schönen Sommerabend – sie hatte endlich wieder einmal zugesagt – holte er sie von ihrer Redaktion ab. Sie hatten ausgemacht, gemeinsam in eines der Waldheime zu gehen, die auf Stuttgarts Höhen lagen – einfache Gaststätten mit einer alten Tradition. Gemütlich, zwanglos, kinderfreundlich, so warben sie für sich.

Als im September 1890 die Sozialistengesetze aufgehoben wurden, war es den Arbeitern möglich geworden, sich politisch zu organisieren. Schon acht Wochen später wurde in Württemberg die erste Landesorganisation der Sozialdemokratischen Partei Deutschlands gegründet. Gleich bei der allerersten Parteiversammlung gaben sich die Versammelten auch schon ein Parteistatut, und so wurden sie zu den Vorreitern der SPD im ganzen Reich. Von Anfang an entwickelten die Sozialdemokraten in Schwaben neben politischen auch kulturelle Aktivitäten. Die ersten Arbeiterbildungsvereine entstanden, oft ergänzt durch eigene Gesangsvereine, Turnvereine und andere Initiativen für eine sinnvolle Freizeitgestaltung. Damals wurden auch die Waldheime gegründet.

Das alles erzählte Christian seiner Freundin auf dem Weg über die Wangener Höhe. Sie hatten das Auto am Ende der

Pischekstraße auf dem Parkplatz bei der Straßenbahnhaltestelle Geroksruhe abgestellt und wanderten nun auf einem schmalen Pfad unter hohen Laubbäumen Richtung Osten. Es war ein milder Abend, die Sonne stand schon weit im Westen und warf die Schatten der beiden voraus auf den Waldweg. Christian dozierte weiter: »Das Waldheim Gaisburg, in das wir jetzt gehen, ist 1911 entstanden. Alle haben dabei mitgeholfen: SPDler, Gewerkschafter, auch Arbeiter, die bei den Kommunisten waren – eine richtige solidarische Selbsthilfeorganisation war das. Und bis heute wird das Waldheim von einem eingetragenen Verein betrieben, als Treffpunkt für Kultur, Freizeit und Politik. Die Mitglieder kümmern sich gemeinschaftlich um das Haus, den Garten und den Kinderspielplatz und erarbeiten miteinander Angebote für ihre Veranstaltungen. Lange Zeit wurde die Gaststätte abwechselnd von den Vereinsmitgliedern betreut, aber jetzt gibt es einen Pächter als Wirt.«

Stefanie hatte ihm aufmerksam zugehört. »Vielleicht könnte ich mal was über eine Frau schreiben, die sich da besonders engagiert.«

Christian nickte. »Da findet sich bestimmt eine.«

»Ich hab nämlich eine Reihe von Artikeln über Frauen vor, die ehrenamtlich arbeiten, obwohl sie einen Beruf und eine Familie haben. Ich kann dir sagen: mehr Belastung geht nicht.«

Christian antwortete nicht darauf. Steffi sah zu ihm hinüber. »Interessiert dich das überhaupt?« Es klang ein wenig gereizt.

»Alles, was du machst, interessiert mich«, gab er zurück.

»Weißt du, wie das klingt? Es klingt so … so … so routiniert.«

»Was?« Christian blieb stehen und sah sie verwundert an. Sie war schon ein paar Schritte weitergegangen und drehte sich zu ihm um. »Vielleicht auch höflich, aber nie wirklich interessiert.«

»Nie? Wann nie?«

»Immer, wenn ich dir von meiner Arbeit erzähle.«

Er wollte etwas sagen, aber Steffi fuhr heftig fort. »Natürlich ist das, was ich mache, nicht zu vergleichen mit dem, was bei dir passiert. Aber für mich ist meine Arbeit genauso wichtig wie für dich die deine.«

»Ja natürlich. Ist doch klar. – Entschuldige, das hat jetzt wahrscheinlich wieder nur zu routiniert oder höflich geklungen.«

»Du musst gar nicht beleidigt sein«, sagte sie spitz.

»Bin ich nicht!«

»Das seh ich anders.«

Er hob die Schultern. Was sollte er dazu sagen. Sie nahmen ihren Weg wieder auf und gingen eine ganze Zeit lang schweigend nebeneinander, bis Christian sagte: »Dort vorne ist es, wir müssen nur noch diese kleine Treppe runter.«

Die Staffeln führten an dem flachen Gebäude vorbei zu einer naturbelassenen Terrasse hinab, die von einer Hecke begrenzt wurde. Zwischen einzelnen Büschen standen Tische und Gartenstühle, an denen nicht mehr als ein Dutzend Gäste saßen. Auf dem angrenzenden Spielplatz tobten ein paar Kinder herum. Stefanie und Christian suchten sich einen Tisch am Rand der Gartenwirtschaft aus. »Was kann ich für dich holen?«, fragte Christian.

»Am liebsten ein Bier und eine Bratwurst vom Grill.«

»Mach ich.« Christian verschwand im Inneren des Gebäudes. Steffi ließ sich nieder, zog einen zweiten Stuhl heran, legte ihre Beine darauf, lehnte den Kopf weit zurück und blinzelte in die untergehende Sonne. Dann ging ihr Blick hinunter ins Tal. Man sah einen Teil der Daimler-Benz-Werke, graue, lang gezogene Hallen aus Beton. Auf der gegenüberliegenden Seite zogen sich die Weinberge hinter Untertürkheim die Hänge hinauf. Ganz rechts, gerade noch in ihrem Blickfeld, erkannte Stefanie den Württemberg mit der Grabkapelle, die Wilhelm I. einst für seine verstorbene Frau Katharina bauen ließ. Stefanie wusste das, weil sie einmal einen Artikel über Königin Katharina geschrieben hatte, eine Zarentochter, die für die Schwaben eine der größten Wohltäterinnen gewesen war. Auf Katharina ging unter anderem das erste Mädchengymnasium zurück, das deshalb in Stuttgart bis heute »Katzenstift« heißt.

Steffi atmete tief ein. Sie genoss die frische Luft. Den Tag über war es zu heiß und zu stickig gewesen in der Stadt. Die Redaktion ihrer Zeitung lag mitten im Kessel im ältesten Hochhaus Stuttgarts. Manch einer behauptete, es sei überhaupt das erste Hochhaus in Deutschland gewesen.

Christian kam mit einem Tablett zurück, darauf zwei Flaschen Bier, zwei Gläser und zwei Teller mit je einer Bratwurst, einem Brötchen und einem mächtigen Klacks Senf. Er setzte sich neben Steffi, um den gleichen Blick zu haben wie sie. »›Auf der Kuppe des Württembergs thront ein antikisierter Rundtempel, zu dem man über eine imposante Freitreppe gelangt. Und dort liegt Katharina Pawlowna begraben.‹ So fängt dein Artikel an, nicht wahr?«

»Du hast ihn wirklich gelesen?«

Er lächelte und goss das Bier in die Gläser. »Wie alles, was du schreibst. Dein Porträt der Königin Katharina war wirklich klasse.«

»Dass du mir so etwas einmal sagst …«

»Ich hab viel gelernt aus diesem Porträt. Dass Katharina nicht nur Schulen gegründet, sondern auch moderne Lehrpläne entwickelt hat, wusste ich nicht. Und auch nicht, dass die erste Sparkasse auf sie zurückgeht.«

»Und damals hat sie schon gesagt: ›Arbeit schaffen hilft mehr als Almosen geben‹.«

»Und trotzdem hat sie den Armen oft auch direkt geholfen. Muss echt 'ne tolle Frau gewesen sein.« Christian hob sein Glas. »Prost!«

Dann deutete er auf die Ansammlung von Häusern drunten im Neckartal. »Es gibt einen schönen schwäbischen Spruch über die Dörfer da unten, die früher einmal eigenständig waren und jetzt alle zur Großstadt Stuttgart gehören: ›Untertürkheim, Obertürkheim, Hedelfingen, Wangen, da kann man mit den Hopfenstangen zueinander rüberlangen.‹«

Sie verzehrten mit Genuss ihre Bratwurst. Beiden war nicht danach zu reden. Langsam legte sich die abendliche Dämmerung übers Land. Drunten im Tal gingen die ersten Lichter an.

»Magst du noch ein Bier?«, fragte Christian.

»Lieber einen Wein.« Steffi stand auf, dehnte und streckte sich. »Aber den hole ich jetzt selber. Ich muss sowieso aufs Klo. Was soll ich dir mitbringen?«

»Ein Glas Uhlbacher Spätburgunder – der wächst dort drüben.« Christian zeigte auf die Weinberge auf der anderen Talseite.

Er sah ihr nach, wie immer fasziniert von ihrem Gang, den sie sich angewöhnt haben musste, als sie den Ballettunterricht genommen hatte. Sie ging sehr aufrecht, die Hüften ein wenig vorgeschoben. Ihr kurzer Rock wippte im Rhythmus ihrer Schritte. Eigentlich hatte er vorgehabt, mit ihr darüber zu reden, ob sie auch wie er in letzter Zeit eine gewisse Entfremdung zwischen ihnen spürte. Aber nun fühlte er sich überhaupt nicht in der Stimmung, so ein ernstes Gespräch zu führen.

Steffi kam zurück, stellte das Tablett mit den Gläsern ab, beugte sich von hinten über Christian und küsste ihn auf den Nacken. Sie setzte sich ihm gegenüber, legte ihre Füße in seinen Schoß und fragte direkt: »Was ist mit dir?«

»Warum fragst du das?«

»Du bist irgendwie verändert.«

»So etwas Ähnliches wollte ich eigentlich auch zu dir sagen.«

»Retourkutschen fahren nur donnerstags, heute ist Dienstag.«

»Nein, ehrlich. Ich habe in letzter Zeit das Gefühl, als wäre ich für dich nicht mehr so wichtig.«

»Du bist mir wichtig, aber vielleicht ein bisschen anders als noch vor ein paar Monaten.«

Christian sah Stefanie in die Augen. Sie wich seinem Blick aus, sah auf ihre Hände hinab und nahm die Füße von seinem Schoß.

»›Es ist traurig, wenn Liebe erkaltet. Es ist furchtbar, wenn Liebe vergeht‹, heißt es bei Georg Kreisler.«

»Ach, hör doch auf!« Steffi war die Röte ins Gesicht geschossen. »Ich möchte dich nicht verlieren …«

»Aber?«

»Wie bitte?«

»Der Satz klang so, als müsse er mit einem ›aber‹ weitergehen.«

Steffi biss sich auf die Unterlippe, sagte aber nichts.

»Soll ich mal einen Vorschlag machen, wie der Satz weitergehen könnte? ›… aber ich habe gemerkt: Für mich ist es halt eher Freundschaft und nicht die große Liebe‹.«

»Redest du über dich oder über mich?«

»Über dich. Ich wollte versuchen, deinen Gedanken zu Ende zu bringen.«

Stefanie nahm einen langen Schluck aus ihrem Rotweinglas, setzte es ab und sagte: »Ja, das trifft es ziemlich genau. Tut mir echt leid.«

Christian sah ihr unverwandt ins Gesicht. »Erinnerst du dich, was du in der Silvesternacht zu mir gesagt hast?«

»Ja, verdammt noch mal, ich finde es ja auch total beschissen, wie das in den letzten Wochen und Monaten so gelaufen ist. Aber ich kann nun mal nicht aus meiner Haut.«

»Schon verstanden. Wollen wir gehen?«

»Ich laufe nach Wangen runter«, sagte Stefanie, als sie vom Tisch aufstanden. Die noch halb vollen Weingläser ließen sie stehen. »Ich hoffe, wir sehen uns bald mal wieder«, sagte sie.

»An mir soll's nicht liegen«, sagte er.

Sie umarmten sich kurz. Dann eilte er, immer drei Stufen auf einmal nehmend, die Steintreppe hinauf. Steffi stieg mit langsamen Schritten über einen schmalen Gartenweg hinunter ins Tal.

Den Weg über die Wangener Höhe legte Christian im Laufschritt zurück. Als hätte er Angst, einen wichtigen Termin zu versäumen. Er musste immer wieder einzelnen Spaziergängern, kleinen Gruppen und eng beieinander gehenden Paaren ausweichen. Bei seinem Auto angelangt, ließ er sich auf den Fahrersitz fallen und versuchte, zu Atem zu kommen. Er wunderte sich, dass er weder traurig noch erschüttert war. Das Leben würde weitergehen, wie es immer weitergegangen war. Er sah freilich nicht, wo sein Leben hingehen würde – und er sah es vielleicht auch deshalb nicht, weil er sich davor fürchtete, es zu sehen.

Als er nach Hause kam, blinkte sein Anrufbeantworter. Zuerst hörte er die empörte Stimme seiner Mutter, die sich beschwerte, dass er sich so lange nicht gemeldet habe. Danach eine fremde Männerstimme: »Hier Schwarzer, Bavaria-Film. Wir haben Ihren Kriminalroman gelesen und wollten fragen, ob wir uns gelegentlich mal treffen könnten. Es geht um Folgendes: Wir planen für den WDR einen neuen Tatort. Hansjörg Felmy hört auf als Kommissar, und nun geht es darum, eine neue Figur zu kreieren. Wir wollen bei dem neuen Tatort versuchen, unsere Filme nur aus der Perspektive des Kommissars zu erzählen, genau wie Sie es in Ihrem Roman gemacht haben. Vielleicht haben Sie ja Lust, es einmal mit einem Drehbuch für den neuen Tatort zu versuchen.« Es folgte eine Telefonnummer, unter der er um einen Rückruf bat.

Christian hörte sich den Anruf noch zweimal an. Was hatte sein Lektor erst neulich gesagt: »Mit Büchern werden Sie nicht reich. Beim Fernsehen ist das ganz anders, aber da muss man natürlich erst reinkommen. Für manche unserer Autoren waren die Romane die Eintrittskarten fürs TV-Geschäft.« Christian hatte damals nicht weiter darüber nachgedacht. Es war ja nur eine Liebhaberei gewesen, den Kriminalroman zu schreiben. Und auch wenn er jetzt den zweiten schon fast fertig hatte, dachte er doch nicht daran, als freier Schriftsteller zu leben. Er hatte ja einen guten und gut bezahlten Job. Freilich dachte er manchmal darüber nach, wie er sich noch einmal verändern könnte. Vielleicht ergab sich ja irgendwann die Chance, in die Zentralredaktion nach Hamburg zu wechseln oder in eine andere Stadt als SPIEGEL-Korrespondent.

Er sah auf die Uhr. Für einen Rückruf war es jetzt schon zu spät. Auch ein Telefonat mit den Eltern kam um diese späte Abendstunde nicht mehr infrage.

Er war am nächsten Tag schon eine ganze Weile in der Redaktion und hatte die ersten dienstlichen Telefonate hinter sich, als ihm der Anruf aus München wieder einfiel. Er wählte die Nummer und hatte einen überaus freundlichen Mann an der Strippe, der noch einmal wiederholte, was er am Tag zuvor auf den Anrufbeantworter gesprochen hatte. »Schön wäre es, wenn Sie schon am nächsten Samstag auf ein paar Stunden zu uns kommen könnten – nach Geiselgasteig. Sie wissen, wo das ist? Vor den Toren Münchens sozusagen. Wir wollen mit zwei anderen Autoren, die zusammenarbeiten, einem oder zwei Regisseuren, außer mir noch zwei Produktionsmenschen und dem vorgesehenen Hauptdarsteller, also unserem neuen Kommissar, gemeinsam Ideen sammeln, wie wir den neuen Tatort anlegen wollen.«

»Wer wird denn der neue Kommissar sein?«, fragte Christian.

»Wird nicht verraten. Lassen Sie sich überraschen.«

»Na gut! Wochenende geht bei mir«, antwortete Christian Ebinger.

Ob er denn schon Erfahrung mit Drehbüchern habe, wollte sein Gesprächspartner noch wissen.

»Überhaupt keine«, antwortete Christian.

»Umso besser«, sagte der Mann am anderen Ende.

Aber so ganz unvorbereitet wollte Christian Ebinger nicht nach Geiselgasteig fahren.

Justus Pankau war er schon zwei- oder dreimal begegnet. Pankau war als Kameramann fest beim Süddeutschen Rundfunk angestellt, arbeitete aber auch frei für bekannte Filmregisseure. So zum Beispiel für Peter Lilienthal, mit dem er den aufsehenerregenden Kinofilm »Malatesta« gedreht hatte. Christian rief Pankau an und schilderte ihm sein Problem. Sie verabredeten sich für den Abend bei Costas, einem griechischen Wirt im Bohnenviertel.

Als er gegen halb acht Uhr dort eintraf, war der Kameramann noch nicht da. An einem Tisch hinter einer halbhohen Zwischenwand gegenüber der Theke saßen ein paar Leute, die er kannte. Zwei davon hatten mit ihm gearbeitet, als er Chefredakteur der Zeitschrift X-Magazin gewesen war. Ein Mann Ende zwanzig, eigentlich ein sehr guter, wenn auch wenig erfolgreicher Dichter, den Christian selbst noch für die Dokumentationsabteilung eingestellt hatte, hauptsächlich, damit der Lyriker finanziell über die Runden kam, und eine zierliche junge Frau, Marietta Romin, die als Textredakteurin vor allem für die Buchkritiken und das Gebiet Verhaltensforschung zuständig gewesen war. Ob er sich auf ein Bier zu ihnen setzen dürfe, bis sein Gesprächspartner komme, fragte Christian. Kaum etwas hasste er mehr, als alleine in einem Lokal zu sitzen.

Die Leute am Tisch rückten enger zusammen, und er nahm am Kopfende des Tisches auf der Bank dicht neben der Redakteurin Platz. »Wie geht's dir denn so?«, fragte er,

Marietta Romin zuckte die Achseln. »Wie soll's gehen? Ich komme grade so über die Runden. Dein Nachfolger ist halt ganz anders als du.«

»Wie anders?«

»Den interessiert's einen Scheiß, wie es seinen Leuten geht«, mischte sich der Dichter ein. »Du warst immer ziemlich fürsorglich, muss man dir lassen.«

Marietta nickte. »Du weißt ja, dass ich ein kleines Kind habe und alleine bin. Aber denkst du, der nimmt auch nur einmal darauf Rücksicht?«

»Mich hat er schon vor zwei Jahren rausgeschmissen«, sagte Tillmann, der Dichter.

Costas, der Wirt, kam an den Tisch, um Christians Bestellung aufzunehmen. »Ein Bier erst mal. Mit dem Essen warte ich, bis der Justus kommt.«

»Ach, Sie sind mit dem Pankau verabredet? Der hat grade angerufen. Er verspätet sich leider. Wird halb neun werden«, sagte der Wirt.

Zwei der Gäste am Tisch bezahlten, und als sie gingen, nutzten die anderen den Platzgewinn. Marietta rutschte um die Ecke. Christian saß nun alleine am Kopfende.

»Wie geht's denn jetzt weiter in Stammheim?«, fragte Tillmann.

»Weiß nicht. Das Urteil ist noch nicht rechtskräftig. Die Verteidigung geht natürlich in die Revision. Da sind ja auch noch eine Menge Unklarheiten. Unter uns Reportern gibt es, glaube ich, keinen, der nicht mit einer Wiederaufnahme des Verfahrens rechnet.« Er bekam sein Bier und prostete den anderen zu. Marietta hob ihr Weinglas. Ihre Blicke begegneten sich und verhakten sich für ein paar Momente ineinander. Christian setzte sein Glas ab und schüttelte unwillkürlich den Kopf.

»Was ist denn?«, fragte Marietta.

»Nichts. Ich wundere mich grade über mich selber, aber das ist nicht wichtig.«

»Worüber wunderst du dich?«

»Lass gut sein.«

Tillmann lachte. »Meinst du, Marietta gibt sich damit zufrieden? Die muss immer alles genau wissen.«

»Im Beruf ist das ja nicht schlecht«, entgegnete Christian.

»Aber für Marietta gilt das nicht nur beruflich.« Tillmann grinste.

Christian erinnerte sich, dass die beiden ein Paar gewesen waren. Aber jetzt sah es nicht mehr so aus. Fragen wollte er nicht, weil er damit womöglich Gegenfragen zum gleichen Thema provoziert hätte.

Aber die kamen auch so. »Bist du eigentlich noch verheiratet?«, fragte Tillmann, dem man noch nie besonders viel Einfühlungsvermögen für andere Menschen hatte nachsagen können.

Christian schüttelte den Kopf.

»Du lebst also solo?«

»Tillmann!«, sagte Marietta mahnend.

Aber Christian antwortete zu seiner eigenen Überraschung prompt: »Ja, seit gestern.«

»Seit gestern bist du geschieden?«

»Nein, seit gestern bin ich solo. Und nun hör auf, mich auszufragen.« Christian trank sein Bier aus und bestellte einen Demestica weiß.

»Ich muss los. Hanno ist bei einer Freundin, und ich habe gesagt, ich hole ihn spätestens um acht Uhr ab.« Marietta zückte ihr Portemonnaie.

»Ich lad dich ein, wenn ich darf«, sagte Christian rasch.

»Danke!« Sie stand auf. Er machte ihr Platz, damit sie hinter dem Tisch hervorkommen konnte. Einen Augenblick standen sie sich gegenüber. Sie reichte ihm kaum bis zur Brust. »War schön, dich mal wiederzusehen«, sagte sie.

»Ganz meinerseits«, antwortete er steif und gab ihr die Hand. Sie wandte sich schon ab, als er noch schnell nachschob. »Wie kann man dich denn erreichen?«

»Willst du das denn?«

»Was meinst du, warum ich gefragt habe?«

»Komischer Dialog«, rief der Dichter.

»Ich schreib dir meine Nummer von zu Hause auf. In der Redaktion solltest du lieber nicht anrufen.«

Costas, der alles mitbekommen hatte, reichte ihr ein Blöckchen und einen Stift. Marietta schrieb rasch, drückte Christian das Papier in die Hand und ging hinaus, nachdem sie den anderen am Tisch einen kurzen Gruß zugerufen hatte. Christian faltete das Papier auf. Er las die Telefonnummer und den Satz: »Ich würde mich freuen.« Er setzte sich wieder.

Tillman grinste. »Alte Liebe rostet nicht.«

»Red keinen Mist, Mann«, sagte Christian grob. »Zwischen uns ist nie etwas gewesen.«

»Manchmal blüht die Liebe ja auch im Verborgenen.«

»Du hast auch schon bessere Texte gemacht«, gab Christian zurück.

Eine halbe Stunde später traf der Kameramann ein. Das schüttere graue Haar nach hinten gekämmt und zu einem Zöpfchen geflochten, das Gesicht, das etwas von einem Nussknacker hatte, braun gebrannt. Im Mundwinkel hing eine erkaltete Tabakspfeife. Er war klein, aber sein sehniger Körper zeigte, dass er offenbar viel Sport trieb. Unter dem Arm hatte er einen Stapel Papier. »Tut mir leid wegen der Verspätung«, sagte er. »Soll ich mich dazusetzen, oder gehen wir an einen anderen Tisch?«

»Wir setzen uns dort drüben hin.« Christian deutete auf einen Zweiertisch in der entgegengesetzten Ecke des Lokals. Als sie Platz genommen hatten, legte Pankau die Papiere auf den Tisch. »Was soll ich dir viel erzählen, am besten liest du das da. Ich hab ein paar gute Drehbücher ausgesucht. Und wenn du einen Tipp brauchst: »Grundsätzlich gilt: Was du im Bild zeigen kannst, musst du nicht in Worten schreiben. Nichts ist schlimmer als so'n geschwätziges Drehbuch, in dem die Figuren immer nur quatschen. Film ist bewegtes Bild. Und noch eins: Halte die Regieanweisungen knapp. Wenn du zum Beispiel schreibst: ›Der Mann tritt aus dem Haus, lehnt sich an die Wand und denkt an seinen verschollenen Bruder‹, ist das gequirlte Kacke. Da wird dir jeder Regisseur sagen: ›Und wie soll ich das zeigen, dass der an seinen Bruder denkt?‹ Nichts ist schlimmer, als jede Bewegung vorschreiben zu wollen. Da hat mal einer geschrieben: ›In seiner Wut rollt er die Zeitung eng zusammen und schlägt sie mit seiner rechten in die linke Hand.‹ Und was sagt der Regisseur? ›Er hat 'ne Wut. Na gut. Aber die inszeniere ich, wie ich will, verstanden?‹ Also klare, sparsame Regieanweisungen, und auch die nur, wenn sie nötig sind. So, und jetzt will ich ein Kalbskotelett und ein Bier«, rief Pankau dem Wirt zu. »Für mich dasselbe«, bat Christian Ebinger. Den Rest des Abends verbrachten sie damit, dass Justus Pankau viele Geschichten aus seinem Heldenleben als Kameramann erzählte.

Kurz vor Mitternacht war Christian zu Hause. Er dachte nicht daran, ins Bett zu gehen. Stattdessen machte er sich einen starken Kaffee und begann, das erste Drehbuch zu lesen. Es war die Vorlage für einen Tatort mit dem Titel: »Wodka Bitter-Lemon«. Christian erinnert sich, dass er ihn gesehen hatte. Hansjörg Felmy hatte die Hauptrolle gespielt, den Kommissar Haferkamp. Der Regisseur war Franz Peter Wirth gewesen. Das Drehbuch stammte von Henry Kolarz, und Justus Pankau war der verantwortliche Kameramann. So ging es aus dem Skript hervor. Es war also das Drehbuch zu einem von jenen Tatorten, an deren Ablösung Christian nun womöglich mitarbeiten konnte. Er las bis morgens um sechs Uhr alle Bücher, die ihm Justus Pankau überlassen hatte, und empfand plötzlich große Lust, so etwas auch einmal zu versuchen.

Der darauffolgende Samstag war einer der ersten heißen Sommertage im Jahr. Christian war mit dem Taxi vom Hauptbahnhof München zu den Bavaria-Produktionsstätten gefahren. Gleich hinter dem Eingangstor stand ein riesiger Kastanienbaum. Darunter ein paar runde Metalltische mit einfachen Gartenstühlen davor, etwas abgesetzt im Hintergrund ein Kiosk, an dem man sich Getränke und Kleinigkeiten zu essen holen konnte. Nur an einem der Tische saßen ein paar Gäste, die heftig miteinander diskutierten. Er wollte vorbeigehen und sich, wie es besprochen war, im Verwaltungsgebäude anmelden.

»Das muss er sein!«, hörte er eine männliche Stimme. »Herr Ebinger?« Das Gespräch an dem Tisch verstummte. Ein schlanker junger Mann mit strohblonden, wirr vom Kopf abstehenden Haaren stand auf und reichte ihm die Hand. »Schwarzer mein Name!« Er trug ein Achselshirt und Jeans. Seine nackten Füße steckten in Sandalen. Schwarzer stellte die anderen vor. Darunter waren auch der stellvertretende Geschäftsführer der Film- und Fernsehgesellschaft, der zugleich als Chefdramaturg fungierte, sowie ein Regisseur, der, wie Schwarzer erklärte, den ersten Film mit dem neuen Kommissar inszenieren sollte. Die beiden Drehbuchautoren, von denen schon am Telefon die Rede gewesen war, hießen Vocks und Wittenburg.

»Unser Hauptdarsteller verspätet sich noch ein wenig«, sagte der Dramaturg und wandte sich direkt an Christian Ebinger, nachdem der Platz genommen hatte: »Mögen S' was essen? Die Weißwürst könnt ich empfehlen, und da müssten S' natürlich auch ein Weißbier dazu trinken.«

»Ja, gerne.« Christian fühlte sich unbehaglich. Offenbar hatte er das Gespräch zwischen den anderen Anwesenden unterbrochen. Und jetzt sahen alle zu ihm her, als ob sie irgendetwas von ihm erwarteten.

Während Schwarzer zum Kiosk ging, beugte sich der Chefdramaturg weit zu Ebinger herüber. »Und? Haben Sie sich schon mal 'ne Story überlegt?«

Christian sah überrascht auf und begegnete den Blicken der beiden anderen Autoren. Beide grinsten, und Wittenburg sagte: »Uns hat er genauso überfallen.«

»Ja, also …«, begann Christian zögernd, »ich habe erst kürzlich an einer SPIEGEL-Titelgeschichte über verdeckte Ermittler bei der Polizei mitgearbeitet …«

»Undercoveragents«, fiel ihm der Chefdramaturg ins Wort.

»Ja, genau«

»Hab ich gelesen.« Schwarzer stellte ein Tablett mit den Weißwürsten und dem Bier vor Christian ab.

»Und weiter?«, fragte der Regisseur.

»War nur so ein Gedanke …«, Ebinger nahm einen Schluck aus dem Bierglas. »Ein Undercoveragent führt ja für die Dauer seines Einsatzes manchmal ein völlig anderes Leben. Teures Auto, schicke Wohnung, Designerklamotten, Rolex am Handgelenk. Für manchen ist es schwer, danach wieder in ein normales Polizistenleben zurückzufinden. So ein verdeckter Ermittler kennt beide Seiten. Mit diesem Wissen ließe sich ein großes Ding drehen.«

Der Chefdramaturg schnalzte mit der Zunge. »Und wenn der Mann der beste Freund unseres neuen Kommissars ist …«

»Wir wollten eigentlich einen Kollegen, der das genaue Gegenteil von ihm ist, zu seinem besten Freund machen«, wandte Vocks ein. »So einen richtigen Beamtentyp.«

»Na gut, dann ist dieser verdeckte Ermittler halt sein zweitbester Freund, der zieht ein kapitales Ding durch, und dabei linkt er seine Komplizen aus dem Verbrechermilieu genauso wie seine Freunde von der Polizei. Das könnte ein richtig guter Stoff sein.« Der Chefdramaturg klang begeistert. Er hob sein Glas, setzte es aber sofort wieder ab, ohne getrunken zu haben. »Da ist er ja!«

Auf einem Rennrad raste ein Mann heran. Er trug ein eng anliegendes Trikot, sehr knappe Radlerhosen, eine riesige Sonnenbrille und ein Stirnband, das seine Haare zusammenhielt. Mit einem Satz sprang er vom Rad, nahm die Brille ab und stieß den Atem aus. »Ich hab die Strecke unterschätzt«, er ließ sich auf einen Stuhl fallen und rief: »Bernd, kannst du mir ein Radler holen?« Mit Bernd war offenbar Schwarzer gemeint, der sich sofort erhob und zum Kiosk ging.

»Herrn George muss ich Ihnen wohl nicht vorstellen«, sagte der Chefdramaturg in die Runde und übernahm es, den Schauspieler mit den am Tisch Sitzenden bekannt zu machen. Götz George sah jeden Einzelnen interessiert an.

Im Gespräch erwies er sich als ein zurückhaltender, sensibler Partner, was nach seinem forschen Auftritt bei seiner Ankunft so nicht zu erwarten gewesen war. Von seiner Rolle hatte er klare Vorstellungen. Den Namen, den die Produzenten sich ausgedacht hatten, fand er passend: Horst Schimanski. Seine Vorfahren sollten vor mehreren Generationen aus Polen in den Ruhrpott eingewandert sein.

Am wichtigsten war dem Schauspieler, dass dieser Schimanski ein völlig unangepasster Mensch sein sollte. »In jeder Hinsicht anders als die braven Beamten, die wir sonst im Tatort haben«, sagte er. »Was haltet ihr denn davon, wenn er schwul wäre?«

»Um Gottes willen«, entfuhr es gleichzeitig den Dramaturgen und dem Regisseur, und Letzterer sagte: »Da kannst du noch dreißig Jahre warten, bis so etwas möglich ist.«

»Anderer Vorschlag«, rief George, »er könnte doch eine Klaustrophobie haben. Er steigt in keinen Aufzug und versucht, alle Tunnels und geschlossenen Räume zu meiden und so weiter.«

»Könnte spannende Momente ergeben«, sagte Vocks, »weil so eine Macke manche Verfolgungsjagden ziemlich kompliziert machen würde.«

Den ganzen Nachmittag verbrachten sie damit, die Figur weiterzuentwickeln, bis hin zur Kleidung, einem ziemlich abgetragenen Parka, bei dem es dann auch für die ganze lange Reihe der Tatort-Filme bleiben sollte.

Christian Ebinger hatte lange dabeigesessen, ohne etwas zu sagen. Die Sprache der routinierten Fernsehmacher war ihm fremd. Manche Begriffe kannte er überhaupt nicht. Es mochten schon fast zwei Stunden vergangen sein, als sich der Schauspieler direkt an Christian wandte. »Wer bist eigentlich du?«

Ebinger war George zu Anfang ja wie alle anderen vorgestellt worden, freilich nur mit dem Namen und als möglicher Autor.

»Ein absoluter Neuling als Drehbuchschreiber«, antwortete Christian, »und ich muss erst mal sehen, ob ich mir das zutraue.« Bislang habe er als Journalist gearbeitet und einen Kriminalroman geschrieben.

George schien das nicht besonders zu interessieren. »Und wo haste als Journalist gearbeitet?«, fragte er eher beiläufig. Dass man sich duzte, war hier offenbar üblich. Nur der stellvertretende Geschäftsführer wurde von allen gesiezt.

»Ich mache das noch«, antwortete Christian. »Beim SPIEGEL.« Er sei Korrespondent für Baden-Württemberg, habe aber in letzter Zeit vor allem über den RAF-Prozess zu berichten gehabt.

Jetzt wirkte Georges Interesse auf einmal echt. Er wechselte den Platz und setzte sich neben Ebinger. »Erzähl!«

»Können wir erst einmal mit unseren Themen zu Ende kommen«, rief der Chefdramaturg leicht indigniert. Ebinger möge doch mal seinen Stoff erläutern.

Auf den Baader-Meinhof-Prozess kamen sie erst am Abend wieder zurück. Sie trafen sich in einer ländlichen Brauereigaststätte zum Essen. George hatte sich umgezogen und bestand darauf, neben Ebinger zu sitzen. Er fragte hartnäckig, wollte nicht nur wissen, was sein Gegenüber während des Prozesses alles erlebt hatte, sondern auch, wie die Arbeit bei dem Nachrichtenmagazin ablief. Am Ende sagte er: »Weißte, ich komm kaum zum Lesen, und da find ich's klasse, wenn mir jemand authentisch erzählen kann.«

Christian bekam kurz vor Mitternacht noch einen Zug nach Stuttgart. Er begann sofort, in seinem Notizbuch seinen Tatort zu konzipieren. Zwischen Ulm und Geislingen schrieb er die Anfangsszene. Hinter Göppingen schrieb er bereits am zweiten Bild. Als er nach Hause kam, setzte er sich sofort an den Schreibtisch und schrieb weiter. Er schlief nicht in dieser Nacht. Als ihn die Kräfte verließen, war es sieben Uhr am Sonntagmorgen. Er legte sich ins Bett, stand aber drei Stunden später schon wieder auf, um weiterzuschreiben. Szene für Szene von Hand. Im Verlauf des Sonntags klingelte sein Telefon mindestens zehn Mal, aber er nahm nicht ab. Er schrieb. Später sagte er, er sei wie angezündet gewesen. Auch in der Nacht zum Montag schrieb er weiter. Gegen zehn Uhr am Vormittag rief er Gaby Heil an, erzählte ihr, warum er heute nicht ins Büro kommen werde. Wie immer hatte sie volles Verständnis. Sie war geübt darin, seine Abwesenheit zu erklären. Ihr Chef war dann eben auf Recherchen, zu einem Interview verabredet oder bei einem wichtigen Termin in einem Ministerium. »Wenn du willst, tipp ich den Text zu Hause ab«, sagte sie, bevor sie auflegte.

Am späten Montagabend war Christian Ebinger fertig mit seinem Manuskript. Geschrieben hatte er es wie in einem Rausch. Dabei machte er eine Erfahrung, die er schon bei seinem Roman gemacht hatte. Sobald die Figuren erste Konturen gewonnen hatten, entwickelten sie ihre eigene Dynamik. Sie taten Dinge, mit denen er nicht gerechnet hatte, sagten Sätze, die – wie er glaubte – ihm selbst nie eingefallen wären, führten Wendungen herbei, die ihn überraschten. Erstaunlicherweise fügte sich am Ende alles zu einem Ganzen. Ob das alles genügte, um die Filmleute zu überzeugen? Er hatte keine Ahnung.

Am Mittwoch überreichte ihm Gaby das sauber abgetippte Manuskript. Er tütete es ein und schickte es nach München.

Am Donnerstag rief Schwarzer an. »Das kann ja wohl nicht wahr sein«, sagte er. »Haben Sie denn schon an dem Drehbuch geschrieben, bevor wir uns getroffen haben?«

»Nein. Aber ich bin am besten, wenn ich etwas in einem Zug schreibe, möglichst ohne lange abzusetzen. Und das Drehbuchschreiben hat mich so fasziniert, dass ich nicht loslassen konnte, ehe es fertig war.«

»Unglaublich!«, sagte Schwarzer. »Ich hab's erst mal ganz schnell gelesen. Es liest sich gut. Die Länge stimmt auch. Wenn die anderen genauso denken, gebe ich das Buch mal der Regisseurin Ilse Hoffmann. Und wenn's die machen will, treffen wir uns wieder.«

Sie wollte es machen. Vier Wochen später war Christian Ebinger wieder in München, um sich mit der Regisseurin und dem Produzenten zu treffen. Es gab nicht viele Änderungswünsche. Freilich war da ein gravierender Punkt, der gelöst werden musste. Es galt als absolute Bedingung, dass am Ende eines jeden Tatorts der Täter überführt wurde und der Kommissar als Sieger hervorging. Ebingers Hauptfigur, der Undercovermann, war aber so clever, dass er mit seiner Beute aus einem großen Geldraub davonkam und von der Bildfläche verschwand. Seinem alten Freund Schimanski schickte er eine Postkarte aus der Karibik. »Das geht absolut nicht!«, sagte der Chefdramaturg und berief sich auf den Tatort-Koordinator der ARD.

Es kam zu einem weiteren Treffen, bei dem auch Götz George wieder dabei war. »Ich hab das ideale Ende«, sagte er. »Wir machen es genauso, wie der Ebinger das geschrieben hat. Der Täter liegt am Strand, neben ihm seine neue Geliebte. Da komme ich über eine Sanddune im Hintergrund, lege mich zu den beiden und sage: ›Ich sei, gewährt mir die Bitte, in eurem Bunde der Dritte.‹«

Der WDR-Redakteur schlug die Hände über dem Kopf zusammen: »Das geht ja nun ganz und gar nicht ...«

»Warte doch«, sagte George. »Jetzt kommen ein paar Zeitsprünge, und so nach drei, vier Wochen sage ich: ›Also mir wird langsam langweilig. Dieses Nichtstun ist nichts für mich. Ich muss endlich wieder was arbeiten. Du bist verhaftet!‹«

Die Idee fanden alle wunderbar, aber nicht machbar. Der Redakteur des Senders befand: »Das Schlussbild kann so bleiben. Aber die Verhaftung findet natürlich sofort statt.« Und so wurde es dann auch gemacht.

Zu Ebingers Glück zogen sich die Vorarbeiten für die neue Tatort-Serie hin. Er wusste, dass er sich nun entscheiden musste. Sollte er sich tatsächlich als Drehbuchautor etablieren können, war es nicht möglich, beim SPIEGEL zu bleiben.

Entführung

Der 5. September 1977 war ein Montag. Für SPIEGEL-Redakteure der ruhigste Tag der Woche. Das neue Heft war gerade im Handel, die Themen für das nächste waren noch nicht abgestimmt. Der Montag war in aller Regel ein Tag, um Korrespondenz zu erledigen, Recherchen für langfristigere Themen zu machen, den einen oder anderen Freund oder Kollegen anzurufen und früh in den Feierabend zu gehen.

Christian Ebinger hatte sich vorgenommen, um sechs Uhr das Büro zu verlassen. Er hatte gerade seine Tasche gepackt, da meldete sich das Telefon. Rolf Lohbrecht war am Apparat. Noch bevor Christian etwas sagen konnte, rief der Freund: »Schleyer ist entführt worden.«

»Was?« Ebinger begriff nicht sofort.

»Hanns Martin Schleyer, der Arbeitgeberpräsident.«

»Entführt?«

»Sag ich doch. Ist noch keine halbe Stunde her. Haben sich denn die Hamburger noch nicht gemeldet?«

Im gleichen Moment klingelte das zweite Telefon im Sekretariat. Wenige Augenblicke später stürzte Gaby Heil in Ebingers Büro. »Hentschke ist dran. Es sei wichtig!«

Sie reichte Christian den Hörer. »Ich hab's grade gehört. Rolf Lohbrecht hab ich auf dem anderen Apparat«, rief Christian in den Hörer. »Wo ist es denn passiert?«

»In Köln, Vincenz-Statz-Straße, genau um 17.28 Uhr.«

Christian Ebinger atmete unwillkürlich auf. Es hatte also nicht in dem Bereich stattgefunden, für den er als Berichterstatter zuständig war.

Er verabschiedete sich von Lohbrecht und fragte den Ressortleiter, was man nun von ihm erwarte.

»Sie haben doch neulich einen Bericht geschickt, in dem der Begriff ›Big Raushole‹ vorkommt.«

»Ja, den hat Baader geprägt.«

»Und das ist jetzt wohl das Programm dazu.«

»Hört sich ganz so an, ja. Ich hab da grade letzten Freitag eine Nachricht zugespielt bekommen. Die Häftlinge in Stammheim haben ihrer Nachfolgeorganisation geschrieben, warten Sie, ich hab es hier: ›An den Haufen, der sich RAF nennt. Unsere Geduld mit euch ist zu Ende. Wenn ihr nicht die Initiative ergreift, sprechen wir euch das Recht ab, euch noch RAF nennen zu dürfen.‹«

»Sie geben das bitte sofort durch, ja?«

»Mach ich.«

»Wir müssen davon ausgehen, dass die Entführer Schleyer gegen die Stammheim-Häftlinge austauschen wollen.«

»Ja. Croissant hat gleich nach der Urteilsverkündung zu mir gesagt: ›Lange werden die nicht im Gefängnis bleiben. Da leg ich meine Hand dafür ins Feuer.‹«

»Na, wenn er sich die mal nicht verbrennt. Er ist doch eh abgehauen.«

»Ja, nach Frankreich, Mitte Juli. Er hat dort Asyl beantragt. Mal sehen, ob er das bekommt. Ich kann es mir nicht vorstellen.«

»Sie kriegen einen Fragenkatalog per Fernschreiber«, sagte Hentschke. »Den arbeiten Sie ab. Und Sie müssen ab sofort in Stammheim vor Ort sein. Kann ja sein, dass die Erpressung funktioniert.«

Wie er beides gleichzeitig machen sollte, den Fragebogen abarbeiten und in Stammheim vor dem Knast Position zu beziehen, erklärte ihm der Chef nicht. Norbert Stötzel war im Sommerurlaub – unterwegs mit einem Wohnmobil. Den würde man so schnell nicht finden.

Der Fernschreiber am Ende des Korridors ratterte los. Christian rannte den Gang entlang zu dem Gerät und las die Zeilen, wie sie stoßweise auf dem Papier erschienen und nach oben rückten: »Zur Information«, stand da: »An Schleyers Entführung sind – nach bisher unbestätigten Informationen – vier Personen beteiligt, zwei Männer und zwei Frauen. Die Tat: Die vier Entführer haben Position in der Vincenz-Statz-Straße bezogen. Eine Frau steht mit einem Kinderwagen am Straßenrand. In dem Wagen sind vermutlich die Waffen versteckt. Als sie Schleyers Wagen kommen sieht, geht sie mit dem Kinderwagen los. Gleichzeitig fährt einer ihrer Komplizen einen gelben Mercedes, den er auf dem Gehweg geparkt hat, rückwärts auf die Straße. Schleyers Fahrer muss heftig bremsen. Das nachfolgende Fahrzeug mit den Personenschützern fährt auf und schiebt Schleyers Wagen in den Mercedes hinein. Im gleichen Augenblick eröffnen die Entführer das Feuer. Es muss infernalisch gewesen sein. Alle Begleiter Schleyers sind tot. Er selbst wird aus dem Wagen und in einen VW-Bus gezerrt. Die Täter sind mit ihrer Geisel entkommen.«

Dem kurzen Bericht folgten die Anweisungen für Ebinger: »Sofort Kontakt aufnehmen zu der Gefängnisleitung in Stammheim. Wie reagieren die gefangenen RAF-Mitglieder? Werden irgendwelche Maßnahmen die Haftbedingungen betreffend getroffen? Reaktionen der Landesregierung, der Justiz und der Polizei. Mögliche Stellungnahmen von Sympathisanten.«

Christian Ebinger hängte sich ans Telefon. Manche seiner Gesprächsteilnehmer wussten noch nicht, was passiert war, und bekamen Nachricht davon durch den SPIEGEL-Redakteur.

Der Sprecher der Landesregierung wusste, dass Bundesjustizminister Vogel und Staatsminister Wischnewski auf dem Weg zum Tatort waren. Ein Beamter des Landeskriminalamtes bestätigte, dass eine Ringfahndung ausgelöst worden sei. Punkt 18.49 Uhr berichtete der WDR über die Entführung des Arbeitgeberpräsidenten. Wenige Minuten später brachten auch alle anderen Radiosender Berichte über das Geschehen. Niemand zweifelte daran, dass die mörderische Aktion auf das Konto der RAF ging.

Hanns Martin Schleyer war für die Linken in Deutschland von jeher das ideale Feindbild gewesen. Der Mann war, wie er einmal von sich selbst sagte, »in jungen Jahren ein Nationalsozialist und SS-Führer« gewesen. Er hatte sogar seine Mitgliedsnummer der NSDAP preisgegeben: 227.014, eingetreten 1937. Schleyer war also ein Gefolgsmann Adolf Hitlers gewesen. Dass er gleichwohl nach drei Jahren in einem französischen Internierungslager bei der Entnazifizierung als ›Mitläufer‹ eingestuft wurde, war für viele Menschen höchst erstaunlich gewesen. Christian Ebinger erinnerte sich an ein Gespräch mit Rechtsanwalt Croissant, der damals gesagt hatte: »Der Mann ist ein Musterbeispiel für eine kontinuierliche Karriere aus der Hitler-Diktatur in die Adenauer-Republik.«

Christian Ebinger kannte Schleyer von mehreren Pressekonferenzen. Ein Mal hatte er ein ausgiebiges Interview mit ihm geführt. Damals war es um die Arbeitskämpfe mit der Gewerkschaft IG Metall gegangen. Schleyer hatte sich selbst als »harten Hund« bezeichnet. »Ich habe noch nie einen Konflikt gescheut«, hatte er damals stolz gesagt und auf den Metallerstreik von 1963 verwiesen, als er die größte Aussperrung von Arbeitern in der neuen Republik organisiert hatte. Schleyer war der wichtigste Mann der deutschen Industrie, hervorragend vernetzt mit anderen Unternehmern, führenden Bankmanagern und Politikern. Der Oppositionsführer Helmut Kohl war sein enger Freund. Aber auch Willi Bleicher, der legendäre Vorsitzende der IG Metall in Baden-Württemberg, verstand sich im Laufe der Jahre immer besser mit dem Boss der Arbeitgeber.

Die herausgehobene Position und seine persönliche Geschichte machten Hanns Martin Schleyer zu einer idealen Geisel der RAF, um ihre einsitzenden Genossen freizupressen. Das wussten natürlich auch längst die Verantwortlichen in Justiz und Polizei, weshalb Schleyer ja auch einen besonders intensiven Personenschutz verordnet bekommen hatte. Dass der so einfach ausgeschaltet werden konnte, galt den Verantwortlichen später als schwere Schmach.

Christian Ebinger dachte nicht daran, noch am gleichen Abend nach Stammheim zu fahren. Aber er rief Arnold Schweitzer an, den Cousin seines Hauswirts, der als Vollzugsbeamter in Stammheim arbeitete. Christian hatte die Geschichte vom Besuch von Jan-Carl Raspes Mutter im Gefängnis, die Schweitzer ihm erzählt hatte, nie für einen Artikel verwendet, was ihm der Vollzugsbeamte hoch anrechnete. Sie verabredeten sich für den nächsten Tag in der Mittagspause. Er werde sowieso in Stammheim sein, sagte Christian, und Arnold habe sicher nichts dagegen, statt in der Kantine im ›Rössle‹ zu essen.

Um zwölf Uhr saß Ebinger in dem gemütlichen schwäbischen Restaurant. Zuvor hatte er einen Abstecher zum Eingangstor gemacht. Mehrere Fernsehteams hatten sich bereits positioniert, und viele der Kollegen vom Rundfunk und der schreibenden Presse, die er gut kannte, waren ebenfalls gekommen. Niemand glaubte, dass so schnell etwas passieren würde, aber wenn doch, durfte man es auf keinen Fall verpassen.

Arnold Schweitzer kam kurz nach halb eins. Er wirkte abgehetzt und sagte auch gleich, er habe wenig Zeit. »Bei uns ist der Teufel los! Um 13 Uhr 30 ist schon die nächste Einsatzbesprechung.« Er bestellte ein Bier und, weil er wusste, dass das schnell ging, eine Portion Käsespätzle mit grünem Salat.

»Es hat sich alles geändert«, sagte Schweitzer. »Nix mehr mit all den Privilegien, die unsere RAFler bisher hatten. Es gibt ab sofort keine Beziehungen nach außen mehr. Aber auch untereinander dürfen sie keinen Kontakt mehr haben. Bisher gab es ja den Umschluss, acht Stunden am Tag. Da trafen sie sich in dem großen Korridor und lebten in ihrer Gemeinschaft, net wahr. Die Zellentüren standen den ganzen Tag offen.«

»Und jetzt?«, fragte Ebinger.

»Keiner der Gefangenen darf mehr Besuch empfangen, nicht einmal die Anwälte. Hofgang und Duschen geht nur noch einzeln. Überhaupt herrscht strengste Einzelhaft.«

»Also sind sie jetzt in der Isolationshaft, von der sie immer gesprochen haben?«

Arnold Schweitzer nickte und nahm einen großen Schluck aus seinem Bierglas. »Man denkt halt, dass der Baader und die anderen bei uns die Entführung von Schleyer eingefädelt haben. Ich hab dir ja von dem Schreiben Baaders an die Nachfolger erzählt.«

»Ja, da muss ich dir noch mal herzlich dafür danken.«

Schweitzer machte ein nachdenkliches Gesicht. »Erst bringen die den Buback um, dann den Bankier Ponto. Ich glaub net, dass der Schleyer das überlebt.«

»Oder er wird doch gegen Baader und die anderen ausgetauscht.«

»Glaub ich net. Der Staat wird diesmal Härte zeigen, net wahr.«

Am Tag nach der Entführung fand die Tochter eines evangelischen Dekans ein Kuvert im Briefkasten, auf dem stand: »An die Bundesregierung.« Sie übergab den Umschlag ihrem Vater. Noch während er ihn öffnete, klingelte sein Telefon. Am anderen Ende sagte eine männliche Stimme: »In Ihrem Briefkasten liegt ein Brief an die Bundesregierung. Leiten Sie ihn weiter.« Der Anrufer legte auf, ehe der Dekan etwas sagen konnte. Der Geistliche alarmierte sofort die Polizei. In dem Umschlag steckten zwei Fotos, ein privates aus Schleyers Brieftasche und eine Polaroidaufnahme, auf der Hanns Martin Schleyer mit einem Schild zu sehen war, auf dem man das Zeichen der RAF und die Schrift »Gefangener der RAF« erkennen konnte. In dem Brief stand: »Am Montag, 5. 9. 1977, hat das Kommando Siegfried Hausner den Präsidenten des Arbeitgeberverbandes und des Bundesverbandes der deutschen Industrie Hanns Martin

Schleyer gefangen genommen. Wir verlangen die sofortige Einstellung aller Fahndungsmaßnahmen – oder Schleyer wird sofort erschossen.« Und dann folgten ihre weiteren Forderungen: »Die Gefangenen der RAF, Andreas Baader, Gudrun Ensslin, Jan-Carl Raspe, Verena Becker, Werner Hoppe, Karl-Heinz Dellwo, Hanna Krabbe, Bernd Rösner, Ingrid Schubert, Irmgard Möller werden im Austausch freigelassen und reisen in ein Land ihrer Wahl. Günter Sonnenberg, der seit seiner Gefangennahme wegen einer Schussverletzung haftunfähig ist, wird sofort freigelassen, sein Haftbefehl wird aufgehoben …

Die Gefangenen sind bis Mittwoch, 8 Uhr früh, auf dem Flughafen in Frankfurt zusammenzubringen. Um 10 Uhr wird einer der Gefangenen das Kommando über die Direktübertragung durch das deutsche Fernsehen übernehmen und über den korrekten Ablauf ihres Fluges informieren …«

Darüber hinaus verlangten die Entführer, dass Pfarrer Martin Niemöller und der Genfer Rechtsanwalt Denis Payot, UNO-Beauftragter für Menschenrechte, den Transport nach Frankfurt begleiten sollten. Jedem Gefangenen müssten zudem eine Million D-Mark mitgegeben werden.

Unterzeichnet war die Nachricht mit »Kommando Siegfried Hausner«. Die Polizeiführung ging inzwischen davon aus, dass die vier Terroristen, die Schleyer entführt und seine Begleiter getötet hatten, Stefan Wisniewski, Willy Peter Stoll, Sieglinde Hofmann und Peter-Jürgen Boock waren. Wisniewski galt als Anführer.

Siegfried Hausner, einst Mitglied des sozialistischen Patientenkollektivs in Heidelberg, das sich schon bald als terroristische Vereinigung erwies, war am 24. April 1972 an der »Aktion Holger Meins« beteiligt gewesen – der Geiselnahme in der Stockholmer Botschaft, bei der zwei deutsche Diplomaten erschossen wurden. Unbeabsichtigt ging eine Bombe hoch, die eigentlich erst später detonieren sollte, wobei sich Siegfried Hausner schwer verletzte. Er kam mit schrecklichen

Verbrennungen in ein Stockholmer Krankenhaus, wurde aber schnell ausgeliefert und trotz des Einspruchs einiger Ärzte nach Deutschland ausgeflogen. Am 5. Mai 1975 starb Hausner im Stammheimer Gefängniskrankenhaus an einem Lungenödem.

Dem Brief der Entführer war noch ein kurzes Schreiben Schleyers beigegeben, in dem es hieß: »Mir wird erklärt, dass die Fortführung der Fahndung mein Leben gefährdet. Das Gleiche gilt, wenn die Forderungen nicht erfüllt und die Ultimaten nicht eingehalten werden. Mir geht es so weit gut, ich bin unverletzt und glaube, dass ich freigelassen werde, wenn die Forderungen erfüllt werden. Das ist jedoch nicht meine Entscheidung. Hanns Martin Schleyer.«

Ebinger fasste den Inhalt seines Gesprächs mit Arnold Schweitzer zusammen, ohne dessen Namen zu nennen, berichtete, dass es rund um Stammheim ruhig sei, wenngleich dort eine Hundertschaft Journalisten auf den Fortgang der Ereignisse warte. Zwei ehemalige Mitarbeiter des Rechtsanwaltsbüros Croissant hatten ihm berichtet, dass die Polizei mit einer Durchsuchungsanordnung gekommen sei und das Büro auf den Kopf gestellt habe. Die Landespolitiker, die Ebinger befragt hatte, hielten sich mit einer Einschätzung, ob die Bundesregierung nachgeben oder hart bleiben solle, zurück.

Bevor er nach Hause ging, rief er noch einmal Hentschke an, der den Bericht schon gelesen und mit einem freundlichen »gut gemacht« kommentiert hatte, was in seiner Diktion höchstem Lob entsprach. Der Ressortleiter wusste zu berichten, dass Kanzler Schmidt inzwischen mit dem Oppositionsführer Helmut Kohl gesprochen habe. Offenbar war auch der CDU-Politiker für eine harte Linie, trotz seiner engen persönlichen Freundschaft zu Hanns Martin Schleyer.

Es war kurz vor Mitternacht, als Christian in seiner Wohnung ankam. An Einschlafen war nicht zu denken. Zu aufregend waren die Ereignisse des Tages gewesen. Als er seine Jacke aufhängte, knisterte etwas in der schmalen Brusttasche. Es war der Zettel, den ihm Marietta Romin in Costas' Kneipe mitgegeben hatte. Er wählte die Nummer, ohne darüber nachzudenken, dass es eigentlich viel zu spät war für einen Anruf. Marietta aber war fast sofort am Apparat. »Wer ist denn das um diese Zeit?«, fragte sie, ohne sich mit ihrem Namen zu melden.

»Tut mir leid! Mir war echt nicht bewusst, wie viel Uhr es ist. Christian Ebinger hier.«

Marietta lachte. »Damit hätte ich nun wirklich nicht gerechnet. Macht aber nichts. Ich bin noch wach. Ich sitze an einem Artikel und komm nicht weiter.«

»Um diese Zeit?«

»Wenn ich nicht Arbeit mit nach Hause nehme, schaff ich's nicht. Du weißt doch, ich bin nicht die Schnellste.«

Christian freute sich über die Vertrautheit, die sofort wieder zwischen ihnen aufkam. »Wenn jetzt noch 'ne Kneipe offen hätte …«

Sie ließ ihn nicht weiterkommen. »Das Taxistüble in Heslach hat die ganze Nacht geöffnet.«

»Okay. In einer Viertelstunde? Vielleicht kann ich dir ja bei deinem Artikel helfen.«

Christian war als Erster da. Er lehnte an der Hauswand des Lokals und rauchte eine Zigarette, als Mariettas Citroën 2CV heranfuhr – eine rote Ente, das Faltdach zurückgerollt. Sie sprang heraus. In dem engen knielangen Rock und dem weißen Rollkragenpulli wirkte sie sehr schmal. Sie holte ihr Manuskript von der Rückbank und kam rasch auf ihn zu.

»Finde ich echt toll, dass du noch wach bist«, sagte er und reichte ihr die Hand.

»Und ich wundere mich, dass du Zeit hast«, meinte Marietta, »bei euch muss doch die Hölle los sein, nach dem, was mit dem Schleyer passiert ist.«

Sie betraten das Lokal. Im Vorbeigehen bestellte Marietta – »ich hab einen Bärenhunger« – gleich drei Buletten und wurde von der dicken Wirtin hinter dem Tresen belehrt, dass die hier »Fleischküchle« heißen. »Und der Kartoffelsalat müsst auch weg!«

Christian bestellte das Gleiche. Sie nahmen an einem Tisch in der hintersten Ecke Platz, und Marietta schob Christian ihr Manuskript zu. Es handelte sich um einen Artikel über die englische Verhaltensforscherin Jane Goodall, die nun schon seit Jahren im Gombe-Stream-Nationalpark in Tansania unter Schimpansen lebte. Nach einer langen Zeit der Eingewöhnung hatten die Menschenaffen sie akzeptiert, und Jane Goodall hatte eine aufsehenerregende Erfahrung um die andere mit den Tieren gemacht. Jane – Marietta nannte sie nur beim Vornamen –, Jane sei eine absolute Ausnahme. Sie habe nicht studiert, ihre Langzeituntersuchungen habe sie quasi auf eigene Faust, wenn auch von einem Professor unterstützt, ganz alleine durchgezogen.

»Ich habe alles von ihr gelesen«, sagte Marietta. »Lieber wäre ich natürlich hingefahren, zu ihr nach Afrika, aber du kennst ja den Verlag …«

Christian las sich in das Manuskript ein und war sofort gefangen. Er nickte immer wieder, sah zu Marietta auf, die ihn gespannt beobachtete, und auch als das Essen kam, schob er es erst einmal zur Seite, um weiterlesen zu können. Schließlich reichte er der Journalistin die Blätter zurück. »Faszinierend. Fehlen ja nur noch ein paar Schlusssätze, dann ist das eine wunderbare runde Geschichte.«

»Du kennst mich ja«, antwortete Marietta. »Ich kann meine Geschichten nicht so durchziehen wie du. An den Schlusssätzen mache ich nun schon ein paar Stunden rum.«

»Aber hier bietet sich ein Schluss doch geradezu an. Du erzählst die Geschichte des Schimpansenkindes und wie sich der ganze Affenstamm zu ihm verhält. Von seiner Mutter hat es sich noch nicht gelöst, aber das wird ja doch wohl irgendwann passieren. Was wird dann aus dem Kind?«

Marietta lachte. »Ein Halbstarker, der sich durchsetzen muss.«

»Genau das würde ich schreiben und so den Artikel abschließen.« Jetzt zog Christian seinen Teller zu sich heran und begann, die fast kalten Fleischküchle zu essen.

»Man könnte die Geschichte dieses Schimpansenkindes in einem Roman für Kinder schreiben. Sozusagen den Entwicklungsroman eines Affen«, sagte Marietta.

»Ja, dann mach das doch!«

Sie schüttelte den Kopf. »Ich schaff mein Pensum doch jetzt schon kaum. Und dann muss ich mich ja auch um Hanno kümmern.«

»Schade«, sagte Christian.

Inzwischen waren mehrere Taxifahrer hereingekommen und hatten sich um den Tresen versammelt. Satzfetzen wehten zu Marietta und Christian herüber: »He mache, glei he mache! Ombrenga! Des ischt mei Meinung!«, tönte einer.

»Es gibt keine Todesstrafe bei uns«, wandte ein anderer ein.

»Ha, da müsst mr doch trotzdem en Weg finda«, gab der Erste zurück.

»Ond wenn der Schmidt jetzt nachgibt?«, rief ein Dritter.

»Des macht der net. Der war Leutnant em Krieg. Des isch an schneidiger Mann.«

»Aber wenn er's net macht, bringet die den Schleyer womöglich om.«

»I sag ja, mr müsst se he mache! Älle diese Terrorischta. Die hent doch au koin Reschpekt vorem Leba!«

»Aber das hilft dem Schleyer jetzt auch nicht.«

»Da hascht au wieder recht. Also i möchte net in dr Haut von dem Helmut Schmidt stecka.«

»Und ich noch weniger in der von dem Schleyer.«

Christian zeigte zu den Taxifahrern hinüber. »Da hast du das ganze Dilemma.« Er zahlte, und sie verließen das Lokal.

Bei Mariettas Auto blieben sie einen Moment stehen. »Das war schön«, sagte sie.

»Finde ich auch!«

Es schien, als warte die junge Frau auf etwas, und als es nicht geschah, legte sie kurz ihre Arme um Christians Nacken und küsste ihn auf beide Wangen. »Sehen wir uns mal wieder?«

»Aber unbedingt.« Christian hatte jetzt seine Arme um ihre schmale Taille gelegt und gab die Wangenküsse zurück.

Marietta stieg in ihre Ente ein und fuhr knatternd davon, dabei winkte sie ihm durch das offene Dach noch einmal zu. Christian kehrte in die Kneipe zurück, bat um einen Obstler und ein kleines Bier, trank beides rasch, ging wieder hinaus und stieg in sein Auto.

Der letzte Akt

Manchmal erschien es Christian Ebinger in den folgenden Wochen, als sei das ganze Land von einer Lähmung befallen, als sprächen die Menschen leiser und bewegten sich vorsichtiger. Wer unterwegs war, konnte jederzeit in eine Polizeikontrolle geraten. Wieder, wie schon zu Beginn der ersten RAF-Attentate, erhielten Autofahrer den Rat, wenn sie von Polizeibeamten angehalten wurden, die Hände sofort aufs Lenkrad zu legen, erst auszusteigen, wenn dies verlangt wurde, und jede verdächtige Bewegung zu unterlassen. Keinesfalls sollten sie in die Innentasche ihrer Jacke fassen, wenn sie dort ihre Papiere hatten. Es hätte so aussehen können, als griffen sie nach einer Waffe.

Es geschah nichts, zumindest nichts, was ein aufmerksamer Journalist erfahren konnte. Der Krisenstab um Helmut Schmidt tagte permanent, aber der Kanzler hatte eine Nachrichtensperre verhängt, die erstaunlicherweise von allen Beteiligten rigoros eingehalten wurde.

Von Hanns Martin Schleyer und seinen Entführern keine Spur.

Der älteste Sohn des Entführten, Hanns-Eberhard Schleyer, von Beruf Rechtsanwalt, beantragte am 15. Oktober 1977 beim Bundesverfassungsgericht eine einstweilige Anordnung gegen die Bundesregierung und die betroffenen Landesregierungen, auf die Forderungen der Entführer einzugehen. Am gleichen Tag fand eine mündliche Verhandlung statt. In der Nacht noch lehnte der Erste Senat den Antrag ab und veröffentlichte die Entscheidung am nächsten Morgen.

Ein Versuch Christian Ebingers, mit Hanns-Eberhard Schleyer zu sprechen, scheiterte.

Ebinger traf sich nun regelmäßig mit Arnold Schweitzer, dem Stammheimer Vollzugsbeamten. Aber auch das, was er von dem erfuhr, war spärlich. Die Gefangenen im siebten Stock waren in andere Zellen verlegt worden. Die Räume, in denen sie bis dahin untergebracht waren, wurden aufgrund einer richterlichen Durchsuchungsanordnung gefilzt.

Schweitzer berichtete von starken Stimmungsschwankungen bei den Häftlingen. Mal waren sie überzeugt, demnächst freizukommen, und riefen sich durch die geschlossenen Türen Namen von Ländern zu, in die sie ausreisen wollten. Mal waren sie still, in sich gekehrt, wirkten schwermütig auf den Wachmann.

Sie konnten dann wieder in ihre alten Zellen einziehen.

Zwei Tage nach der Entführung liefen in den Nachrichtensendungen der Rundfunkanstalten um 14 Uhr Anfragen an die Entführer. Horst Herold, Chef des Bundeskriminalamtes, wollte einen Beweis dafür, dass Schleyer noch lebte. Er verlangte ein Tonband, auf dem der Entführte Fragen beantworten sollte, auf die nur er die Antworten wissen konnte. Zum Beispiel: Wie lautet der Kosename von Edgar Obrecht? Oder: Wie heißt die Enkelin von Euler und wo lebt sie?

Schon ein paar Stunden später fand ein evangelischer Pfarrer in Mainz ein größeres Kuvert in seinem Briefkasten. Es enthielt ein Tonband, zwei Briefe Schleyers und eine Botschaft der Entführer. Auf dem Band hörte man die müde Stimme Schleyers: »Vielleicht genügt es, wenn ich zur Vereinfachung des Verfahrens mitteile, im Anschluss an diese Nachrichten im Radio einen Reiseruf gehört zu haben, wonach sich ein Herr Vijot aus Belgien, der in einem weißen Volvo auf dem Weg von Brüssel nach Karlsruhe ist, zu Hause melden soll.«

In dem beigefügten Brief schrieb Schleyer: »Ich bin über den bisherigen Verlauf in groben Umrissen unterrichtet und bedanke mich bei allen, die mir in meiner schwierigen Lage helfen. Ich bin überzeugt, dass sich meine Entführer an ihre Zusagen halten werden, wenngleich Verzögerungen schaden werden. Mir geht es den Umständen entsprechend gut; ich grüße vor allem meine Familie, bei der ich zuversichtlich hoffe, bald wieder zu sein.«

Der Krisenstab um den Bundeskanzler hatte eine Verzögerungstaktik gewählt, in der Hoffnung, die flächendeckenden Polizeieinsätze würden zu einer Entdeckung der Entführer und ihres Gefangenen führen. Aber alle Aktionen erwiesen sich als erfolglos oder kamen zu spät. Zunächst hatten die RAF-Leute ihre Geisel in einer unscheinbaren Wohnung in einem Hochhaus in Erftstadt-Liblar gefangen gehalten, waren aber dann nach Belgien ausgewichen und hatten dort, zuletzt in Brüssel, nacheinander zwei neue Quartiere bezogen.

Die Zeit wurde knapp. Inzwischen waren fast fünf Wochen vergangen. Dass Schleyer noch lebte, konnten die Entführer immer wieder belegen. Schwieriger war es für die Regierung, glaubhaft zu machen, dass man an einer Lösung arbeitete, die am Ende die Wünsche der Entführer und ihrer Genossen in den Gefängnissen erfüllte.

Für die Journalisten war es eine bleierne Zeit. Da war ein Großereignis, über das sie nur zu gerne berichtet hätten, aber sie kamen nur an ganz dürftige Informationen. Das Interesse an Schleyers Geschichte begann zu erlahmen.

Das war so, bis Arnold Schweitzer bei einem ihrer Treffen zu Christian Ebinger sagte: »Irgendetwas tut sich. Ein Kollege hat gehört, wie Baader gerufen hat: ›Fertig machen! Morgen, spätestens übermorgen.‹«

»Aber Schmidt wird nicht weich werden«, meinte Christian.

»Wer weiß? Die haben garantiert noch etwas in der Hinterhand.«

Christian rief noch am gleichen Abend William Hentschke an und berichtete von seinem Gespräch. Ob der Chef Konsequenzen daraus ziehen wollte, sagte er nicht.

Der Vollzugsbeamte Arnold Schweitzer sollte recht behalten. Zwei Tage später, am 13. Oktober, wurde die Lufthansa-Maschine Landshut mit der Flugnummer LH 181, die planmäßig von Palma de Mallorca nach Frankfurt am Main unterwegs war, von zwei Männern und zwei Frauen gekapert. Die vier entpuppten sich als palästinensisches Kommando. Sie hatten in einem Kosmetikkoffer und einem Radio zwei Pistolen, vier Handgranaten und etwa 500 Gramm Plastiksprengstoff an Bord gebracht. In der Maschine befanden sich 82 Passagiere, darunter 23 Deutsche. Bei einer Zwischenlandung in Rom, die notwendig wurde, um das Flugzeug aufzutanken, verkündeten sie ihre Forderungen. Sie waren identisch mit denen der Schleyer-Entführer. Verlangt wurde die Freilassung derselben elf RAF-Häftlinge. Zusätzlich forderten die Palästinenser noch die Freilassung zweier Genossen aus türkischer Haft und 15 Millionen Dollar.

Hentschke rief an. Er erreichte nur Gaby Heil. Ebinger, sagte sie, sei schon auf dem Weg nach Stammheim.

»Gut!«, antwortete Hentschke. »Man muss jetzt damit rechnen, dass die Terroristen doch rauskommen.«

Vor den Toren Stammheims traf Ebinger auf eine Menge alter Bekannter, die er aus den Prozesstagen kannte. Er zählte elf Fernsehteams, die damit beschäftigt waren, günstige Positionen zu finden beziehungsweise zu schaffen. Manche von ihnen hatten ihre Kameras auf den Dächern der Übertragungswagen installiert. Andere bauten improvisierte Bühnen auf. Wieder andere begnügten sich mit hohen Bockleitern.

Bruno Lasko saß in einem zusammenklappbaren Regiestuhl dicht am Zaun und rauchte. »So sieht man sich wieder«, rief er fröhlich. »Ich wollte dich schon die ganze Zeit mal anrufen und besuchen, aber du weißt ja, wie es ist.«

»Aus den Augen, aus dem Sinn«, antwortete Ebinger und reichte dem Kollegen die Hand. »Geht mir ja nicht anders.«

Lasko holte aus einem Rucksack eine Thermosflasche und einen Becher: »Magst du einen Kaffee?«

»Ja, gern.«

Lasko goss ein. »Glaubst du wirklich, der Schmidt gibt nach?«

»Über 80 Passagiere – das ist etwas anderes als ein Industriemanager, der über 60 ist und als Soldat schon mal mit dem Tod zu tun gehabt haben muss.« Christian ließ sich im Schneidersitz auf dem Boden nieder. »Das hier kann öde werden«, sagte er.

Unter den Journalisten gewannen nach und nach jene die Oberhand, die an eine Freilassung der Häftlinge glaubten. Aber da mochte sich auch die Hoffnung bemerkbar machen, endlich wieder einmal bei einem wichtigen Ereignis dabei zu sein, über das es zu berichten lohnte.

Ringsum plärrten Transistorradios. Die Maschine, wurde in den Nachrichten gemeldet, hatte in Rom wieder abgehoben. »Versteh ich nicht«, sagte einer der Reporter. »Man hätte doch bloß die Reifen des Flugzeugs zerschießen müssen.« Er traf damit aber auf wenig Verständnis. »Und wenn die Terroristen dann das Flugzeug in die Luft gejagt hätten …?«, fragte Lasko.

Die nächste Nachricht lautete: Die Landshut sei in Larnaka gelandet. Dort verhandelten Vertreter der PLO mit den Entführern. Erfolglos. Wieder startete die Maschine. Die Flughäfen von Beirut, Damaskus, Bagdad und Kuwait-Stadt sperrten die Landebahnen. Auch in Dubai wollte man dem Flugzeug die Landung verwehren, der Pilot aber meldete, dass der Treibstoff zu Ende gehe. In den Morgenstunden des 14. Oktober landete die Maschine dort. Sie blieb dort drei Tage lang in der prallen Sonne stehen – Zeit, welche die Journalisten in Stuttgart-Stammheim wesentlich gemütlicher verbrachten als die geschundenen Passagiere in dem entführten Flugzeug, in dem die Klimaanlage wegen des Treibstoffmangels ausfiel.

Nach drei Tagen startete das Flugzeug wieder und landete später in Aden im Südjemen, obwohl man auch dort die Landebahn gesperrt hatte. Aber da der Treibstoff nicht weiterreichte, brachte der Pilot Jürgen Schumann die Maschine in einer Notlandung auf einem Sandstreifen zu Boden. Die Terroristen erlaubten ihm auszusteigen, um das Fahrwerk des Flugzeugs zu kontrollieren. Als Schumann erst nach einer Stunde zurückkehrte, zwang ihn der Anführer der Palästinenser niederzuknien und tötete ihn vor den Augen der Passagiere mit einem Kopfschuss.

Noch in der Nacht startete das Flugzeug wieder und nahm Kurs auf Mogadischu. Gesteuert wurde die Maschine nun vom Co-Piloten Jürgen Vietor. Am Morgen um 4 Uhr 30 landete sie auf dem Flughafen der somalischen Hauptstadt. Dort wurde die Leiche des Chefpiloten über eine Rutsche aus dem Flugzeug befördert.

All diese Nachrichten erreichten die Journalisten vor den Toren Stammheims nur in kleinen Portionen. Viele von ihnen hatten inzwischen Zelte aufgebaut. Andere suchten sich Zimmer in Pensionen und kleinen Hotels möglichst nahe an dem Hochsicherheitsgefängnis. Wer sich für ein paar Stunden zurückzog, sorgte dafür, dass ein Kollege für ihn »die Wache« übernahm.

Christian Ebinger wechselte sich mit Bruno Lasko ab, sodass jeder ein wenig Schlaf bekam.

Schon seit der Zwischenlandung der Landshut in Larnaka war den Entführern eine Maschine mit Beamten der deutschen Grenzschutzeinheit GSG 9 gefolgt.

Ihre Landung in Mogadischu wurde durch Vermittlung der DDR und der jemenitischen Regierung möglich. Unbemerkt von den palästinensischen Terroristen erreichte das deutsche Flugzeug im Morgengrauen den Flughafen Mogadischu und wurde auf einer versteckten Position geparkt. Am gleichen Tag gegen zwölf Uhr mittags traf Staatsminister Wischnewski ein. Er hatte schon seit Jahrzehnten gute Beziehungen zu arabischen Politikern gepflegt und deren Vertrauen gewonnen, was ihm den Beinamen ›Ben Wisch‹ eingebracht hatte. Wischnewski handelte mit Regierungsvertretern in Mogadischu aus, dass die deutsche Polizeieinheit selbstständig handeln durfte. Da der Präsident Somalias, Siad Barre, als Freund der Palästinenser galt, wurde er über die Nationalität der Entführer getäuscht.

Er musste davon ausgehen, dass die Geiselnehmer an Bord der Landshut Deutsche waren. Das alles erfuhren die Journalisten in Stammheim freilich erst, nachdem die Aktion vorüber war.

An diesem Tag wütete über Stammheim ein Sturm, schwere Regenfälle gingen nieder. Eine schwarze Limousine fuhr vor, aus der zwei Regierungsvertreter ausstiegen. Den einen kannte ein Kollege. »Das ist der Ministerialdirigent Hegelau«, sagte er »der muss immer ran, wenn eigentlich der Staatssekretär Schüler vom Kanzleramt gefragt ist.« Der andere war niemandem bekannt. Später erfuhren die Journalisten, dass es sich um den BKA-Beamten Alfred Klaus handelte. »Bei dem Wetter konnten die nicht mit dem Hubschrauber kommen«, wusste Lasko. Die Kameras klickten. Die beiden Männer verschwanden schnell im grauen Betonmonster von Stammheim.

»Die verhandeln«, rief ein Rundfunkreporter. »Jetzt wird's ernst.«

Plötzlich war die Lethargie, die seit Tagen über dem immer kleiner werden Häufchen Journalisten gelegen hatte, wie weggeblasen.

Nach einer guten Stunde verließen die beiden Männer die Vollzugsanstalt wieder. Fragen von Journalisten beantworteten sie nicht. Die Spekulationen schossen ins Kraut. »Ihr werdet sehen, sobald das Wetter es zulässt, werden die Häftlinge ausgeflogen«, behauptete der Korrespondent der Welt.

Das Wetter beruhigte sich nicht. Im Gegenteil, der Sturm nahm noch zu, und es schüttete wie aus Kübeln. Als ein weiteres Auto vorfuhr, war es durch die dicken Wasserschleier kaum zu sehen. Der Mann, der aus dem Wagen sprang und mit gesenktem Kopf durch die Pforte rannte, war nur als schwarzer Schatten zu erkennen. Christian Ebinger ging dicht an das Fahrzeug heran, notierte die Nummer des Fahrzeugs, ging zur nächsten Telefonzelle und rief einen Polizeibeamten im Landeskriminalamt an, den er seit einiger Zeit gut kannte. »Wär's wohl möglich, dass ich erfahren kann, wer der Halter des Fahrzeugs mit dem folgenden Kennzeichen ist …?«

»Möglich, aber nicht erlaubt«, antwortete der Mann am anderen Ende der Leitung. »Aber rufen Sie doch in einer halben Stunde noch mal an.«

Der Autobesitzer erschien nicht wieder. Christian Ebinger hatte inzwischen ein zweites Mal telefoniert und kannte nun dessen Namen und private Adresse. Es war der evangelische Gefängnispfarrer.

Am Abend des 17. Oktober teilte der Tower in Mogadischu den Entführern mit, eine Lufthansa-Maschine mit den RAF-Gefangenen sei soeben in Deutschland gestartet und werde gegen 4 Uhr landen. Man erwarte nun konkrete Vorschläge, wie der Austausch der Geiseln ablaufen solle. Mahmud, der Anführer der Terroristen, gab seine Bedingungen durch, und sie wurden jeweils mit einem stoischen »Verstanden« quittiert. Währenddessen näherte sich bereits die Elitetruppe des Bundesgrenzschutzes unter Führung des Oberstleutnants Ulrich Wegener der Boeing 727.

Eine schwüle Hitze brütete über dem Flugplatz. Alle Lichter rings um das Rollfeld waren ausgeschaltet. Zwar war der Mond am Himmel, aber durch dichte Wolkenschleier fiel nur wenig Helligkeit auf die Startbahn. Um 2 Uhr 03 somalischer Zeit, 0 Uhr 03 mitteleuropäischer Zeit, gab Wegener mit der Losung »Springtime Magic Fire!« den Befehl zum Angriff. Eine Blendgranate detonierte vor den Cockpitfenstern. Für mehrere Sekunden waren die Entführer und der Pilot wie blind. Im gleichen Moment riss Wegener die vordere Tür auf, Sekunden später stürmten Männer der GSG 9 über die Tragflächen und drangen durch die Notausgänge in die Maschine ein. Von der hinteren Tür her kam ein weiterer Trupp, feuerte Platzpatronen ab, und ihr Anführer schrie: »Köpfe runter, alle runter. Wo sind die Schweine?« Einige Passagiere riefen: »Vorne! Vorne!«

Eine junge Frau des Entführungskommandos verbarrikadierte sich in der Toilette. Die Grenzschützer durchsiebten die Tür mit scharfen Geschossen. Die Terroristin war sofort tot. Auch die beiden männlichen Entführer wurden erschossen. Die zweite Komplizin, Souhaila Andrawes Sahe, überlebte schwer verletzt. Die Stewardess Gabi Dillmann trug eine Wunde am Bein davon. Von den Passagieren wurde niemand verletzt.

Im siebten Stock des Stammheimer Hochsicherheitstraktes saß Jan-Carl Raspe vor seinem kleinen Transistorradio. Der Süddeutsche Rundfunk brachte schon kurz nach der erfolgreichen Befreiungsaktion die Nachricht über den gelungenen Einsatz der deutschen Spezialtruppe auf somalischem Boden. Raspe informierte sofort seine Genossen durch laute Zurufe.

Auch die Journalisten hatten die Rundfunknachrichten gehört. Nach und nach fanden sie sich vor den Toren des Gefängnisses ein. Christian Ebinger, der nach Hause gefahren war, wurde von Bruno Lasko informiert und raste mit seinem Auto durch die nächtlich leere Stadt hinaus nach Stammheim. Aber er fragte sich, wozu eigentlich? Jetzt, da diese große Befreiungsaktion gescheitert war, bestand ja für die RAF-Gefangenen keinerlei Hoffnung mehr. Dass der Austausch Baaders und seiner Genossen gegen Hanns Martin Schleyer nicht stattfinden würde, war inzwischen klar geworden.

In einer ersten Pressekonferenz am nächsten Tag erfuhren die Journalisten die folgenden Fakten: Andreas Baader war vom 13. September bis zum 4. Oktober in Zelle 715 untergebracht gewesen. Dort hatte er die Pistole vom Typ FEG, Kaliber 7.65, aus einem Versteck in der Fensterwand geholt, die er bei dem Umzug in seinem Plattenspieler verstaut hatte. Auch bei der Rückverlegung in die Zelle 719 transportierte er die Waffe wieder in dem Plattenspieler. In der vergangenen Nacht feuerte er im Stehen zwei Schüsse ab, einen in die Matratze, einen in die Zellenmauer, um einen Kampf vorzutäuschen. Danach setzte er sich auf den Zellenboden und richtete den Lauf der Waffe auf seinen Nacken. Mit der einen Hand hielt er den Griff, mit der anderen den Lauf und drückte mit dem Daumen ab.

Jan-Carl Raspe holte die Neun-Millimeter-Pistole vom Typ Heckler & Koch aus dem Versteck hinter der Fußleiste in Zelle 716, setzte sich aufs Bett, drückte den Lauf der Waffe an die rechte Schläfe und schoss.

Gudrun Ensslin in Zelle 720 schnitt mit einer Schere ein Stück vom Lautsprecherkabel ab, rückte einen Stuhl vor das Zellenfenster, zog den ummantelten Draht durch das Gitter, legte eine Schlinge um ihren Hals und stieß mit den Füßen den Stuhl zur Seite.

In Zelle 725 nahm Irmgard Möller ein Besteckmesser und stach es sich vier Mal in die Brust. Sie verletzte sich schwer, blieb aber am Leben.

Kurz nach neun Uhr am Morgen erhielt Bundeskanzler Schmidt die Nachricht vom Tod der Häftlinge in der Justizfestung Stammheim. Er war, so sagte er wenig später selbst, »wie von einer Keule getroffen, empört, entsetzt. Jetzt hatten wir grade einen großen Erfolg errungen, und nun dieser Tritt in den Unterleib. Wir waren völlig von den Socken. Nach Mitternacht war ja kein großer Jubel gewesen, mehr ein tiefes Durchatmen. Die Spannung hatte sich auf verschiedenste Weise entladen, bei so manchen mit ein paar Tränen – und sieben Stunden später nun das.«

Schmidt zerriss das Rücktrittsschreiben, das er für den Fall, dass die Aktion in Mogadischu schiefgehen sollte, bereits formuliert hatte.

Mit dem Ende der Stammheimer Häftlinge war auch das Schicksal Hanns Martin Schleyers besiegelt. Seine Entführer töteten ihn mit drei Genickschüssen.

Am Nachmittag des 19. Oktober 1977 ging bei der französischen Tageszeitung Libération die Nachricht ein: »Wir haben nach 43 Tagen Hanns Martin Schleyers klägliche und korrupte

Existenz beendet. Herr Schmidt, der in seinem Machtkalkül von Anfang an mit Schleyers Tod spekulierte, kann ihn in der Rue Charles Péguy in Mühlhausen in einem grünen Audi 100 mit Bad Homburger Kennzeichen abholen …«

Die Polizei fand die Leiche Schleyers im Kofferraum des Fahrzeugs.

Die Journalisten lösten ihr Lager vor den Toren des Stammheimer Gefängnisses auf. Da hatten sie nun Wochen durchgehalten, nichts erlebt und nichts zu berichten gehabt. »Verlorene Zeit«, sagte Christian Ebinger zu Bruno Lasko, als sie sich zum Abschied die Hand gaben.

»Es hätte ja auch anders kommen können«, Lasko legte ihm die Hand auf die Schulter. »Kommen auch wieder interessantere Zeiten. Das verspreche ich dir.«

Am nächsten Tag rief Christian den Pfarrer an, dessen Anschrift und Telefonnummer er über das Autokennzeichen herausbekommen hatte. Der Geistliche sagte nur zögernd zu. Er empfing den Journalisten in einem kleinen Büro in seiner Wohnung. Gestern sei er bei einem Konvent der evangelischen Anstaltspfarrer in Leonberg gewesen, sagte er. Sein katholischer Amtsbruder habe ihn dort angerufen und dringend gebeten, nach Stammheim zu kommen. Frau Ensslin wolle unbedingt mit ihnen beiden sprechen. »Na ja, und Sie wissen ja, wie angespannt die Lage nun schon seit Tagen war. Ich konnte da nicht Nein sagen. Wir haben dann gemeinsam mit ihr geredet. Sie war sehr ernst, wirkte aber ungewöhnlich ruhig. ›Ich habe ein Anliegen‹, sagte sie. In ihrer Zelle auf dem Tisch liege eine Mappe mit der Aufschrift ›Anwalt‹. Da drin seien drei lose Blätter, die unbedingt dem Chef des Bundeskanzleramtes, Herrn Schüler, übergeben werden müssten, wenn sie … – warten Sie, jetzt will ich genau sein … – wörtlich hat sie gesagt: ›… wenn ich vernichtet oder hingerichtet sein werde‹. Wir sollen Sorge tragen, dass die Bundesanwaltschaft die Schriftstücke nicht unterschlage. Mein katholischer Kollege sagte: ›Sie denken doch nicht im Ernst, dass Sie …‹ Weiter ließ sie ihn nicht kommen. ›Nicht von Leuten hier im Haus. Die Aktion kommt von außen. Wenn wir hier nicht rauskommen, geschehen schreckliche Dinge.‹«

Zum Abschied habe die Gefangene ihnen beiden die Hand gegeben. »Ich habe dann noch gesagt: ›Ich hoffe, wir sehen uns bald wieder und können das Gespräch fortsetzen‹«, erzählte der Geistliche. »Sie hat gelächelt und gesagt: ›Jaja, Theologen hoffen.‹«

Christian Ebinger hatte eifrig mitgeschrieben, bedankte sich bei dem Pfarrer und verließ dessen bescheidene Wohnung.

William Hentschke sagte. »Das können wir sehr gut in den großen Report einbauen, den wir über den Tod der Stammheimer Häftlinge erarbeiten. Die Diskussion hat ja schon angefangen. War es Mord oder Selbstmord? Was denken Sie?«

»Warum hätte man sie umbringen sollen? Sie waren verurteilt, und auch eine Revision hätte kein anderes Ergebnis gebracht«, sagte Ebinger, »Sie wären im Knast geblieben und vergessen worden. Der Staat hatte kein Motiv, die Stammheimer Häftlinge aus der Welt zu schaffen.«

»Ganz recht«, meinte Hentschke. »Wenn sich der Verdacht als richtig erweisen würde, würde die ganze Welt über die Bundesrepublik herfallen.«

Das Gespräch der beiden Pfarrer mit Gudrun Ensslin wurde in dem großen Artikel am darauffolgenden Montag nur rudimentär wiedergegeben. Aber das war man als SPIEGEL-Korrespondent gewöhnt. Oft schrieb man als Zuarbeiter zu großen Geschichten aufwendige Dossiers und wurde dann doch nur mit zwei oder drei Sätzen wiedergegeben, wenn überhaupt.

Noch einmal war Christian Ebinger zum Thema »Tod in Stammheim« gefragt, als es darum ging, wo die toten Terroristen begraben werden sollten. Die Zeitungen der Lokal- und

Regionalpresse mussten ihre Leserbriefseiten erweitern. In Kneipen und auf der Straße wurde diskutiert. Anonyme Hörer riefen beim Rundfunk an. Die vorherrschende Meinung zeigte sich in Äußerungen wie dieser: Man solle die Leichen irgendwo verscharren oder auf eine Müllkippe werfen.

Christian Ebinger rief im Rathaus an und bat, mit Oberbürgermeister Manfred Rommel verbunden zu werden. Er hatte gehört, es habe ein Gespräch zwischen dem populären Stadtoberhaupt und den Eltern von Gudrun Ensslin gegeben. »Ja«, sagte Rommel, das könne er bestätigen, aber über den Inhalt werde er nichts sagen. Ob er denn zu einem Interview vorbeikommen könne, fragte Ebinger. »Des kann mr em SPIEGEL-Korrespondenten ja kaum verwehra«, antwortete der Oberbürgermeister in dem für ihn so typischen schwäbelnden Ton. Die beiden kannten sich von vielen Pressekonferenzen, Veranstaltungen und Hintergrundgesprächen. »Am beschte, Sie kommet glei gschwind vorbei«, sagte Rommel.

Von der Redaktion ins Rathaus gelangte man in zehn Minuten zu Fuß. Eine Viertelstunde nach dem Telefongespräch erschien Christian Ebinger dort und wurde ohne viele Umstände gleich von Rommel empfangen. Der Journalist wusste, dass dies keine besondere Auszeichnung war, es war vielmehr Rommels unkonventionelle und zugleich unkomplizierte Art, sein Amt zu führen.

Bei einem Glas Mineralwasser saßen sie sich gegenüber. Der OB, der für sich in Anspruch nahm, ein heiterer Mensch zu sein, schien ungewöhnlich ernst. »Wisset Se«, sagte er, »ich möchte auf keinen Fall, dass der so schrecklich geprüften Familie Ensslin, die jetzt so vielen Anfeindungen ausgesetzt ist, noch mehr Schmerzen zugefügt werden.«

»Haben denn Gudruns Eltern einen Wunsch geäußert, wo und wie die Beerdigung stattfinden soll?«

»Sie saget ›Gudrun‹, eifach so – sind Sie ihr denn irgendwann amal nähergestanden?«

»Ja. Damals, als sie in Tübingen studiert hat. Da hat man noch nicht absehen können, welchen Weg sie einmal gehen würde.«

»Sie müsset sich doch dafür net entschuldige«, sagte Rommel. Und dann gab er doch noch preis: »Der Vater Ensslin hat mich gebeten zuzustimmen, dass seine Tochter und die beiden anderen in nebeneinanderliegenden Gräbern auf dem Dornhaldenfriedhof beerdigt werden dürfen.«

»Und Sie haben zugestimmt?«

»Ja, was hättet Sie denn g'macht?« Die Gegenfrage war eine typische Rommel-Antwort. Und er fuhr fort: »I will koin Streit darüber, wer in Stuttgart das Recht auf ein Grab hat und wer nicht. Mit dem Tod endet die Feindschaft. Des sollttet die Leut begreifa.«

Sehr beeindruckt verließ Christian Ebinger das Stuttgarter Stadtoberhaupt und diktierte gleich in der Redaktion Gaby Heil seinen Bericht über das Gespräch in den Block.

Als Rommels Entscheidung bekannt wurde, eskalierte der Streit. Es gab Stuttgarter Bürger, die drohten, ihre auf dem Dornhaldenfriedhof begrabenen Verwandten umbetten zu lassen. Manfred Rommel wurde öffentlich gefragt, ob er denn einmal auf den gleichen Friedhof liegen wolle wie diese Terroristen. Er antwortete gelassen: »Wen i amal tot bin, isch es mir egal, mit wem ich den Friedhof teile muss.« Eine aufgebrachte Bürgerin hielt ihm vor, ihre Tante habe keinen Platz auf dem beliebten Friedhof bekommen. Rommel fragte: »Ischt denn Ihre Tante auch Terroristin gewesen?«, und nahm ihr so den Wind aus den Segeln.

Am Tag der Beerdigung sammelten sich nach und nach mehr als tausend Menschen auf dem Gottesacker in halber Höhe über dem Stuttgarter Süden. Die Leute hielten sich bald schon nicht mehr an die Wege zwischen den Gräberfeldern. Sie überfluteten den Friedhof förmlich. Am Himmel kreisten Hubschrauber. Es wurden keine Lieder gesungen und keine Parolen gerufen. Ein paar Dutzend vermummte Gestalten bildeten einen Block nahe bei den drei Gräbern, aber auch sie verhielten sich zunächst still. Zwar wurden auf Spruchbändern Polizei, Staatsanwaltschaft und Regierung als Mörder angeprangert, aber die Menschen schienen kaum Notiz davon zu nehmen.

Der junge Geistliche Bruno Streibel, der für Helmut Ensslin, Gudruns Vater, eingesprungen war, nachdem die Kirchenoberen dem pensionierten Pfarrer verboten hatten, die Beerdigung zu leiten, hob an: »Andreas Baader, Jan-Carl Raspe, Gudrun Ensslin sind tot. Wir legen sie in diese Erde.« Die schlichten Worte, mit denen der Geistliche forderte, nun mit den toten Terroristen auch die Feindschaft zu begraben, schienen auch jene zu beeindrucken, die voller Hass hier heraufgekommen waren.

Streibel hatte am Telefon zu Ebinger gesagt, er schäme sich für jene in der Kirche, die Helmut Ensslin untersagt hatten, seine Tochter und deren Komplizen zu beerdigen, weil sie ihn für die Taten seiner Tochter mitverantwortlich machten. Er selbst verehre den gescheiten Theologen und leide mit ihm.

Aus Hamburg war Ebingers Kollege und Chef Manowski angereist. Ebinger und Manowski fanden einen Platz auf einem Erdhügel, von dem aus sie einen guten Überblick hatten. Mehrere Hundertschaften Polizei waren aufmarschiert, hielten sich aber ein gutes Stück abgesetzt von der Trauergemeinde an den Rändern des Geländes auf.

Nach der Beerdigung verlief sich die Menge. Erst jetzt begannen die Vermummten, ihre »Mörder-Mörder«-Parolen zu schreien. Es kam zu kleineren Rangeleien mit der Polizei. Aber irgendwie wirkten diese Auseinandersetzungen kraftlos und endeten rasch. Dumpf, taub und hoffnungslos wirkte der größte Teil der Trauergemeinde.

Manowski und Christian stiegen in Ebingers Wagen. Der Verkehr staute sich. Hatten die Polizisten alle Beerdigungsteilnehmer frei und ungehindert zum Dornhaldenfriedhof durchgelassen, so musste nun jeder, der wieder wegwollte, durch eine peinlich genaue Kontrolle. Für Christian war sie besonders peinlich, denn er hatte vergessen, die Brieftasche mit dem Führerschein, den Fahrzeugpapieren und seinen Ausweisen einzustecken. Als er dies dem kontrollierenden Polizisten gestehen musste, wurde Manowski auf dem Beifahrersitz von einem Lachanfall geschüttelt. »Das gibt's doch nicht«, schrie er atemlos zwischen seinen Lachern. »An so einem Tag vergisst der alle Papiere.«

In diesem Augenblick tauchte ein Christian wohl bekanntes Gesicht am Seitenfenster auf, das des Staatsschützers Gernot Stenzel. Breit grinsend sagte er zu dem Polizeibeamten. »Herr Ebinger ist von Person bekannt. Ich kann für ihn bürgen.« Und dann begann auch er zu lachen.

Den Abend verbrachten Ebinger und Manowski in der Weinstube Stetter. Der Hamburger Kollege hatte sich ein typisch schwäbisches Lokal gewünscht und auch ein typisch schwäbisches Gericht bestellt: Linsen mit Spätzle und Saitenwürstchen.

Christian erzählte ihm, er habe ein Tatort-Manuskript geschrieben und zu seiner eigenen Überraschung werde es wohl auch verfilmt.

Manowski legte seinen Kopf schief, legte Messer und Gabel aus der Hand und sagte ernst. »Dann scheint ja unsere gute Zusammenarbeit bald vorbei zu sein.«

»Ehrlich gesagt: Ich weiß nicht, ob ich mich da weiter bemühen soll.«

»Sie sind nicht der Erste, den wir ans Fernsehen verlieren. Leider!« Für den Hamburger stellvertretenden Ressortleiter schien das eine entschiedene Sache zu sein.

Wieder sagte Christian Ebinger: »Ich weiß nicht ...«

»Wie alt sind Sie jetzt?«

»Bald vierzig, warum?«

»Warum nennt man vierzig eigentlich das Schwabenalter?«

»Es heißt: ›Der Schwabe wird mit vierzig g'scheit.‹«

»Aha.«

»Und es geht weiter: ›Die andern nicht in Ewigkeit!‹«

Manowski lachte, wurde dann aber gleich wieder nachdenklich. »Vierzig – das ist genau das Alter, in dem man sich überlegt, ob man vielleicht noch etwas Neues machen soll. Ich habe den Augenblick verpasst. Für mich gibt es nichts anderes mehr als den SPIEGEL. Und das ist ja nun wirklich auch nicht das Schlechteste.« Er hob sein Henkelglas. »Ich wünsche Ihnen viel Glück!«

Christian war betroffen. Er hatte nicht erwartet, dass der Kollege so leicht darüber hinweggehen würde. Warum redete Manowski nicht auf ihn ein zu bleiben? Wieder einmal beschlich ihn das Gefühl, nicht gut genug zu sein für seinen Job. Dabei machte er ihn ja nun schon sechs Jahre und hatte doch alles in allem mehr Lob als Kritik erfahren, wenn er für sich Bilanz zog.

Für den Sonntag hatte sich Christian mit Marietta Romin verabredet. In diesen letzten Oktobertagen war es noch einmal sommerlich warm geworden. Hanno, Mariettas Sohn, war bei einem Kindergeburtstag in der Nachbarschaft und musste erst gegen Abend abgeholt werden. Sie beschlossen, mit Mariettas Ente zu fahren, weil man deren Dach öffnen konnte. Marietta bat Christian, das Steuer zu übernehmen, dann könne sie die Fahrt entspannter genießen. Über Echterdingen und Steinenbronn ging es in den Schönbuch. Langsam fuhren sie die steile Straße hinter Waldenbuch hinauf. Marietta reckte ihr Gesicht in die Sonne, die durch das offene Dach hereindrang. Beiden war nicht danach zu reden.

Als sie eine Höhe erreichten, stellte Christian das Auto auf einem kleinen Waldparkplatz ab. Marietta nahm aus dem Kofferraum zwei Schläger und einen Federball. »Vielleicht finden wir ja einen Platz, wo wir ein bisschen spielen können«, sagte sie.

»Kein Problem. Von hier kann man eine schöne kleine Wanderung bis zu einem Mammutbaum machen, dann ein, zwei Kilometer weiter kommt eine kleine Lichtung.« Christian erklärte, das Gewann hier heiße Braunäcker, was wohl von der lehmigen Erde der Felder links des Weges herkomme. Rechts ging es an einem dichten Waldrand entlang.

»Du kennst dich hier wohl gut aus«, stellte Marietta fest.

»Ich bin keine zwei Kilometer von hier geboren und aufgewachsen.«

Marietta sah ihn überrascht an. Dass er ihr seine Heimat zeigen wollte, gefiel ihr. Als sie den Mammutbaum erreichten, der zwischen Buchen und Eichen hoch aufragte wie ein Riese zwischen Zwergen, legte die junge Frau ihre Arme um den Stamm. Die korkähnliche Rinde fühlte sich warm und weich an. Marietta trug rote Hotpants und eine leichte Bluse. Ihre Füße steckten in Turnschuhen.

»Man braucht fünf Männer mit langen Armen, um ihn ganz zu umfassen«, sagte Christian.«

»Wie kommt denn dieser Exot hierher?«, fragte sie.

Christian hob die Achseln. »Keine Ahnung. Vielleicht weiß es mein Vater. Er ist so einer, der alles weiß.«

Sie gingen weiter. Christian erklärte, wenn man in das Tal links hinuntergehe, komme man ins Siebenmühlental, das sie auf ihrer Fahrt hierher durchquert hatten. Aber die beiden blieben auf der Höhe. Der Weg wurde jetzt zu beiden Seiten von einem dichten Mischwald umschlossen. Nach ungefähr zwei Kilometern erreichten sie eine kleine Lichtung. Marietta reichte Christian einen der Federballschläger. Sie selbst ging ein paar Meter weiter und nahm Aufstellung. Nach den ersten Schlagwechseln legte sie den Schläger zur Seite, zog ihre Bluse über den Kopf und warf sie über einen Busch. Das war eine völlig unbefangene Geste. Ihre Haare hatten sich dabei verstrubbelt, aber sie ließ sie, wie sie waren. Sie spielte nun mit nacktem Oberkörper. Christian hatte Mühe, den Ball jeweils zurückzubringen, weil er völlig fasziniert auf die festen Brüste starrte, die jeder Bewegung der Federballspielerin folgten und sich dabei doch kaum bewegten. Auch als eine kleine Wandergruppe vorbeikam, dachte Marietta nicht daran, die Bluse wieder überzustreifen. Das tat sie erst, als sie beide gleichzeitig feststellten, erschöpft zu sein.

Auf dem Rückweg zum Auto kamen sie am Wasserreservoir vorbei, das die Gemeinde Fleckenhausen versorgte. Christian erzählte, wie er als zehnjähriger Bub zusammen mit einem Freund einmal entdeckt hatte, dass der Deckel nicht ordnungsgemäß verschlossen war. Es sei ihnen gelungen, ihn anzuheben. Gemeinsam hätten sie hineingepinkelt und hätten sich dabei diebisch gefreut. Erst zu Hause seien sie zutiefst erschrocken, als sie Wasser aus dem Hahn trinken sollten. Marietta lachte die Tonleiter hinauf, und Christian stellte fest, dass er sie bis zu diesem Moment noch nie so unbeschwert hatte lachen sehen.

Wieder übernahm er das Steuer und lenkte den 2CV über einen betonierten Feldweg, der nur für landwirtschaftliche Fahrzeuge zugelassen war, ins Siebenmühlental hinab. Sie erreichten den Parkplatz der Schlösslesmühle. Vor dem Fachwerkhaus direkt am Mühlbach standen auf einer Terrasse Tische und Stühle. Die einzigen Gäste waren jene Wanderer, die an ihnen vorbeigekommen waren, als Marietta und Christian auf der Lichtung Federball gespielt hatten. Man grüßte fröhlich.

Christian holte am Selbstbedienungstresen zwei Gläser Weißwein und zwei Portionen gebackenen Leberkäse mit Kartoffelsalat. Einen Augenblick lang musste er daran denken, dass es noch gar nicht so lange her war, dass er mit einem ähnlich bestückten Tablett im Waldheim Gaisburg zu einem Tisch gegangen war, an dem Stefanie Bornschein gesessen hatte. Er blieb einen Moment stehen, schüttelte heftig den Kopf, als ob er so seine Gedanken verscheuchen könnte, und kehrte langsam zu Marietta zurück.

Noch schien die Sonne. Aber bald schon schob sie sich hinter die Tannen auf der Höhe der westlichen Talseite. Marietta fröstelte und schlug vor, in die Stadt zurückzufahren.

Ihre Wohnung lag in einer engen Straße Bad Cannstatts. Marietta hatte Christian gebeten, mit nach oben zu kommen. Es blieben noch zwei Stunden, bis sie ihren kleinen Sohn vom Kindergeburtstag abholen musste.

»Soll ich uns einen Kaffee machen?«, fragte sie.

»Ja, gerne.« Christian fühlte sich plötzlich befangen.

Marietta schickte sich an, in die Küche zu gehen, machte aber auf der Türschwelle kehrt, kam zurück und sagte: »Eigentlich würde ich gerne mit dir schlafen.«

Christian wusste nicht, was er sagen sollte. Marietta trat vor ihn hin und stieß ihm mit ihren kleinen Fäusten ganz leicht gegen die Brust. Er stand dicht vor der Matratze, die offenbar Mariettas Schlafplatz war, und ließ sich bereitwillig nach hinten fallen.

Zwei Stunden später begleitete er Marietta, als sie ihren kleinen Sohn abholte – einen hübschen blonden Jungen von vier Jahren mit hellen Augen. Der Junge musterte den Mann an der Seite seiner Mutter misstrauisch und gab ihm erst nach mehrmaliger Aufforderung seiner Mutter die Hand. »Wir bringen jetzt den Christian nach Hause«, sagte sie. »Er hat nämlich kein Auto dabei.«

Auf der Fahrt quer durch die Stadt kam Ebinger langsam ins Gespräch mit dem Kind. Er erzählte, was für einen schönen Ausflug sie gemacht hätten, und versprach, dass Hanno das nächste Mal mitkommen dürfe. Als er dann die Geschichte erzählte, wie er als Junge ins Wasserreservoir gepinkelt hatte, lachte der Junge zum ersten Mal, und Christian schien es, als sei das Eis gebrochen.

Zu Hause nahm er den Eilbotenbrief mit der neuesten SPIEGEL-Ausgabe aus dem Kasten, kochte sich einen Kaffee und ließ sich in seinen Ledersessel fallen, um das Heft zu studieren. Aber sein Interesse erlahmte schon bald. Entgegen seiner sonstigen Gewohnheit suchte er nicht, wo und in welchen Artikeln seine Mitarbeit Eingang gefunden hatte. Einen eigenen Text hatte er dieses Mal nicht im Blatt, und er wusste auch nicht, was er am Montag für die nächste Woche anbieten konnte. Das Magazin glitt ihm aus der Hand und fiel zu Boden.

Dass er ungewollt eingeschlafen war, bemerkte er erst, als er zwei Stunden später wieder zu sich kam, weil das Telefon klingelte. Der Vollzugsbeamte Arnold Schweitzer meldete sich. Ob der SPIEGEL vielleicht Interesse hätte, über den Nachlass der RAF-Häftlinge zu berichten, wollte er wissen. Schweitzer hatte sich mehr und mehr in die Rolle des Informanten eingelebt und schien die Gespräche mit Ebinger zu genießen. Er freute sich jedes Mal, wenn er den einen oder anderen eigenen Satz gedruckt wiederfand, obwohl er natürlich nie beim Namen genannt wurde.

Christian fand die Idee gut und verabredete sich mit Schweitzer für Montagabend bei Costas.

Der Vollzugsbeamte hatte ein kleines Notizbuch dabei, in dem er aufgelistet hatte, was im zweiten Untergeschoss des Stammheimer Gefängnisses eingelagert worden war. Baader hatte einen Stapel Schallplatten hinterlassen, außerdem diverse Landkarten und ein Che-Guevara-Poster, dazu zahlreiche Militaria aus der DDR. Zu Raspes nachgelassenen Gegenständen gehörte unter anderem ein Buch mit Bildern von Hieronymus Bosch. Gudrun Ensslins Bibliothek, die in einer gesonderten Zelle untergebracht gewesen war, nahm den größten Raum ein.

Schweitzer wusste, dass ein Notar, der beauftragt war, in jedem der drei Fälle die rechtmäßigen Erben zu ermitteln, diese mehrfach angeschrieben, aber nur von Gudrun Ensslins Verwandten eine Antwort erhalten hatte. Ihre Geschwister holten dann auch ein paar Erbstücke ab, darunter vor allem Bücher und die Geige der Verstorbenen.

Christian Ebinger fragte, ob der Vollzugsbeamte dabei gewesen sei, als man die toten Gefangenen gefunden habe.

»Ja, die meiste Zeit«, antwortete Schweitzer.

Ob man denn in Gudrun Ensslins Zelle eine Mappe mit der Aufschrift ›Anwalt‹ gefunden habe, wollte Christian wissen.

»Keine Ahnung. Mir ist davon nichts bekannt.«

Ebinger erzählte, was er von dem evangelischen Pfarrer erfahren hatte.

»Also, ich seh das so«, sagte Schweitzer, »die haben gemeinsam beschlossen, sich umzubringen, wenn die Befreiungsaktion nicht glückt. Sie haben aber auch ausgemacht, dass es wie ein Mord aussehen soll. Frau Möller hat ja dann auch behauptet, es seien Männer in ihrer Zelle gewesen, die auf sie eingestochen hätten. Aber da war niemand. Ich denke, Frau Ensslin hat die Mappe erfunden, und jetzt soll man glauben, die Polizei oder die Bundesanwaltschaft habe sie verschwinden lassen. Eigentlich ein leicht durchschaubarer Trick. Die Ballistiker sagen ja auch klipp und klar, dass Baader sich selbst erschossen hat. Fremdeinwirkung ausgeschlossen. Obwohl er es so aussehen lassen wollte, als sei er in einem Kampf erschossen worden.« Schweitzer wendete sich dem Kalbskotelett zu, das ihm Christian empfohlen hatte.

»Dass die überhaupt Waffen in ihren Zellen gehabt haben sollen, ist allerdings doch seltsam«, sagte Christian.

Schweitzer schüttelte den Kopf. »Wir wissen doch, dass die Anwälte die Pistolen reingeschmuggelt haben. In einer dicken Akte, die sie ausgehöhlt haben. Ich hab selbst oft genug gesehen, wie sie bei der Kontrolle die Seiten durch die Finger laufen ließen. Das war verdammt oberflächlich. Routine halt.«

All die Zweifel, die nach dem Tod Baaders, Gudrun Ensslins und Jan-Carl Raspes aufgekommen waren, schienen den Vollzugsbeamten nicht zu beeindrucken. Nach wie vor gab es viele Ungereimtheiten, aber keine stichhaltigen Beweise für die Theorie, die Häftlinge könnten Opfer eines Angriffs von außen gewesen sein.

Christian Ebingers Artikel, den er auf der Basis von Schweitzers Informationen geschrieben hatte, wurde in der Redaktion auf eine Länge von 15 Zeilen verdichtet und erschien als Meldung im Deutschlandteil.

Die folgenden Wochen verliefen ruhig. Christian Ebinger suchte nicht nach großen Themen und begnügte sich im Wesentlichen damit, die Anfragen der Zentralredaktion und der Korrespondentenkollegen zu beantworten. Anfang Dezember erreichte ihn ein Anruf eines Bavaria-Mitarbeiters. »Ich habe Ihren Tatort gelesen. Gratuliere. Gutes Buch! Frage: Könnten Sie sich vorstellen, eine Vorabendserie für den Süddeutschen Rundfunk zu schreiben?«

»Keine Ahnung. Ich weiß nicht, wie so etwas geht.«

»Wesentliche Teile müssten im Dialekt sein. Ihr Kommissar Bienzle spricht doch in Ihrem Roman auch schwäbisch.«

»Ja, das schon. Aber ich weiß nicht … Wie lange wäre denn da so eine Folge?«

»25 Minuten. Sie wissen doch: Jeder Sender macht sein eigenes Vorabendprogramm zwischen den Werbeblöcken.«

»Nee, weiß ich nicht. Ich hab noch nie vor 20 Uhr ferngesehen. Um diese Zeit arbeite ich in der Regel noch.«

»Dann schauen Sie doch mal rein und überlegen Sie sich, ob Sie so etwas interessieren könnte.« Der Anrufer gab Christian seine Durchwahlnummer und verabschiedete sich.

Am Abend war Christian wie so oft in den letzten Wochen mit Marietta Romin verabredet. Sie saßen wieder einmal bei Costas, und er erzählte ihr von der Anfrage der Produktionsfirma.

»Warum macht nur mir niemand so ein Angebot? Ich könnte kündigen und zu Hause arbeiten«, sagte sie.

»Ja, genau das ist das Problem.«

»Wie bitte?«

»Wenn ich mich auf so etwas einlasse, muss ich kündigen, und das würde mir verdammt schwerfallen.«

Marietta seufzte. »Es ist halt alles ungerecht verteilt. Ich hätte ja auch überhaupt nicht die Begabung, so etwas zu schreiben.«

Christian sah sie an. Von ihrem ernsten Gesicht mit den leicht schräg stehenden Augen, den hohen Wangenknochen und dem vollen Mund ging für ihn unverändert ein Zauber aus. Jetzt sagte er: »Das weiß man erst, wenn man es probiert hat.«

Sie schüttelte den Kopf. »Ich weiß ganz genau, was ich kann und was ich nicht kann. Aber bei dir bin ich sicher, dass du so etwas kannst.«

Christian hatte nicht richtig zugehört. Plötzlich hatte ein Gedanke von ihm Besitz ergriffen. Als er nicht antwortete, sagte Marietta: »Hörst du mir überhaupt zu?«

»Sag mal – es ist nur so eine Idee …« Er unterbrach sich.

Sie sah ihn an, sagte aber nichts.

»Wenn wir's zusammen versuchen würden?«

»Was denn?«

»Na, diese Serie zu schreiben. Vielleicht sogar unter deinem Namen oder unter einem gemeinsamen Pseudonym. Dann könnte ich vorerst noch in meinem Job beim SPIEGEL bleiben.«

Sie schüttelte den Kopf. »Grade sag ich doch, dass ich so etwas nicht kann!«

Aber er ließ sich in seinem neuen Gedanken nicht stören. »Du könntest tatsächlich kündigen. Vielleicht könntest du dann ja auch dein Buch über das Schimpansenkind schreiben.«

»Damit hab ich inzwischen angefangen«, sagte sie.

Er lächelte. »Und trotzdem hast du noch Zeit, dich mit mir zu treffen?«

»Man muss halt seine Prioritäten richtig setzen.« Sie beugte sich zu ihm herüber und küsste ihn.

Christian fuhr nach München. Er führte ein letztes Gespräch mit dem Tatort-Produzenten und mit der Regisseurin. Das Buch sei jetzt abgenommen, ließ man ihn wissen. Anschließend besuchte er den Produzenten Alexander Keil, der in der

Bavaria unter anderem für Serien zuständig war, ein hochgewachsener, schlanker, sportlich wirkender Mann mit akkurat gescheitelten Haaren und einem schmalen, straffen Gesicht. »Wir würden gerne eine kleine Krimiserie machen, aber es sollte zugleich auch eine Art Heimatserie sein. Und wir brauchen eine Hauptfigur, die mal nicht so ein ermittelnder Polizeikommissar ist. Gespielt werden muss sie möglichst von einem populären Volksschauspieler. Da kennen Sie sich doch aus, oder?«

Das Gespräch entwickelte sich. Und wie so oft wusste am Ende keiner der beiden mehr, wer welche Ideen beigetragen hatte. Christian hatte wie immer mitgeschrieben und resümierte: »Ein älterer Beamter, der seit ein paar Jahren im Archiv sitzt, früher aber selbst erfolgreich ermittelt hat und schon deshalb weiß, wie der Hase läuft, mischt sich in aktuelle Ermittlungen ein, weil er immer wieder Parallelen zu älteren Fällen findet. Er wohnt bei seiner ledigen – wir in Schwaben sagen: ›altledigen‹ – Schwester, trägt leicht antiquierte Klamotten und eine Baskenmütze. Regelmäßig bekommt er es mit einer Kriminalkommissarin zu tun, der er – meistens gegen ihren Willen – bei ihren Ermittlungen hilft. Die Kriminalfälle sollen keine Morde sein, vielmehr Kunstdiebstahl, Erpressung, Einbruch, Trickdiebstahl und so weiter. Und unser Mann …«

»Wie nennen wir ihn denn?«, fragte Keil dazwischen.

»Ein typischer Name wäre Köberle.«

»Wunderbar!«, rief der Produzent. »Und die Serie nennen wir ›Köberle kommt‹.«

»Einverstanden. Köberle also löst jeden Fall, oft auf skurrile Weise, weil er um die Ecke denken kann.«

Als Christian nach Stuttgart zurückfuhr, hatte er den Auftrag in der Tasche, einen Serienentwurf zu schreiben, immer wieder auftretende Figuren zu entwickeln und ein paar Ideen für Geschichten zu formulieren. Das Honorar dafür fand er erstaunlich hoch. Christian hatte zugesagt, ohne lange darüber nachzudenken, wie er das schaffen sollte. Zudem war er sich sicher, dass die Verlagsleitung – sollte es zu einem Auftrag für die gesamte Serie kommen – ihm niemals die Erlaubnis für diese Nebentätigkeit geben würde, die man ja auch wirklich nicht nur so nebenher erledigen konnte.

In Stuttgart angekommen, führte ihn sein erster Weg zu Marietta Romin. Er brachte zwei Flaschen Weißwein und drei halbe Hähnchen vom Wienerwald mit. Sie aßen zu dritt und spielten anschließend noch ein paar Runden Memory, bevor Hanno von seiner Mutter ins Bett gebracht wurde.

Christian holte derweil eine der Weißweinflaschen aus dem Kühlschrank, öffnete sie und goss zwei Gläser ein.

Erst als sie aus dem Kinderzimmer zurückkam, erzählte er Marietta, was seine Gespräche in München erbracht hatten. Sie begannen gemeinsam, über die Figuren nachzudenken und Geschichten zu entwickeln. Als sie die zweite Flasche öffneten, fing Christian an, mitzuschreiben. Beide saßen sie mit roten Backen am Tisch. Die Figuren wurden immer lebendiger, die Geschichten immer spannender, bis Marietta sagte: »Das kriegt man doch nie und nimmer in fünfundzwanzig Minuten unter!«

»Versuchen müssen wir's«, antwortete Christian.

»Aber nicht jetzt. Ich muss ins Bett!«

»Ja, leg dich ruhig hin. Ich probiere mal was.« Christian setzte sich an Mariettas kleinen Schreibtisch und begann, die ersten Szenen zu schreiben, während sie sich auf ihre Matratze am Boden verkroch. Als er sich drei Stunden später neben sie legte, gab sie nur einen raunzenden Ton von sich, warf sich herum, legte ihren Arm über seine Brust und schlief weiter.

Am Morgen übernahm es Christian, den kleinen Hanno in den Kinderladen zu bringen, ehe er in seine eigene Wohnung nach Kaltental fuhr, ausgiebig duschte und sich gegen elf Uhr auf den Weg in die Redaktion machte.

Zehn Tage später, genau am dritten Advent, zog Christian Ebinger das letzte Blatt seines Serienentwurfs aus der Schreibmaschine. Er fügte das Drehbuch bei, das er an Mariettas Schreibtisch begonnen und inzwischen fertig geschrieben hatte, und brachte den dicken Brief zum Bahnhof, wo man Postsendungen auf ein laufendes Band werfen konnte.

Noch vor Weihnachten meldete sich Keil. »Klasse, was Sie da geschrieben haben. Von mir aus ist das okay. Jetzt muss nur noch der Sender zustimmen. Haben Sie denn auch eine Idee für die Besetzung?«

»Beim Schreiben habe ich immer nur an Walter Schultheiß gedacht«, antwortete Christian. »Und an dessen Frau Trudel Wulle. Sie wäre die ideale Besetzung für die altledige Schwester.« Er wunderte sich über sich selbst, redete er doch schon wie ein alter Hase im Fernsehgeschäft.

Wochen vergingen. Man schrieb nun schon seit drei Monaten das Jahr 1978, als endlich eine neue Reaktion aus München kam. Man wolle gerne einen Vertrag über zunächst sechs Folgen machen, sagte der Produzent.

Christian fragte nach dem Honorar und rechnete Marietta noch am gleichen Tag vor, dass es reichen würde, um sie aus ihrem Job zu erlösen, zumal ihm Keil angedeutet hatte, dass es natürlich nicht bei sechs Folgen bleiben werde. Gleichzeitig, sagte er, würde man Ebinger gerne auch noch für ein weiteres Projekt gewinnen. Diesmal fürs Abendprogramm der ARD.

Noch hatte Christian mit seinen Vorgesetzten nicht darüber gesprochen, wie sich die Angebote des Fernsehens entwickelten. Aber er wusste, dass er das entscheidende Gespräch nicht mehr lange aufschieben konnte. Dann kam jedoch ein Fall auf seinen Tisch, der erst einmal seine ganze Aufmerksamkeit erforderte.

Filbinger

Am 16. März 1945, sieben Wochen vor Kriegsende, stand der wegen Fahnenflucht zum Tode verurteilte deutsche Matrose Walter Gröger mit verbundenen Augen auf dem Richtplatz der Festung Akershus in Oslo.

»Der leitende Offizier las dem Verurteilten die Urteilsformel und die Bestätigungsverfügung vor. Der 33-jährige Walter Gröger schwieg. Der Feldgeistliche trat zu ihm und redete auf den jungen Mann ein, doch auch auf ihn reagierte der zum Tode Verurteilte nicht. Das Vollzugskommando nahm Aufstellung. Der Offizier gab das Kommando ›Feuer!‹ Es war genau 16.02 Uhr. Gröger starb um 16 Uhr 04.« So steht es im Protokoll. Und weiter heißt es dort: »Der Sanitätsoffizier stellte den Tod fest. Die Leiche wurde durch das Wachpersonal gesargt und zum Zwecke der Bestattung abtransportiert.«

Der leitende Offizier bei der Vollstreckung des Todesurteils war derselbe Staatsanwalt beim Feldkriegsgericht, der die Todesstrafe beantragt und dafür gesorgt hatte, dass ein vorausgegangenes milderes Urteil, das auf acht Jahre Zuchthaus gelautet hatte, verschärft wurde.

Sein Name steht unter dem Protokoll: Dr. Hans Filbinger, Marinestabsrichter.

Dieser Mann war nun Ministerpräsident des Landes Baden-Württemberg. Und das Urteil vom März 1945, das er zu verantworten hatte, lag auf Christian Ebingers Schreibtisch. Er hatte es nicht ausgegraben, das hatte der Schriftsteller Rolf Hochhuth geschafft, der im Rechtsstreit mit Filbinger lag, weil er auch andere Episoden aus dessen Zeit als Kriegsrichter ans Licht gebracht und ihn deshalb einen »furchtbaren Juristen« genannt hatte. Filbinger gehöre hinter Gitter, meinte der Schriftsteller, der Ministerpräsident sei »nur auf freiem Fuß dank des Schweigens derer, die ihn kannten«.

Eine erste Veröffentlichung über Hochhuths neuesten Fund sollte in der Wochenzeitung DIE ZEIT erscheinen. Noch niemand hatte aber den Politiker direkt mit dem Urteil aus den letzten Kriegstagen 1945 konfrontiert. Das sollte nun der Stuttgarter SPIEGEL-Redakteur tun. Und Christian Ebinger bekam wieder einmal Verstärkung. Diesmal war es sein alter Freund Rolf Lohbrecht, der inzwischen ein hoch angesehener Berichterstatter über die Arbeit der obersten Bundesgerichte war und später langjähriger Vorsitzender der Bundesjustizpressekonferenz werden sollte.

Die Rolle des Stuttgarter SPIEGEL-Redakteurs war also mehr oder minder die eines Zeugen, denn – so war es vorgesehen – das Gespräch würde in erster Linie der juristisch vorgebildete Rolf Lohbrecht führen.

Christian Ebinger meldete sich telefonisch im Vorzimmer des Ministerpräsidenten. Worum es denn gehe, wollte die Sekretärin wissen.

»Um einen Termin für einen Kollegen und mich. Es geht um das Kriegsgerichtsurteil gegen Walter Gröger.«

Schweigen am anderen Ende. Dann, nach einer langen Pause, ein zögerndes »Ja, ich weiß nicht …«

»Ist er denn da?«, fragte Ebinger.

»Moment, ich frage mal!«

Christian musste an sich halten, um nicht loszulachen. Sie musste ihren Chef fragen, ob er da sei oder nicht. Dann plötzlich eine männliche Stimme: »Ja, Filbinger!«

Christian trug sein Anliegen vor. Er und Filbinger waren sich in den letzten sechs Jahren oft begegnet. Sie hatten immer ein distanziertes Verhältnis gehabt. Ebinger war Mitglied der Landespressekonferenz, wie alle Korrespondenten. Gelegentlich hatte er schon SPIEGEL-Gespräche mit dem Ministerpräsidenten geführt. Er erinnerte sich an das erste. Es ging um die Berufsverbote für Beamte, die früher einmal einer kommunistischen Organisation angehört hatten beziehungsweise haben sollten. Wie üblich wurde dem Gesprächspartner das fertige Manuskript noch einmal vorgelegt. Er hatte die Möglichkeit, seine Antworten zu überprüfen und, wo er es für nötig hielt, zu korrigieren oder neu zu formulieren. Der Ministerpräsident hatte aber nicht nur seine Antworten diversen Änderungen unterzogen, sondern auch die Fragen der SPIEGEL-Journalisten, was natürlich jedes Mal von den Redakteuren zurückkorrigiert wurde.

Filbinger, der sich auch als Außenpolitiker sah, pflegte auf seinen Reisen in andere Länder stets einen Tross Journalisten mitzunehmen. Für manch einen war das eine besondere Auszeichnung. So zum Beispiel auch, als der Ministerpräsident in den Iran reiste und vom Schah fürstlich empfangen wurde. Ein SPIEGEL-Redakteur wäre niemals auf die Einladungsliste gekommen. Er hätte freilich auch nicht mitreisen dürfen. Das verboten die Usancen des Hauses. »Wenn schon«, pflegte Rudolf Augstein zu sagen, »dann fahren wir da auf eigene Kosten hin. Wir wollen schließlich unabhängig berichten.«

»Eigentlich kommt nur noch der dritte abends infrage«, ließ sich der Ministerpräsident hören. »Das ist der Tag vor Himmelfahrt. Sie müssten dann zu mir auf die Solitude kommen.«

Christian akzeptierte sofort. Lohbrecht hatte ihm freie Hand gelassen, was den Termin anging.

Die Residenz Filbingers war eine ansehnliche Villa, eigens als Wohnung für den Ministerpräsidenten erbaut. Sie stand auf dem Areal von Schloss Solitude, das einst dem württembergischen Herzog Karl Eugen als Lustschloss gedient hatte.

Es war schon acht Uhr abends, als Rolf Lohbrecht und Christian Ebinger aus dem Taxi stiegen. Das Schloss lag, erhöht hinter der Villa des Ministerpräsidenten, auf dem Hügel in sanftem Dämmerlicht. Die breit angelegten Freitreppen, die in elegantem Schwung von links und rechts zu den Glastüren hinter einer breiten umlaufenden Balustrade hinaufführten, wurden von fackelähnlichen Lampen erleuchtet. Herzog Karl Eugen hatte den Barockbau 1763 errichten lassen und nur wenige Jahre als Sommerresidenz genutzt. Legendär waren die Feste und Großjagden, zu denen er einlud und bei denen sich der Adel aus ganz Europa einfand. Umgeben war das Schloss von sogenannten Kavaliershäusern, in denen nun prominente Stuttgarter Bürger wohnten.

Hans Filbinger trat vor die Tür, um die beiden Journalisten in Empfang zu nehmen. »Da sind Sie ja«, sagte er in seinem weichen, singenden badischen Ton und reichte den beiden die Hand. »Dann wollen wir mal sehen, dass wir es hinter uns bringen.«

Im Salon erwartete sie Filbingers Ehefrau Ingeborg. Sie nickte nur, maß die beiden Besucher mit einem abweisenden Blick und sagte: »Hat das nun auch noch sein müssen?«

Lohbrecht verbeugte sich knapp. »Tut uns leid. Die Nachrichtenlage ...« Weiter kam er nicht.

»Die Nachrichtenlage!«, schnappte Frau Filbinger. »Von wem wird die denn gemacht? Von Leuten wie Ihnen.« Damit verließ sie den Raum. Immerhin hatte sie persönlich den Besprechungstisch mit Teegeschirr und Keksen gedeckt.

»Bitte, nehmen Sie doch Platz.« Filbingers Ton blieb sanft und freundlich.

Rolf Lohbrecht legte eine Kopie des Kriegsgerichtsurteils gegen Walter Gröger neben die Teetassen. »Sie wissen, dass Rolf Hochhuth ...«

Filbinger lachte kurz auf. »Hochhuth, die Vorhut des linken Filbinger-Abschusskartells.«

»Wir wollten Sie fragen, wie Sie heute zu dem damaligen Todesurteil stehen.«

»Die meisten dieser Urteile waren ja Phantomurteile, weil sie gesprochen wurden, als die Delinquenten längst schon über alle Berge waren.«

»Aber das Urteil gegen Gröger wurde vollstreckt, und wie aus dem Protokoll hervorgeht, das Sie unterzeichnet haben, unter Ihrem Kommando«, sagte Lohbrecht.

»Sieht so aus, ja. Wie es wirklich war, wird sich noch herausstellen. Darf ich Ihnen einen Tee eingießen?«

Die beiden nickten. Filbinger fuhr fort: »Jetzt fordern alle möglichen Leute meinen Rücktritt. Aber ich habe nicht das Recht, zurückzutreten. Es ist meine Pflicht, auch in Zukunft für die politischen Wertvorstellungen meiner Partei einzutreten.«

Die beiden Redakteure wechselten Blicke. Offenbar hatte sich der Ministerpräsident auf dieses Statement vorbereitet, und er war auch nicht zu bremsen, als Lohbrecht anhob: »Das ist eigentlich nicht unser Thema …«

Unbeirrt fuhr der Landesherr fort: »Mit der Räumung meiner Position würde naturgemäß auch etwas Sachlich-Inhaltliches in der deutschen Politik geändert werden. Ich stehe ganz vorne im Kampf gegen die Zulassung von Extremisten in den Staatsdienst, und diese Position darf auf keinen Fall geschwächt werden.«

Christian Ebinger schrieb mit, was der Ministerpräsident von sich gab. Rolf Lohbrecht sagte in entschiedenem Ton: »Zurück zu dem Urteil aus dem März 1945, kurz vor Kriegsende!«

Filbinger nahm einen Schluck Tee. »Es gab eine bindende Weisung des Flottenchefs Admiral Schniewind, und eine bindende Weisung war immer auch ein Befehl. Fahnenflucht wurde mit dem Tode bestraft. Die Rechtslage war eindeutig.«

»Nun, so eindeutig dann auch wieder nicht«, wandte Lohbrecht ein. »Es gab dazu eine Führerrichtlinie, die ich hier vorliegen habe. Da heißt es: ›Eine Zuchthausstrafe wird im Allgemeinen als ausreichende Sühne anzusehen sein, wenn jugendliche Unüberlegtheit, falsche dienstliche Behandlung oder andere nicht unehrenhafte Beweggründe für den Täter hauptsächlich bestimmend waren.‹ Also gab Adolf Hitler selbst den Richtern die Möglichkeit, mildernde Umstände gelten zu lassen.«

»Aber die hat es offensichtlich damals nicht gegeben.«

»Walter Gröger war zuvor bereits verurteilt worden, und zwar zu acht Jahren Zuchthaus. Hätte man es dabei nicht bewenden lassen können?«

»Das Vorverfahren war mir nicht bekannt!«

»Wirklich nicht?«

»Natürlich nicht, sonst würde ich es nicht sagen.« Der Ton wurde schärfer.

»Und wenn es Ihnen bekannt gewesen wäre?«

»Das fragen Sie mich heute. Ich kann dazu nur sagen, ein Richter hatte damals wie heute strikt nach dem Gesetz zu verfahren.«

»Sie meinen …«

»Ja, ich meine: Was damals rechtens war, kann heute nicht unrecht sein.«

Rolf Lohbrecht, ein kleiner, zierlicher Mann, saß nun auf der vorderen Kante seines Stuhls.

»Und dabei beziehen Sie sich auf das Militärstrafrecht, das 1933 eingeführt wurde?«

»Ja, natürlich!«

»Sie vertreten allen Ernstes diese rechtspositivistische Auffassung?«

»Ich bin Jurist mit Leib und Seele …«

»Ja, grade darum möchte ich Sie noch einmal fragen …«

»Und ich weiche kein Jota davon ab.«

»Aber Sie sind doch nicht nur Jurist, sondern auch Mensch«, meldete sich erstmals Christian Ebinger. »Ich kann mir nicht vorstellen, dass es Ihnen heute nicht leidtut, diesen jungen Soldaten damals zum Tode verurteilt zu haben.«

Filbinger hob den Kopf und sah den jungen Journalisten direkt an. »Es ist eine Tugend, Herr Ebinger, Schweres mit sich selbst auszumachen.«

»Aber Sie würden sich doch leichter tun, wenn Sie öffentlich sagen würden, dass es Ihnen heute leidtut. Ich glaube, Sie könnten mit einem gewissen Verständnis rechnen.«

Filbingers Haltung änderte sich nicht. Rolf Lohbrecht machte mehrere Versuche, dem Ministerpräsidenten sozusagen goldene Brücken zu bauen. Auch er war sich sicher, dass ein Schuldeingeständnis und eine Bitte um Verzeihung bei den Angehörigen des toten Walter Gröger in der Öffentlichkeit zugunsten Filbingers ausschlagen würden. Doch er erreichte lediglich, dass der Ministerpräsident noch härter an dem Standpunkt festhielt, was damals Recht gewesen sei, könne heute nicht als Unrecht gelten.

Es war weit nach Mitternacht, als die beiden Journalisten die Villa auf der Solitude verließen. Filbinger hatte es sich nicht nehmen lassen, sie bis zur Haustür zu begleiten und ihnen eine gute Nacht zu wünschen.

Hans Karl Filbinger regierte das Land Baden-Württemberg seit 1966. Gegen starke Widerstände drückte er eine umfassende Verwaltungsreform durch. Der katholische Jurist schaffte in seiner Amtszeit die Konfessionsschulen ab, was ihm von Leuten in seiner eigenen Partei übel genommen und von manchen Gegnern hoch angerechnet wurde. Er war seit 1971 Landesvorsitzender der CDU und seit 1973 stellvertretender Vorsitzender der Bundes-CDU. Er galt als einer der erfolgreichsten Politiker seiner Zeit. Bevor seine Kriegsgerichtsurteile bekannt wurden, war er so angesehen, dass er als aussichtsreichster Bewerber für die bevorstehende Wahl des Bundespräsidenten galt. Zu den beiden SPIEGEL-Journalisten hatte er noch gesagt, er könne sich nicht vorstellen, dass man ihn, »angesichts meiner Verdienste um dieses Land«, mit diesen alten Geschichten zu Fall bringen könne.

Der Artikel erschien in der SPIEGEL-Ausgabe vom 15. Mai 1978 und löste heftige Diskussionen aus. Mit einem Mal suchten Politiker, die den Stuttgarter SPIEGEL-Redakteur sonst eher links liegen ließen, seine Nähe. Zu ihnen gehörten der Innenminister Lothar Späth, aber auch der Stuttgarter Oberbürgermeister Manfred Rommel – beide wurden als Nachfolger des Ministerpräsidenten gehandelt. Der Chef der Landes-SPD, Erhard Eppler, erzählte Ebinger in einem Hintergrundgespräch von seinen eigenen Kriegserfahrungen. Er habe auch Hinrichtungen beiwohnen, zum Glück aber niemals selbst schießen müssen. Filbinger attestierte er ein »pathologisch gutes Gewissen«. Aus den üblichen gut unterrichteten Kreisen erfuhr man, dass der Bundesvorsitzende Helmut Kohl Filbinger in einem langen Telefonat bekniet habe, sich zurückzuziehen. Als Franz Josef Strauß gefragt wurde, welche Chancen er dem baden-württembergischen Ministerpräsidenten gebe, im Amt zu bleiben, antwortete der Bayer: »Null Komma null.« In der Landespressekonferenz war man sich bald einig: Der Mann ist nicht zu halten.

Doch der Amtsinhaber blieb lange hart. Am 7. August 1978 gab er auf und trat vom Amt des Ministerpräsidenten zurück. Der Fraktionsvorsitzende der CDU im Landtag, Lothar Späth, gewann die Wahl im Parlament gegen den Stuttgarter Oberbürgermeister Manfred Rommel und wurde neuer Regierungschef.

Die Chefredaktion hatte für Christian Ebingers Artikel darüber viel Platz eingeräumt. Am Montag seines Erscheinens traf sich Christian Ebinger mit Marietta Romin. Christian hatte eine Waldsauna in der Nähe von Maichingen ausfindig gemacht, die einem Ägypter namens Girgis gehörte, der bis vor wenigen Jahren der leitende Physiotherapeut des VfB Stuttgart gewesen war. Das Anwesen lag idyllisch in einem dichten Mischwald. Hinter dem Holzhaus, in dem die Schwitzkammern untergebracht waren, senkte sich das Gelände zu einem Bachtal hinab. Dort waren terrassenförmig zwei Schwimmbecken angelegt. Im Inneren des Gebäudes hatte Girgis einen großzügigen Massagebereich und ein gemütliches Bistro eingerichtet.

Sie waren schon ein paarmal dort gewesen. Am meisten liebten sie es, nach den Saunagängen draußen schwimmen zu können, egal wie das Wetter war und welche Temperaturen herrschten. Und es gab genügend stille Ecken, in die man sich zurückziehen und wo man sich ungestört unterhalten konnte. Christian genoss das Zusammensein dort mit Marietta sehr. An solchen Abenden begriff er, wie erotisch ein gutes Gespräch sein konnte. Marietta war immer aufmerksam, immer interessiert. Mehr und mehr liebte er ihre stille, zurückhaltende Art. Sie sprach nicht viel, aber wenn sie redete, erschien es ihm meist vernünftig und klug.

»Hast du dir das denn gut überlegt?« Sie saß am Fußende seiner Liege und hatte die Hand auf sein Knie gelegt.

»Ich denke schon«, antwortete Christian vorsichtig. »Weißt du, wenn man diesen Job fast sieben Jahre gemacht hat, wiederholt sich vieles. Solche Highlights wie den Atommüllfund, die Berichterstattung über die RAF und den Abgang des Ministerpräsidenten wird es so oft nicht geben. Und dann – wie soll ich sagen … – Lasko nennt es ›mit heraushängender Zunge den Tatsachen nachjagen‹ … Ich kann mir nicht vorstellen, dass ich das bis zu meinem 65. Lebensjahr mache.«

Sie lächelte und nahm die Hand von seinem Knie. »Ja, ich weiß, du hast schon immer am liebsten deine eigenen Geschichten erzählt.«

Überrascht sah er auf. »Das stimmt. Es wäre ein Traum für mich, statt ständig zu recherchieren, nur noch zu fabulieren.«

»Genug Fantasie hättest du.« Sie stand auf. »Wollen wir noch mal reingehen?«

Auch Christian erhob sich. »Als ich damals mit sechszehn Jahren zum ersten Mal im CVJM eine Jungschar leitete, habe ich an jedem Heimabend eine Geschichte erzählt. Ich hab mit ein paar spannenden Sätzen angefangen und hatte keine Ahnung, wie es dann weitergehen würde. Aber es ging immer weiter. Zu meiner eigenen Überraschung. Die Figuren wurden mit jedem

Satz lebendiger, und die Geschichten flossen so dahin, als wäre ihr Weg längst vorgegeben.« Er öffnete die Tür zur Sauna und ließ Marietta den Vortritt. »Und genau so ging es mir bei meinem Kriminalroman und bei dem Tatort.«

Er fragte sich im Stillen, ob es nicht auch mit seinem ganzen Leben so gewesen war.

Marietta streckte sich auf dem Holzrost der untersten Liege aus. »Wenn du dir das erhalten kannst, ist es der richtige Entschluss, zu kündigen und noch mal was ganz Neues anzufangen.«

Da sie alleine waren, beugte sich Christian über sie und küsste sie. Er stieg hinauf zur obersten Bank, legte sich ebenfalls hin und schloss die Augen.

In diesem Augenblick öffnete sich die Tür. Ein kleiner, untersetzter Mann kam herein und grüßte: »Guten Abend!«

Die Stimme kannte Christian. »Herr Lazaro?«

»Ah, da schau her!« Der Neuankömmling kniff die Augen zusammen. »Der Herr Ebinger!«

Sie kannten sich flüchtig, Lazaro war der Sozius der Rechtsanwaltskanzlei Breitmannsberger. Sie hatten sich ein paarmal gesehen und kurz miteinander geredet. Ebinger wusste, dass Lazaro zweimal erfolgreich studiert hatte, einmal Theologie und danach Jura. Stolz hatte er ihm einmal erzählt, er habe nach wie vor seine Ordinationsrechte, dürfe mithin predigen, das Abendmahl halten, taufen, konfirmieren und beerdigen. Es komme immer wieder vor, dass er nicht die Anwaltsrobe, sondern den Talar anziehe, um so etwas zu tun.

Da Marietta auf der niedrigsten Stufe lag und Christian ganz oben, konnte Lazaro nicht erkennen, dass die beiden zusammengehörten. Er maß die junge Frau mit einem langen Blick und setzte sich dann auf die mittlere Bank.

»Das ist ja ein Zufall«, sagte Lazaro.

»Alles ist Zufall. Das ganze Leben besteht nur aus Zufällen!«, rief Marietta.

Christian lachte. »Marietta hat recht!«

»Ach, ihr gehört zusammen?«

Marietta setzte sich auf. »Ob man das so ausdrücken kann, weiß ich nicht.«

»Ich schon«, ließ sich Christian hören. Er war selbst überrascht davon, mit welcher Überzeugung er das sagte.

»Und Sie glauben fest, dass wir nur von Zufällen abhängig sind?«, fragte Lazaro.

»Ja sicher!«, antwortete Marietta, »Kontingenz ist nur ein anderes Wort dafür. Meinen Sie zum Beispiel, es ist kein Zufall, dass Sie hier im reichen Deutschland geboren sind, womöglich in einer wohlhabenden Familie, und nicht in einem Slum in Bangladesch oder im Kongo? Oder glauben Sie daran, dass die Vorsehung für unser Leben verantwortlich ist? Das würde ja bedeuten, dass für uns alle drei hier nur das Beste oder doch eine Menge Gutes vorgesehen war.«

»Hoppla!«, machte Lazaro.

»Vorsicht«, rief Christian lachend. »Der Mann ist Theologe.«

Lazaro hatte sich inzwischen auch hingelegt. »Sie haben ja recht«, sagte er jetzt mit einem kleinen Seufzer. »Und überhaupt: In der Sauna soll man nicht streiten.«

Alle drei schwiegen. Bald war nur noch ihr ruhiges Atmen zu hören. Andere Saunagäste kamen herein. Christian schloss die Augen und dachte weiter über den kleinen Diskurs zwischen Marietta und dem Anwalt nach. Wie war das denn bei ihm gewesen? Wenn er damals das Abitur nicht vermasselt hätte, wäre er vermutlich an einer Uni gelandet, hätte studiert und wäre Lehrer geworden. Wenn seine Stimme besser gewesen wäre, hätte er es vielleicht geschafft, als Opernsänger Karriere zu machen. Wenn er nicht die Chance bekommen hätte, Journalist zu werden, wäre er nie nach Blaubeuren gekommen, um dort als Lokalredakteur zu arbeiten. Er hätte seine Frau Anneliese nicht kennengelernt, und Peter wäre nicht geboren worden.

Wenn er in jener Nacht auf dem Aussiedlerhof nicht feige abgehauen wäre, hätte er am nächsten Morgen mit seinem Sohn einen Ausflug gemacht, und Peter wäre noch am Leben. Wenn er nicht für die satirische Zeitschrift Pardon geschrieben hätte, wäre er nie Chef vom Dienst und später Redaktionsleiter der Zeitschrift DM geworden. Wenn er nicht beim X-Magazin gelandet wäre, hätte er Marietta nie kennengelernt; und wenn er nicht fristlos gekündigt worden wäre, würde er vielleicht jetzt noch dort sein und nicht beim SPIEGEL, wo er nur durch die Fürsprache Rolf Lohbrechts untergekommen war, der dort eine große Nummer war. Sein Leben bestand aus einer Kette von Zufällen. Alles war eben gekommen, wie es kam, aber es hätte durchaus auch alles anders kommen können. Sein Leben war bisher so gelaufen wie seine erfundenen Geschichten damals im CVJM-Heim.

Lazaro unterbrach Christians Gedanken. »Und? Wie geht's Ihnen denn immer so?«

»Danke. Gut! Bin grade am Überlegen, ob ich meinen Job beim SPIEGEL aufgeben soll.«

»Das ist aber nicht Ihr Ernst!«

»Ich hab ein paar Aufträge vom Fernsehen. Sieht so aus, als könnte ich als freier Autor leben.«

Später saßen sie in einer gemütlichen Ecke des Bistros. Lazaro erzählte, er habe für nächsten Sonntag wieder einmal einen Gottesdienst übernommen.

»Und worüber predigen Sie?«, fragte Marietta.

»Der Sonntagstext steht im Römerbrief. Ich überlege gerade, wie ich verständlich machen kann, was Paulus unter Sünde versteht.«

Christian registrierte, dass der Anwalt kein Auge von der jungen Frau lassen konnte, die zwar ein großes Badetuch um sich geschlungen hatte, welches aber den Blick auf ihre wunderbar geformten Beine und einen großen Teil ihres festen Busens lässig freigab.

»Was ist das überhaupt – die Sünde?«, fragte Christian.

»Na, wenn man die Zehn Gebote übertritt«, ließ sich Marietta hören.

»So hätte es die jüdische Religion gesagt. Aber Paulus greift tiefer: Alles Derartige zeigt, dass das Grundverhältnis zu Gott und Jesus Christus nicht in Ordnung ist«, sagte Lazaro. »Das Positive dagegen: Ich glaube, Gott liebt mich trotz allem und verzeiht mir wegen Christus meinen ganzen Lebensmist – das muss man immer wieder neu zu sagen versuchen. Es gibt aber auch ein schlichtes wortloses Gottvertrauen. Vielleicht werde ich das Thema so angehen.«

»Ist es nicht so, dass wir Christen zwischen zwei verschiedenen Sünden unterscheiden?«, fragte Christian.

»Die Katholiken nehmen das ganz wichtig, aber ich kann mit solchen Klassifikationen nichts anfangen.« Lazaro wirkte jetzt wie ein Lehrer. »Wo es um das richtige Verhalten gegen Gott und seine Geschöpfe geht, haben wir alle immer Dreck am Stecken. Der einzige Punkt im Verhältnis zu Gott ist, ob ich ihm glaube, dass er so groß und stark ist, dass er mich trotzdem liebt und mir meine Sünden vergibt. – ›Gerecht und Sünder zugleich‹, heißt das bei Martin Luther.«

»Aha, und was ist, wenn man das nicht glaubt, nicht glauben kann?«, wollte Marietta wissen.

»Die Grundsünde. Man bleibt sich selber, letztlich seinem Egoismus ausgeliefert. Also dem Verlangen jedes Menschen, sich zuerst um sich selbst zu kümmern und dabei nicht an andere Menschen zu denken und auch nicht an Gott.«

»Dann ist diese Grundsünde aber heute weitverbreitet«, sagte Christian.

»Das kann man so sagen, heißt aber nicht, dass es nicht noch schlimmer werden kann.« Lazaro stand auf, warf sein Handtuch über die Schulter und machte sich auf den Weg zum Saunaraum. Die beiden anderen folgten.

An einem heißen Sommertag flog Christian Ebinger nach Hamburg. Er hatte um einen Termin bei Chefredakteur Erich Böhme gebeten. Der schien nicht überrascht zu sein, als Ebinger sagte, er wolle kündigen. »Es hat sich ja schon herumgesprochen, dass Sie es als freier Autor versuchen wollen. Ich wünsche Ihnen viel Glück. Und wenn Sie mit Ihrem neuen Leben nicht zurechtkommen, können Sie jederzeit wieder zu uns kommen. Natürlich nicht auf Ihren jetzigen Posten, aber für Sie werden wir immer etwas finden.« Das sagte er beim dritten Wodka und prostete dem Jüngeren zu.

In Stuttgart feierten Marietta Romin und Christian Ebinger im Kreis einiger Freunde ihre Kündigungen. Marietta hatte sich tatsächlich auf Christians Vorschlag eingelassen und versuchte es nun auch als freie Schriftstellerin. Christian Ebinger war überzeugt davon, dass sie lange zusammenbleiben würden.

DANK

Ich danke meiner Frau Marielis, die sich die Zeit genommen hat, das Manuskript kritisch begleitend zu lesen, und die so manchen guten Vorschlag für Verbesserungen gemacht hat.

Auch meinem Freund Hartwin Gromes danke ich sehr. Er stand mir wieder, wie so oft, beratend zur Seite.

Mein Dank gilt auch meinem Verleger Hubert Klöpfer dafür, dass er nicht lockerließ damit, mir diesen dritten Roman der Trilogie »Heimatjahre«, »Lehrjahre« und nun »Spiegeljahre« abzufordern.